BASTEI
LÜBBE

ANNE McGAFFREY
ELIZABETH SCARBOROUGH

DIE GESÄNGE DES EISPLANETEN

Science Fiction Roman

Ins Deutsche übertragen
von Ralph Tegtmeier

BASTEI
LÜBBE

BASTEI-LÜBBE-TASCHENBUCH
Band 24 190

Erste Auflage:
Oktober 1994

Deutsche Lizenzausgabe 1994
Bastei-Verlag
Gustav H. Lübbe GmbH & Co.,
Bergisch Gladbach
Originaltitel: Powers that be
Lektorat: Reinhard Rohn
Titelbild: Rowena Morrill
Umschlaggestaltung:
Quadro Grafik, Bensberg
Satz: Fotosatz Schell, Hagen a.T.W.
Druck und Verarbeitung:
Brodard & Taupin,
La Flèche, Frankreich
Printed in France

ISBN 3-404-24190-8

Wir widmen dieses Buch Neva Reece dafür,
daß sie die Festung Scarborough gehalten hat
(und die Katze mit TLC versorgte), während wir
in McCaffreys Haus in Irland schrieben.
Beide sagen wir Dir Dank, Neva.

1. KAPITEL

Yanaba Maddock war dem Ersticken nahe, als sie in der überfüllten Abfertigungshalle des Raumhafens von Petaybee der Seitentür einen Blick zuwarf, als sei sie eine Ertrinkende, die soeben einen dahintreibenden Mastbaum erspäht hatte. Unauffällig hielt sie darauf zu und hoffte, daß die Tür nicht verschlossen sein möge. Das war sie zwar doch, aber das Schloß war nicht gegen die Fertigkeiten gefeit, die Yana sich in ihrer jahrelangen Tätigkeit als Firmensoldatin, Ermittlerin, Forscherin, Ausbildungsoffizierin und – erst kürzlich – Patientin einer medizinischen Einrichtung erworben hatte. Instinktiv überprüfte sie, ob man ihre Aktivitäten bemerkte, als sie die Tür gerade weit genug aufsperrte, um hindurchzuschlüpfen. Dann hielt sie inne, um ihre Handschuhe anzuziehen: Während der Einweisung – und Einweisungen nahm sie immer sehr ernst – war sie vor den Gefahren gewarnt worden, mit nackter Haut gefrorene Oberflächen zu berühren.

Einen Augenblick lang lehnte sie sich mit dem Rücken gegen das Gleitpaneel, um es zu sichern, sollte man sie beobachtet haben. Dann traf die kalte Luft sie.

Sie wußte aus früheren Kaltwetterübungen, daß sie den eisigen Stoß, der um das Gebäude wehte und ihr ins Gesicht schlug, nicht einatmen durfte.

»Die Temp-e-ra-tur des Planeten, Terraformation B, gemeinhin als Petaybee bezeichnet, kann im Winter an manchen Punkten bis zu minus einhundertachtundzwanzig Grad Celsius betragen«, hatte der Computer an Bord des Shuttles auf dem Flug vom Schiff zum Raumhafen sie gewarnt. »Das ist mächtig kalt, Soldaten. Berührt keinerlei Metallgegenstände mit ungeschützter Epi-dermis. Lauft nicht zu schnell, sonst gefriert die Luft in euren Lungen zu kleinen Eiszapfen und schlitzt sie auf. Tragt stets eure Winterausrüstung oder führt sie überall mit. Rechnet nicht mit angenehm geheizten Fahrzeugen. Zum einen herrscht auf Petaybee ein Mangel an angenehm geheizten Fahrzeugen, weil Maschinen, die in dieser extremen Kälte nicht gefrieren und auseinanderbrechen, sehr teuer sind. Zum anderen bricht selbst das teure Gerät zusammen, so daß ihr euch der Gefahr aussetzen könntet. Die Temp-e-ra-tur auf dem Raumhafen Kilcoole beträgt heute minus fünfundvierzig Grad Celsius. Man weiß von Einheimischen, die dies im Vergleich zu dem, was sie als einen *echten* Winter bezeichnen, als relativ tropisch erachten. Vergeßt dabei nicht, daß der Sommer für diese Leute aus zwei Monaten praktisch durchgängigen Tageslichts von zwölf bis fünfzehn Grad über null besteht, was immer noch acht bis elf Grad unter den vorgeschriebenen zweiundzwanzig Grad an Bord liegt. Also knöpft eure Kleider zu, denn der Wind weht dort ungehindert, und paßt gut auf euch auf, vergeßt niemals, daß euer Arsch der Firma gehört. Das ist alles.«

Mit einem Lächeln hatte Yana dem Computer zugehört, als er mit der barschen Stimme und der Ausdrucksweise eines älteren Hauptfeldwebels diese Instruktionen von sich gab, doch verspürte sie keinerlei Neigung, gegen die Anweisungen zu verstoßen, ganz so, als wären sie aus dem Munde eines Soldaten aus Fleisch und Blut gekommen. Minus einhundertachtundzwanzig Grad, wie? Sie konnte von Glück sagen, daß sie während einer Hitzewelle hier eingetroffen war. Eiszapfen, die ihre ohnehin schon zerfetzten Lungen noch weiter aufschlitzten, würden ihrer Genesung nicht gerade förderlich sein.

Yana fingerte an der Oberbekleidung, die sie im Gebäude förmlich in ein Dampfbad gehüllt hatte, setzte die Kapuze auf, zog sie tief in die Stirn hinunter und schob das Tuch bis zum Augenansatz hinauf, bevor sie die Kapuze unter dem Kinn verschnürte.

Trotz des Geruchs von überhitztem Öl und Treibstoff, der von der schneegesäumten Landebahn aus Plastbeton herüberwehte, war die Luft, die sich bei Yanas Einatmen durch den dämpfenden Stoff erwärmte, wenigstens sauber! Zu den kleinen Freuden ihres Lebens gehörten jene ersten Augenblicke, da sie frische, unverdorbene, nicht wiederverwertete Luft atmen konnte.

Sie zog die Luft durch ihre Maske ein, zunächst recht zaghaft, weil ihre Lungen immer noch nicht so gut funktionierten, wie sie es eigentlich tun sollten – was ja auch einer der Gründe dafür war, daß sie in den Augen ihrer Arbeitgeber die perfekte Kandidatin für Petaybee darstellte. Nach und nach tat sie tiefere Züge; sie wollte die tote Raumschiffluft am liebsten aus ihren armen, geschundenen Lungen herausspülen. Hier, in der reinen, unverschmutzten Atmosphäre von Petaybee, würden sie noch schneller genesen als in dem Medizinalkomplex auf Station Andromeda.

Yana atmete einmal zu tief ein und mußte husten; sie keuchte und würgte schließlich, bis ihre Augen von den Spasmen schmerzten. Sie keuchte, bis sie endlich wieder die Kontrolle über sich zurückerlangte. Die Tränen gefroren ihr auf den Wangen, und sie strich sie beiseite. Grimmig dachte sie daran, daß auch der guten Dinge zuviel sein konnten – sogar der Luft. Außerdem sollte sie besser zurück ins Innere: Denn obwohl sie eine dem neuen Klima angepaßte Bekleidung trug, spürte sie bereits, wie ihre Finger und Zehen taub wurden. So gönnte sie dem Horizont noch einen letzten Blick; der großen Schüssel des blauen Himmels, an dem nicht einmal ein Schutzschild über dem Raumhafen hing. Dann fragte sie sich, ob sie wirklich die richtige Entscheidung getroffen hatte.

Sie schlüpfte wieder ins Gebäude, streifte die Kapuze zurück, zog das Tuch herunter und musterte ihre Nachbarn. Nur einer von ihnen schien bemerkt zu haben, daß sie sich davongestohlen hatte und nun wieder zurückgekehrt war. Er blinzelte und furchte die Stirn, bevor er seine Aufmerksamkeit wieder dem Schirm am anderen Ende der langen Halle zuwandte, wo die Namen der Abzufertigenden blinkten. Dazu gehörte auch Y. Maddock.

Yana trat vor, drückte sich an Leuten vorbei, bis sie die eifrigeren Exemplare erreicht hatte, die dichtgedrängt auf ihre Freilassung warteten.

»Maddock, Y.«, sagte sie zu dem Beamten und bot ihm ihre Plastikkarte dar.

»Personenkennziffer«, sagte er, ohne den Blick von seinem Terminal zu heben.

Sie streckte das linke Handgelenk vor, und er drehte es mit groben Fingern um, bis er daraufblicken konnte, verbog dabei schmerzhaft ihre Hand.

»Sie sind ja ganz eisig!« Jetzt hob er den Blick, sah sie nunmehr als Person und nicht als bloße Nummer.

Sie zuckte mit den Schultern. »Habe mich an die Tür dahinten gelehnt.«

»Waren Sie nicht bei der Einweisung?« Er runzelte die Stirn. »Kein Metall berühren ...«

»Nicht einmal im Gebäude?« fragte sie mit dem unschuldigen, fragenden Blick, mit dem sie schon aufgewecktere Männer betört hatte.

Er legte die Stirn erneut in Falten, dann mußte er seine Aufmerksamkeit der Konsole widmen, da Yanas Plastikkarte aus dem Abfertigungsschlitz gesprungen war. Die Karte glitt über die halbe Schreibfläche, bis er sie schließlich einfing. Yana rührte keine Miene: Er schien nicht gerade zu der Sorte zu gehören, die es besonders schätzte, hinter irgend etwas herzujagen, schon gar nicht hinter Plastik.

Aus dem Schlitz neben ihrer Hand trat ein Stück Film hervor.

»Darauf steht Ihre Arbeitsnummer, die Sie auswendiglernen sollen, Ihre Arbeitseinteilung, die Unterkunftszuweisung, die Verpflegungsberechtigung, die Reise- und Bekleidungszulage und der Name Ihres offiziellen Führers zusammen mit seinen Dienstzeiten. Ihr Reisegepäck wurde bereits zu Ihrer Unterkunft verbracht.« Dann hielt er inne und überraschte sie mit einem Lächeln. »Sie können eins der draußen vor dem Terminal wartenden Fahrzeuge nehmen, Majorin Maddock. Willkommen auf Petaybee.«

Seien plötzliche Höflichkeit und das unerwartete Lächeln verblüffte Yana. Sie dankte ihm, dann trat sie mit forschem Schritt beiseite, um dem nächsten in der Schlange Platz zu machen.

Das Gelände draußen vor dem Passagierterminal war durch einen transparenten Dachschild geschützt. Der Lärm der Menschenmenge hallte lautstark wider, als die abgefertigten Neuankömmlinge, von denen die meisten ihre kostbaren 23,5 Kilo persönlichen Gepäcks schleppten, nach einem Transport Ausschau hielten.

»Gelber Berechtigungsschein, wie?« sagte ihr jemand ins Ohr und zog ihre Hand herunter, um ihn zu mustern.

Dieser Jemand war ein junges Mädchen, das dermaßen in Pelze gehüllt war, daß nur ihr Gesicht zu sehen war. Sie schien zwischen fünfzehn oder sechzehn Jahren zu sein; ihre aufgeweckten Augen zeugten von Intelligenz und Interesse.

»Ich habe auch eine Berechtigung für Gelb«, fügte das Mädchen hinzu und schob mit der Hand ein Plastikquadrat unter Yanas Augen. Yana packte die Hand, um den offiziell aussehenden Plastikausweis genau zu begutachten. Das Mädchen leistete keinen Widerstand, nur ihre Augen weiteten sich leicht bei Yanas kräftigem Druck.

Das in Plastik eingeschweißte Dokument war eine Lizenz für Buneka Rourke, Passagiere in einem zugelassenen Schnokel bis zum Flughafen zu befördern, aber nicht weiter. In der rechten Ecke stand ein großes A und ein Erneuerungsdatum, das etwas später in diesem Petaybee-Jahr lag.

»Wieviel?«

Buneka Rourke blinzelte erst, dann grinste sie gesellig.

»Von hier bis zu Ihrer Unterkunft geht das auf Kosten der PTB!«

»Der PTB?« Yana war sich unsicher, ob sie sich nicht vielleicht verhört hatte.

Bunekas Grinsen wurde immer breiter, und ihre Augen funkelten schalkhaft. »Na klar, PTB – die Plan-und-Trubel-Behörde. Petaybee«, fügte sie hinzu. »Wußten Sie nicht, daß der Planet danach benannt wurde?«

»In den Instruktionen hieß er Planet, Terraformation B«, erwiderte Yana.

Das Mädchen wedelte wegwerfend mit dem Fausthandschuh. »Das sieht denen ähnlich, auf so eine langweilige Bezeichnung zu kommen. Aber er wurde wirklich danach benannt – nach der Plan-und-Trubel-Behörde, die uns von A nach B oder auch nach Z verfrachtet oder wo immer man uns braucht, um irgendwelche Löcher zu stopfen, nach Katastrophen wieder sauberzumachen oder um Kriege zu führen. Kommen Sie. Ich bringe Sie raus aus diesem Durcheinander und sorge für eine angemessene Begrüßung auf Petaybee.« Das Mädchen zupfte an Yanas Ärmel und wies auf ein zerbeultes, aber sauberes orangegelbes Schnokel mit dem Leuchtkennzeichen MTS-80-84, das mit dem auf dem Plastikausweis übereinstimmte. Doch als Yana vom Gehsteig trat, mischte sich eine große Gestalt ein.

»Gelber Berechtigungsschein? Ich nehme gelbe Berechtigungsscheine.« Drohend funkelte der Mann das Mädchen an. »Mit diesem Flittchen dürfen Sie nicht fahren. Die schaufelt Sie doch glatt in eine Schneewehe. Dann findet Sie niemand mehr. Gelber Berechtigungsschein hat großes, warmes Schnokel verdient.« Mit einer Geste wies er auf ein großes, geschniegeltes Exemplar gegenüber.

»Ich habe bereits ...«, fing Yana an.

»Terce, rechtlich gesehen gehört sie mir.«

»Hast keine Lizenz für Gelbe«, entgegnete der Mann und beugte sich streitlustig zu dem Mädchen hinab. Er war ohnehin schon recht groß, aber die Pelze ließen ihn noch sperriger erscheinen.

»Aber wohl.« Sie fuchtelte mit dem Ausweis. Fauchend schlug er nach ihrer Hand, ignorierte ihre Lizenz. »Ich habe mir ganz legal eine Passagierin verschafft, Terce«, fuhr sie fort. »Du warst ja nicht einmal da.«

Yana schlüpfte geschickt zwischen die beiden und stellte Augenkontakt zu dem Störenfried her. »Ich habe Rourkes Hilfe bereits angenommen, aber ich danke Ihnen für die Bereitschaft, mich zu transportieren.«

»Ich muß, Dama ...«

Yana meinte erst, daß er fluchte, doch da bemerkte sie, mit welch einer Unterwürfigkeit er sich vor ihr verneigte. Stimme und Gebaren hatten einen Hauch von Besorgnis.

»Bei *mir* sind Sie sicherer«, sagte das Mädchen und blickte erst Yana und dann Terce derartig herausfordernd an, daß es offensichtlich um sehr viel mehr gehen mußte als nur um den Fahrpreis.

»Schau mal, Mädchen, da ist noch jemand mit einem gelben Berechtigungsschein.« Terce wies mit einer Geste auf einen Mann, der seine gelbe Fahrkarte in der Hand hielt. »Nimm doch den.« Dann packte er Yana fest am Oberarm und fing an, sie zu seinem Fahrzeug zu zerren.

Geschmeidig löste Yana ihren Arm und ging auf das kleine, zerbeulte Schnokel mit der MTS-Lizenz zu.

»Dama, Dama!« rief Terce, und in seiner Stimme schwang echte Besorgnis mit.

Yana beachtete ihn nicht, sie verlängerte ihren Schritt, als sie Bunekas triumphierenden Ausruf vernahm, dem das Geräusch von Stiefeln folgte, die hinter ihr durch den Schneematsch glitten. Yana preßte den Türknopf auf der Passagierseite, dann blieb sie einen Augenblick stehen, um ihren Atem zu beruhigen, bevor sie die Seesäcke auf das Heckregal schwang. Das Mädchen kicherte immer noch vor Freude über den errungenen Sieg und glitt in den Fahrersitz.

»Sie sollten sich besser zuknöpfen. Das Ding hier braucht länger als Terces schnittiger Schlitten, bis es warm geworden ist.«

»Aber bei Ihnen bin ich sicherer, ja?« fragte Yana so trocken wie möglich, während sie Kapuze und Halstuch neu richtete und sich anschnallte, bevor sie mit den Händen in die Pelzfäustlinge schlüpfte.

Um die Augen des Mädchens entstanden Krähenfüße. »Na ja, Terce ist bekannt dafür, daß er für die Leute ›Botengänge‹ erledigt. Ich vermute, daß er mit dem Ziel hergekommen ist, Sie abzufangen. Wenn Sie mit ihm hätten fahren wollen, wäre das natürlich gegangen, aber das wollten Sie ja nicht. Also wußten Sie auch nicht, daß er hier war, um Sie in Empfang zu nehmen. Folglich ... sind Sie bei mir in größerer Sicherheit – vor allem in Anbetracht seines Verhaltens. Er ist nicht besonders klug.« Das sagte sie zwar in einem durchaus gütigen Ton, dennoch war die Warnung nicht zu überhören. Mit strahlenden, wachen Augen sah sie zu Yana herüber.

Na ja, dachte Yana. Gerade mal eine Stunde auf dem Planeten, und schon gehen die Intrigen los. Keine Sekunde Langeweile, egal, was man sich sonst im Weltall über Petaybee erzählte. PTB! Plan-und-Trubel-Behörde. Sie kicherte bei dem Gedanken, zugleich war es aber auch ihre Antwort auf die Fahrerin.

Das Kichern wurde zu einem Hustenanfall, und zwischen den Krämpfen suchte sie in ihrem Seesack nach der Sirupflasche. Sie war ganz plötzlich völlig geschwächt von der Anstrengung, derer es bedurfte, um zwischen den Explosionen, die ihre Rippen zu sprengen drohten, genügend Luft einzuziehen. Mit den Pelzfäustlingen war sie ungeschickt und hätte beinahe die Flasche fallen lassen, bevor sie einen der Handschuhe von der zitternden Hand gestreift und den Plastikverschluß geöffnet hatte. Sobald der Sirup ihren Rachen mit einer schützenden Schicht bedeckt hatte, ließ der Krampf nach. Yana umklammerte die Flasche mit den Händen, hielt sie an die Brust gedrückt. Das Präparat enthielt zwar reichlich Alkohol, dennoch wollte sie nicht riskieren, es gefrieren zu lassen.

Das Mädchen verlangsamte seine Fahrt und blickte mit weit aufgerissenen Augen zu ihr zurück. Das arme Ding sah aus, als wünschte es sich, ihre Passagierin doch lieber Terce überlassen zu haben.

»Ist alles ... in Ordnung, Majorin?«

Yana nahm einen weiteren Schluck von dem Sirup, diesmal spürte sie, wie sich die Wärme in die vergifteten Höhlungen ihrer verletzten Lunge ausbreitete. Jedesmal, wenn sie hustete, durchzuckten die Bilder der Grafikanimationen ihr Gehirn, die die Ärzte ihr vorgeführt hatten, als sie ihr erklärten, weshalb sie nicht mehr für den aktiven Dienst tauglich war. Als ob die Tatsache, daß sie nicht einmal lachen konnte, ohne einen Hustenanfall zu bekommen, nicht schon genug Beweis für ihre Versehrtheit gewesen wäre. Immerhin – sie war noch am Leben, was man von den anderen nicht sagen konnte. Sie verschloß die Flasche wieder, schob sie in ihre Parkatasche, dann streifte sie den Fäustling über ihre Hand. Die Hand war schon bald taub vor Kälte. Doch nahm Yana mit Befriedigung wahr, daß keiner der beiden Handschuhe Blutspuren aufwies.

Als sie den besorgten Blick des Mädchens bemerkte, antwortete sie: »Keine Bange, Rourke, es ist nichts Ansteckendes. Habe nur auf Station Bremport etwas Gas abbekommen, das ist alles.«

»So, wie sich dieser Husten anhört, muß es ziemlich schlimm gewesen sein«, bemerkte das Mädchen und legte wieder etwas Tempo zu, fuhr dabei aber vorsichtiger als vorher, als fürchtete sie, daß das Rucken bei ihrer Passagierin wieder einen Anfall auslösen könnte.

»Das können Sie laut sagen«, bemerkte Yana und dachte über die anderen nach. Das Üble daran war, daß sie in jüngeren Jahren sehr viel Schlimmeres durchgemacht hatte, ohne auch nur einen Kratzer davonzutragen. Bremport hätte eigentlich eine routinemäßige Ausbildungsoperation werden sollen – alles neue Rekruten, darunter auch zwei aus Petaybee, wie sie sich erinnerte. Sie erinnerte sich an so gut wie sämtliche Einzelheiten dieser Operation.

Sie bediente sich einer Technik, die sie vor langer Zeit von einem ihrer Unteroffiziere gelernt hatte, wechselte die Konzentration, indem sie die Augen auf das Panorama aus Blau und Nichts heftete, ließ sich von der merkmallosen Landschaft beruhigen, was ihr dabei half, den Geist zu leeren, bis sich die Kälte in ihrem Inneren der Kälte in der Luft angeglichen hatte.

Bodennahe Vegetation wuchs durch den Schnee. Dann fiel Yana auf, daß die Schnokelbahn etwas tiefer lag als das übrige Gelände. »Sie haben hier wohl eine neue Straße gegraben, wie?« fragte sie ihre Fahrerin.

Rourke schnaubte. »Nicht die Bohne. Glauben Sie etwa, die würden Geld dafür ausgeben, damit es Leuten wie uns hier besser geht? Das da ist der Fluß!«

»Kein Witz?« Yana blickte hinaus in die Tiefe. An einer Stelle war der Schnee davongeweht, und sie nahm das Schimmern von blauem Eis wahr. »Ist noch nie jemand im Eis eingebrochen?«

»In letzter Zeit nicht. Selbst jetzt, im Spätwinter, liegen die Temperaturen die meiste Zeit immer noch zwischen minus sechzig und minus fünfunddreißig Grad.«

»Wenn alles gefroren ist, wie gewinnen Sie dann Ihr Trinkwasser?« Als Führungskraft der Firma dachte man immer geradezu automatisch an solche Einzelheiten.

»Ich werde es Ihnen nachher zeigen.« Das Mädchen grinste und fuhr weiter.

Einige Augenblicke später wurde das Gelände welliger. Kleinere Bäume, deren Wurzeln und Äste sich in Schneekokons verloren, kamen immer näher, bis sie schließlich zu beiden Seiten des Schnokels einen dünn bewachsenen Wald bildeten. Das Mädchen lenkte die Maschine auf die Bäume zu und fuhr um die nächste Biegung. Yana erblickte einen kleinen Pavillon auf dem Eis; aus einem Loch im Dach stieg Rauch auf. Rourke hatte die Geschwindigkeit ihres Schnokels gedrosselt und hielt es nun in sanftem Gleiten an.

Eine Erschütterung im Innern ließ das Zelt leise beben, dann trat ein Wesen daraus hervor, das auf den ersten Blick wie ein Bär aussah.

»Sláinte, Bunny!« sagte der Bär mit einem Winken und vertrieb damit die Illusion. Der pelzbekleidete Mann kam auf sie zugestapft, wobei er seine riesigen Fellstiefel hoch über den Schnee zog. Sein Gesicht starrte vor Eiskristallen um Mund und Nase, die jedoch im Gegensatz zu dem nicht mit verkrusteten Bart, den Augenbrauen und dem Schnäuzer nur leicht mit Reif überzogen waren.

»Sláinte, Onkel Seamus!« Das Mädchen erwiderte das Winken und stellte den Motor ab. Der Mann blickte zu Yana herüber – ein trotz aller Kürze sehr forschender Blick. »Das ist Majorin Maddock, Onkel. Sie wird in Kilcoole leben.«

»Ach ja?« Er schloß Yana in sein Winken ein, und sie nickte ihm zu.

»Hast du vielleicht die eine oder andere Thermos für mich, um sie der Tante zu bringen, da ich schon bei ihr vorbeikomme?« fragte Bunny.

»Das wäre wirklich sehr nett von dir, Bunny. Im Augenblick habe ich zwei Stück, und später werden es noch mehr werden, wenn Charlie und die Hunde vorbeikommen. Die Dama hat doch wohl nichts dagegen, unterwegs eine kleine Pause einzulegen, oder?«

»Die hat nichts dagegen. Nicht wahr, Majorin? Sie wollten doch mal sehen, wie wir unser Wasser gewinnen. Kommen Sie, schauen Sie es sich im Schuppen an.«

Als Yana aus dem Schnokel stieg, war sie dabei etwas langsamer, als ihr lieb war. Hier draußen auf dem Fluß griff die Faust der Kälte sofort nach ihrem Gesicht und den Waden, den einzigen Körperteilen, die nicht in Synthopelz gehüllt waren. Yana zog sich den Schutz vor die

Nase, doch der süße Geruch des Holzfeuers durchdrang einfach alles. Sie überlegte, ob sie wohl gleich wieder anfangen würde zu husten. Doch da stand Bunny schon vor ihr, aufmunternd hielt sie die Zeltklappe hoch und wies auf das Feuer, das kreisförmig am Innenrand eines großen schwarzen Lochs im Eis loderte. Neben dem Loch stand ein mit einem Stück Tau befestigtes Isoliergefäß, dazu zwei weitere Gefäße, die Seamus nun an Bunny weiterreichte.

Yana trat zwei Schritte auf das Zelt zu, bis ihr der Rauch des Feuers entgegenschlug. Sie spürte, wie sich ihre Kehle zuschnürte, und wich zurück. Stumm verwünschte sie ihre Schwäche. Wie, um alles in der Welt, sollte sie auf einem kalten Planeten überleben, wenn sie neben einem Feuer nicht einmal atmen konnte?

Bunny, die die Schultern vorgeneigt hatte, um einen der Thermosbehälter mit beiden Händen hochzuziehen, so daß er gegen ihre Schienbeine schlug, bedeutete Yana mit einem Nicken, zum Schnokel zurückzukehren. Yana war erleichtert, ihre Lungen keiner weiteren Tortur aussetzen zu müssen. So machte sie mit einem etwas größeren Schwung kehrt, als ihr guttat, und sofort glitten ihre Füße auf dem Eis unter der dünnen Schneeschicht aus. Danach setzte sie die Füße etwas vorsichtiger auf und schaffte es ohne Sturz zurück zum Schnokel.

Seamus stellte das zweite Thermosgefäß neben ihr ab und fuhr sich mit einem Fäustling über das Gesicht, streifte sich mit dieser gewohnheitsmäßigen Geste einige der Eiszapfen ab. »Willkommen auf Petaybee, wie immer es hier auch aussieht, Majorin. Wenn Sie irgend etwas brauchen, fragen Sie einfach Bunny.«

Yana nickte. »Danke.« Sollte sich ihr offizieller Führer auch nur als annähernd so untauglich erweisen, wie sie selbst sich in dieser Umgebung fühlte, könnte sich Bunnys inoffizielle Unterstützung als sehr nützlich herausstellen.

Als sie Yanas neue Unterkunft erreichten, war die Dunkelheit schon lange hereingebrochen, obwohl es nach Yanas Berechnungen erst später Nachmittag sein konnte. Sie musterte das kleine alleinstehende Haus, das neben anderen ähnlicher Bauart auf seinem Pfahlwerk stand. In der Dunkelheit konnte sie nur ein einziges Fenster und eine Tür ausmachen, und das Fenster war sehr klein. Egal. Es war immerhin um einiges geräumiger als einige der Kojen, die sie gehabt hatte, und verglichen mit ihrem Krankenlager im Raumstationshospital war es der reinste Palast.

Bunny hievte den Seesack für sie aus dem Schnokel und öffnete die Tür. Das Innere war sparsam eingerichtet und in Weiß gehalten wie die Außenfront. Das Mobiliar bestand aus einer Pritsche, einem kleinen Tisch, auf dem ihre Überlebensausrüstung lag, einem Stuhl und einem Herd zum Heizen und Kochen.

»Es ist inzwischen zu spät, um noch die Abwicklungsprozedur für Neuzugänge zu durchlaufen. Tut mir leid, daß es so lange gedauert hat«, sagte Bunny. »Warten Sie einen Augenblick, dann besorge ich ein paar Decken. Und das Wasser hier sollten Sie ebenfalls an sich nehmen. Sie haben ihre Ration ja noch gar nicht empfangen.« Mit einem Nicken wies sie auf den Thermosbehälter, der hinter dem Herd auf einem Regal stand.

»Das ist doch eigentlich für Ihre Tante gedacht, oder?« fragte Yana. »Und ich kann Ihnen ja wohl schlecht Ihre Decken wegnehmen«

Bunny schüttelte den Kopf. »Das mit dem Wasser macht denen nichts aus, und die Decke habe ich übrig. Morgen bekommen Sie dann ihre eigene.«

Dann fuhr sie in dem Schnokel davon, um kurz darauf zu Fuß zurückzukehren, bewaffnet mit einem Bündel aus flauschigem Stoff und einem Päckchen.

»Räucherlachsstreifen«, sagte sie und wies dabei auf das Päckchen.

»Was?«

»Fisch. Schmeckt gut«, erklärte Bunny geduldig. »Wird Ihnen munden.«

Yanas Tag hatte vor fast dreißig Stunden im Stationskrankenhaus begonnen, und inzwischen war sie zu nichts anderem mehr fähig, als sich in Decken einzurollen und so schnell wie möglich einzuschlafen. »Danke«, antwortete sie.

»Also gut. Soll ich Sie morgen abholen, um Sie zu Ihrem Führer zu bringen? Dann könnte ich auch gleich die Decke besorgen.«

Aha, dachte Yana, eine kleine Erpressung, um das Gewohnheitsrecht zu sichern. Ausgeprägtes unternehmerisches Denken. »Das wäre hervorragend«, sagte sie mit einem müden Augenaufschlag, der für ein Lächeln herhalten mußte. Bunny zeigte ihr, wie man den Herd anzündete, dann verschwand sie schließlich mit dem Versprechen, am nächsten Tag noch den Brennstoff zu organisieren.

Ohne erst abzuwarten, bis der Raum warm genug war, um ihre Oberbekleidung abzulegen, baute Yana den Stuhl am Kopfende der Pritsche auf, nahm darauf Platz und streckte die Beine auf dem Bett aus. Sie hatte erst einige wenige Bissen von den merkwürdig gewürzten Lachsstreifen zu sich genommen, als sie auch schon einschlief, genau wie sie es die ganzen letzten Wochen getan hatte – im Sitzen.

Nachdem sie ihrer Klientin die Decken gebracht und das Schnokel in seinem Spezialschuppen verstaut hatte, kehrte Bunny Rourke zum Haus ihrer Tante zurück.

»Ich brauche es morgen früh wieder«, hatte sie Adak O'Connor, dem Fahrdienstleiter und Wächter, mitgeteilt.

»Shuttlefahrzeuge von der Raumstation sind erst wieder in einer Woche fällig«, erwiderte Adak und nahm die Kopfhörer ab, als er sich von dem Funkgerät abwandte, das ihn mit der Raumstation und einigen wenigen anderen Orten auf Petaybee verband, die über eine derartig fortschrittliche Ausrüstung verfügten. Stirnrunzelnd musterte er sein Logbuch, das die Flugpläne des Raumhafens enthielt und in dem der Verbleib der beiden Fahrzeuge festgehalten wurde. Bunny hatte eine Fahrlizenz für das eine, Terce für das andere: Sie waren die einzigen Fahrer mit der Genehmigung, die Strecke von Kilcoole zum Raumhafen und zurück zu befahren. Die Shuttlefahrzeuge gehörten der InterGalactic Enterprises, die man allgemein mit Intergal abkürzte, der allgegenwärtigen, ja allmächtigen Firma, die für die Existenz von Petaybee verantwortlich zeichnete und die Arbeitgeberin für Bunnys gesamtes Volk darstellte. Bunny hatte sich für ihre Lizenz nur dadurch qualifizieren können, daß einer ihrer Onkel ein hohes Tier war und sowohl über ein eigenes Schnokel als auch über Hunde verfügte. Als Bunnys Eltern verschwunden waren, hatte der Onkel ihr das Schnokelfahren beigebracht, damit sie sich auch allein im Dorf umherbewegen konnte und ihm nicht zur Last fiel. Zu den seltenen Gelegenheiten, da ihr Onkel das Schnokel seinen Hunden vorzog, diente sie ihm als Fahrerin. Außerdem suchte sie ihn auch auf, um seine Maschine in Schuß zu halten und sie zu reparieren, wenn sie mal versagte – was meistens auf Nachlässigkeit zurückzuführen war. Ihr Onkel war zwar ein brillanter Mann, hatte aber nicht viel für Technik übrig. Bunny dagegen schlug nach ihrem Yupik-Großvater: Sie konnte alles reparieren. Und vor sechs Monaten, an ihrem vierzehnten Geburtstag, hatte sie ihre Lizenz erworben, Passagiere vom Raumhafen nach Kilcoole und zurück zu befördern.

»Ich weiß selbst, daß es keine Shuttles gibt«, sagte sie Adak, »aber meine Passagierin muß sich am Morgen anmelden.«

»Kann sie nicht zu Fuß gehen oder den Schlitten nehmen?«

»Nein. Sie ist eine wichtige Dama. Offizierin. Aber schwächlich. Hat gesagt, daß sie in Bremport dabei war.«

»Bei dem Massaker, bei dem der Shanachie-Junge umgekommen ist? O weh, die arme Dama. Und wieso ist sie schwächlich?«

»Sie hustet schlimm. Scheint aber nett zu sein. Egal, das Schnokel ist schließlich für Dienstfahrten zugelassen, deshalb möchte ich sie so schnell wie möglich zum Außenposten bringen, damit sie sich bald einleben kann.«

»Gutes Kind. Hast was übrig für diese Dama, nicht?«

»Sie schläft diese Nacht unter der Flickendecke, die Tanta Moira für mich gemacht hat.«

»Dann nimmst du eben am Morgen das Schnokel, aber keine Besichtigungstouren, ist das klar?«

»Danke, Adak«, erwiderte sie. »Soll ich dir moren früh einen von Tante Moiras Kuchen mitbringen?«

»Das wäre sehr nett von dir, Bunny. Dann gute Nacht.«

»Gute Nacht«, sagte sie und kehrte in den Schuppen hinter dem Haus ihrer Tante zurück.

Seit ihre älteren Cousins sich allzu wißbegierig für ihre körperliche Entwicklung zu interessieren begonnen hatten, zog Bunny es vor, hier draußen zu schlafen, hinter dem Zwinger, wo Charlie sein Schlittengespann lärmender, und schützender, Hunde hielt, die ihr jeden meldeten, der sich näherte. Richtige Angst hatte Bunny allerdings keine. Die meisten Leute, die sie aufsuchten, brachten irgendwelche Geschenke mit – Fisch oder Elchkoteletts, im Sommer auch Zucchini oder Tomaten –, obwohl manche auch nur vorbeikamen, um ihr einen Besuch abzustatten. Sie war mit einem großenTeil des Dorfs verwandt und wußte genau, wer ihr helfen würde und wem sie besser aus dem Weg ging. Es gab auch ein paar Leute, die sie hier nicht haben wollte – so zum Beispiel Terce, aber der hatte auch Angst vor Charlies Hunden. Die meisten Leute kümmerten sich jedoch um sie. Normalerweise wäre sie sich deswegen wie ein Kind vorgekommen, doch kümmerte sie sich ja auch ihrerseits um die anderen. So war das eben in Kilcoole. Tatsächlich war sie schon sehr reif für ihr Alter, schließlich mußte sie ja auch allein leben und ihrem Beruf nachgehen.

Als sie auf das Haus zukam, wurde sie von den Hunden begrüßt, die ein herrliches Willkommensgeheul von sich gaben, während Bunny schnell durch ihre Meute schritt und sowohl Pearse als auch das Leittier Maud von der Leine losmachte.

Bunny war angenehm überrascht, als sie den Rauch aus ihrem Schornstein aufsteigen sah. Sie verfolgte ihn mit den Augen und stellte fest, daß die Lichter heute nacht eingeschaltet waren: ein schlichtes fahles Band, das über den schwarzen Himmel tänzelte und sich sternenbestickt krümmte. Der Rauch aus ihrem Schornstein duftete herrlich. Maud winselte und steckte ihre lange Schnauze in Bunnys Tasche. Die Hunde waren besser an Bunny gewöhnt, die genügend Zeit für sie hatte und sie meistens fütterte und mit ihnen arbeitete, als an Charlie, dem sie eigentlich gehörten. Bunny tätschelte Maud gedankenverloren. Auch wenn ihr Herd dem Nachtfrost ein Stück zuvorgekommen war, würde sie ohne ihre Flikkendecke heute nacht die Hunde als Wärmespender brauchen. Sie würde sie hereinlassen, damit sie sich am Feuer aufwärmen konnten, während sie ihr Abendessen zu sich nahm.

Die großen roten Hunde mit ihrem dichten, weichen Fell beanspruchten den größten Teil des Fußbodens in dem kleinen Schuppen. Der Raum enthielt ihre Pritsche, ein seltenes Stück, das man aus einem der abgetakelten Schiffe der Raumstation herausgeschnitten hatte, ferner eine wacklige Tischplatte, die so an der Wand angebracht war, daß Bunny sich zum Essen auf die Pritsche setzen konnte; dazu kamen noch der Herd und die Regale, die sie sich aus alten Lagerkisten zusammengezimmert hatte, um ihre wenigen Habseligkeiten aufzubewahren. Sie besaß die drei von ihren Eltern zurückgelassenen Bücher, einen Satz Werkzeuge – ein Geschenk ihres Onkels zur Lizenzvergabe – sowie eine Sammlung aus

Muscheln, Steinen und pilzförmigen Baumgeschwüren; dazu gebrauchte Kleidung von den Cousins und ein wenig Ausrüstung. Auf dem Tisch stand eine Kerze aus Stutenbutter; die strahlte ein ziemlich helles Licht ab, auch wenn sie nicht besonders gut duftete. Ihr Schuppen war aus Stein gebaut, den es auf Petaybee im Überfluß gab. Sie hatte ihn zwei Tauperioden zuvor mit Schlamm getüncht und mit etwas Plast verstärkt, das ihr Cousin Simon für sie auf der Raumstation gemopst hatte, als er dem Korps beigetreten war – kurz vor seiner Ausschiffung. Mit dem Plast hatte man ursprünglich die Blase um den Raumbasisgarten präpariert, und es bewährte sich sehr gut in der Kälte, wurde niemals rissig und schrumpfte auch nicht zusammen.

Plötzlich fiel etwas neben Bunny auf die Tischplatte und miaute sie an. Sie griff hinunter und streichelte eine von Tante Clodaghs Katzen, obwohl sie nicht feststellen konnte, um welche es sich handelte, da so viele Katzen in Kilcoole rote Tiger waren. Die Katze scharrte an der Tür, und Bunny folgte ihr lächelnd, während sie auf sie einredete.

»Also hat Clodagh schon von meiner Passagierin erfahren und dich hier zurückgelassen, um mich zur Berichterstattung zu zitieren? Mach ich gerne, Katze, solange dabei ein Happen für mich abfällt.«

Die Hunde im Schuppen hatten die Katze ignoriert, und die anderen auf dem Hof bellten sie auch nicht an, als sie Bunny zwischen den Hütten vorauslief. Kein Hund bellte jemals wegen einer von Clodaghs Katzen. Sie liefen überallhin, wo es ihnen paßte, und wußten, wo alles war und was jedermann tat – genau wie Clodagh selbst.

2.
KAPITEL

Der offizielle Führer – nur ein Oberleutnant, wie Yana bemerkte – erhob sich, als sie den Raum betrat.

»Majorin Maddock«, sagte er mit militärischem Gruß und blitzte sie mit einem durchaus forschen Lächeln an.

»Oberleutnant Charles Demintieff, Erster Verbindungsoffizier von Petaybee, stets zu Diensten, Dama.«

»Rühren, Oberleutnant«, sagte sie. »Schließlich habe ich Ihnen Meldung zu machen, und nicht umgekehrt.«

»Jawohl. Es ist nur so, daß ich Ihre Akte gelesen habe, und hier draußen bekommen wir nun einmal so selten echte Helden zu Gesicht.«

»Die meisten Helden bekommt ohnehin niemand mehr zu Gesicht«, erwiderte sie.

Er lachte, als hätte sie einen guten Witz von sich gegeben. »Dann haben wir ja noch mehr Glück, Sie bei uns zu haben, Majorin. Oberst Giancarlo von der Raumstation ist heute morgen per Schnokel hereingekommen, um Sie persönlich willkommen zu heißen. Nachdem Sie mit ihm geplaudert haben, kümmern wir uns um die Routineangelegenheiten.«

Als sie ins Nebenzimmer trat, empfand Yana das gleiche Unbehagen, als betrete sie die Kommandobrücke eines in Feindeshand befindlichen Schiffes. Wenn der große Zampano der Raumbasis schon unbedingt mit ihr reden wollte, warum hatte er es dann nicht gleich bei der Abfertigung getan und sich die lange, kalte Fahrt erspart?

Im Gegensatz zu dem Oberleutnant schien der Oberst nicht allzu glücklich zu sein, sie zu sehen. Er trug Abzeichen, mit denen sie es in ihrer Karriere nur selten zu tun gehabt hatte: Psychologische Kriegsführung, ein Euphemismus für den Geheimdienst. Sie machte ihm Meldung, und er wies ihr einen Stuhl zu, während er damit fortfuhr, irgend etwas in ein Rechnerterminal einzugeben.

»Nun, Majorin«, sagte er, nachdem sie lange genug in ihrer schweren Ausrüstung dagesessen hatte, um langsam ungeduldig zu werden und Unbehagen zu empfinden. »Was halten Sie denn so bisher von Petaybee?«

»Scheint freundlich zu sein«, erwiderte sie vorsichtig. Er schien sie offenbar irgendeiner Prüfung zu unterziehen, doch war sie sich nicht sicher, worum es dabei ging. »Die Luft ist sauber, ziemlich kalt. Technologisch gesehen reichlich primitiv. Neue Rekruten von hier brauchen ausgiebige Ausbildung, selbst am einfachsten Gerät, und die Gründe dafür scheinen mir ziemlich eindeutig, seitdem ich mein eigenes Quartier und das Dorf gesehen habe. Ist mir irgend etwas entgangen?«

»Falls dem so sein sollte, stehen Sie damit nicht allein da«, sagte er und ließ den Blick von dem Terminal zu ihr herüberschweifen. »Eigentlich sollte es hier nichts geben, was wir nicht selbst hierhergebracht haben. Als die Intergal ihn für sich reklamierte, bestand dieser Planet nur aus Stein und Eis. Die Gesellschaft hat ihn terrarisiert, hat ihn von einem bloßen, unbewohnbaren Felsbrocken zu einem Planeten mit arktischem Klima veredelt. Die letzten zweihundert Jahre hat er nützliche Dienste als Entsatzdepot für Truppenpersonal geleistet, als Umsiedlungszentrum für die Völker, die im Zuge unserer anderen Operationen ihre Heimstatt eingebüßt haben. Weil das Klima den Maschinen ziemlich zusetzt, finden sich moderne Annehmlichkeiten größeren Ausmaßes nur auf der Raumbasis. Die Transportbedürfnisse der Bewohner werden größtenteils durch eigens zu diesem Zweck gezüchtete Experimentaltiere abgedeckt.«

»Experimentaltiere?« wiederholte Yana. »Also Labortiere?« Sie war zwar auf der Erde geboren, hatte ihre Kindheit aber damit zugebracht, mit ihren Eltern von einer Dienststation zur nächsten versetzt zu werden. Laborratten und -affen waren ihr einigermaßen vertraut, dazu auch eine ganze Anzahl verschiedener fremder Arten, aber die Tiere, die sie heute auf ihrem Weg hierher gesehen hatte, kannte sie allenfalls aus Abbildungen.

»Nicht so ganz, obwohl ich annehme, daß ihre Vorfahren tatsächlich einmal Dienst in einem Labor getan haben – ursprünglich jedenfalls. Die Firma hat Dr. Sean Shongili mit der Aufgabe eingestellt, bestimmte bestehende Arten genetisch an dieses Klima anzupassen. So sind die einheimischen Pferde, die Katzen und Hunde sowie viele der Wassersäugetiere hierher gekommen.«

»Verstehe«, erwiderte sie, doch das stimmte nicht ganz. Die Hunde arbeiteten offensichtlich als Schlittentiere, die Katzen dienten dazu, die Nager in Schach zu halten. Doch begriff sie nicht, weshalb es auf Petaybee auch Pferde gab. Nach allem, was sie über Pferde wußte, schienen sie ihr für ein derartiges Klima eher ungeeignet.

»Na ja, die Intergal aber nicht, jedenfalls nicht so ganz«, sagte der Oberst, als hätte er ihre Gedanken gelesen. »Die Tiere, die wir angefordert haben, sind zwar tatsächlich hier, aber es wurden auch schon andere Arten gesichtet, was wiederum den Verdacht nahelegt, daß Dr. Shongili und seine Assistenten vielleicht eine Spur kreativer gewesen sind, als die Vorschriften es ihnen eigentlich erlaubten. Der gegenwärtige Dr. Shongili, er heißt übrigens ebenfalls Sean, ist jedenfalls ein seltsamer Vogel. Aber wir haben seine Unterlagen überprüft und keinerlei Hinweise gefunden, daß er eigenmächtig seine Anweisungen überschritten hätte. Natürlich könnten wir ihn auch versetzen, aber dieses Forschungsgebiet steht bei den meisten unserer Angestellten nicht allzu hoch im Kurs. Und die Shongilis waren bisher derartig erfolgreich, überlebensfähige Arten für arktische Umweltbedingungen zu produzieren, daß wir den gegenwärtigen Shongili ohne konkretere Beweise doch nur sehr ungern aus dem Weg schaffen würden. Das Problem liegt darin, daß die nicht genehmigten Tierarten keineswegs die einzige Anomalie darstellen. Hier draußen geht auch noch etwas anderes vor: Unsere Satellitenüberwachung hat auf diesem Planeten Vorkommen wichtiger Mineralien festgestellt. Aber wenn wir dann eine Mannschaft hinschicken, kann diese die Depots entweder nicht auffinden oder sie kehrt einfach nicht wieder zurück.«

»Und das ist auch der Grund, weshalb sich die Psychologische Kriegsführung dafür interessiert?« fragte Yana und atmete ein wenig auf.

»Sie haben es erfaßt.« Plötzlich grinste er sie an, was ihn allerdings auch nicht anziehender machte. »Und das ist auch der Punkt, an dem wir einander unterstützen können, Majorin.«

»Herr Oberst?«

»Sie sind heute morgen offiziell hierhergekommen, um ausgemustert zu werden. Sie quittieren aus gesundheitlichen Gründen den Dienst, um den Rest Ihrer Tage auf diesem Eisberg zu verleben, was bedauerlich ist. Aber Ihre Erfahrung als Ermittlerin und ihre frühere Tätigkeit bei verschiedenen Erkundungsmannschaften ist für uns von einigem Interesse, ebenso übrigens auch Ihre Kampferfahrung. Sie können das zwar noch nicht wissen, aber Gefechtsveteranen genießen hier, wo die meisten Familien mindestens einen, meistens sogar mehrere Verwandte im Korps haben, ein hohes Ansehen. Außerdem weist Ihre genetische Herkunft Ähnlichkeit mit der dieser Leute auf.« Er musterte sie, und Yana wußte, daß er die weißen Strähnen in ihrem schwarzen Haar begutachtete, von dem Bry zu behaupten pflegte, daß es bei grellem Licht einen rostbraunen Schimmer aufwies. Ihr Körper war einmal schlank und athletisch gewesen, doch die wochenlange Krankheit hatte sie ausgezehrt.

»Wie meinen Sie das?«

»Die Menschen auf diesem Kontinent sind eine

Mischung aus Iren und Eskimos – wir haben Einheimische kalter Klimazonen auf dem ganzen Planeten angesiedelt, um den anderen bei der Assimilierung zu helfen. In diesem Gebiet sind es Eskimos, in anderen Siedlungen Leute skandinavischer und indo-asiatischer Herkunft.«

»Dann passe ich eigentlich nicht ins Schema«, erwiderte sie und lächelte dabei so nachsichtig, wie sie nur konnte.

»Na ja, Sie sind ja praktisch in die Firma hineingeboren, aber Ihr Vater war immerhin Ire, und Ihr Vorname *Yan*aba ...«

»Yan*aba*«, berichtigte sie ihn. »Das ist Navajo – aus diesem Volk stammte meine Mutter. Es ist ein Kriegsname, wie so viele überlieferte Navajo-Namen. Er bedeutet ›sie begegnet dem Feind‹. Die Navajo waren übrigens Wüstenbewohner, keine Schneemenschen.«

»Das kommt der Sache schon nahe genug«, versetzte er. »In der Wintermitte kann es in der Wüste verdammt kalt werden.« Er wischte ihren Einwand mit einem Handwedeln fort.

Sie merkte, daß sie einen taktischen Fehler begangen hatte, seine Unwissenheit bloßzustellen, bevor sie sich angehört hatte, was er von ihr verlangte. Andererseits hegte sie ihrer Familie gegenüber eine geradezu wütende Loyalität. Alles, was von dieser Familie noch übrig war, war die im Computer aufgezeichnete Geschichte, die ihre Eltern vor ihrem Tod für sie verfaßt hatten. Es war so ziemlich das einzige in ihrem Leben, das nicht von der Intergal stammte.

»Wir glauben jedenfalls, daß Sie da hineinpassen, und genau das wollen wir auch von Ihnen. Wir möchten, daß Sie die Leute kennenlernen, um herauszufinden, was oder wer genau für diese Probleme verantwortlich zeichnet: Sollte Shongili irgendwelche Experimente verheimlichen, die auf diesem Planeten zu neuen Lebensformen führen, müssen wir davon wissen. Sollten die geologischen Vermessungsmannschaften gezielt überfallen und eliminiert werden, wollen wir ebenfalls davon wissen. Sie verfügen zwar nicht über genügend technische Kenntnisse, um die Vorkommen selbst zu lokalisieren, aber wir möchten, daß Sie feststellen, wer unsere Mannschaften an ihrer Lokalisierung hindert. Sollte es sich um eine Art von Sabotage oder einen sich zusammenbrauenden Aufstand handeln, helfen Sie uns, dem Einhalt zu gebieten.«

»Wäre es nicht effizienter, einen einheimischen Informanten zu rekrutieren?« fragte sie.

Giancarlo schnaubte. »Die hocken die ganze Zeit zusammen, und jedesmal, wenn ich einen von ihnen eine Weile in meinem Büro gehabt habe, fängt er an zu schwitzen und läuft rot an. Weshalb sollten die das tun, wenn sie keine Angst hätten und nicht etwas verbergen wollten? Selbst Demintieff fängt jedesmal an zu schwitzen wie verrückt, wenn ich hier bin. Dieses Büro ist immer eiskalt, wenn ich eintreffe, und selbst während meines Aufenthalts hält er den Vorraum viel zu kalt. Außerdem veranstalten diese Leute Versammlungen, zu denen sie niemanden von der Raumbasis einladen, und wenn man einen der neuen Rekruten, die von hier stammen, danach fragt, zucken sie einfach nur mit den Schultern.«

»Dann haben Sie also noch niemanden gezielt verhört?«

»Bisher hatten wir dafür noch keinen echten Vorwand. Was sollte ich denn auch fragen? Warum schwitzen Sie alle so verdammt viel, und wieso laden Sie mich nicht zu Ihren Partys ein?«

Yana nickte.

Er beugte sich vor und stach mit dem Finger nach dem Schreibtisch, als würde die Geste seine Worte irgendwie verdeutlichen. »Wir müssen dafür sorgen, daß jemand, der der Firma gegenüber loyal ist, ihr Vertrauen erringt und herausbekommt, was hier vorgeht.«

»Und was ist, wenn die bloß schwitzen, weil sie eben

an Kälte gewöhnt sind, und wenn auf ihren Partys irgendwelche Orgien oder so etwas stattfinden, und sie sich nur genieren, Außenstehende dabei zu haben?«

»Vielleicht habe ich mich nicht deutlich genug ausgedrückt, Majorin. Sie wurden bei Bremport verwundet; Sie haben selbst gesehen, was dort geschehen ist. *Ihnen* brauche ich doch nicht erst zu erklären, was für Sümpfe des Aufruhrs diese Kolonialplaneten sein können. Auf diesem Planeten wurden nun einmal nicht genehmigte Lebensformen gesichtet. Forschungs- und Entwicklungsmannschaften sind hier förmlich im Nichts verschwunden. Da werden Sie mir nicht weismachen können, daß diese Vorfälle nichts miteinander zu tun haben. Statt dessen sollen Sie mir sagen, was sie genau miteinander zu tun haben. Haben Sie mich verstanden?«

Yana nickte vorsichtig. Er mißdeutete ihre Vorsicht offensichtlich als Zögern und setzte nach.

»Sie haben von Ihrem Quartier gesprochen. Es entspricht weitgehend dem hiesigen Standard, aber es besteht auch kein Zweifel daran, daß wir über die Mittel verfügen, für größere Bequemlichkeit zu sorgen. Außerdem haben Sie noch nicht das volle Pensionsalter erreicht, und Sie haben auch keinen Anspruch auf volle Bezüge.«

»Ich bin aus medizinischen Gründen ausgemustert worden, Herr Oberst.«

»Noch nicht. Tatsächlich beträgt Ihr Versehrtheitsgrad per sofort ...« Er betätigte eine Taste. »... nur noch fünfundzwanzig Prozent. Das gibt keine besonders üppige Pension. Bei aktivem Dienst als verdeckte Ermittlerin dagegen kämen Sie sehr viel besser weg. Wir könnten sogar noch eine Gefahrenzulage drauflegen.«

»Herr Oberst, bei allem Respekt und auch wenn ich das Geld bestimmt nicht verachten würde, aber die Ärzte im Krankenhaus ...«

»Von hier aus können Sie mit denen keinen Kontakt aufnehmen, Maddock. Und sollten Sie weitergehende kostspielige Behandlungen benötigen, würden die Transportkosten dorthin Ihre Mittel deutlich übersteigen. Es sei denn, die Intergal übernimmt die Rechnung. Ich erwarte wöchentliche Tätigkeitsberichte über Demintieff, es sei denn, daß irgend etwas vorfällt, wovon ich schnellere Kenntnis haben sollte. Demintieff wird Sie herumführen, Sie mit Leuten bekanntmachen ...«

Was immer die Spezialität dieses Burschen sein mochte, überlegte Yana, die sanfte psychologische Überredungskunst gehörte mit Sicherheit nicht dazu. Er ging ungefähr so subtil vor wie ein Photonentorpedo. Doch sie verdankte der Intergal ihr Leben und hatte ihr auch ein Leben lang gedient. Sie würde die Firma nicht im Stich lassen, nur weil dieser Betonkopf glaubte, sie erpressen zu können. Außerdem konnte sie die Bezüge *durchaus* gebrauchen.

»Bei allem Respekt, Herr Oberst, aber ich denke, daß Demintieff seine Führertätigkeit auf ein Minimum beschränken sollte. Ich glaube, allein käme ich besser zurecht. Falls es in diesem Gebiet irgendwelche Terroristen geben sollte, so bin ich weniger verdächtig, wenn ein einheimischer Zivilist mich bei der Eingewöhnung unterstützt als ein uniformierter Berufssoldat.«

»Scharfsinnige Überlegung, Maddock. Natürlich hat dieses Gespräch nie stattgefunden.« Er holte einen Stapel altmodischer Ausdrucke aus einer Kiste zu seinen Füßen. »Hier finden Sie einen vollständigen Bericht darüber, was wir wissen und welchen Verdacht wir bisher hegen. Machen Sie sich damit vertraut, und verbrennen Sie ihn danach.«

»Jawohl, Herr Oberst.«

»Angenehmen Ruhestand, Maddock.«

Bunny Rourke saß gerade auf Oberleutnant Demintieffs Schreibtischkante, als Yana und Oberst Giancarlo heraustraten. Weder Bunny noch Demintieff schienen sonderlich zu schwitzen, soweit Yana das feststellen konnte, wenngleich Bunny beim Anblick des Oberst mit knappem Nicken in Richtung Yana aus der Tür floh.

»Demintieff!« brüllte der Oberst.

»Jawohl!«

»Sie haben sich auf der Raumstation zu melden. Gratuliere, mein Sohn, Sie sind in den Schiffsdienst versetzt worden.«

»Aber ...« Hatte der Oberleutnant zuvor noch eine fröhliche Unterwürfigkeit an den Tag gelegt, wirkte er jetzt so gelähmt, als hätte der Oberst ihn plötzlich in den Unterleib getreten. Es war offensichtlich, daß er Gratulationen für alles andere als angebracht hielt.

»Schnappen Sie sich Ihre Ausrüstung, dann können Sie mit mir zusammen zurückreisen, Soldat.«

»Erbitte Erlaubnis, mich von meiner Familie zu verabschieden, Herr Oberst«, sagte Demintieff mit einiger Überwindung.

»Erlaubnis erteilt, solange Sie das in den nächsten fünfundvierzig Minuten erledigen. Die Pflicht ruft, mein Sohn.«

»Jawohl, Herr Oberst.«

»Maddock, da dieser Mann nun versetzt wurde, erhalten Sie Genehmigung, sich während Ihrer Eingewöhnungsphase als Zivilistin auch ziviler Unterstützung zu versichern, jedenfalls mindestens so lange, bis dieser Posten neu besetzt wurde.«

»Jawohl, Herr Oberst. Darf ich meine Fahrerin, Miss Rourke, vorschlagen?«

»Aber natürlich, Herr Oberst, Bunny wird sich um die Majorin schon kümmern«, warf Demintieff ziemlich galant ein, wie Yana fand, wenn man bedachte, welch Unbehagen seine eigene Versetzung ihm bereitete. »Sie ist die angeheiratete Cousine meiner Schwester und ein sehr gutes Mädchen.«

Als sie dieses Aspekts Demintieffs gewahr wurde und begriff, welch gute Verbindungen er vor Ort haben mußte, verwünschte Yana sich selbst dafür, ohne gründliche Recherche der Verhältnisse voreilige Vorschläge unterbreitet zu haben. Wenn es darum ging, das Vertrauen der Dorfbewohner zu erlangen, wäre er ebensogut geeignet gewesen wie Bunny, statt dessen schickte man ihn nun von zu Hause fort, mit einem Auftrag, der ihm offenbar keine Freude bereitete, nur um einen Vorwand für den Personalwechsel zu haben. Der blöde Kerl hätte sich nicht melden sollen, wenn er keinen Schiffsdienst ableisten will, dachte sie wütend, doch es fiel ihr schwer, ihm in die Augen zu blicken. Giancarlo kehrte in das innere Zimmer zurück, und Demintieffs Augen wurde ohne jede Scham feucht, als er sich ihr zuwandte.

»Dama, hätten Sie und Bunny allzuviel dagegen, mich zu Clodagh mitzunehmen? Dort habe ich meine Ausrüstung verstaut, und Clodagh wird dafür sorgen, daß meine Familie in Tanana Bay verständigt wird.«

Yana konnte nur den Kopf einziehen, als der Oberleutnant ein dicht gepacktes Bündel von seinem Schreibtisch nahm und es ihr erst überreichen wollte, um es schließlich doch persönlich zum Schnokel zu bringen.

Als Yana und Demintieff aus dem Gebäude traten, startete Bunny gerade den Motor. Sie wollte etwas sagen, als Demintieff neben ihr einstieg und Yana den hinteren Fahrzeugteil überließ, doch Demintieff schnitt ihr das Wort ab: »Bring mich schnell zu Clodagh, Bunny. Sie verschiffen mich ins Weltall.« In seiner Qual hatte er den gleichen merkwürdigen Tonfall angenommen wie ihn Bunny und ihr Onkel Seamus aufwiesen.

Großartiger Start, gratuliere Majorin Maddock, sagte Yana zu sich selbst. Auf diesem verdammten Planeten schien praktisch jeder mit jedem verwandt zu sein.

»In Ordnung, Charlie, aber ich muß dich und Yana absetzen, um das Schnokel zurückzubringen. Meine Genehmigung läuft in fünfzehn Minuten aus. Ich werde die Hunde anschirren, um Yana nach Hause und dich hierher zu bringen.«

»Falls dazu genügend Zeit bleibt. Es könnte sein, daß Giancarlo dein Schnokel requiriert, um uns zum Raumhafen zu bringen, obwohl Terce ihn hierhergefahren hat. Du kümmerst dich doch um meine Hunde, nicht, Bunny? Die finden ohnehin schon, daß du zu ihnen gehörst, und ich möchte, daß gut für sie gesorgt ist. Ich habe sie schon als Welpen bekommen.« Er nestelte in mehreren Pelzschichten und holte eine Brieftasche hervor, dann reichte er ihr ein Bündel Geldscheine. »Das ist für das Futter.«

Sie löste eine Hand vom Lenkrad und nahm das Geld entgegen, um es in ihren Parka zu stopfen. »Kein Problem, Charlie. Ich werde weiterhin für sie sorgen. Hast du gar nichts von der Versetzung gewußt?«

»Nicht das geringste. Er hat es einfach so beschlossen.«

Yana ertappte sich dabei, wie sie sich vorbeugte und Demintieff ins Ohr schnaute: »Sie werden auf Station Andromeda gebracht, um sich dort zu melden und Ihre Anweisungen zu erhalten. Sollte er inzwischen nicht versetzt worden sein, heißt der für Versetzungen zuständige Hauptfeldwebel dort Ahmed Threadgill. Richten Sie ihm liebe Grüße von Yana Maddock aus, und daß sie ihn an damals erinnern möchte, als sie ihn vor der Razzia der Schiffspolizei gewarnt hat. Er wird schon wissen, was ich meine.« Ahmed würde wissen, daß sie ihn um eine Erwiderung des Gefallens bat und daß er auf ihren Freund aufpassen sollte. Das war zwar nicht viel angesichts der Art, wie sie die Situation so ungewollt verschlimmert hatte, aber möglicherweise könnt es ihm irgendwann einmal das Leben retten.

»Jawohl, Majorin Maddock. Danke, Dama.«

Sie klopfte ihm auf die Schulter und lehnte sich zurück, bis Bunny vor einem Haus zum Stehen kam, das geringfügig größer war als Yanas eigene Unterkunft. Nach den Anstrengungen des Morgens keuchte und zitterte sie vor Erschöpfung, dennoch musterte sie das

Haus genau. Der Schnee davor war voller riesiger, merkwürdig geformter Klumpen. Über der Tür hingen steife ovale Netze mit Spitzen an den Enden, drei Paar unverwechselbare Skier lehnten seitlich am Haus, und hinter dem Gebäude ertönte ein schrilles Geräusch wie von einer schreienden Frau.

»Ich bringe Sie gleich zurück, Majorin, wenn es Ihnen recht ist«, rief Bunny ihr zu, während sie aus dem Fahrzeug stieg. »Außerdem werden Sie Clodagh kennenlernen wollen. Sie hat sich gestern abend beim Essen nach Ihnen erkundigt.«

Charlie Demintieff nahm das Kleiderbündel aus dem Schnokel, und Bunny fuhr davon.

Wieder ertönten die Schreie, und Yana hielt sich zurück und lauschte angespannt. Charlie, der bereits einen Schritt auf das Haus zugetan hatte, drehte sich umständlich in seinen Pelzkleidern nach ihr um, nahm ihren Blick wahr und berührte den Ellenbogen ihres Mantels mit seinem Handschuh.

»Das sind nur die Hunde«, sagte er, und sein Mund spie Kondenswolken hervor, als würden seine Worte in der Luft gefrieren. »Als unsere Hunde erstmals hergestellt wurden, bezeichneten unsere Großväter sie wegen dieser Laute als Geisterköter, aber in Wirklichkeit ist es nur ihre Form der Begrüßung.«

Yana nickte und vernahm, wie ihr eigener Atem in ihren Ohren schnarrte und das Kreischen der Hunde übertönte; dann zwang sie sich zur Lockerheit und folgte Charlie zum Haus. Auf dem Dach über dem Eingang stand eine rostrot und cremefarben gescheckte Katze und blickte zu ihnen herab, als überlegte sie sich, sie anzuspringen. Auf einer weiteren Hausecke schien ein Zwilling der Katze zu sitzen, was Yana an die Abbildungen von Wasserspeiern erinnerte, wie sie die antike Architektur Terras geschmückt hatten. In den beiden Fenstern rechts und links von der Tür hockte jeweils ein weiteres dieser Wesen.

Charlie hatte kaum die Tür erreicht, als sie sich auch schon vor ihm öffnete und Yana die größte Frau erblickte, die sie je zu Gesicht bekommen hatte. Natürlich waren Schiffsbewohner verpflichtet, auf ein bestimmtes Körpergewicht zu achten, was sich zwangsläufig durch die schmalen Gänge, die kleinen Luken und die Enge der Kabinen ergab. Außerdem mußten alle Raumfahrer in die Anzüge und in die Kälteschlafhüllen passen. Die Strenge des reglementierten Schiffslebens und die alles andere als begeisternde Qualität der nahrhaften, aber größtenteils geschmacksfreien Speisen sorgte dafür, daß das gesamte Schiffspersonal diesen Vorschriften mühelos entsprechen konnte.

Doch diese Frau dagegen! Sie war wie ein Planet für sich oder zumindest wie ein unförmiger Meteorit, eine große, eigenständige Wesenheit – das Wort ›imposant‹ war dafür die reinste Untertreibung.

»Charlie«, sagte die riesige Frau, während sie die Tür öffnete. »Ich habe gehört, daß du uns verläßt.« Sie warf einen strengen Blick über seine Schulter auf Yana, als ahnte sie von ihrer Beteiligung in dieser Sache.

Die Frau trat zurück, worauf Charlie Demintieff ins Haus trat, um schließlich die graue Militärdecke hochzuheben, die den gesamten inneren Türrahmen ausfüllte, damit Yana ebenfalls eintreten konnte.

Demintieff streifte Mütze, Atemschutz und Handschuhe ab, dann knöpfte er den Mantel auf. Das Haus war klein und eng, aber nicht annähernd so warm, wie Yana es erwartet hatte. Dennoch standen auf Oberlippe und Stirn der Frau Schweißperlen, genau wie Giancarlo es geschildert hatte. Allerdings war sich Yana nicht sicher, ob die Feuchtigkeit in Demintieffs Gesicht ebenfalls vom Schweiß herrührte, oder ob es sich nicht vielleicht um Tränen oder tropfendes Eis handelte.

Die Frau umarmte Demintieff; für ein Wesen von einer derart massiven Statur wirkte die Geste merkwürdig feinfühlig und zärtlich. Demintieff erwiderte die Umarmung mit großer Herzlichkeit.

»Keine Bange, Charlie«, meinte die Frau. »Nadark schirrt gerade sein Gespann an. Heute abend müßte er in Tanana Bay sein.«

Demintieff zeigte sich nicht überrascht, daß die Frau bereits von seinen Neuigkeiten wußte, sondern sagte lediglich: »Danke, Clodagh. Ich wollte mich nur verabschieden. Bunny übernimmt meine Hunde.«

»Schön. Bunny behandelt sie gut«, sagte Clodagh und machte keine weiteren Anstalten, ihn zu trösten, sie schien vielmehr seine Traurigkeit einfach mit ihm zu teilen. Sie bot ihm weder einen Blick noch ein Wort falscher Ermutigung.

»Das ist Majorin Maddock, Clodagh.«

»Aha, die sterbende Frau«, bemerkte Clodagh. Es hätte taktlos geklungen, hätte nicht eine leise Ironie in ihrem Ton mitgeschwungen, die darauf hinwies, daß sie lediglich Yanas Meinung von sich selbst wiedergab, so als hätten sie schon ein langes Gespräch darüber geführt. Das sanfte Lächeln und der durchdringende Blick von Clodaghs schräggestellten blauen Augen wiesen ebenfalls darauf hin, daß sie es nicht böse meinte, sondern einfach nur den Finger auf Yanas Sorgen legte, wie sie es schon mit Demintieff getan hatte.

»Kommen Sie, nehmen Sie Platz, trinken Sie etwas Tee. Charlies Schwester und der Rest der Familie sind unterwegs. Bunka wird Sie heute abend zum Essen mitbringen, falls Sie kommen mögen, aber im Augenblick müssen wir über Charlie sprechen.«

Noch während sie sprach, trafen immer mehr Leute ein, bis der Raum schließlich dicht gepackt mit Leibern war, die nach feuchtem Pelz, Rauch und nassen Hunden rochen. Clodaghs Haus konnte sich eines großen Tisches mit vier Stühlen rühmen, die dicht vor dem Herd standen. Yana, die immer noch ihren Parka trug, empfand die Hitze des Ofens allmählich als stickig, doch da es inzwischen so eng geworden war, hatte sie nicht mehr genügend Platz, um den Mantel auszuziehen. Eine der

Katzen sprang auf den Tisch und fing an, ihren Mantel und ihr Gesicht zu beschnüffeln. Yana senkte die Hand auf das marmorierte Fell, worauf das Tier schnurrte und die Geste als Einladung deutete, sich auf ihren Oberschenkeln niederzulassen.

In der Zwischenzeit strichen Pelze und Halstücher und Flickenstoffe an ihr vorüber, und sie wunderte sich, daß die Leute sich nicht an dem heißen Herd versengten, als sie sich von Charlie Demintieff verabschiedeten. Yanas geschundene Lungen plackten sich ab, je voller es im Raum wurde und je mehr Sauerstoffmangel sie zu erstikken drohte. So zwang sie sich zu immer tieferen Zügen, während Charlies Freunde und ferne Verwandte nacheinander herantraten, um sich in Herdnähe um ihn zu scharen, ihm eine pelzige Umarmung zuteil werden zu lassen und wieder beiseite zu treten, damit der nächste an die Reihe kam. Yana konnte sich nicht einmal vorstellen, eine derart große Familie zu haben.

Clodagh stand in der Mitte, nicht ganz so groß wie einige der Männer, aber unverkennbar durch den freien Platz hervorgehoben, der sie umgab. Yana bemerkte, daß ihr Haar recht schön war, in schimmernden schwarzen Wellen umhüllte es die Schultern, wobei die Schwarztönung sanft genug wirkte, um sich nicht mit der hellen Haut zu beißen. Inzwischen waren ihre Wangen von der Hitze gerötet, und sie schwitzte ausgiebig, leuchtend wie eine gütige Sonne. Sie schien nicht ganz so alt zu sein wie Yana, und doch umgab sie eine ungekünstelte Aura der Autorität, wie sie sonst nur das Alter mit sich brachte.

Yana war zu dem Schluß gekommen, daß sie sich entweder ihren Weg durch die Masse würde bahnen oder in Ohnmacht fallen müsse, als die Leute mit einem letzten Gruß an Charlie wieder aus der Tür ins Freie zurückströmten, bis sie plötzlich wieder nur noch zu viert im Raum waren: Clodagh, Charlie, Bunny und Yana.

»Wir müssen uns beeilen«, sagte Bunny zu dem niedergeschlagen wirkenden Offizier. »Ich muß die Majorin abliefern und dich danach zurückbringen.«

»In Ordnung«, erwiderte er.

Mit sanftem Tätscheln drückte Clodagh ihm etwas in die Hand, bevor er seine Handschuhe wieder anzog. Während sie hinausgingen, fragte sie: »Majorin Maddock, kommen Sie heute abend mit Rourke zum Essen?«

Yana nickte und winkte, dann wandte sie sich wieder dem Weg zwischen den Häusern zu, wo vier aufgeregt japsende Hunde an einen niedrigen Schlitten geschirrt waren.

»Steigen Sie ein, Majorin«, sagte Bunny.

»Sie machen Witze. Der Platz reicht nicht für uns alle.«

»Sie fahren mit, und Charlie lenkt. Ich laufe nebenher«, erwiderte Bunny. »Nur bis zu Ihrem Haus.«

Yana musterte den niedrigen, zerbrechlich wirkenden Schlitten und die vier zappelnden, wimmernden Hunde, denen der kniende, traurig dreinblickende Charlie Demintieff die roten Ohren und Schnauzen kraulte. Im Gesicht sahen sie eher wie Füchse oder Katzen aus als wie jene Hunde, die Yana von Abbildungen her kannte. Ihr Fell war sehr dicht, und die Beine wirkten ziemlich lang und muskulös, die Pfoten steckten allerdings in kleinen Stiefelchen. Jedesmal, wenn einer von ihnen dicht genug herankam, um Demintieff abzulecken, tat er es auch prompt.

»Wie weit ist es überhaupt bis zu mir?« fragte Yana. Bisher war ihr nichts in diesem Städtchen allzuweit entfernt vorgekommen, ja, die Fahrten waren ausgesprochen kurz gewesen.

»Nur ein Stück die Straße entlang«, sagte Bunny. »Aber Sie sind die Kälte nicht gewöhnt ...«

»Und ich bin ja auch eine Invalidin, wie?« fragte Yana und schob sich den Atemschutz höher über die Nase. »Die sterbende Frau, was? Noch bin ich nicht tot, Rourke. Ganz und gar nicht. Bringen Sie Charlie zurück – und ... Charlie?«

»Dama?«

»Vergessen Sie nicht, Hauptfeldwebel Threadgill aufzusuchen und ihm mitzuteilen, was ich Ihnen gesagt habe.«

Charlie nickte knapp. Bunny ließ sich in den Schlitten gleiten, um sich von Charlie fahren zu lassen, während er zum letzten Mal seinen Hunden zupfiff, die dann gehorsam in Richtung Kompaniequartier lostrabten.

Yana seufzte, die Atemluft stieg in einer Wolke an dem blauen Himmel empor, und Yana machte sich in ihrer schweren Kleidung auf den Weg zu ihrer neuen Unterkunft. Verdammter Giancarlo. Wenn er schon von ihr verlangte, daß sie für ihn spionierte, was mußte er da ausgerechnet mit einer Maßnahme anfangen, die, sollte die Wahrheit darüber jemals herauskommen, das ganze Dorf gegen sie aufbringen würde? Natürlich war es durchaus möglich, daß er, genau wie Yana selbst, keine Ahnung gehabt hatte, daß Demintieff ausgerechnet zu jenen Einheimischen gehörte, die gerade deshalb in Heimatnähe stationiert waren, weil sie dies wünschten. Aber Giancarlo hätte das eigentlich wissen müssen, bevor er, gespreizt wie ein Pfau, losgelegt hatte. Wenn dieser Auftrag irgendeine Bedeutung haben sollte, hätte er Demintieff auf jeden Fall überprüfen lassen müssen, bevor er die Entscheidung fällte, ihn abzulösen. Eine derartige Voreiligkeit könnte die ganze Mission gefährden.

Mission? Es sollte doch eigentlich ihr neues Leben werden! Nicht daß es nach allzuviel ausgesehen hätte. Eigentlich hätte sie sich bei Giancarlo dafür bedanken müssen, daß er ihr etwas aufgetragen hatte, was sie beschäftigte, um auf dieser Eiskugel nicht durchzudrehen.

Rauch kräuselte sich aus den Häusern; falls es hier irgendwelche Geschäfte geben sollte, konnte Yana sie jedenfalls nicht von den anderen Gebäuden unterscheiden. In ihrer klobigen, primitiven Kleidung war jeder Schritt wie ein Marsch bei großer Schwerkraft. Sie durfte den Kopf nicht leichtfertig vorbeugen, um den vor ihr liegenden Weg zu begutachten, sonst wäre ihr Atemschutz abgefallen, und die Kapuze hätte sich zurückgeschoben. Doch als sie den Kopf leicht zur Seite wandte, stellte sie fest, daß viele der Häuser Zwinger voller Hunde besaßen und daß vor ihnen die gleichen rätselhaften Klumpen herumlagen wie in Clodaghs Hof. Zwei der größeren Anwesen bestanden nicht allein aus Wohnhäusern, sondern besahen auch noch weitere Bauten, und auf einem der Höfe bewegten sich zwei Pferde im Zickzack durch den Schnee. Yana hatte das Gefühl, daß den Pferden etwas Fremdartiges anhaftete, konnte es aber nicht genau festmachen. Egal. Sie wollte in ihre Unterkunft zurückkehren und den Bericht lesen. Sie mußte erst in Erfahrung bringen, was an diesem Ort überhaupt für normal galt, bevor sie entscheiden konnte, was daran *anomal* war.

Sie schaffte den Weg bis zu ihrer Tür mit einem winzigen kleinen Zwischenfall, als sie nämlich wieder auf dem Eis ausrutschte und erst einen Hustenanfall überstehen mußte, bevor sie sich wieder erheben konnte. Ansonsten hatte sie sich nicht ernsthaft verletzt. Wie auch, bei derart vielen Kleiderschichten? Ein Passant – in dieser Umhüllung war es unmöglich festzustellen, ob es sich um einen Mann oder eine Frau handelte – blieb stehen und wartete ab, bis ihr Hustenanfall sich gelegt hatte, um ihr schließlich beim Aufstehen behilflich zu sein. Yana kam sich vor wie ein hilfloser Säugling und hätte die helfende Hand am liebsten unwirsch beiseite geschlagen, doch kaum war sie wieder auf den Beinen, als die Person mit gedämpfter Stimme sagte: »Wenn es so glatt ist wie jetzt, müssen Sie ein wenig im Entengang gehen.«

Yana sah mit an, wie die Person davonwatschelte; dann verfiel sie selbst in ein Watscheln und kam sich dabei furchtbar dumm vor, bis sie schließlich vor ihrer Tür, der letzten in der Häuserreihe, angekommen war.

Als sie die Tür öffnete, blitzte vor ihr etwas auf, und sie

versteifte sich, bis sie aus Richtung des Tischs ein Poltern vernahm und eine der orangefarbenen Katzen darauf Platz nehmen sah, wo sie sich nun ungerührt den Schnee von den pelzigen Pfoten leckte.

Zu Yanas Erleichterung glühte der Scheit noch immer, den sie früher am Morgen in den Ofen gegeben hatte. Sie wußte nicht genau, wie lange ein derartig primitives Material vorhielt, hatte aber den Eindruck, daß es häufig erneuert werden mußte. Nun streifte sie Mantel, Handschuhe und Atemschutz ab, dazu den Einteiler, um sich in ihrer Uniform auf den Stuhl zu setzen. Sie sollte wohl besser ihre Dienstgradabzeichen abnehmen. Sie seufzte. Damit würde sie ihren gegenwärtigen Status eingestehen. Gleichwohl. Sie fragte sich, wie sie die Bekleidungsfrage regeln sollte, wenn ihre Uniformen erst einmal abgetragen waren. Sie besaß keine anderen Kleider, schließlich hatte sie den größten Teil ihres Lebens an Bord von Raumschiffen zugebracht. Angesichts des Sammelsuriums an Oberbekleidung, das sie bei Clodagh zu Gesicht bekommen hatte, lag der Schluß nahe, daß die Einheimischen vielleicht auch über einheimische Quellen und Vorräte verfügten. Sie würde Bunny danach fragen müssen, wo sie ihre Pelze herbekam. Bis dahin ...

Sie legte den Bericht auf den Tisch aus, während die Katze neugierig zusah. Der Bericht enthielt eine kurze Geschichte Petaybees und seiner Siedlungen, dazu Landkarten mit den Rohstoffvorkommen und den Stellen, wo die verschollenen Forschungsteams zuletzt gesichtet worden waren.

Petaybee: dritter Planet der Sonne XR798 im System Valdez. Die ursprünglichen Erkundungsmannschaften fanden auf diesem Planeten keinerlei Lebensformen vor, weder intelligente noch andere: Die felsige Oberfläche war den größten Teil des Sonnenjahrs zugefroren. Als bestmögliche Terranisierungsmethode für diesen Planeten wurde der Whittaker-Effekt ermittelt und in die Wege geleitet. Die Kolonisierung erwies sich als durchführbar, und so setzte man die entsprechenden Prozesse in Gang, als sich der Planet aufzuwärmen begann. Die einzigen verfügbaren Landmassen befanden sich in den Polargebieten, wo ein subarktisches Klima herrschte, mit einem langen, extrem kalten Winter, in dessen Verlauf die Temperaturen häufig minus 73 Grad Celsius und darunter erreichen, während der Sommer dagegen kaum zwei volle terranische Monate dauert. Im Sommer herrscht intensives und fast durchgängiges Tageslicht, das jedoch bald wieder einer fast völligen Dunkelheit weicht, die den größten Teil des Winters über anhält. Es wurden geeignete Kolonisten aus ethnischen Gruppen ausgesucht, die an derartige Umweltbedingungen gewöhnt waren.

Da sie die Methoden der Intergal kannte, bezweifelte Yana, daß man die ›ethnischen Gruppen‹ dabei um ihr Einverständnis gebeten hatte. Sie las weiter.

... führten nach der ursprünglichen Besamung Firmenangestellte unter den Kolonisten entsprechende Anpassungsmaßnahmen vor Ort durch. Das Team gelangte zu dem Schluß, daß der Planet zwar primitives Leben würde ernähren können, daß aber die meisten technisch wenig entwickelten Maschinen und elektronischen Geräte die Kälte nicht überstehen konnten. Daher entschied man sich zur Entwicklung biologischer Alternativen. Firmenbotaniker perfektionierten Nähr- und Futtergetreide, ebenso anderes, gezüchtetes Pflanzenleben für die Wachstumsperiode auf Petaybee. Das sommerliche Auftauen der Flüsse und Küstenstriche wird durch das Netz unterirdischer Heißwasserquellen erleichtert, die das Oberflächenwasser in gewissem Umfang erwärmen, das dadurch in größeren Tiefen immer wärmer wird, was wiederum verhindert, daß die Ströme – bis auf die seichtesten – darunter in voller Tiefe gefrieren. Zusammen mit den heißen Quellen auf der Planetenoberfläche, die das ganze Jahr lang sprudeln,

gewährleistet dieses Tiefenwasser sowie kleinere Mengen aus geschmolzenem Schnee die Wasserversorgung von Pflanzen, Menschen und Tieren.

Firmengenetiker paßten bereits existierende Tierarten an die Bedingungen des Klimas von Petaybee an. Folgende Arten wurden unter Firmenaufsicht entwickelt: Petaybeesche Lockenpferde für schneefreies Gelände und Schwertransporte; Fuchshunde, intelligente Hundehybriden, die als Schlittentiere dienen; Hauskatzen, ursprünglich zur Pelzgewinnung gedacht, später aber auch zur Bekämpfung von Schädlingen, deren Entwicklung allerdings nicht genehmigt worden war. Ferner führte man pelztragende Arten ein, die sich selbst in der Wildnis ernährten und eigens an das Klima angepaßt worden waren – Vielfraße, Wölfe, Bären, Luchse, ebenso Karibus, Rentiere, Wildschafe und Elche.

Das leuchtete Yana ein. Es war genau das, was man auf einem vollwertigen, subarktischen Erden-Klon erwartete. Als Kind hatte sie die interaktiven Holos über den Dienst und über London durchgearbeitet. Das einzige, was bisher fehlte, waren die Eskimohunde, doch an deren Stelle waren offensichtlich die Fuchshunde getreten. Schade, daß es am Äquator keine Kontinentalmasse gab, auf der etwas mildere Temperaturen vorgeherrscht hätten. Doch selbst bei langfristiger Terranisierung konnte man nicht immer an den gewünschten Stellen Kontinentalmassen hergestellen, obwohl sie nichts Genaues über die geologischen Maßnahmen bei der Herstellung von Gaias wußte.

Sie überflog die Beschreibung der Meeres- und Flußbewohner, wobei ihr auffiel, daß einige auf der Erde schon seit langem ausgestorbene Arten für diesen Planeten zu neuem Leben erweckt worden waren, was die Terranisierung ihrer Meinung nach schon an sich wertvoll machte. Der Ozean wurde von fünf Walarten bewohnt: Mörderwale, Buckelwale, Grauwale, Nordwale und die kleinen sogenannten Grindwale lebten darin, ebenso Delphine, Otter, Robben und Walrösser sowie die gesamte zu ihrer Ernährung erforderliche Fisch- und Pflanzenwelt. Das einizg Merkwürdige an Petaybee war die Tatsache, daß die Ozeane in der Tiefe immer noch um das Mehrfache wärmer waren als an der eisigen Oberfläche, da im Zuge der Terranisierung immer noch beachtliche geothermale Aktivität stattfand. Dieselbe Aktivität zeichnete auch für Vulkane verantwortlich, für Heißwasserquellen, für Erdbeben und für die seltsamen Kuppeln der Kolonisten irisch-yupikindianischer Herkunft, die diesen Planeten bewohnten und sie als ›Feenhügel‹ bezeichneten, wie der Bericht vermerkte.

Yana blätterte vor. Bisher war noch nichts Ungewöhnliches zu verzeichnen gewesen. Nichts, was sie nicht hätte wissen dürfen – oder, um genau zu sein, weswegen sie hätte Fragen stellen können.

Die nächste Abweichung, die sie entdeckte, war eine Anmerkung des Inhalts, daß es sich als unnötig erwiesen hatte, ein Energieversorgungssystem auf Methanbasis zu entwickeln, da die kleinwüchsigen Erlen, die auf diesen Planeten verpflanzt worden waren, sich auf irgendeine Weise zu einer völlig neuen Hartholzart entwickelt hatten, die für einen wärmetechnisch ungewöhnlich langlebigen Brennstoff sorgte. Das erklärte immerhin, weshalb Yanas heimisches Feuer noch immer brannte.

Bei der Lektüre des letzten Abschnitts begann Yana sich allerdings zu fragen, ob das Textverarbeitungsprogramm des Computers nicht möglicherweise mit irgendeinem Spiel für Kinder durcheinangergekommen war. Denn vor ihrem endgültigen Verschwinden hatte eine der Forscherinnen von der Planetenoberfläche aus per Sprechfunk ans Schiff gemeldet, daß sie etwas zu Gesicht bekommen habe, das einem Einhorn glich. Einhörner jedoch gehörten nun einmal ganz eindeutig *nicht* auf die Liste genehmigter Tierarten dieses Planeten. Die offizielle Erklärung für diese Meldung lautete, daß die Frau unter Schneeblindheit oder an Halluzinationen gelitten haben mußte. Dieses Klima wirkte feindselig auf alle, die von hrer Genetik her nicht daran angepaßt waren, erklärte der Bericht. Ein Expeditionsmitglied, das tatsächlich überlebte und zurückkehrte, wirkte um mindestens zehn Jahre gealtert und war eindeutig dem Irrsinn verfallen, faselte von Stimmen, die aus dem Boden und aus Baumwurzeln ertönten.

Die Einheimischen bestritten jedes Wissen um Kristallhöhlen oder irgendeine andere der geschilderten Anomalien, räumten aber ein, daß auch sie manchmal unter Halluzinationen litten, vor allem dann, wenn sie mit ihren Schlittenhunden in der Wildnis unterwegs waren.

Yana fuhr sich mit den Fäusten durchs Haar und schob den Bericht in den Ofen. Wie so viel anderer Papierkram gab er wenig preis, was man nicht auch in einer knappen mündlichen Unterweisung hätte vermitteln können. Angewidert sah Yana mit an, wie das Papier verbrannte, während die Katze ihre Nase an ihrem Arm vorbeischob, um ebenfalls in den Ofen blicken zu können.

»Heute abend werde ich dich zu Clodagh zurückbringen müssen, Miezekatze«, sagte Yana zu ihr. »Aber da ja so viele von deiner Sorte hier umherschweifen, hat sie dich wahrscheinlich noch gar nicht vermißt.«

In diesem Augenblick ertönte ein Klopfen an der Tür, und Yana rief laut »Herein!«. Als ihr schließlich klar geworden war, daß niemand eintreten würde, und nachdem sie die Ofenklappe wieder geschlossen hatte, um draußen nachzusehen, war der Platz vor dem Haus ebenso menschenleer wie zuvor – nur daß jetzt ein Bündel Holz neben der Treppe lag.

Yana zerrte es herein, obwohl sie es ebensogut in der trockenen, gefrierenden Luft hätte liegenlassen können. Sie wollte jedoch, daß der Überbringer erfuhr, daß sie es entdeckt hatte und es auch verwenden wollte. Sie hatte Bunny die Flickendecke in dem Glauben zurückgegeben, daß sie heute eine neue erhalten würde. Erst jetzt wurde ihr klar, daß Charlie Demintieffs Bündel möglicherweise ihre Thermodecke und weiteres offiziell ausgegebenes Überlebensgerät enthalten haben könnte. In der allgemeinen Verwirrung war es bei Clodagh liegengelassen worden.

Die Katze sah erwartungsvoll zu ihr auf, und Yana nahm wieder am Tisch Platz, wünschte sich, sie hätte eine Konsole zur Verfügung, um daran zu arbeiten. Es gab nichts zu lesen, nichts zu schreiben, keine Arbeit und auch sonst nichts, wozu man eine Beziehung hätte herstellen können, wenn sie nicht erst wieder ihre sämtlichen Kleider anlegen und draußen in der Kälte umherirren wollte. Die Katze sah zu ihr auf und miaute.

»Es ist wirklich gut, daß wir dich heute abend nach Hause bringen, Tier«, sagte Yana zu ihr und streichelte sie dabei. »Sonsts drehe ich wahrscheinlich noch durch in dieser plötzlichen Einsamkeit.«

Als würde das Tier sie verstehen, schnurrte die Katze und sprang vom Tisch, um den Schnürriemen ihres Parkas zu jagen. Mit gespreizten Vorderpfoten machte sie einen hohen Satz und verdrehte sich mitten im Flug, um auf dem Zugriemen des Kleidungsstücks zu landen. Dann nahm die Katze Platz, leckte sich die Pfoten ab und sah erneut erwartungsvoll zu Yana auf. Bis auf den Zugriemen des Mantels gab es in der Hütte nichts, das man hätte baumeln lassen oder umherrollen können.

Schließlich nahm Yana den Textilgürtel ihrer Uniform ab und ließ die Schnalle über den Boden schleifen, damit das Tier sie verfolgen konnte, wobei es sich die größte Mühe gab, sie zu unterhalten. Nach einer Weile schliefen beide am Ofen ein, Yana mit dem Kopf auf der Tischplatte, die Katze neben ihrem Ellenbogen.

Yanas schlief sehr leicht, und sie träumte von einem Chirurgen, der ein aus seinem Schädel hervorwachsendes Horn als Skalpell benutzte; von zwanzig jungen Soldaten, die sich zusammenkrümmten, während sie nach einer Lukentür griffen und Giftgas sich in ein Schott einschlich, das wie eine Art Kristallhöhle aussah; ferner von einem winzigen Mann, von dem sie wußte, daß es Charlie Demintieff war, der von einer orangefarbenen Katze angegriffen wurde.

Diego Metaxos war alles andere als erbaut davon gewesen, nach Petaybee hinunter zu müssen, um seinem alten Herrn dort bei der Ausübung seiner Tätigkeit als Landvermesser zuzusehen. Während seiner gesamten sechzehn Lebensjahre war er noch nie auf dem Planeten gewesen, und so stellte er sich das Leben auf Petaybee als ebenso trostlos und eingefahren vor wie das Dasein an Bord des Schiffs. Doch als er ihn schließlich zu Gesicht bekam, war er froh, gekommen zu sein, und als er den Hunden begegnete, reagierte er sogar noch freudiger. Als die Dama es ihm schließlich gestattete, ihre Hundeschar zu lenken, gelangte er zu der Überzeugung, daß diese Reise mit Abstand das Tollste sein dürfte, was ihm jemals widerfahren war.

Zuerst war er bei dem bloßen Gedanken an die Expedition fast ausgeklinkt. Selbst der Seelenklempner an Bord des Schiffs seines Vaters hatte ihm bestätigt, daß er in letzter Zeit allerlei durchgemacht hatte, um ein Ausklinken zu rechtfertigen. Als erstes hatte sich seine Mami in einen Manager der Firma verliebt, der Mami zwar sehr mochte, aber keinen Wert auf andere Bindungen legte. Mami, eine altgediente Astrophysikerin, war noch nie sonderlich warmherzig gewesen, und Diego hatte den größten Teil seines Lebens damit zugebracht, mit ihr von Schiff zu Schiff zu ziehen oder mitanzusehen, wie sie in verschiedensten Aufträgen kam und ging, während er selbst vor einem Unterrichtscomputer saß. An vielen Orten, an die seine Mami versetzt wurde, gab es keine Gleichaltrigen, und nur selten begegnete er einem Erwachsenen, der sich mit dem Kind anderer Leute befassen wollte. Die letzten paar Stationen hatte er damit begonnen, sich mit einigen der jüngeren Korpssoldaten anzufreunden, hatte ihren beiläufigen Unterhaltungen gelauscht und die Härte bewundert, mit der sie mit sich selbst umgingen, doch war ihm dabei stets bewußt geblieben, daß er nicht wirklich zu ihnen gehörte; und damit er das auch ja nicht vergaß, ließ seine Mutter keinen Zweifel an ihrer Mißbilligung seiner Kameradenauswahl aufkommen. Und kaum hatte man angefangen, ihn ein wenig zu akzeptieren, kaum hatte er ein paar Freunde gewonnen, wurden sie schon wieder versetzt. Schließlich hatte er sich der Fähigkeiten besonnen, die er bereits als kleines Kind entwickelt hatte, nämlich eine lebhafte Phantasie und seine rasche Auffassungsgabe. Er brauchte eigentlich keine richtigen Freunde. Seine Mami und sein Papi waren hochintelligente, selbstgenügsame Leute, und das galt auch für ihn. Alles, was er brauchte, war Zugang zu einem Computer; er konnte sich sowohl unterhalten als auch weiterbilden. Er hatte ein Talent für Sprachen, schon als kleiner Junge hatte er Spanisch und Englisch gelernt, und er genoß es, echte alte Hardcopy-Geschichten in beiden Sprachen zu lesen, wenn niemand da war, mit dem er sich befassen mochte, und so kam er schon über die Runden.

Ungefähr einmal pro Kalenderjahr besuchte er seinen Papi und Steve, und das war ganz in Ordnung. Er liebte seinen Papi wirklich, auch wenn der immer ein bißchen perfektionistisch und ernst war, außer in Gegenwart von Steve. Steve schaffte es, ihn aufzulockern, so daß er sich entspannte und ein wenig lachte. Steve fand immer hübsche Dinge, die er mit ihnen teilen konnte. Von ihm hatte Diego sein erstes Hardcopy-Buch – eine spanische Ausgabe des *Don Quixote* –, das er Diego zum neunten Geburtstag geschenkt hatte.

»Achte besonders auf Sancho Pansa und Dulcinea«, hatte er Diego aufgezogen. »Ich habe ein bißchen von beiden.« Und dann hatte er sich in eine Flamenco-Positur geworfen.

Kein Wunder, daß Papi und Mami nicht miteinander zurechtgekommen waren. Selbst wenn Papi nicht die Entdeckung gemacht hätte, daß er schwul war, waren sich die beiden doch viel zu ähnlich, beide so gelehrt und ernst. Deshalb machte Diego auch Papis und Steves Lebensarrangement nicht allzuviel aus; er war nur noch nie auf den Gedanken gekommen, daß er eines Tages dauerhaft mit ihnen zusammenleben würde.

Mittlerweile hatte Diego begonnen, sich daran zu gewöhnen – und er hatte sogar in Erfahrung gebracht, daß sein Papi ihn eigentlich die ganze Zeit hatte haben wollen, daß er aber auf der Liste immer nur an zweiter Stelle gestanden hatte, weil seine sexuelle Orientierung in den Augen der Firmenleitung weniger wünschenswert erschienen war als Mamis, wenn es um die Vergabe des Sorgerechts ging. Diego verstand nicht, was das für einen Unterschied machen sollte. Niemand versuchte ihm Vorschriften zu machen, für welches Ufer er sich entscheiden sollte, falls er überhaupt zu einer derartigen Entscheidung bereit gewesen wäre. Bisher war er noch niemandem begegnet, der in ihm das Verlangen geweckt hätte, die in seinen Handbüchern und Texten beschriebenen Prozeduren tatsächlich umzusetzen.

Und so hatte er sich also gerade an seine neue Situation gewöhnt und sich darin gefügt, als Steve von irgendeiner Viruserkrankung niedergestreckt wurde, unmittelbar bevor Papi seinen Auftrag ausführen sollte, auf Petaybee irgend etwas zu untersuchen. Das war dann auch die Gelegenheit gewesen, da Papi auf den brillanten Gedanken gekommen war, Diego statt Steve als Assistenten mitzunehmen, damit er ›seinen Horizont erweitern‹ könne.

Tatsächlich hatte er noch nie einen Horizont gesehen, da er ja schließlich *darin* lebte. Als er jedoch darauf hingewiesen hatte, hatte Steve ihn angeknurrt, er solle nicht den Klugscheißer mimen und neuen Erfahrungen doch mal eine Chance geben. Also war er mitgekommen, und zu seiner Überraschung war die Landschaft Petaybees viel offener und weiter als der ... Weltraum!

Doch wo es im All schwarz war, war Petaybee blau und weiß, selbst wenn es dunkel wurde, was schon während ihrer Fahrt vom Raumhafen in das armselige Städtchen geschah, wo sie von ihren Führern in Empfang genommen wurden. Der Himmel hatte die Farbe von dunklem Elfenbein, und er konnte noch immer Petaybees Sonne ausmachen, die wie ein kleiner Schneeball am Firmament hing, sowie ihre beiden Monde: den organischen und den von der Firma geschaffenen.

Es war hier fast so, als wäre man *im* Mond; so blaß und leuchtend wirkte alles. Der Raumhafen war nur ein Dreckloch, und das Städtchen war häßlich, aber das Land war ziemlich faszinierend, und die Fahrt nach Kilcoole erschien ihm viel zu kurz. Der Ort hatte eine große Ähnlichkeit mit den in seinen Büchern geschilderten, war aber auch andersartig genug, daß er ihn nie würde vergessen können, selbst wenn er sich nicht dazu entschließen sollte, ebenfalls ein großer Geologe wie sein alter Herr zu werden.

Und dann, als sie damit begannen, die Ausrüstung aus dem Schnokel zu laden, und eine ganze Meute von Hunden, ungefähr vierzehn pro Schlitten, vor der Station aufzog, begann er sich in die ganze Sache zu verlieben.

Die Hunde waren die schönsten Kreaturen, die er je gesehen hatte. Sie waren so rot wie eine Marsmondlandschaft, aber mit feinen Zügen und fuchsähnlichen, intelligenten Mienen. Zuerst erschreckte ihr Gebell ihn ein wenig, doch dann sagte die Dame – er erkannte ihr Geschlecht an der Stimme – auf seinem Schlitten, daß sie freundlich seien und er sie streicheln könne, wenn er wollte. Wie weich die Hunde waren! An der Oberfläche war ihr Fell ein wenig vereist, doch als er seine Handschuhe abstreifte und die Hand im Fell vergrub, war es weicher als alles, was er je gefühlt hatte, und warm genug, um sich nicht die Hand abzufrieren, bevor er sie wieder in den Handschuh gleiten ließ. Als er sich gerade vorbeugte, um den Handschuh wieder anzulegen, leckte ihm der Hund das Gesicht ab. »He, Junge!« sagte Diego und umarmte ihn.

»Mädchen«, berichtigte ihn Lavelle, die Lenkerin. »Das ist Dinah, meine Führerin. Sie mag dich, und sie ist eine gute Menschenkennerin.«

»Führerin?«

»Der Hund, mit dem ich spreche und der mir und den anderen Hunden mitteilt, was vorn los ist und was zu tun ist. Wie du erkennen kannst, bekommen die meisten anderen Hunde bei dieser Anordnung immer nur das Hinterteil des vor ihnen laufenden Hundes mit.« Die Hunde wedelten mit ihren geringelten, fedrigen Ruten und grinsten, als sei das ein ihnen allein gemeinsamer, großartiger Witz.

Diego fuhr mit Lavelle, während sein Papi in dem Schlitten vor ihnen saß. Die anderen Expeditionsmitglieder, zwei Frauen: eine Seismographin und eine Tagebauingenieurin, und der Mann, den sein Papi als Spezialist für Bodenmechanik bezeichnet hatte, fuhren in den anderen Schlitten.

Es war eine herrliche Fahrt, so eng zusammengekauert mit den Vorräten auf den Schlittenfellen, während die Hunde mit wippenden Ruten vorausliefen. Aber das schönste kam, als sie das Städtchen schon ein Stück hinter sich gelassen hatten und so gut wie nichts mehr im Weg lag und Lavelle ihn lenken ließ.

»Wenn sie loslaufen sollen, brüllst du Dinah ein ›Hüah!‹ zu und ›Hi!‹, wenn sie nach rechts schwenken soll. ›Ho!‹ für links und ›Brr!‹, wenn sie anhalten sollen. Dann wird Dinah das tun und dafür sorgen, daß die anderen folgen. Ist ein kluge Hundchen. Stell dich hierher.« Sie zeigte ihm die groben Fellstreifen auf den Kufen, auf denen er festen Tritt hatte. »Hier ist die Bremse. Wenn du anhalten willst, trittst du darauf, aber auf dem Eis geht das nicht sehr schnell.«

Die anderen Schlitten überholten sie, doch das schien Lavelle nichts auszumachen. Sobald er die Hände auf die Lenkstange gelegt und die Füße auf den Tritt gestellt und nachdem Lavelle die Netze aus Holz und Lederriemen verzurrt hatte, rief er Dinah »Hüah!« zu, und schon setzte sie sich zusammen mit den anderen in Bewegung, wobei sie beim Klang der neuen Stimme allesamt zuerst etwas winselten.

Dinah war tatsächlich ein kluger Hund. Sie mochte es nicht zulassen, daß die anderen Schlitten vor ihnen blieben, und so überholte sie mühelos, um sich wieder hinter den ersten Schlitten, in dem Diegos Vater saß, einzureihen.

Der Aufhollauf war für Diego das beste gewesen, wie ihm der Wind ins Gesicht gebissen und ihm den Atem in die Kehle zurückgepreßt hatte, während die ganze blauweiße Welt von den Eiszapfen eingerahmt wurde, die von seinen Augenlidern und dem Fell seiner Kapuze herabhingen. Sobald sie das Tempo verlangsamten, um sich wieder hinter dem ersten Schlitten einzureihen, wurde ihm kalt, dann langweilig, weil er so weit zurückbleiben mußte. Lavelle, die neben ihm beim Laufen die Knie merkwürdig hoch anzog, um den Schnee von den klobigen Schneeschuhen abzuschütteln, erzählte ihm von den großen Rennen, von denen ihr Großvater ihr berichtet hatte, damals in früherer Zeit in Alaska, einem Landstrich auf der Erde.

»Eines der größten Rennen, die damals stattfanden, entwickelte sich aus einer Hundeschlittenstaffel, die von einer großen Stadt Serum in ein weit entferntes Städtchen namens Nome brachte«, erzählte sie.

»Die Leute bewunderten das Durchhaltevermögen und das handwerkliche Können, das man brauchte, und so machten sie daraus ein Wettrennen. Ganze Städte sponserten Hunde und ihre Führer, und es wurde weltweit bekannt. Ein anderes Rennen fand auf der Strecke des Postschlittens statt. Da ging es durch zwei Länder, und die Führer brachten ihre Teams von überall her, um an dem Wettbewerb teilzunehmen. Bei beiden Rennen nahmen sie auch ein bißchen Post mit, die sie dann am Ziel abliefern mußten.«

»Weshalb mußten sie denn die Post per Hundeschlitten befördern?« wollte Diego wissen. »Das ist doch albern, wenn man genauso gut Computer benutzen kann.«

»An manchen Orten gab es damals noch keine Computer«, rief sie zurück. »Und manchmal wollten die Leute einfach nur gern beweisen, daß sie es ihren Vorfahren gleichtun und überleben konnten. Sie wollten lernen, genauso widerstandsfähig zu werden wie sie, verstehst du?« Sie grinste: ein freundliches Grinsen in ihrem sonnengebräunten Gesicht. »So hart und widerstandsfähig wie wir.«

Er erwiderte das Grinsen, dachte aber bei sich, daß es ein wenig rückständig sei, Dinge auf die harte Weise zu tun, anstatt neue Fertigkeiten zu erwerben. Andererseits tat er gerade ja selbst Dinge auf die anstrengende, alte Weise und erwarb gleichzeitig neue Fertigkeiten!

In dieser Nacht schlugen sie ein Lager auf, und er hörte eine Weile zu, wie sein Vater von Gestein und anderen Dingen redete, während sie Lebensmittel zu sich nahmen, die mit dem, was er an Bord zu bekommen pflegte, weitgehend identisch waren. Dann reichte Lavelle ihm einen Stock; der roch sehr kräftig, aber auch äußerst würdig und interessant.

»Iß«, sage sie. »Das schmeckt gut. Räucherlachs. Ich habe ihn selbst gefangen und geräuchert.«

Diego knabberte daran, und sie sang ihm ein seltsames Lied vom Fang dieses besonderen Fisches vor. Sie sagte, daß es ihr eigenes Lied sei, obwohl die Melodie von einem alten irischen Lied stammte, das ihr ihre Großmutter O'Toole einst beigebracht hatte, ›The Star of the County Down‹.

Der Refrain lautete:

Vom Raumhafen bis nach Kilcoole
und bis Tanana Bay
der Wildfisch schwimmt, doch ich fing ihn
und jetzt essen wir ihn, hei!

In der beheizten Unterkunft schlief Diego schnell ein. Am nächsten Morgen freute er sich beim Aufwachen darauf, vielleicht wieder die Hunde führen zu dürfen, während vom Himmel weicher Pulverschnee herabrieselte. Er wußte zwar, daß der Schnee zum Ökosystem dieser Welt gehörte, gleichzeitig empfand er es jedoch als seltsam, daß er so viel Zeit über dem Planeten zugebracht hatte, ohne ihn jemals zu betreten. Sein Vater erklärte ihm, daß der Schnee deswegen weiß und nicht transparent war, weil er eine dichte Akkumulierung lichtreflektierender, gefrorener Wasserkristalle darstellte; Lavelle aber zeigte ihm, daß jede Flocke ein anderes, wunderschön verziertes Muster aufwies. Diego mußte im Schlitten fahren, weil Lavelle meinte, daß sie nun in unwegsameres Gelände kommen würden und sie Ausschau nach der Stelle halten müsse, die die Expedition aufsuchen wollte. Sie versprach ihm aber, ihn auf der Rückfahrt den Schlitten lenken zu lassen.

Er verbrachte viel Zeit damit, im Schlitten zu liegen und mit den Handschuhen Flocken einzufangen, wobei er versuchte, sich ihre Formen einzuprägen, bevor sie schmolzen.

»Vielleicht mache ich dir heute abend im Lager mal etwas Schneeeiscreme«, sagte sie und beugte sich dabei so tief über ihn, daß ihm ihr Atem eisig ins Gesicht wehte. »Ich habe etwas Robbenöl und getrocknete Beeren dabei und auch ein wenig Zucker.«

»*Robben*öl?« fragte Diego.

»Ja. Spendet dir unterwegs sofort Energie. Sag nicht nein, bevor du es nicht probiert hast.«

Er schnitt eine Grimasse, und sie zog ihm die Kapuze über die Augen.

Doch je weiter sie fuhren, um so stärker wurde der Sturm, und zweimal fragte der Bursche aus Petaybee, der offensichtlich Lavelles Ehemann war, Diegos Vater und die anderen Männer, ob sie nicht lieber das Lager aufschlagen wollten, doch die meinten, sie wollten weiterfahren und daß sie sich mit ihren Instrumenten schon orientieren könnten. Der Schnee fiel jetzt so heftig, daß Diego nur mit großer Mühe die Ruten der Hunde vor sich ausmachen konnte, von den anderen Schlitten ganz zu schweigen. Die ganze Welt um ihn herum war weiß, und der Schlitten wurde immer langsamer, während Siggy, wie Lavelle den Burschen von Petaybee nannte, versuchte auf dem Weg zu bleiben, die Schlitten im Auge zu behalten und alle davon zu überzeugen, daß sie doch besser anhalten sollten.

Die Fahrt war sehr viel rauher geworden, und obwohl er nichts erkennen konnte, wußte Diego doch, daß sie die Ebene verlassen hatten, wo die Hunde die Schlitten nunmehr kleine Hügel hinauf- und hinabzogen, bis es schließlich an einen langen, anstrengenden Anstieg ging.

Er hörte, wie Siggy irgend etwas brüllte, dann stieß Papi einen Ruf aus, und die Frau vor ihm schrie plötzlich: »Brr, ihr Penner! Brr! Ach, verdammt!« Dann mehrere Geräusche; Gleiten, Krachen, Rutschen, doch inzwischen hatten die Hunde den Gipfel erreicht und sausten ebenfalls in die Tiefe.

Ein Mann stieß einen Schrei aus, und mehrere schwere Gegenstände rollten und stürzten vorbei, als der Schlitten plötzlich in die Luft geschleudert wurde und Diego sich in einem Flug wiederfand, wie er ihn im Raumschiff nie erlebt hatte, in dem er doch schon als Säugling gelebt hatte.

Lavelle rief: »Brr, Dinah! Zurück, Mädchen!« Und Diego spürte, wie ihre Hand an seinem Kapuzenfell zerrte. Einen Augenblick lang hatte sie ihn im Griff; dann machte der Schlitten wieder einen Ruck, und sie stürzte, ließ seine Kapuze fahren, und da fiel, rollte, purzelte er bereits vom Schlitten in den Schnee, überschlug sich, bis seine Füße im selben Augenblick gegen etwas prallten, und sein Kopf auf etwas Hartes traf. Plötzlich senkte sich Dunkelheit über ihn.

3. KAPITEL

Yana versuchte, die Katze an diesem Abend zu Clodagh zurückzubringen, als Bunny sie abholte, doch das Tier verweigerte die Mitarbeit. Als Yana versuchte, sie aufzuheben, um sie zu Bunnys Schlitten zu tragen, entkam ihr die Katze und verschwand.

Yana erklärte Clodagh den Vorfall, als die große Frau den Inhalt eines auf dem Ofen stehenden Topfs umrührte. Topf und Ofen gaben köstliche Gerüche von sich.

»Behalten Sie ihn«, riet Clodagh ihr. Sie ließ den Blick durch den Raum auf vier identische Katzen schweifen, die auf verschiedenen Möbelstücken lagen, und fügte mit sanftem Lächeln hinzu: »Ich habe noch ein paar übrig. Außerdem gehen die sowieso hin, wo es ihnen paßt, und tun nur, was sie wollen. Anscheinend sind Sie auserwählt worden.«

»Ja, aber was soll ich damit *machen*?« fragte Yana.

»Ihn füttern«, erwiderte Bunny. »Das ist das wichtigste. Und ihn hinein- und hinauslassen, es sei denn, Sie wollen ein Tablett für ihn aufstellen.«

»Die kommen auch draußen über längere Zeit ganz gut zurecht«, ergänzte Clodagh. »Dafür wurden sie gezüchtet, weshalb sie sich auch nicht die Schwänze und Ohren abfrieren wie ihre Vorfahren. Aber meistens ziehen sie ein Feuer und einen warmen Schoß vor. Sind angenehme Gesellschaft.«

Yana schaute sie an. »Ich muß erst noch in Erfahrung bringen, wo ich diese Dinge bekomme: Lebensmittel, Kleidung, Holz. Übrigens hat mir irgend jemand eine Ladung Holz gebracht und vor die Tür gelegt. Wissen Sie, wer das war, damit ich mich bedanken kann?«

Clodagh zuckte mit den Schultern. »Das kann irgend jemand gewesen sein. Vielleicht einer von Bonkas Verwandten. Jemand, der weiß, daß Sie mehr brauchen, als die PTB Ihnen ausgehändigt hat. Da wir gerade davon reden, vergessen Sie heute nacht Ihr Bündel nicht. Nicht, daß diese armselige Decke Ihnen allzuviel nützen dürfte. Sie brauchen eine richtige.«

»Und wo kann ich mir eine kaufen?« fragte Yana.

»Jedenfalls nicht im Firmenladen, soviel ist sicher!« erwiderte Bonka. »Die haben doch nichts als veraltetes Raumfahrerzeug.« Sie ging zu Clodaghs Bett hinüber und schob die Standarddecke beiseite, um eine weitere freizulegen: Diese Decke war voller hübscher, sanfter Gelb-, Blau- und Rosatöne. »Hier, fühlen Sie mal.«

Yana beugte sich vor und befühlte die Decke. Sie war dicht gewebt oder gehäkelt – sie konnte es nicht genau unterscheiden – und bestand aus irgendeinem schweren, langfasrigen Material. Sie fühlte sich herrlich warm an.

»Die ist schön«, meinte sie.

»Da wir gerade dabei sind, da kommen Sinead und meine Schwester Aisling«, warf Clodagh ein. »Sinead sammelt das Haar der Pferde und Hunde zum Spinnen, manchmal auch von den Wildschafen, die sie jagt, und Aisling spinnt, färbt und webt das Haar in die Decken. Vielleicht lassen sie sich ja auf einen Tausch ein.«

Eine weitere Frau betrat den Raum. Sie war fast so rundlich wie Clodagh, doch wirkte sie sehr viel verträumter. Ihr folgte eine kleine, drahtige Frau, die ihr aus den Oberkleidern half.

»Willkommen, Schwester, Sinead«, sagte Clodagh und lächelte den beiden Frauen zu. »Wir haben gerade von euch gesprochen. »Habt ihr schon gegessen?«

»Nö«, antwortete die kleinere, zierlichere der beiden Frauen, während sie mit großer Schnelligkeit ihre Oberbekleidung abschüttelte. »Wir haben gehört, daß du heute nacht Gäste hast, und sind gekommen, um sie uns anzuschauen.« Sie streckte Yana die Hand entgegen. »Sinead Shongili. Freut mich, Sie kennenzulernen. Sind Sie noch gut nach Hause gekommen, ohne wieder zu stürzen?«

»Dann waren Sie also die Person, die mir das Watscheln beigebracht hat!« rief Yana.

»Ja, und diese wunderschöne Dame hier ist Aisling Senungatuk«, antwortete Sinead und machte sich etwas besorgt an Aisling zu schaffen, die ihre üppige Gestalt gerade in einen Schaukelstuhl senkte, den Clodagh aus einer Zimmerecke hervorgeholt hatte. Aisling lächelte ihre Partnerin freundlich an und bedeutete ihr, daß ihr behaglich zumute sei.

»Yana hat gerade die Decke bewundert, die ihr beiden für mich gemacht habt, Schwester«, sagte Clodagh zu Aisling.

»Ich setze Sie auf meine Liste, Yana«, versprach Aisling mit einer der wunderschönsten Stimmen, die Yana je gehört hatte.

»Ja, die Decken, die die Firma einem liefert, sind der reinste Mist«, warf Sinead ein. »Ich muß noch erst etwas Material zum Weben sammeln, aber meine Aisling kann Ihnen die prächtigste verdammte Decke machen, die Sie je gesehen haben, nicht wahr, Liebste?«

Aisling nickte. »Darauf kannst du wetten.«

»Ich fürchte, ich habe Ihnen im Gegenzug nicht allzuviel zu bieten«, sagte Yana, »abgesehen vonn ein paar veralteten Dienstgradabzeichen. Ich mußte alle Souvenirs abgeben und durfte nur mitbringen, was lebensnotwendig war. Die Höchstgrenze für Gepäck wurde ganz eisern eingehalten. Sie wissen nicht zufällig, wo ich einen kleinen Computer bekommen kann, oder?«

Sinead lachte belustigt. »Sie machen wohl Witze!«

Clodagh meinte etwas sanfter: »O nein, meine Liebe, das ist nichts für unsereins, du liebe Güte! Hier in Kilcoole hat niemand so ein Ding. Wir sind schließlich nur arme, unwissende ULs, müssen Sie wissen, und so gefällt das auch der PTB.«

»ULs?«

»Unerwünschte Leute«, erklärte Aisling. »Mit denen haben sie diesen Planeten kolonisiert. Verstehen Sie, die wollten unser Land auf der Erde haben und haben uns dafür im Tausch einen anderen Ort versprochen. Genaugenommen hatten wir in der Sache nicht allzuviel zu sagen. Vertrieben hat man uns. Niemand konnte sich noch Landbesitz leisten. Also sind wir hierher gekommen, wie man es von uns wollte.« Sie senkte den Blick, als sie ihre Erklärung beendet hatte, dann sah sie Clodagh entschuldigend an. »Tut mir leid. Wenn ich erst einmal in Fahrt gerate ... Außerdem müssen wir jetzt gehen. Wir wollten euch wirklich nicht beim Abendessen stören. Wir sind nur vorbeigekommen, um nachzusehen, ob wir irgendwie behilflich sein können.« Mit einem Nicken wies sie in Yanas Richtung.

»Danke«, erwiderte Yana, und Clodagh begleitete sie zur Tür. Für jeden Schritt, den ihre stattlichere Partnerin tat, tänzelte Sinead drei vor und zwei zurück.

Nachdem sie gegangen waren, holte Clodagh eine Flasche und einige Becher von dem Regalbrett eines der mit Tüchern verhängten Wandschränke und fragte: »Trinken Sie ein Schlückchen zum Abendessen, meine Liebe?«

»Wie bitte?«

»Clodaghs Selbstgebrannter«, erklärte Bunny. »Der ist gut, bekommt man schöne Träume von.«

»Ich weiß nicht. Bei all den vielen Medikamenten, die ich in letzer Zeit ...«

»Er wird Ihnen guttun«, warf Clodagh ein. »Hat medizinische Eigenschaften. Mit diesem Zeug kann man sich nicht besaufen, bis man blind ist – es wird nur alles ein wenig angenehm verwaschen. Und Sie sehen mir sehr danach aus, als hätten Sie so etwas nötig, meine Liebe.«

»Clodagh ist auch die Heilerin hier, also können Sie sich in dieser Hinsicht ruhig auf sie verlassen«, sagte Bunny zu Yana.

»Also gut, einen kleinen Schluck«, willigte Yana ein. Die würzigen Düfte vom Herd erweckten in ihr das Verlangen, irgend etwas zu sich zu nehmen. Und wenn es schon keine Nahrung war, war etwas zu trinken auch keine schlechte Alternative.

Doch zusammen mit dem Getränk kam auch eine turmhoch gefüllte Schüssel mit einer Art Nudeln und einer roten Fleischsoße; dazu gab es heißes Brot. Am ersten Bissen verbrannte Yana sich den Mund, was ihr mit den automatisch hergestellten Schiffsspeisen noch nie passiert war.

»Das ist ja köstlich«, sagte sie, nachdem sie einige etwas kühlere Happen zu sich genommen hatte. »Was ist es denn?«

»Elchspaghetti«, erklärte Clodagh. Wieder klopfte es an der Tür. Bunny sprang auf und öffnete. Zusammen mit einem Stoß kalter Luft trat eine in einen Parka gekleidete Gestalt in den Raum.

Die Frau gab sich Mühe, Yana nicht anzublicken, als sie ihr Kleidungsstück aufknöpfte.

»Sedna, wie geht's?« fragte Clodagh sie.

»Oh, hervorragend. Wollte nur mal fragen, ob du mir mit etwas Stutenbutter aushelfen könntest.«

»Kein Problem. Sag mal, Sedna, kennst du Majorin Maddock eigentlich schon?« fragte Clodagh.

Sedna schüttelte die blonden Locken und gestattete sich einen unverblümten Blick auf Yana, die meinte, die Frau an diesem Morgen schon einmal bei Charlie Demintieffs Verabschiedung gesehen zu haben.

»Majorin Maddock«, fing Clodagh an.

»Yanaba oder einfach nur Yana«, warf sie ein.

»Yana, das ist Sedna Quinn. Was machen die Ohrenschmerzen deines Jungen, Sedna?«

»Schon besser, Clodagh, seit du ihm diese Packung gemacht hast.«

»Hast du schon etwas gegessen?«

»Nein, ich muß aber zurück und ihm beim Schaben des Elchfells helfen. Ich bringe dir dann ...«

»Na, sag mal, wenn du so beschäftigt bist, warum nimmst du nicht etwas Elchspaghetti zum Abendessen mit nach Hause? Dann brauchst du dich nicht auch noch darum zu kümmern.«

Also setzte sich Sedna mit halbaufgeknöpftem Mantel auf ihre Stuhlkante, während Clodagh einen Behälter mit Nudeln füllte.

»Na, Bunny, ziemlich traurig das mit Charlie, wie?« fragte Sedna.

»Ja, wirklich schlimm. Ich hoffe, er kommt zurecht. Ich wette, da oben ist es ziemlich einsam für ihn. Ich wünschte, sie hätten uns etwas Zeit gelassen, ein Lied für ihn zu machen.«

»Ich werde schon ein Lied für ihn machen, auch wenn er es sich nicht anhören kann«, sagte Clodagh.

»Vielleicht könnten Sie es für ihn aufzeichnen oder aufschreiben, dann könnte Bunny es ihm schicken, wenn sie mal wieder zum Raumhafen kommt.«

Sedna richtete sich steif auf, warf Yana einen mitleidigen Blick zu und sagte verkniffen: »Damit ein Lied etwas taugt, muß es einer dem anderen vorsingen.«

»Es tut mir leid«, sagte Yana. »Ich bin mit Ihren Sitten noch nicht vertraut. Es ist nur so, daß ich ja mitangesehen habe, wie gern Sie alle Oberleutnant Demintieff haben, und ich weiß auch, wie wichtig es für einen Soldaten ist, von seinen Freunden zu hören, ob sie nun auf einem Planeten oder in irgendeiner anderen Einrichtung sein mögen.«

»Schon gut, Yana«, antwortete Clodagh. »Sedna, Yana

wird hier bei uns leben, da wird sie das schon früh genug mitbekommen. Tatsache ist, Yana, daß hier niemand weiß, wie man etwas aufzeichnet, vom Schreiben ganz zu schweigen.«

Yana verschluckte sich beinahe vor Überraschung. »Niemand? Sie auch nicht? Aber wie, zum Teufel, kann das sein? Die Rekruten aus Petaybee, die ich kannte, konnten das doch alle. Bunny muß es doch wohl auch gekonnt haben, um ihre Prüfung zu bestehen.«

Bunny schüttelte den Kopf. »Das geht alles per Funk – mit mündlichen und bildlichen Hinweisen. Und natürlich bringt die Firma den Soldaten das Lesen bei, jedenfalls genug, um sich im Korps zurechtzufinden, in der Grundausbildung und auf der Offiziersakademie in Chugiakfergus, aber ansonsten ...« Sie zuckte mit den Schultern.

»Die ersten Kolonisten hier haben doch bestimmt ...«, fragte Yana nach.

Clodagh schüttelte ebenfalls den Kopf. »Nur die führenden Firmenangestellten. Ja, einige unter unseren Urgroßeltern haben vielleicht auch ein bißchen etwas davon verstanden – vielleicht ungefähr so viel, wie die Firmensoldaten heute wissen ... Aber damals, so erzählen es jedenfalls die Lieder, besaßen alle hochentwickelte Maschinen, die zu ihnen sprachen und ihnen Bilder davon zeigten, was zu tun war. Die Firma war offensichtlich nicht der Ansicht, daß wir die Maschinen ebenso dringend benötigten wie das andere Zeug, als man uns hierherschickte. Und für Leute wie uns war der ganze Kram viel zu teuer, um ihn noch zu importieren, als wir schließlich hier eingetroffen waren. Deshalb gibt es nur wenige von diesen Maschinen auf dem Planeten, nämlich nur jene Exemplare, die die Firma hier braucht, um ihre eigenen Geschäfte zu erledigen. Und was Ihre *geschriebenen* Bücher angeht, na ja, ich glaube kaum, daß irgend jemand noch eine Ahnung hat, wo man von denen welche auftreiben kann, bis auf die speziellen, die

die Wissenschaftler dabei hatten. Und so sind wir einfach wieder auf Unterhaltungen und Gesänge und aufs Geschichtenerzählen verfallen, so wie die Leute es vor langer Zeit taten.«

»Wir kommen auch ohne dieses Zeugs ganz gut zurecht«, warf Bunny mit einem verteidigenden, scharfen Ton in der Stimme ein, der jedoch sofort von einem Hauch Wehmut abgemildert wurde. »Bis auf solche Gelegenheiten wie jetzt, aber es gibt immerhin noch ein *paar* Leute, die ...« Sie wandte sich an Clodagh.

»Einschließlich dein Onkel Sean, wenn ich mich nicht irre«, sagte Sedna. »Stimmt das, Clodagh?«

»Natürlich. Er ist ein Shongili.« An Yana gewandt erklärte Clodagh: »Die Shongilis waren ursprünglich Inuit, aber sie hatten bei der Intergal schon lange Zeit vorher als Wissenschaftler Karriere gemacht, bevor Petaybee gegründet wurde. Seans und Sineads Großvater war bis zu seinem Tod der angesehenste Mann in unserer Hemisphäre.« Sie nickte mit einem leicht unangebracht wirkenden Stolz. »Die Shongilis können auf jeden Fall lesen – Bücher über Bücher, wenn sie wollen. Selbst Sinead kann das – dafür hat Aisling schon gesorgt, aber sie hat erzählt, daß Sinead zu ihr gesagt hat, daß sie lieber Tierspuren liest und sich auf ihr eigenes gutes Gehör und Gedächtnis verläßt, um sich die Geschichten und Lieder zu merken, wie alle anderen es auch tun.«

Bunny schoß hoch und rief aus: »Das hatte ich ganz vergessen! Stimmt ja! Onkel Sean kann nicht nur schreiben, er hat auch Geräte, um es zu tun, *und* einen Aufzeichnungsapparat. Der könnte das machen!«

»Dein Onkel ist ein wichtiger Mann, ein beschäftigter Mann, Bunny«, versetzte Sedna bestürzt. »Er muß die Probleme des ganzen Planeten lösen. Da können wir ihn nicht mit jeder Kleinigkeit behelligen.«

»Daß Charlie versetzt wurde, ist aber eigentlich keine Kleinigkeit, oder, Sedna?« fragte Clodagh. »Nein, ich finde, das ist eine gute Idee. Wenn Yana lesen und auch

Aufzeichnungen machen kann, und wenn Sie bereit wären, uns dabei zu helfen, Yana, brauchten wir ihn auch gar nicht besonders aufzuhalten. Er könnte ihr ja einfach die Maschine leihen. Meinst du, daß er das tun würde, Bunny?«

»Wenn ich ihn darum bitte und ihm sage, daß es deine Idee war«, antwortete Bunny. »Ich werde in zwei Tagen zu ihm gehen, wenn ich keine Transporte zum Raumhafen und zurück machen muß.«

»Vielleicht hat Yana ja Lust, mit dir zu gehen. Ich wette, Sean würde gerne jemanden kennenlernen, der auch schreiben kann.«

»Wie finden Sie das, Yana? Sie haben doch keine Angst vor den Hunden, oder?«

Grinsend schüttelte Yana den Kopf. »Nein, ich würde gern in dem Gerät fahren.« Die angekündigte Wirkung des Selbstgebrannten begann sich zu zeigen.

Mit einem Behälter Elchspaghetti in der Hand verabschiedete Sedna sich. An der Tür traf sie auf weitere unangemeldete Gäste, von denen Yana einen bereits kennengelernt hatte: Diesmal sah Bunnys Onkel Seamus weniger schnee- und eisverkrustet aus, und er war in Begleitung einer winzigen Frau mit kurzem, welligem Silberhaar.

»Sláinte, Clodagh! Bunny sagte, daß du die Majorin zum Abendessen hierhast, da wollten Moira und ich ihr etwas Fisch bringen. Bitte schön, Majorin«, sagte Seamus und reichte ihr eine Stange aus steifgefrorenem Fisch, als würde er ihr soeben ihre Beförderung zur Vizepräsidentin der Intergal offenbaren.

»Danke ... Seamus«, sagte Yana und tat so, als würde sie den Fisch bewundern. Sie hatte keine Ahnung, was sie damit anfangen sollte, also hängte sie die Stange über ihren Stuhlrücken, worauf sich sofort die Katzen intensiv dafür zu interessieren begannen.

»Haut ab, ihr Räuber!« rief Clodagh und watschelte durch orangefarbenes Fell, um den Fisch zu retten. Die

Katzen stellten sich auf die Hinterbeine und schlugen nach der Stange, als Clodagh sie in die Höhe hob. »Du hängst sie besser draußen auf, bis sie wieder geht, Seamus.«

»In Ordnung«, sagte Seamus und warf Yana einen seltsamen Blick zu. Sie winkte und bedankte sich erneut, während sie bei sich beschloß, Bunny später nach der gängigen Etikette in Sachen Fischgeschenken zu befragen.

Sie blieben noch eine Weile, und während sie da waren, kamen zwei weitere Leute vorbei: ein spitzbübisch dreinblickendes Mädchen, das Yana als Arnie O'Malley vorgestellt wurde, und ihr kleiner Sohn Finnbar, der sofort hinter den Katzen herjagte. Als die anderen Gäste schließlich wieder aufbrachen, rief das Mädchen: »Warte nur, bis du mein neues Latchkay-Kleid zu sehen bekommst, Clodagh! Die Burschen werden noch jahrelang Lieder für mich komponieren.«

»Typisch Arnie, immer muß sie angeben«, bemerkte Bunny angewidert.

»Was sind denn das für Lieder, von denen alle sprechen?« wollte Yana wissen. Sie war satt, trank gerade an ihrem dritten Glas Selbstgebranntem und fühlte sich angenehm entspannt, ja sogar ein wenig schläfrig. »Gibt es denn so viele Musiker in dieser Stadt?«

»Nein, nur der alte Ungar und sein Haufen«, meinte Bunny. »Aber Lieder komponiert hier jeder.«

»*Jeder*?« Yana war noch nie jemandem begegnet, der Lieder schrieb oder sich dazu bekannte.

»Ja«, warf Clodagh ein. »Wir komponieren Lieder zu allem, es gibt sogar eins über die Gründe, weshalb wir Lieder komponieren, aber dieses Lied gehört Mick Oomilialik. Vielleicht singt er es Ihnen beim Latchkay mal vor.«

»Was ist das denn?«

»Och, das ist ein großes Fest, bei dem viel gesungen wird und zu dem wir zusammenkommen, um Dinge zu besprechen. Meine Inuit-Vorfahren nannten so etwas ein

Potlatch, und bei meinen irischen Ahnen hieß es ein Ceili, und so hat einer der ersten Siedler hier daraus Latchkay gemacht. Na ja, jedenfalls komponiert jeder Lieder, die er dann vorsingt, um zu erzählen, was in der letzten Jahreszeit alles passiert ist. Manchmal kommen auch ganze Dörfer zusammen, um gemeinsam zu essen und Neuigkeiten auszutauschen.«

»Dann findet dieses Fest also immer nur einmal pro Jahreszeit statt?«

»Ja, bis auf Hochzeiten, Beerdigungen und andere besondere Ereignisse.«

»*Worüber* schreibt man denn beispielsweise so ein Lied?«

»Zum Beispiel über Charlie, der gehen mußte. Dann würde ich beispielsweise ein Lied schreiben, in dem ich so tue, als wäre ich Charlie.«

»Und die Musik und alles andere können Sie auch einfach so komponieren?«

»Nein, normalerweise nicht. Wir verwenden überwiegend alte Melodien. Und getrommelt wird auch«, ergänzte Bunny. Sie nahm eine Rundtrommel von Clodaghs Wand, hielt sie mit einer Hand hoch und zog mit der anderen einen an der Rückseite befestigten Schlegel hervor.

»Unsere Trommeln können genauso verwendet werden wie die der Inuit, dann schlägt man sie mit einem Stock in festgelegtem Rhythmus«, erklärte Clodagh. »Und wenn man sie wie eine irische Bodhran verwenden will, schlägt man sie mit diesem kleinen Stock dort. Oder mit den Fingern, wenn man wirklich gut ist. Wenn ein Lied zum ersten Mal vorgestellt wird, verwenden wir nur die Trommeln, damit jeder den Text verstehen kann. Später singen dann auch andere mit, wenn es der Besitzer genehmigt, und dann stimmen auch weitere Instrumente ein.«

»Ich kann ja mal eins von meinen vorsingen«, schlug Bunny vor.

Clodagh wirkte leicht überrascht. »In Ordnung. Dann werde ich trommeln. Welches denn?«

»Über den Erhalt meiner Schnokellizenz. Irische Waschfrau.«

»*Was?*« fragte Yana.

»Ach, ›Irische Waschfrau‹ ist nur die Melodie«, erläuterte Clodagh. »Unsere Vorfahren mochten einander wirklich sehr, aber es war leichter für die Inuit, sich an die irische Musik anzupassen, als für die Iren, sich auf die Musik der Inuit einzustimmen. Natürlich haben einige von uns nicht die Stimme für irische Melodien, dann singen wir eben auf Inuit-Weise.«

»Es ist mehr eine Art Singsang«, fügte Bunny hinzu. »Unser Gesang ist im Grunde genau wie wir selbst – alles vermengt. Schön, jetzt kommt mein Lied:

Ach, heute bekomm ich meinen Schnokelschein
von den hohen Tieren als Petaybee-Maid.
Verzeiht mir mein Jauchzen, es muß einfach sein!
Denn heute bekomm ich meinen Schnokelschein.

Das war schon alles«, endete Bunny. »Aber ich war wirklich sehr glücklich darüber, auch wenn es nur ein kleines Lied ist. Ich wollte nicht allzusehr angeben.«

Clodagh sagte: »Passen Sie auf, ich singe Ihnen jetzt mal ein Lied im anderen Stil vor.«

Bevor sie erwachte, war die Welt lebendig.
Brütend in einer Schale aus Eis und Gestein.
Allein gedachte sie ihrer eigenen Rätsel,
tief träumend.
Jajai-ija.

Clodagh hatte einen langsamen, klaren Singsang angestimmt, wodurch das ganze Lied etwas Gespenstisches bekam, was Yana an einige andere Lieder erinnerte, die man in der gesamten Galaxis auf Bordholos und in Firmenkneipen zu hören bekam. Der letzte Ton der Strophe war sehr tief, beinahe guttural.

Dann kamen die Männer mit ihren Schiffen, ihr Feuer
entfachte das Feuer der Welt
Zersplitterte Fels, schnitt Flußkanäle,
riesige Löcher als Meeresbett.
Jajai-ija.

Schmerz das Erwachen, der Anfang
so schmerzhaft, wie nur ein Anfang es sein kann.
Doch der Schmerz erweckte die Welt aus dem Traum,
zerschmolz ihre Decke,
ließ Wasser in den Geist der Welt einträufeln.
Jajai-ija!

Erweckt, wuchs der Welt das Laub.
Erweckt, wuchsen der Welt die Wurzeln.
Erweckt, wuchsen der Welt Moose und Flechten.
Erweckt, erfuhr die Welt den Wind.
Jajai-ija!

Dann kamen weitere Männer,
und der Welt wuchsen Flügel.
Der Welt wuchsen Füße und Hände.
Der Welt wuchsen Tatzen und Klauen.
Der Welt wuchsen Federn und Fell.
Jajai-ija!

Nasen witterten die neue Welt und Münder
schmeckten sie
Krallen zerrissen sie und Flossen und Schuppen
schwammen durch
die neuen Gewässer. Und die Schwänze der Welt
wedelten, froh über ihre Stimme.
Froh, daß sie erwacht war.
Jajai-ja-jija!

Yana nickte anerkennend, während vor ihrem geistigen Auge Bilder von Eishöhlen, schneebedeckten Ebenen und verschiedenen versprengten Tieren aufstiegen, die allesamt in einem bunten Kaleidoskop mit der Planetenoberfläche in Verbindung standen. Als Clodagh geendet hatte, lächelte Yana, dankte ihr für das Lied und die Mahlzeit und verkniff sich die Bemerkung, daß das Pionierkorps der Abteilung Terranisierung dieses Lied sicherlich gern zu seiner Hymne machen würde, falls man es dort jemals vernehmen sollte. Clodagh begann, den Tisch abzuräumen, und Bunny zog ihren Parka an.

Obwohl Bunny sich erbot, sie nach Hause zu fahren, ließ sie sie ihre Hunde ohne Umwege in ihre Zwinger zurückbringen und ging statt dessen zu Fuß. Benebelt und glückselig trug Yana ihr Bündel und ihre Stange aus Fisch, genoß die forsche Frische der Luft und überlegte sich, daß die Welt in Clodaghs Lied vielleicht auch Lungen hatte – und zwar gesunde.

Sie hängte den Fisch draußen an die Tür, wie Seamus es bei Clodagh getan hatte, doch der Preis für diese Anstrengung war ein weiterer Hustenanfall, bei dem sie sich im Schnee zusammenkrümmen mußte, bis sie schon glaubte, erfrieren zu müssen. Sie kroch ins Haus und breitete die Decke auf ihrem Bett aus, als sie in dem durch die Fenster einfallenden Mondlicht bemerkte, daß sich dort bereits ein weiches braunes Fell ausgebreitet hatte: die friedlich auf dem Bett zusammengerollte Katze. Dankbar gesellte Yana sich zu dem kleinen Tier, froh über sein gleichmäßiges, zufriedenes Atmen und seine Wärme.

Wärme. Zitternd erwachte Diego, blinzelte durch zusammengefrorene Augenlider, fühlte sich wie gerädert. Er wälzte sich herum. Er hatte schlimme Schmerzen. Sein Papi hielt ihn unter den Armen und zog ihn, zerrte ihn Zentimeter um Zentimeter über den schneebedeckten Boden.

»Schon gut, Papi. Ich schaffe es schon alleine«, sagte er und wälzte sich beiseite, fort von seinem Vater. Papi sah so aus, als müsse Diego ihn nun seinerseits schleppen. Seine Lippen waren gerissen und blutleer; dafür war jede Menge weiteres Blut in seinem Gesicht und im Parkapelz gefroren, das offenbar von einer Stirnwunde stammte.

»Höhle«, rief Papi gegen den Wind an. »Unter ... dem Vorsprung. Kalkstein ...«

»Erzähl es mir, wenn wir erst einmal drin sind«, rief Diego zurück.

Irgendwo ganz weit entfernt heulten Hunde, und er glaubte auch, einige Stimmen zu vernehmen, doch die klangen nicht sehr nah. Aber diese Dinah hatte es ja in sich. Vielleicht würde Lavelle sie laufen lassen, damit sie herkommen und sie finden konnte.

»Wir kommen schon durch, Papi«, sagte er. Das tat er ebensosehr, um sich selbst wie seinem Vater Mut zu machen, doch nicht einmal in seinen eigenen Ohren klang seine Stimme, verglichen mit dem Wind, lauter als ein Flüstern.

Sie krochen auf den Schatten zu, der am Fuß des Hügels aus all dem Weiß hervorragte. Davor trieb und wehte der Schnee.

Sein Vater holte eine Laserpistole aus seiner Tasche. »Wilde ... Tiere«, sagte er, als sie in die Öffnung hineinkrochen.

Drinnen kauerten sie sich zusammen und hörten dem heulenden Wind zu. Diego fand, daß sein Papi schlimm aussah; er schien binnen weniger Minuten doppelt so alt geworden zu sein. Sein schwarzes Haar war eisverkrustet, und die dichten schwarzen Augenbrauen, die seinen dunklen Augen normalerweise einen bohrenden Blick verliehen, waren totenbleich von Schnee und Eis. Sein Gesichtsausdruck wirkte weniger verschreckt als benommen, und das Blut aus der Wunde hatte wieder begonnen, ungehindert zu strömen. Diegos eigenes Gesicht war ebenfalls feucht, genau wie der Pelzkragen seines Parkas. Dann fiel ihm auf, daß dies von der größeren Wärme hier in der Höhlenöffnung kommen mußte.

»Papi, gehen wir weiter hinein. Es ist warm hier drin. Komm, halten wir uns von der Kälte fern, bis der Sturm nachläßt.«

In diesem Augenblick fühlte er sich eher als Vater seines Vaters denn als sein Sohn, und das war ebenso furchterregend, wie draußen im Schneesturm festzustecken. Doch Papi nickte etwas steif und folgte ihm.

Eine Weile führte der Weg steil nach unten, und es war auch sehr eng. Papi mußte sich seitlich hindurchquetschen und an einer Stelle sogar niederknien, um durchzukommen, aber inzwischen war es so warm geworden, daß Diego seine Mütze, die Handschuhe und den Atemschutz abnahm, in seine Tasche steckte und den Parka aufknöpfte. Ungefähr in diesem Augenblick vernahm er auch das Summen im Innern der Höhle, als beherbergte sie eine riesige Maschine. Vielleicht tat sie das ja auch. Schließlich hatte die Firma ja diesen Planeten erschaffen, nicht wahr? Jedenfalls behauptete sie das, obwohl Diego insgeheim fand, daß es doch reichlich merkwürdig war, einen derart ungastlichen Ort herzustellen.

Der Weg machte erst eine scharf Rechts-, dann eine Linkskurve, um schließlich abrupt zu enden. Diego betastete die vor ihm aufragende Wand, seine Hand berührte merkwürdige Einbuchtungen, Furchen, die irgendeine Art von Kurvenmuster zu bilden schienen.

Bei seiner Berührung wich die Wand zurück, und ein sanfter, gespenstischer Lichtstrahl aus dem Innern begrüßte sie. Diego trat in den Raum ein, wo eine Pfütze aus einer flammenfarbenen Flüssigkeit in der Mitte blubberte und die Wände phosphoreszierten, wo Wurzel- und Gesteinsformationen sich in seltsamen Abbildungen länglicher, grober Formen von Tieren und Menschen wanden und bogen und wo das Summen so laut und wunderschön war, daß Diego nach einer Weile glaubte, die Stimmen der Engel zu vernehmen, von denen er einst gelesen hatte – und sie teilten ihm auch etwas mit. Er lauschte ihnen so gebannt, daß er seinen Vater nicht aufschreien hörte.

4. KAPITEL

Yana erwachte am nächsten Morgen, weil die Katze darauf bestand. Sie stand neben ihrem Kopf, und jedesmal, wenn Yana wieder einzuschlafen versuchte, schob sie ihr die Nase ins Gesicht. Yana überlegte sich ernsthaft, ob sie das Tier nicht einfach durch den Raum schleudern sollte, doch dann gelangte sie zu dem Schluß, daß sie wohl beide etwas essen mußten. Sie konnte die Katze ja schließlich nicht dafür züchtigen, daß sie ganz vernünftige Forderungen stellte.

In ihrer Überlebensausrüstung hatte sie einen Topf, und in der Thermoskanne, die Bunny ihr geliehen hatte, war immer noch das Wasser. Yana setzte das Wasser auf und holte einen Fisch vom Haken vor ihrer Tür, doch damit war ihr Wissen auch schon erschöpft.

Sie hatte noch einige Nahrungspillen in ihrem persönlichen Gepäck, also schluckte sie eine grüne und eine rosa Pille und legte den Fisch auf den Herd, um ihn aufzutauen. Als sein Gestank die ganze Hütte ausfüllte, gab sie ihn der Katze, die daraufhin einen Freudentanz vollführte.

»Erzähl das bloß nicht Seamus«, ermahnte sie die Katze. »Ich glaube, der hat ihn eher für mich gedacht, damit ich ihn koche. Aber ganz unter uns, ich habe nie gelernt, eine Mahlzeit zuzubereiten, ich weiß nur, wie ich die Pillen mit den Grundnährstoffen in meinen Mund befördere.«

Die Katze sah mit geschlitzten Augen zu ihr auf, schnurrte und grollte gleichzeitig den Fisch an, und ihre Miene sagte eindeutig: »Dein Verlust ist mein Gewinn!«

Yana war zwar an größte Enge in ungastlicher Umgebung gewöhnt, mußte aber feststellen, daß es ihr trotz ihrer Erschöpfung und Krankheit schwerfiel, länger als zwei Stunden am Stück in der Hütte zuzubringen. Draußen war es zwar kalt, und die Kleidung, die sie tragen mußte, um sich dort überhaupt aufhalten zu können, war schwer und klobig, aber wenigstens konnte sie dort frei atmen, wie zaghaft auch immer.

Während der wenigen Stunden, da die Sonne den Himmel hellblau färbte und den Schnee funkeln ließ, hätte sie zur Not auch mit Zähnen und Klauen darum gekämpft, hinaus zu kommen. Angesichts der Ballung seiner gegenwärtigen Landmassen in den Polarregionen wiesen die Helligkeits- und Dunkelheitszyklen des Planeten Petaybee große Ähnlichkeit mit jenen der Polarstationen auf der Erde auf, wo beide Extremzustände monatelang vorhielten. Glücklicherweise war Yana zu einem späten Zeitpunkt der Dunkelphase eingetroffen, so daß sie wenigstens gewisse Unterschiede zwischen Tag und Nacht wahrnehmen konnte, obwohl diese nicht so kontrastreich waren wie jene der künstlich gesteuerten Schichtzyklen an Bord der Firmenraumschiffe. Sie erblickte etwas, das auf langen Skiern an ihrer Hütte vorbeiglitt, und stürmte ohne Mütze hinaus, um zu fragen, wo die Skier herstammten.

Es war nicht nur die Anstrengung, die den Jungen erröten ließ. »Die ... äh ... werden hier hergestellt«, sagte er schließlich, aber Yana konnte das Logo der Intergal auf seinen Stiefeln ausmachen.

»Könnte ich vielleicht ein Paar im Firmenladen kaufen, weißt du das?« fragte sie, wobei ihr einfiel, daß sie den verdammten Laden überhaupt erst einmal ausfindig machen mußte.

Er antwortete nicht, sondern eilte hastig davon, woraus sie schloß, daß die Skier wahrscheinlich weder auf Petaybee hergestellt noch im Laden verkauft wurden; es schien wahrscheinlicher, daß sie illegalerweise im Raumhafen requiriert worden waren.

Ein Stück die Straße entlang trat jemand mit einem Paket aus einem der Häuser. Die Gestalt, genauer die größer als normal wirkende Masse, glitt watschelnd über das Eis auf sie zu, und Yana erkannte Aisling wieder, die Deckenmacherin, die sie bei Clodagh kennengelernt hatte.

»Sláinte, Yana«, sagte Aisling.

»Selber Sláinte, Aisling. Ich versuche mich gerade im Dort zurechtzufinden. Könnten Sie mir wohl zeigen, wo der Laden ist?«

»Na klar. Dort bin ich gerade rausgekommen. Warum, was brauchen Sie denn?«

»Nichts Besonderes. Ich wollte nur mal feststellen, was es überhaupt gibt.«

»Nicht viel, aber kommen Sie ruhig mit, ich zeige es Ihnen. Im allgemeinen versuchen wir, alles selbst herzustellen, was der Planet hergibt. Einige von uns tauschen das, was wir selbst machen, im Laden gegen die wenigen Dinge ein, die es dort gibt und die wir nicht selbst produzieren können. Unser Zeug bleibt aber nie im Laden liegen. Ich vermute, es wird für den dreifachen, vielleicht auch vierfachen Preis dessen, was man uns dafür bezahlt, an Schiffe und Raumstationen und andere Kolonien verkauft. Deshalb treiben wir auch lieber untereinander Handel. Sie wissen schon, eine meiner Decken gegen eins von den guten Jagdmessern, die Seamus herstellt, oder Sinead tauscht für mich ein Stück Elchkeule gegen ein Bergschaffell ein oder gegen Stutenbutter für unsere Lampen. Die alte Eithne Naknek tauscht häufig ihre gestrickten Pullover gegen Nahrungsmittel und Holz ein, und alle tauschen wir Häute, aus denen man Stiefel und Parkas schneiden kann. Wenn ich Stoff bekomme, kann ich wirklich hübsche Sachen für die

Latchkays anfertigen. Das habe ich früher viel gemacht, aber seitdem die Raumbasis für Zivilisten gesperrt wurde, kommt man kaum noch an Stoff heran.«

»Ich sehe schon, daß ich erst noch lernen muß, zu wem ich gehen und was ich dort bekommen kann«, bemerkte Yana. Und sie begriff auch, daß sie sich Tauschwaren zulegen mußte (und zwar keine Firmengegenstände), um hier zurechtzukommen. Sie hatte noch nie versucht, sich ihre Lebensmittel zu erjagen. Die meisten Planeten, auf denen sie gelandet war, waren noch zu neu gewesen, als daß man hätte wissen können, was dort eßbar und was giftig war; und außerdem hatte dort immer die peinliche Möglichkeit bestanden, aus schierer Unwissenheit die eigenen Gastgeber zu verzehren.

Aisling führte sie in den Laden. Von draußen sah er aus wie ein gewöhnliches Haus; im Innern wirkte er noch winziger, wurde der Raum von dem Ofen und den an den Wänden entlanglaufenden Verkaufstheken beherrscht. Rechts und links des Ofens standen zwei Tische, übersät mit Beuteln voller Nahrungstabletten und Uniformkrawatten und -knöpfen, dazu Hosen kleinster Größe. Aisling musterte die Regale hinter den Theken.

»Schauen Sie, Yana. Da ist ein guter kleiner Topf. Den sollten Sie sich besser unter den Nagel reißen. Wir haben zwar schon einen, aber alles, was nützlich ist, ist auch schnell weg.«

Yana erwarb den Topf. Auf der Suche nach weiteren nützlichen Gegenständen erblickte sie nur kleine Maschinenteile, ausgebrannte Chips und bunte Kabel.

»Sinead schweißt die Kabel auf Werkzeugen und Töpfen zu Mustern«, erzählte ihr Aisling beim Hinausgehen. »Und macht Schmuck aus den Chips. Sie sollten irgendwann einmal zum Abendessen kommen, dann zeigen wir es Ihnen. Obwohl beim Latchkay alle mit Sachen kommen werden, die sie eintauschen oder verschenken wollen.«

Yana sagte ihr, daß sie gerne käme, dann machte Aisling sich wieder auf den Weg.

Zwei Tage später, als Yana einen Becher mit einem heißen, verwässerten Getränk in den Händen hielt und langsam erwachte, wurde sie von Hundegewinsel aufgeschreckt. Bunnys Gesicht erschien vor dem Fenster, eingerahmt von ihrem Parkakragen und den Handschuhen. Yana bedeutete ihr mit einem Winken, daß sie eintreten solle, worauf Bunny den Kopf durch die Tür schob.

»Wenn Sie immer noch mit mir zu Onkel Sean wollen, dann kommen Sie. Ich warte draußen bei den Hunden, aber Sie sollten sich beeilen. Die Fahrt dauert gute zwei Stunden, und es kann sein, daß wir ihn erst noch aufspüren müssen, wenn wir dort sind.«

Yana nickte, schob zwei weitere Scheite in den Ofen, zog sich die Stiefel an und zerrte den Einteiler und die Jacke über ihre Uniform. Dann nahm sie Handschuhe, Mütze und Atemschutz und begab sich hinaus.

»Setzen Sie sich dort hin«, sagte Bunny und zeigte auf die entsprechende Stelle im Schlitten. Dann umwickelte sie sie mit Fellen und Flickendecken. »Es wird kalt, wenn man nur still sitzt. Später, wenn Sie sich besser fühlen, zeige ich Ihnen, wie man die Hunde führt. Das Lenken hält warm.«

Dann legte Bunny ihr zwei der großen ovalen Netze in den Schoß, die Yana über Clodaghs Tür hatte hängen sehen. »Wenn man das Dorf verläßt, sollte man immer die gesamte Überlebensausrüstung mit sich führen«, erklärte Bunny. »Ich glaube zwar nicht, daß wir Schneeschuhe brauchen werden, aber man kann nie wissen.«

Da landete etwas Warmes auf Yanas Oberschenkeln und grub sich in die Felle ein. Sie beugte sich vor und blickte in ein vertrautes orangefarbenes Gesicht, das sie aus einer Höhle anblinzelte.

»Hoppla! Bunny, können Sie vielleicht die Katze loswerden?«

»Das ist schon in Ordnung. Es ist eine von Clodaghs Katzen, die kommen überall mit hin.« Dann pfiff sie die Hunde zusammen, zog die Bremse aus dem Eis und stieß sich mit einem Fuß ab. Mit viel Gewinsel begannen die fuchsgleichen roten Hunde damit, den Schlitten über die eisbeschichtete Fläche zwischen den Häusern zu ziehen. Dann hielten sie auf den Fluß zu.

Eine Weile verlief die Fahrt sehr ruhig. Der Schlitten schoß über die immer noch vom Licht der Monde und Sterne beschienene weiße Oberfläche. Bunny rief den Hunden gelegentlich etwas zu oder wies Yana auf die eine oder andere Fährte hin, die sie dann als ›Schneegans‹, ›Fuchs‹ oder ›Elch‹ identifizierte. Dann stieß sie einen etwas schärferen Pfiff aus, rief »Ha!«, und schon schlugen die Hunde einen ziemlich scharfen Bogen über die Uferböschung und liefen zwischen die schlanken, schneedrapierten Bäume.

Von nun an begann der Schlitten zu poltern, rasten die Hunde die Hügel empor und wieder hinunter, wobei das Gefährt manchmal für einen Augenblick mitten in der Luft zu erstarren schien, wenn sie über eine Unebenheit fuhren. Bunny steuerte mit Bremse und Stimme, und als Maud, der Leithund, einmal zurückblickte und sie anwinselte, rief Bunny sofort »Ha!«, worauf Maud sich wieder befriedigt dem Weg zuwandte. Die meiste Zeit trabten die Hunde in gemächlichem Tempo vor sich hin.

Schließlich führte der Weg jedoch ein ganzes Stück in die Tiefe, dann erstreckte sich vor ihnen eine riesige, baumlose Ebene aus Eis und Schnee bis an den Horizont, die nur von riesigen, zerklüfteten, kerzengerade aufragenden Eiszähnen unterbrochen wurde. In der Nähe heulten andere Hunde.

Mit einem Pfiff befahl Bunny ihren Hunden anzuhalten, und da erkannte Yana, daß der korallenfarbene, fast quadratische Hügel zwischen ihnen und den riesigen Eiszähnen eines dieser seltsam angestrichenen Gebäude war. Als die Hunde ihren Trab verlangsamten und sie um eine Ecke bogen, erblickte Yana vor einem halben Dutzend kleiner Häuser, auf deren Dächern jeweils ein heulender roter Fuchshund die Neuankömmlinge begrüßte, ein Schnokel, wie Bunny es zu fahren pflegte.

»Wir sind da«, sagte Bunny. »Und es sieht so aus, als wäre er auch zu Hause.«

Yana hatte sich über Bunnys Onkel noch keine Gedanken gemacht, sie rechnete damit, daß er in etwa so ähnlich aussah wie die anderen Blutsverwandten, die sie bereits kennengelernt hatte. Doch Dr. Sean Shongili glich niemandem, den sie jemals kennengelernt hatte, weder hier auf Petaybee noch sonstwo – trotz der Tatsache, daß sie das eindeutige Gefühl hatte, ihm schon einmal begegnet zu sein.

Bunny hatte mit einem fröhlichen »Sláinte, Onkel Sean«, das in dem Hundegebell untergegangen war, an die Tür geklopft. Drängend bedeutete sie Yana sich zu beeilen, doch die mußte sich erst der Felle und der Katze entledigen, bevor sie taumelnd auf die Beine kam. Die lange, kalte Fahrt in einer alles andere als bequemen Körperhaltung hatte ihre Gelenke steif werden lassen. Es ärgerte sie, einen ungelenken Eindruck zu machen.

Die Tür wurde geöffnet, und vom Gleißen des Schnees geblendet, konnte Yana nur eine mittelgroße Gestalt ausmachen, die ausnahmsweise einmal nicht von dicken Kleiderschichten entstellt war. Tatsächlich trug der Mann ein Hemd, dessen Ärmel er bis zu den Ellenbogen hochgekrempelt hatte, und der Kragen stand offen.

»Onkel Sean, erwische ich dich tatsächlich zu Hause! Ich habe Yanaba Maddock mitgebracht, um dich kennenzulernen. Und ich habe eine Bitte an dich. In Clodaghs Namen.« Mit diesen Worten legte Bunny Yana die Hand auf den Rücken und schob sie ins Haus.

Blinzelnd, um sich an die neuen Lichtverhältnisse zu gewöhnen, sah Yana sich in einem Raum um, in dem von allen Oberflächen, von der Wand ebenso wie von der Decke, die ungewöhnlichsten Formen hervorragten, eine veritable Wunderhöhle wie aus dem Märchen, und ein Durcheinander ungeordneter Utensilien, Werkzeuge, Ersatzteile und – Katzen. Diese Katzen allerdings waren sechsmal so groß wie das Exemplar, das sie in den Fellen auf dem Schlitten zusammengerollt zurückgelassen hatte, und keine einzige davon war orangefarben. Feingeschnittene Köpfe drehten sich zu ihr um, und autokratische bernsteinfarbene, gelbe und grüne Augen schätzten sie ab. In einem Korb neben dem Feuer hob eine schwarzweiße Hündin mit Harlekinmaske den Kopf, schnüffelte, schob den Vorderlauf zurück, um die Welpen zu verbergen, die an ihr säugten, und blieb die ganze Zeit wachsam, in der sie sich in Seans Blockhaus aufhielten.

Sean Shongili lächelte, und seine Augen taten das gleiche: funkelnde Silberaugen, die geradewegs in ihre blickten; kluge, sehende Augen, die in einem bedingungslosen Willkomm schimmerten, ein deutlicher Unterschied zu der oberflächlichen Höflichkeit, die ihr sonst meist zuteil wurde.

Shongili war nicht viel größer als sie selbst. Er besaß eine subtile Ausstrahlung von großer Kraft, Intelligenz und Charme. Ihr gefiel, daß er ein schlanker Mann mit einem schmalen Gesicht war; die Wangenknochen wirkten eher slawisch als indianisch, der üppige Mund wurde von feingeschnittenen Lippen geformt, hinter denen sich weiße, ebenmäßige Zähne andeuteten. Außerdem hatte er ein energisches Kinn. Kein Mann, der leicht von seinem Ziel abzubringen war. »Sie sind also die Majorin Maddock«, sagte Sean, und sie beeilte sich, den rechten Handschuh auszuziehen, als er ihr eine Hand mit abnorm lang wirkenden Fingern reichte. Yana empfand die Berührung mit seiner haut als elektrisierend und stimulierend.

Dann begannen die Silberaugen zu blinzeln, und irgend etwas in dem veränderten Blick ließ sie leise die Stirn runzeln und verwirrte sie.

»Hat denn inzwischen wirklich jeder auf dieser Eiskugel von mir gehört?« fragte sie leicht verärgert. Sie zwang sich zu einem Lächeln, um es mehr wie einen Scherz klingen zu lassen.

»Auf Petaybee verbreiten sich die guten Neuigkeiten schneller als die schlechten«, erwiderte Sean. Anmutig trat er zu dem in jedem Haus auf Petaybee vorhandenen Herd, wo er aus der ebenso allgegenwärtigen Kanne drei Tassen ausschenkte. »Tatsächlich verfüge ich über die einzige Funkverbindung hier zur Stadt. Adak vom Schnokeldepot wird immer ziemlich geschwätzig, wenn etwas Interessantes geschieht. Beispielsweise wenn Klicoole eine neue Bürgerin bekommt, noch dazu eine Kriegsheldin. Hier ist etwas, um sich nach Ihrer langen Schlittenfahrt aufzuwärmen.«

»Danke«, erwiderte Yana, wobei sie die Bemerkung über die Kriegsheldin ignorierte. »Sie sind sehr gütig.«

Seine Silberbrauen glitzerten, als er die Tasse reichte. »Bunny würde mir bei lebendigem Leib die Haut abziehen, wenn ich nicht den Versuch gemacht hätte, festzustellen, wo Ihr Mund ist«, sagte er und zwinkerte in reinem Schabernack, bevor er Bunny ihre Tasse überreichte.

»Nur zu wahr, Onkelchen«, erwiderte Bunny. »Und außerdem macht Sean ein gutes Gebräu.«

Yana schlang die Hände um das Gefäß, um ihre tauben Finger aufzuwärmen. Der aufsteigende Dampf trieb ihr einen würzigen, einladenden Duft in die Nase.

»Charlie ist gegangen, wie ich hörte«, fuhr Sean fort.

»Ja! Kaum, daß er genug Zeit hatte, um sich zu verabschieden, und ein Lied war auch nicht mehr drin«, antwortete Bunny. Dann legte sie den Kopf schräg und lächelte Sean gewinnend an. »Weshalb wir uns auch gefragt haben, ob wir vielleicht das Aufnahmegerät haben könnten. Die Majorin weiß alles über Geräte, wie du sie hast, und sie hat sich erboten, uns zu helfen, ihm einen Brief zu schicken. Sozusagen als Trost für seine plötzliche Versetzung.«

Sean warf Yana einen Blick zu, und sie lächelte ihn an.

»Charlie ist eigentlich niemand, der andere Leute irritiert«, meinte Sean. »Ich frage mich, weshalb man ihn vom Planeten versetzt hat.« Dann stellte er seine Tasse ab und machte mit einer einzigen, fließenden Bewegung auf dem Absatz kehrt, wandte sich einem übervollen Wandschrank zu, aus dem er mit sicherem Griff ein Aufnahmegerät holte. Und nicht etwa ein veraltetes Modell, wie Yana sofort erkannte. Der Schrank war mit technischen Geräten aller Art vollgestopft, von denen sie mindestens die Hälfte nicht einmal definieren konne. Sie sah zu, wie Sean nachlässig Instrumente zurückschob, die auf jedem Planeten schon ein kleines Vermögen wert gewesen wären.

»Die Hälfte davon funktioniert nicht«, sagte er, obwohl er ihr Interesse nicht wahrgenommen zu haben schien. »Petaybee strapaziert alle Arten von Instrumenten und Maschinen.«

»Wie bewältigen Sie denn dann Ihre Arbeit?« platzte es aus ihr heraus.

Er zuckte achtlos mit den Schultern. »Ich improvisiere. Das tun wir ziemlich viel auf Petaybee.« Er reichte ihr das Aufnahmegerät. »Kennen Sie dieses Modell?«

Nun untersuchte sie die Tasten etwas genauer und nickte schließlich, beschloß aber, ihre Kommentare auf ein Minimum zu beschränken. »Bei meinem letzten Auftrag hatte ich fast das gleiche Modell.« Dann steckte sie das Gerät in eine Tasche. Mit einem Nicken wies sie auf die großen Katzen. »Solche Exemplare habe ich noch nie gesehen.«

Shongili wirkte halb überrascht, halb erheitert. »Meine Wildbahnkatzen. Wenn denen der Sinn danach steht, ziehen sie sogar einen Schlitten.«

»Groß genug sind sie ja.« Yana saß nahe genug am Herd, um langsam die Hitze zu spüren. Mit einem Schulterzucken öffnete sie ihre Jacke noch ein kleines Stück. »Schauen sie die Menschen immer so an?«

Sean lachte. »Sie interessieren sich eben für alles Neue.«

»Haben Sie sie so konstruiert?«

Seans bewegliche Augenbrauen furchten sich zu einer Frage. »Konstruiert? Die haben sich selbst konstruiert«, meinte er achselzuckend.

»Ja, aber ich dachte, daß Sie und Ihr ...«

»So etwas hat nur er getan. Ich überprüfe lediglich die Anpassungsfähigkeit, weder die Evolution noch die Mutationen, sondern die Entwicklung subtiler Verbesserungen bei den Arten, die unter Umweltbedingungen überleben müssen, mit denen ihre Vorfahren nie konfrontiert wurden. Petaybee ist ein Musterbeispiel für das Überleben der geeignetsten Rassen.«

»Jetzt ist er nicht mehr zu bremsen«, meinte Bunny in resigniertem Ton, dann ließ sie sich in ihren Stuhl zurücksinken. Nun begann sie damit, sich ihrer Oberkleider zu entledigen, und bereitete sich auf eine lange Sitzung vor. Sie gewährte Yana ein Grinsen, um eine etwaige Besorgnis zu vertreiben.

»So wie Katzen, deren Ohren keine Frostbeulen mehr bekommen?« fragte Yana, der Clodaghs beiläufige Bemerkung wieder eingefallen war.

»Genau.« Sean grinste.

»Warum haben Sie nicht genauso viel für die Menschen getan, die hier festsitzen?« fragte Yana. Sie war sich zwar nicht völlig sicher, ob sie diesen ungewöhnlichen Mann wirklich aufziehen durfte, hatte aber das Gefühl, daß es durchaus zulässig sei.

»Ach!« Sean winkte ab. »Uns Genmanipulatoren ist es nicht gestattet, Menschen zu helfen. Das müssen die schon auf die harte Tour erledigen.«

»Und haben sie das?«

Sean legte den Kopf schräg. »Ich würde sagen, daß es zu ... Anpassungen gekommen ist. Beispielsweise hat man herausgefunden, welche Felle am geeignetsten sind, um den menschlichen Körper warmzuhalten.«

»Das ist aber rein intellektuell und nicht biologisch«, warf Yana ein.

»Die Intelligenz des Menschen unterscheidet uns vom Tier, meine liebe Majorin. Und sie ermöglichst es uns, uns sehr viel schneller anzupassen, als Tiere ihren genetischen Code verändern können.«

»Tun sie das? Hier auf Petaybee?«

»In den letzten zweihundert Jahren mußten sie das tun, um zu überleben. Wieso denn nicht?« Sean leerte seine Tasse. »Natürlich war die Verwaltung damals recht vernünftig, als es um die Entscheidung ging, welche Arten hierher verbracht werden sollten. Das hat die Sache unterstützt.«

»Welche denn?« fragte Yana.

Bunny schnaubte, offensichtlich kannte sie die Antwort schon.

Sean grinste. »Na, die Lockenfelle natürlich.« Als Yana ihn fragend anblickte, machte er eine winkende Handbewegung. »Ich werde es Ihnen zeigen.«

»Die sind sein ganzer Stolz und seine Freude, Yana. Jetzt sind Sie geliefert«, meinte Bunny, während sie die Füße auf einen Schemel legte. Sie hegte offensichtlich nicht die Absicht, sich Sean und Yana anzuschließen.

»Ich habe schließlich danach gefragt.«

»Die Lockenfelle sind Pferde«, erklärte Sean, und als er seine Hand an ihren Ellenbogen legte, verspürte Yana einmal mehr den gleichen elektrischen Schlag. »Sie stammen ursprünglich aus dem sibirischen Teil der östlichen Hemisphäre. Sie können unter extremen Temperaturbedingungen bequem überleben, denn sie haben einen Lappen in der Nase, der den Frost abhält. Sie überleben bei spärlichem Bewuchs, bei dem sogar eine Ziege noch verhungern würde. Sie sind klein, stämmig und können Wege meistern, die selbst einem Schlitten Schwierigkeiten bereiten.«

Er führte sie aus dem Hauptraum durch einen Gang, vorbei an geschlossenen Türen, in das Verbindungsstück zwischen dem Haus und weiteren Gebäuden, von denen Yana annahm, daß es ich dabei um Forschungs- und Laboreinrichtungen handelte. In dem Verbindungstrakt kamen sie an weiteren verschlossenen Türen vorbei, manche waren mit Sicherheitscodeschlössern versehen. Yana war geübt genug, ihre Umgebung gründlich zu mustern, ohne es sich anmerken zu lassen, doch hatte sie das Gefühl, daß Sean ihre reflexartige Überprüfung spürte. Sie erreichten das Ende des Verbindungstrakts, wo sie auf eine von Schneezäunen umfaßte Koppel hinaustraten. Auf der Koppel stand ein Dutzend kleiner Pferde mit einem derart lockigen Fell, daß sie schon fast zottig wirkten. Von ihren Hälsen hing das zu langen Eiszapfen gefrorene Fell herab, während sich lange Federn an ihren kräftigen Bäuchen und den kurzen, gedrungenen Beinen kräuselten. Zuerst war sich Yana unsicher, wo sich der vordere und wo der hintere Teil befanden, denn die Mähnen waren ebenso lang wie die Schweife und genauso dicht. Zwar gab es mehrere braune Tiere darunter, die meisten jedoch waren cremefarben; alle ästen sie.

»Die Hälfte von denen würde man in diesem Gelände überhaupt nicht ausmachen können«, lautete Yanas erster Kommentar.

Sean kicherte; offensichtlich gefiel ihm ihre Bemerkung. »Das sind Überlebenskünstler!«

»Wozu verwenden Sie sie?«

»Für eine Vielzahl von Dingen. Ihre Milch können wir trinken, sei es frisch, gefroren oder fermentiert. Oder wir machen eine Butter daraus, die wir in unseren Lampen verbrennen.«

»Die habe ich auch schon benutzt«, erwiderte Yana und zwang sich dabei, nicht die Nase zu rümpfen.

»Sie riecht zwar streng, aber besser als nichts. Ihr Fell können wir durchkämmen und als Wolle verwerten.« Yana dachte an die warme, weiche Decke bei Clodagh. »Das Fleisch können wir essen, das Blut trinken ...« Er sah sie an, um festzustellen, ob sie das abstieß; doch sie hatte schon sehr viel Schlimmeres als lockenfellige Pferde essen müssen. »Wir können sie reiten, sie als Lasttiere benutzen, als zusätzliche Wärmequelle, wenn wir im Freien in schlechtes Wetter geraten. Sie haben nichts dagegen, mit Menschen zusammen zu schlafen ...«

Da blickte Yana ihn an, denn der Unterton seiner Bemerkung wirkte zugleich spöttisch und sachlich. Seine Silberaugen glitzerten von dem Schabernack, der einen wesentlichen Bestandteil seiner öffentlichen Selbstdarstellung auszumachen schien.

»Sie sind allem gegenüber aufgeschlossen, was wir uns für sie ausdenken. Und sie beklagen sich niemals und werden auch nicht störrisch.« Das schien ihm von größter Wichtigkeit zu sein. »Sie haben schon manch ein Team vor dem Tod durch Unterkühlung und vor dem Verhungern bewahrt. Tatsächlich kann man ihnen eine ganze Menge Blut abzapfen, bevor es sie nachhaltig schwächt.«

»Nützlich.«

»Allerdings.«

»Haben die verschwundenen Teams sie auch benutzt?«

Diese Frage überraschte Sean, und er kratzte sich am Hinterkopf. »Hat man Ihnen etwa ein paar hübsche Schauergeschichten erzählt, damit Sie auch nachts wachbleiben?«

»Mir erschienen sie gar nicht so schaurig«, meinte Yana achselzuckend. »Ich war schon auf einigen Firmenplaneten Mitglied der Erkundungsmannschaft, darunter waren auch welche, auf denen ich liebend gern ein paar Lockenfelle dabei gehabt hätte.«

»Ach ja?«

Sie bemerkte, wie das Interesse das Glitzern in seinen Augen anstachelte. Sean lehnte sich mit dem Rücken gegen das Plastglas, wobei er die Arme auf den breiten Sims stemmte, anscheinend unbeeinträchtigt von dem

Kontakt mit der kalten Oberfläche, während Yana selbst spürte, wie die Kälte in den lauwarmen Verbindungstrakt eindrang.

Sie lachte los. »Jetzt bringen Sie mich bloß nicht auch noch dazu, mich über diesen Abschnitt meines Lebens auszulassen! Das ist alles vorbei.«

»Dann ist es Zeit, davon zu singen. Schließlich haben Sie es überlebt.«

»Singen? Ich?« Yana schüttelte abwehrend den Kopf. »Ich nicht ... Ich könnte keine Melodie halten.«

Sean lächelte – beinahe herausfordernd, dachte sie. »Inuit-Gesänge darf man nicht als Melodien bezeichnen, jedenfalls nicht ohne die Definition überzustrapazieren. Aber sie ergreifen den Geist und fesseln das Publikum. Ich glaube, man würde gern Ihre Lieder hören.«

Yana tat nicht etwa nur bescheiden: Sie glaubte einfach nicht, daß ihre Erlebnisse einer Wiedergabe würdig waren; über einige davon würde sie ganz gewiß nicht sprechen oder singen.

»Ich meine es ernst, Yana.« Er sprach ihren Namen mit einem merkwürdigen Zungenschlag aus. Sie schoß ihm einen Blick zu und stellte fest, daß er es tatsächlich ernst meinte. Dann bekam sein Gesicht einen hinterhältigen Ausdruck. »Das Frühlings-Latchkay wird bald stattfinden. Sie werden hingehen, und es gibt hier einige Leute, die gern ein Lied über Bremport hören würden.«

»Bremport?« Sie versteifte sich.

Leicht legte er einen Finger auf ihren Arm. »Sie waren in Bremport. Charlie hat davon erfahren, als er einen Durchschlag Ihres Marschbefehls und Ihres Krankenberichts in die Hände bekam.«

»Das waren eigentlich vertrauliche Daten«, meinte sie und hegte plötzlich weitaus weniger Schuldgefühle wegen der Sache mit Charlie als noch am Tag zuvor.

»Charlies älterer Bruder Donal war auch in Bremport, weshalb ihn die Sache mehr als nur beiläufig interessierte. Ebenso drei weitere Söhne Petaybees und zwei

Töchter, während wir hier nichts anderes über ihren Tod in Erfahrung bringen konnten, als daß sie gestorben sind.«

Trotzdem – verdammter Charlie! Giancarlo hatte recht gehabt, ihn zu versetzen – der Loyalitätskonflikt des Jungen war zu stark gewesen, als daß er die Firma hier effizient hätte vertreten können. Sicher, verübeln konnte sie es ihm nicht, aber – verdammt. Da fiel ihr ein, wieder auszuatmen und all die Dinge herunterzuschlucken, an die sie sich in Sachen Bremport lieber nicht mehr erinnern mochte.

Das Schlucken war ein Fehler. Sie begann zu husten. So sehr sie sich auch bemühte, es auf ein einmaliges Husten zu beschränken, es wurde doch ein richtiger Anfall. Sie nestelte in ihrer Jacke nach dem Sirup und holte die Flasche hervor. Doch ihre Bewegung war zu hastig – die Flasche fiel ihr aus den Fingern und zerschellte auf dem Steinfußboden des Verbindungstrakts. Als sei der Verlust des Sirups ein Signal, verschlimmerte sich der Hustenanfall prompt. Seans extrem kräftige Finger ergriffen ihre Arme, stützten ihren zuckenden Körper, dann eilte er mit ihr zurück, wie sie gekommen waren, obwohl sie Schwierigkeiten hatte, auf den Beinen zu bleiben. Sie mußte die Knie fast bis unter das Kinn hochreißen, damit die Krämpfe ihr nicht die Unterleibsmuskeln zerrissen.

»Wovon kommt das, Yana? Vom Gas in Bremport?«

Es gelang ihr zu nicken. Da half er ihr auch schon in ein Labor, schaltete die Beleuchtung ein und ließ sie auf einen Schemel gleiten, bevor er durch den Raum auf eine Reihe von Schränken zulief. Ohne jede Verzögerung gab er eine Dosis einer klaren gelben Flüssigkeit in einen Behälter und kehrte zu ihr zurück.

»Etwas von Clodagh gegen Hustenanfälle«, erklärte er. »Wir nehmen es alle gelegentlich.«

Yana war nicht mehr in der Verfassung, Einwände gegen etwas vorzubringen, das andere für hilfreich hielten. Zwischen dem Ende eines Krampfs und dem Ansturm eines zweiten kippte sie die Flüssigkeit herunter – und ließ die Augen rollen, atmete ein, stieß die Luft mit äußerster Kraft wieder aus, denn das Medikament hatte eine Stoßwirkung, die jeden Hustenanfall in Stücke reißen mußte. Und so konnte sich der nächste Krampf schon nicht mehr entfalten. Überrascht tat Yana mehrere kurze Atemzüge, rechnete damit, daß jeder davon wieder in einem neuen Hustenkrampf enden würde. Sean musterte sie, und sein Lächeln wurde immer breiter.

»Sehen Sie? Wirkt garantiert.«

»Was ist denn da drin?« keuchte sie beeindruckt.

Sean Shongili trat wieder der Schalk in die Augen: »Aber das weiß ich nun wirklich nicht. Clodagh gibt das Geheimnis ihres Elixiers nicht preis. Sie stellt es einfach nur her.«

Yana bemerkte die üppige Laborausstattung, vom Präparierglas bis zum Elektronenmikroskop.

»Es sieht so aus, als könnten Sie die Ingredienzien aber ganz gut analysieren ...«

»Ach ...« Sean hob abwehrend die Hände. »Es ist unethisch, die Betriebsgeheimnisse anderer zu ergründen. Ich befasse mich mit Tieren, sie befaßt sich mit Menschen.«

»Aber gibt es da nicht auch mal Überschneidungen?« wollte Yana wissen.

»Inwiefern?«

»Clodaghs Katzen. Während Sie doch Katzen haben, die völlig anders sind.«

Nun grinste Sean so breit, daß Yana sofort begriff, daß sie in diesem Punkt niemals von ihm eine ehrliche Antwort bekommen würde. Wortlos wandte er sich von ihr ab und kehrte zu dem Schrank zurück. Er hob die Flasche hoch. »Die hier kann ich getrost entbehren, da das Mittel bei Ihnen ja so gut wirkt.«

Yana zögerte. Sie hatte einen überproportionalen Anteil ihrer Gepäckzuweisung darauf verwenden müssen, genügend Sirupflaschen einzuführen, um für die Dauer ihrer Genesung auszusorgen. Andererseits gab es keinen Zweifel daran, daß Clodaghs Mittel wirkungsvoller war. Sie seufzte und nahm die Flasche entgegen.

»Clodagh macht im Herbst immer jede Menge davon, um den Husten zu bekämpfen«, erläuterte Sean, während er die Flasche sicher in der inneren Jackentasche verstaute. »Sie können also noch mehr bekommen, falls Sie es brauchen.«

Einmal mehr durchflutete Yana der Groll gegen ein System, das ihr nicht einmal ausreichend Geld zur Abdeckung ihrer Grundbedürfnisse gewährte, von medizinischen Annehmlichkeiten ganz zu schweigen.

»Können Sie mir vielleicht ein paar nützliche Hinweise zu dem ganzen Laden hier geben?«

Er musterte sie überrascht. »Darin ist Bunny doch recht gut.«

»Ja, aber wenn ich dann frage, wie ich mich jemandem gegenüber erkenntlich zeigen soll, der Brennholz vor meine Tür gelegt hat, obwohl ich gar nicht um welches gebeten hatte, oder der mir Fisch schenkte, den ich gar nicht zuzubereiten wußte ...«

Er lachte in wohlwollender Erheiterung ob ihres Mißmuts. »Ich verstehe, was Sie meinen. Für Bunny ist alles so offensichtlich, daß sie nicht einmal merkt, wie befremdlich und verwirrend es auf Sie wirken muß.« Er nahm ihren Arm und führte sie aus dem Labor, fest zog er die scheppernde Metalltür hinter sich zu. »Na ja, jedermann weiß ja, daß Sie mit den Sitten Petaybees noch nicht vertraut sind, deshalb hilft man Ihnen eben. Eine alte Sitte ... Vor allem gegenüber Leuten, die sie gern haben wollen ...«

»Gern haben wollen ...«

Die Silberaugen glitzerten. »Sie mögen hier Helden. Nein, wirklich«, setzte er nach, als sie angewidert schnaubte. »Als Musterexemplar sind Sie Ihr eigenes Gewicht in Gold wert ...« Da begutachtete er noch einmal ihre hagere Gestalt. »Wird schon besser werden«, fügte er gütig hinzu. »Deshalb versuchen die Leute, Ihnen das Einleben so angenehm wie möglich zu gestalten. Was Sie nun dazu tun können ...« Als sie protestieren wollte, hob er einen mahnenden Zeigefinger. »... besteht darin, dem nächsten Fremden, der an unseren frostigen Ufern eintrifft, die gleiche Höflichkeit zu erweisen. Oder«, sagte er und warf ihr wieder diesen herausfordernden Seitenblick zu, »Sie komponieren ein Lied, das Sie beim nächsten Latchkay vorsingen können.«

»Ich glaube kaum, daß die Leute wirklich etwas über Bremport erfahren wollen«, erwiderte sie sehr schleppend.

Aufmunternd preßte er ihren Arm gegen seine Seite. »Diese Leute sind härter im Nehmen, als Sie vielleicht glauben. Und sie haben ein Bedürfnis, es zu erfahren, Yana. Ebensosehr, wie Sie ein Bedürfnis haben, davon zu singen, auch wenn Sie es vielleicht selbst noch nicht wissen.« Seine Augen wirkten düster.

»Was auch immer«, erwiderte sie, ohne sich festzulegen.

Den Rest der Strecke zum Hauptgebäude legten sie schweigend zurück, und es war ein angenehmeres Schweigen, als sie es seit Jahren erlebt hatte. Sean Shongili war ein äußerst ungewöhnlicher Mann. Wo, unter welcher Sonne, war sie ihm nur schon einmal begegnet?

5. KAPITEL

Als sie das Haus erreichten, hätten sie Bunny beinahe über den Haufen gerannt: Sie griff gerade nach dem Türriegel, als Sean die Tür aufstieß. Ein Blick in ihr Gesicht, und Yana wußte sofort, daß etwas vorgefallen war – und zwar etwas Schlimmes.

»Nachricht von Adak, Sean. Ein Jagdtrupp hat eins der verschollenen Teams gefunden.«

»Tatsächlich?« Sean ergriff Bunnys Hände, die sie ihm entgegengestreckt hatte. »Und?«

»Es sind noch fünf am Leben ...« Sie verstummte.

»Welche fünf?«

Yana schloß aus dieser Frage, daß er überrascht war, daß überhaupt jemand überlebt hatte.

»Diesmal zwei von ihnen und drei von uns.«

Er ließ Bunnys Hände fahren und begann damit, Gegenstände im Raum einzusammeln, die er in einen Beutel steckte, während er zugleich Oberkleidung anlegte. Ein Rundgang genügte, dann war er damit fertig.

»Wo sind sie?« fragte er.

»Bei Clodagh.«

»Fahr uns hin, ja, Bunny?«

»Na klar!« Und das Mädchen schlüpfte in ihre Außenbekleidung.

Yana staunte, wie leicht Sean Shongili sich für eine lange Fahrt bei eisigen Temperaturen angezogen hatte. Er hatte nicht einmal seine Ärmel heruntergekrempelt oder den Hemdkragen zugeknöpft, und die glatte, gesteppte Felljacke, die er nun trug, war nicht einmal annähernd so dick wie Bunnys oder ihre eigene. Als er ihren Gesichtsausdruck bemerkte, grinste er.

»Mir wird schon warm genug.«

Dann drängte er sie hinaus zum Schlitten, wo die Hunde bereits angeschirrt waren und kläfften, als hätte die Dringlichkeit der Menschen sie bereits angesteckt.

Mit geschmeidigen Bewegungen setzte Sean Yana in den Schlitten, türmte die Felle um sie auf, wobei er die Versuche der Katze ignorierte, in ihren Schoß zu kriechen, und überreichte ihr schließlich seinen Beutel mit der Auflage, ihn nicht fallen zu lassen.

Dann zog er sich die Kapuze über den Kopf, verschnürte sie unter dem Kinn und ließ die Hände in die dicken Fellhandschuhe gleiten, die mit Bändern an seinen Jackenärmeln befestigt waren.

»Komm schon, Bunny!« rief er und pfiff dem Hundegespann zu; die Tiere legten sich ins Geschirr, als Bunny gerade die Bremse aus dem Eis zog und den Schlitten mit einem Fußtritt in Bewegung setzte.

Der Schlitten holperte los. Krampfhaft hielt Yana den Beutel fest, damit er ihr nicht aus dem fellumwickelten Schoß fiel. Obwohl ihr die Herfahrt schon schnell und holprig vorgekommen war, mußte sie nun erkennen, daß Bunny daher ihr zuliebe äußerst sanft vorgegangen war, denn die Rückfahrt verlief völlig anders: Sean lief neben Maud her, der roten Leithündin, er spornte sie zu Höchstleistungen an und ließ Bunny steile Hänge hinabgleiten; wo sie sonst eine weniger gefährliche Strecke genommen hätte.

Yana hielt sich fest, entschlossen, die Augen offenzuhalten, wenn der Schlitten sich beunruhigend schräg legte und die Landschaft förmlich an ihr vorbeiflog. Die gesteigerte Geschwindigkeit des Schlittens wurde ihr um so bewußter, je häufiger er von einer Erhebung zur nächsten holperte und sie dabei kräftig durchschüttelte. Ebenso die Katze, der es irgendwie gelungen war, wieder unter die Felle zurückzukriechen, und die nun ihre Krallen in Yanas Hosenbeine stieß, um nicht umhergeworfen zu werden.

Das abrupte arktische Tageslicht hatte sich bereits seinem Ende zugeneigt, als sie die Siedlung erreichten und ihre erleuchteten Fenster freundlich durch die vor ihnen liegenden Bäume blinzelten. Die Hunde verlangsamten ihr Tempo, als sie sich Clodaghs Haus näherten, und bahnten sich ihren Weg durch eine Meute weiterer Gespanne. Mit einem dankbaren Grinsen an Yana gewandt, packte Sean seinen Beutel und raste die Treppe hoch, dicht gefolgt von Bunny.

Yana grunzte, hatte für ihre Eile aber durchaus Verständnis, während sie sich selbst aus den Fellen pellte und aus dem Schlitten stieg. Die Katze sprang heraus und verschwand unter der Freitreppe. Zu ihrer Verwunderung mußte Yana feststellen, daß sie sich diesmal nicht annähernd so steif fühlte wie auf der ersten fahrt. Sie tastete nach der Flasche mit Clodaghs Elixier und fragte sich, woraus es wohl bestehen mochte. Dann stieg sie zögernd die Treppe zur Veranda hinaufs, unschlüssig, ob sie sich überhaupt einmischen durfte. Noch bevor sie die Tür öffnete und hineinschlüpfte, vernahm sie gedämpfte Stimmen. Die Wärme umhüllte sie wie eine Decke, doch das Gedränge der Menschenschar hätte sie beinahe wieder umkehren lassen.

Als ihr Blick über die dichtgedrängten Leiber im Raum fuhr, konnten sie keinen der verletzten Überlebenden ausmachen, andererseits hatte man in einer Ecke des Raums ein gutes Stück freigehalten, möglicherweise lagen sie also dort, von der Menge verdeckt. Gelegentlich erschienen Clodaghs Kopf und ihre Hüften, und einmal meinte Yana, Sean Shongilis Scheitel zu erblicken. Bunny stand neben dem Ofen, wo sie vorsichtig Kaffee in zwei Tassen goß und dabei versuchte, nichts zu verschütten, als man sie mehrmals anstieß. Yana hoffte, daß eine Tasse für sie bestimmt sei, und tatsächlich: Bunny bahnte sich ihren Weg durch die Menge und bot ihr eine Tasse an. Erfreut griff Yana danach, und sie fragte sich beim ersten vorsichtigen Schluck, ob Sean wohl Clodaghs Rezept verwendete, oder ob er sich vielleicht andersherum verhalten mochte.

»Hast du sie sehen können? Kommen sie durch?« fragte sie und wies mit einem Nicken in die Zimmerecke.

Bunny nickte, ihre Augen wirkten dunkel vor Sorgen.

»Unsere Leute werden sich sehr viel schneller erholen als ihre, deshalb wird es wieder Vernehmungen und Tribunale und Untersuchungen und so ein Zeug geben.«

Was Bunny offensichtlich für überflüssig hielt, wie Yana folgerte. »Liegt es nicht einfach nur daran, daß Ihre Leute besser aklimatisiert sind?«

Bunny blickte angewiderte drein. »Natürlich sind sie das, und das versuchen wir denen ja auch immer weiter zu erklären, aber *die* …« Sie sprach das Fürwort voller Verachtung aus. »… wollen das ja nie zugeben, irgendwie sollen diese Leute schon zurechtkommen, obwohl sie noch niemals im Freien gelebt haben. Und außerdem«, fügte sie in verwundertem Ton zu, »ist das sowieso nicht das eigentliche Problem. Das eigentliche Problem besteht nämlich darin, daß die glauben, sie müßten alles über alles erfahren, aber dem ist nun mal nicht so. Selbst wir, die wir hier leben, tun das nicht. Aber wir wissen genug, um darauf zu achten, was der Planet uns sagt, während die doch auf überhaupt nichts achtgeben.«

Yana trank, und die Wärme tat ihr gut. Vielleicht würde sie besser zurechtkommen, wenn sie in Zukunft lief, wie die anderen es taten. Sie hatte bisher nur herumgesessen und fühlte sich wie gerädert. Bunnys Gesicht dagegen war lebhaft gerötet, und Sean war nicht einmal außer Atem gewesen, als er den Beutel aus ihrem Schoß genommen hatte. Alle, die hier im Raum anwesend waren, hatten sich auf eine lange Wartezeit eingestellt; eine von vielen, die sie mit großer Geduld über sich ergehen ließen. Yana hatte das Gefühl, allmählich Platzangst zu bekommen. Unruhig scharrte sie mit den Füßen und fragte sich, ob sie sich wohl entfernen könnte, ohne die Leute zu beleidigen. Nicht daß dieses Problem allzu groß gewesen wäre, denn sie bezweifelte, daß irgend einer der Anwesenden anders als dankbar reagieren würde, wenn es im Raum ein Stückchen weniger eng werden sollte. Realistischer war da schon die Sorge, ob sie es durch diese Menge überhaupt bis zur Tür schaffen würde. Doch selbst wenn ihr das gelänge, was würde sie dann tun, wenn sie erst einmal in ihre kalte, einsame Hütte zurückgekehrt war? Die halbe Stunde in Seans Gesellschaft hatte die Nachteile der Einsamkeit schärfer hervortreten lassen. In seiner Gegenwart hatte sie sich merkwürdig lebendig und wach gefühlt; nach Bry war dies das erste Mal gewesen.

»Hören Sie, das kann noch Stunden dauern«, sagte Bunny, und Yana musterte sie scharf. »Ich muß mich um die Hunde kümmern.«

»Kann ich Ihnen vielleicht helfen, damit ich etwas über die Hunde erfahre?« fragte Yana sie in der Hoffnung, dadurch weiteren Stunden noch größerer Einsamkeit zu entgehen.

»Klar doch.« Bunny grinste, sie schien sich über ihr Angebot zu freuen. »Ist nicht besonders schwer.«

»Na, wenn Sie meinen«, antwortete Yana und hüllte sich wieder in ihre Winterausrüstung, um neben dem Gespann zu schreiten, während Bunny es zu den Zwingern ihrer Tante Moira lenkte.

Es war zwar tatsächlich nicht sonderlich schwierig, verlangte Yana aber doch einige Konzentration ab, als sie Bunnys Beispiel beim Abnehmen des Geschirrs folgte, es überprüfte, einölte und ordentlich aufhängte, um als nächstes die Hundepfoten nach Schnittwunden zu überprüfen und eine von Clodaghs Salben zwischen den Zehen aufzutragen, bevor die Tiere schließlich angeleint wurden.

»Sie haben Glück«, teilte Bunny ihr mit. »Ich habe den Hundehof heute morgen schon saubergemacht und frisches Stroh ausgelegt, deshalb brauchen Sie das jetzt nicht zu machen.«

Nachdem sie ihr gezeigt hatte, was sie tun sollte, holte Bunny einige zugeschnittene Stücke Fisch und Fleisch aus einer Tonne vor ihrer Tür und begab sich damit ins Haus. Als Yana mit den Hunden fertig war, ging sie ebenfalls hinein und sah, daß Bunny gerade das Fleisch kochte und etwas hinzugab, das wie gehärteter Brotteig mit Fett aussah. Schließlich zerbröselte sie ein paar Yana verdächtig vertraute rosafarbene und grüne Tabletten, die wie die Vitamin- und Mineralstoffergänzungen aussahen, die an die Firmensoldaten ausgegeben wurden. Während die Mixtur sich erwärmte, schmolz Bunny auf dem hinteren Teil des Ofens Schnee. Dann verwendete sie mit Yana denselben Behälter dazu, um nacheinander jedem der Hunde zu trinken zu geben. Inzwischen brodelte das Gemisch zu Bunnys Zufriedenheit, und sie verteilten es an die hungrigen Tiere.

Einige der Hunde stocherten mit der Schnauze in ihrem Fressen herum wie Firmendiplomaten bei einem Staatsbankett; andere schlangen es mit großem Vergnügen herunter.

»Sie ... äh ... scheinen das Fressen ja zu genießen«, bemerkte Yana, als einer der Hunde neben ihr seine sorgfältig zubereiteten Mahlzeit herunterschlang, als ob es ein frisch erlegter Bär gewesen wäre.

Bunny zuckte mit den Schultern und grinste angesichts der Launen ihrer Schützlinge. »Das tun sie tatsächlich. Und wenn der eine es nicht schnell genug herunterschlingt, versucht der andere, es zu stibitzen. Das ist auch ein Grund, weshalb wir sie getrennt anleinen. Dann gibt es nicht so viele Futterkämpfe.«

»Clodaghs Katze, die mir nach Hause gefolgt ist, machte den Eindruck, als wollte sie den Fisch, den Seamus mir gab, tiefgefroren auffressen«, erzählte Yana.

»Kann sein, daß der Kater damit ein bißchen herumspielt und an den Kanten knabbert, aber an sich wird er warten, bis er aufgetaut ist, oder bis Sie ihn für ihn gekocht haben.«

»Genauso, wie Sie für die Hunde kochen?«

»Natürlich nicht. Genauso, wie Sie für sich selbst kochen.«

»Das tue ich aber nicht«, gestand Yana. »Ich bin ein Raumschiffkind, müssen Sie wissen. Ersatznahrung und nährstoffreiche Futterriegel sind unsere Rationen. Gelegentlich bekommen wir zwar auch etwas anderes, aber das Kochen lernen nur die Mannschaftsmitglieder, die auch die Funktion haben, zu besonderen Anlässen etwas zuzubereiten. Wie würden *Sie* denn den Fisch kochen, um ihn zu essen und … äh … Ihren Gästen vorzusetzen?«

Bunny grinste angesichts der Torheit der Leute, die zwar auf ihrer Welt das Sagen hatten, aber nicht einmal wußten, wie sie sich selbst ernähren konnten. Dann tätschelte sie Yanas Hand und sagte: »Keine Sorge. Ist nicht schwierig. Ich gebe einfach nur eine Handvoll Kräuter in den Topf, die ich von meiner Tante habe, dann schmeckt es schon richtig gut.«

Darüber dachte Yana eine Weile nach. Schließlich atmete sie tief durch und bat: »Sagen Sie mir doch bitte, welche Kräuter diese Fischsorte genießbar machen.«

»Gern, aber bisher haben Sie doch noch nicht einmal welche. Also werde ich erst einmal ein paar davon mopsen. Wir treffen uns dann bei Ihnen.«

Yana hatte ihren Ofen bereits gemütlich in Gang gebracht, als Bunny mit einem kleinen Beutel voller Dinge eintraf, die sie aus der Küche ihrer Tante mitgenommen hatte.

»Och, machen Sie sich bloß keine Sorgen wegen der genauen Mengen«, sagte Bunny, als sie Yanas bekümmerte Miene bemerkte. Dann führte sie ihr kurz die Kunst vor, einen Fischeintopf aus Kräutern, einer Handvoll Reis und Brocken eßbar aussehender Wurzelgemüse herzustellen. Dabei brauchte sie die gesamte Fischstange. »Weil ein Eintopf immer besser wird, je länger man ihn kocht. Sie brauchen den Rest bloß über Nacht einzufrieren und ihn später, wenn Sie wieder Hunger haben, auf dem hinteren Teil des Ofens aufzutauen. Ich zeige Ihnen gleich noch, wie man Pfannkuchenteig macht.«

Das tat sie auch, und Yana verputzte eine ordentliche Portion davon. Bunny war noch damit beschäftigt, den letzten Eintopfsaft mit dem Pfannkuchenteig vom Teller zu tupfen, als Seans unverwechselbare Stimme ertönte: »Sláinte, Yana!«

Da Bunny näher an der Tür saß, stand sie auf Yanas Nicken hin auf, um sie zu öffnen.

»Ah! Ist noch etwas übrig?« fragte er, erwartungsvoll schnüffelnd.

»Wollte Clodagh dir nichts zu essen geben?« fragte Bunny und holte auf dem Weg zum Herd gleich Teller und Löffel aus dem Regal.

»Sie hatte zwar genug da, aber ich brauchte etwas Freiraum«, erwiderte Sean. Er knöpfte seine Jacke auf und hängte sie säuberlich neben die anderen an den Türhaken.

»Wer hat es diesmal geschafft?« fragte Bunny, als er sich mit einem solchen Behagen an den improvisierten Tisch setzte, daß Yana sich die Entschuldigungen verkniff, die sie von sich geben wollte.

Er hielt lange genug inne, um einen Löffel zu nehmen, bevor er antwortete.

»Die Yallup-Gruppe«, sagte er und tunkte ein Stück Pfannkuchen in den Saft. »Lavelle, Brit und Sigdhu haben es geschafft. Mit etwas Ruhe und guter Verpflegung kommen sie über den Berg, obwohl Siggy schon wieder einen Zeh verloren hat. Merkwürdig ist nur, daß zwei von denen es geschafft haben.«

»Allerdings!« Bunny quittierte diese Tatsache mit einem ehrfürchtigen Ausdruck.

Sollten Außenweltler nicht eigentlich immer auf diesem Planeten überleben, wenn ihre einheimischen Führer etwas taugen? überlegte Yana.

»Wer denn?« hakte Bunny nach.

»Der Chefgeologe, den die Yallups geschickt haben, Vater und Sohn, Metaxos mit Nachnamen, Diego und Francisco. Der Idiot hat tatsächlich sein Kind mitgebracht, damit es etwas erleben soll!« Sean sprach etwas abgehackt, weil er zwischen den einzelnen Mitteilungen kaute. Bunny schnaubte angesichts der Torheit dessen, was manche Leute als ›Erlebnisse‹ definierten. Sean grinste, wobei das Licht der Stutenbutterlampe auf dem Tisch in seinen Silberaugen tänzelte. »Der Sohn wird davon singen. Aber der Vater … genau da liegt das Problem. Er ist gealtert. Der Junge meint, daß sein Vater Mitte Vierzig sei. Sieht aber eher aus wie neunzig.«

»Ohhhhh!« Bunny zog ihren Ausruf in die Länge und weitete die Augen.

»Kann man von Unterkühlung altern?« wollte Yana wissen.

»Auf Petaybee schon«, erwiderte Bunny angespannt. »Und, haben sie etwas gefunden?« Verschwörerisch beugte sie sich zu Sean hinüber, ihre Augen glitzerten erregt im Lampenlicht. »Das Übliche?«

Sean schnaubte, tunkte noch ein Stück Pfannkuchen in seinen Eintopf und verzehrte ihn erst, bevor er antwortete. Yana hatte den Eindruck, daß er sich seine Formulierung genau überlegte.

»Mehr oder weniger das Übliche. Der Junge hat einige ziemlich ausführliche Beschreibungen geliefert. Höhlen, glitzernde Seen mit offenem Wasser, gehörnte Tiere, glatthäutige Wassertiere.« Er brach noch ein Stück Pfannkuchen ab, tat so, als interessiere er sich mehr für das Essen als für das Erzählen.

»Wenn Sie absichtlich in Parabeln reden, führe ich die Katze solange spazieren«, meinte Yana und erhob sich.

Seans Arm fuhr hervor und zerrte sie wieder auf den Stuhl zurück. Er grinste entschuldigend.

»Leute, die wochenlang verschollen sind, an Unterkühlung leiden und bald verhungern, neigen eben zu Halluzinationen.«

»Aber Sie haben gesagt, daß er ausführliche Beschreibungen geliefert hat …«

»Sehr plastische, aber nicht unbedingt genaue«, widersprach Sean, doch Yana hatte das Gefühl, daß er der Schilderung des Jungen Glauben schenkte. »Dann sind die Raumbienen gekommen und haben alle mitgenommen. Haben Odarks Leute angeraunzt, weil sie sie nicht sofort zum Raumhafen gebracht haben. Aber Terce war schließlich auf der Basis, und du warst draußen bei mir im Labor, was hätten sie da schon anderes tun können? Clodaghs Haus liegt schließlich auf dem Weg und ist sehr viel näher.« Sean atmete tief durch, unterdrückte seinen Ekel. »Sie brauchten ganz dringend Hilfe. Und die haben sie auch bekommen. Allerdings bin ich mir nicht sicher, ob der Geologe durchkommt.«

Mit dem letzten Stück Pfannkuchen jagte er dem verbliebenen Saft auf seinem Teller nach. Yana überlegte sich, was das Protokoll nun von ihr verlangen konnte, und hatte gerade die Hand an den Topf gelegt, um ihm einen Nachschlag anzubieten, als Sean mit einem Winken abwehrte.

»Das genügt mir schon, Yana, und Sie haben Ihr Essen mit anderen geteilt. Mehr wäre ebenso unhöflich wie zu wenig.« Er schob seinen Stuhl vom Tisch und lächelte sie an.

»Was haben unsere denn gesagt?« fragte Bunny wißbegierig und beugte sich wieder vor.

»Nicht viel. Die waren viel zu sehr damit beschäftigt, sich aufzuwärmen, und viel zu froh, entdeckt worden zu sein, um sich sonderlich für etwas anderes zu interessieren.«

Yana nickte. Sie wußte, was Sean damit meinte. »Dann wird man sie also jetzt vernehmen?« fragte sie.

»Und wie!« Er kippte den Stuhl zurück und hielt mit einem Fuß am Tischbein sein Gleichgewicht.

»Von innen nach außen wird man sie stülpen«, pflichtete Bunny ihm bei und schüttelte den Kopf, als täten ihr die Opfer leid. »Haben sie irgend etwas gefunden? Ich meine irgend etwas Wirkliches?«

»Beispielsweise so etwas wie die Mineralvorkommen, deren Ortung sie sich so sicher waren?« Seans Stimme klang zwar tonlos, aber in seinen Augen spielte ein stummes Lachen, als wisse er etwas, was niemand anderem bekannt war. »Nein, sie haben die Stellen nicht gefunden, obwohl Lavelle und Brit Stein und Bein schwören, daß sie es eigentlich hätten tun müssen. Immerhin verfügten sie über aktualisierte und präzise Messungen und waren genau an der Stelle gewesen, als der Sturm losbrach. Natürlich haben sie sich eingebuddelt.« Bunny nickte, und Sean fuhr fort. »Sie hatten keine Zeit, um sich ein ordentliches Eishaus zu bauen, aber Siggy ist ein verdammt gewiefter Überlebenskünstler.«

»Wahrscheinlich haben sie ihm alle ihr Leben zu verdanken«, bekräftigte Bunny Siggys Kompetenz.

»Allerdings, und das hat der Junge auch mehrmals betont.« Sean schüttelte den Kopf. »Ich hoffe, die setzen dem Jungen mit diesem Vernehmungsblödsinn nicht allzusehr zu. Ich möchte schwören, daß er die Wahrheit gesagt hat.«

Bunnys Mundwinkel zuckten gereizt. »Die würden die Wahrheit doch nicht einmal erkennen, wenn sie ihnen persönlich den Kopf abbisse.«

»Und genau das hat sie auch getan.« Seans und Bunnys Augen hefteten sich aufeinander, tauschten stumm Blicke aus. »Ich muß zurück«, sagte er, stand auf und ging zur Tür, um seine Sachen aufzunehmen.

»Hast du Licht?«

Er hob das lange zylindrische Gerät hoch, das er aus einer Tasche gezogen hatte. »Ich komme schon zurecht. Mit so einem guten Eintopf im Bauch ist das ein Kinderspiel.« Er grinste Yana an und führte in einer Dankesgeste den Zylinder an seine Stirn. »Yanaba, Buneka!«

Die Verwendung ihrer förmlichen Namen überraschte Yana, aber sie lächelte zur Antwort und nickte anerkennend. Mit einem jähen Wirbel kalter Luft war Sean auch schon verschwunden. Yana spähte aus ihrem kleinen Fenster und sah, wie er, den Zylinder über dem Kopf loslief, bis er kurz darauf in der Nacht verschwunden war.

»Nimmt er denn keinen Hundeschlitten zurück?« fragte sie Bunny.

»Sean? Nicht auf so einer kleinen Strecke.«

»Für diese kleine Strecke haben wir immerhin fast zwei Stunden gebraucht.«

»Er ist ein guter Läufer. Wenn wir zusammen ausziehen, gibt er oft das Tempo vor. Der Schlitten würde ihn nur aufhalten.« Bunny hob den Thermosbehälter und schüttelte ihn. »Morgen bringe ich Ihnen wieder etwas Wasser. Danke für das Essen. Gute Nacht!«

Mit einem weiteren Wirbel kalter Luft verschwand auch sie, und Yana blieb allein zurück.

Die nächsten beiden Tage bekam Yana wenig von Bunny und Sean zu sehen, und auch von den Geretteten hörte sie nicht viel, obwohl sie mehr als einmal Gestalten in den regulären Uniformen der Intergal durch die Straßen streifen sah. Bei ihren Gesprächen mit den anderen Bewohnern der Siedlung vermied man allerdings stets das eine Thema, von dem Yana genau wußte, daß alle daran dachten; es schien, als glaubten die Leute, daß sie den Vorfall einfach dadurch ungeschehen machen könnten, indem sie das Thema sorgfältig vermieden. Am ersten Morgen erschien Clodagh auf ihrer Treppe, in der großen Hand ein ausgebeultes Bündel und begleitet von vier Katzen. Die Katzen traten prompt ein und machten einen schnellen Erkundungsgang, bevor sie sich neben dem Ofen niederließen, während Yana Clodagh höflich hereinbat, obwohl sie nicht die geringste Ahnung hatte, was sie ihr als Gastgeberin anbieten konnte. Sie hatte noch immer keine Gelegenheit gehabt, sich Vorräte zu beschaffen, und ihr Fischeintopf würde bestimmt keine vier Tage halten, wenn sie nie etwas anderes zum Frühstück, zum Mittag- und zum Abendessen zu sich nahm.

»Habe mal eben einen schnellen Rundgang gemacht«, verkündete Clodagh. Sie ließ das Bündel auf den wackligen Tisch fallen und entschnürte es. So legte sie eine Vielzahl kleiner Päckchen frei, darunter einige mit Bindfäden zusammengebundene Stoffquadrate und ein halbes Dutzend kleiner Gläser. Drei von ihnen enthielten offenbar Salben: eine rosafarbene, eine weiße und eine grüne. Das größte unter den anderen Gläsern enthielt Salzkristalle, das zweitgrößte ein dunkles und das drittgrößte ein rotorangefarbenes Pulver. »Salz bekommen wir in ausreichenden Mengen aus den Höhlen, also scheuen Sie sich nicht, nach mehr zu fragen, wenn es knapp geworden ist. Aber würziges Zeug ...« Ihre großen Finger schlossen sich um das dunkle Pulver. »... ist schwer zu kriegen, und Sie brauchen ja auch nicht sehr viel, um den Topfinhalt zu würzen. Das hier ...« Sie zeigte auf das rotorangefarbene Pulver. »... ist gut gegen Durchfall. Eine Fingerspitze auf die Zunge geben und mit einem Schluck Wasser herunterschlucken. Schmeckt scheußlich, aber beruhigt die Ein-Geweide.« Yana hatte das Wort noch nie auf diese Weise ausgesprochen gehört. »Wenn Ihr Klo voll ist, sagen Sie es einfach Meqo. Sie ist diesen Winter für den Misthaufen zuständig. Das weiße Zeug hier ist gut gegen Erfrierungen. Sie sollten es auch dann verwenden, wenn Sie sich nicht sicher sind, ob Sie Erfrierungen haben. Zu spät ist nie gut. Das rosa Zeug hilft bei Frostbeulen – sorgt dafür, daß sie nicht platzen. Achten Sie darauf, wenn Ihre Zehen jucken sollten ...«

»Frostbeulen kenne ich.«

»Na klar, wahrscheinlich tun das die meisten Firmensoldaten«, erwiderte Clodagh freundlich. »Dieses grüne Zeug ist aseptisch. Vielleicht haben Sie auch eigenes – nicht? Na ja, das hier ist sowieso besser als alles, was die Intergal jemals zusammengemischt hat. Und das da«, fuhr sie fort und wies auf die kleinen Päckchen, »sind scharfe und süße Gewürze. Die werden Sie ja wohl am Geruch unterscheiden können.« Jetzt zerrte sie einen noch viel größeren weißen Sack aus den Falten ihres Parkas. »Mehl, Einzelration.« Ihm folgte ein dicht verschlossener Tiegel. »Hefe. Und sobald Sie ein bißchen davon verwenden, geben Sie etwas Mehl hinzu, um sie in

Gang zu halten. Immer warm aufbewahren.« Nachdem Clodagh in ihren Kleidern herumgenestelt hatte, kam ein Stück Flickenwolle zum Vorschein, in das sie den Hefetiegel einwickelte. »Bohnen.« Sie zog einen Sack aus einer Tasche. »Drei Sorten. Puto sagt, daß sie die Portion noch ergänzen wird, sobald sie wieder zurück ist. Navarana und Moira sagen, daß sie mit Ihnen in den Wald gehen können, wenn es soweit ist, um sein eigenes Holz zu sammeln.« Aus einem anderen Versteck kam ein Beil zum Vorschein, das sie Yana mit förmlicher Geste überreichte. »Das brauche ich natürlich zurück, wenn Sie sich ein eigenes beschafft haben. Aisling kann Ihnen etwas Wolle geben.« Ein eindringlicher Blick richtete sich auf Yana. »Es sei denn, Sie können gar nicht stricken?«

Yana schüttelte den Kopf.

»Natürlich nicht, Firmenleute brauchen das auch nicht zu können, die kriegen ja alles von der Intergal. Na ja, Aisling ist geduldig, und nichts mag sie mehr, als jemandem auf die Beine helfen, der auch willig ist.«

»Ich bin willig«, antwortete Yana entschieden. »Und danke, Clodagh. Ich weiß Ihrer aller Hilfe wirklich zu schätzen.«

»Papperlapapp! Sie werden schon noch das gleiche tun, sobald Sie selbst an der Reihe sind. UPs halten zusammen und machen der Firma eine lange Nase, und wenn die sich noch so überlegen fühlen mag!«

Mit diesen Worten schwang sie in unerwarteter Anmut ihre üppigen Massen herum und war bereits aus der Tür, bevor Yana noch etwas erwidern konnte.

6.
KAPITEL

Der Wind toste vom Berg durch den Paß hinunter über die Gebirgsausläufer, und die schneebedeckte Ebene, unter der sich ein tückisches Moor verbarg, rüttelte das Schnokel mit herrischen Böen durch. Bunny saß in voller Bekleidung im Fahrzeug und sah zu, wie die hohen Tiere umherstreiften und bedeutungsvolle Gesten machten, als wüßten sie, was sie da taten.

Doch dem war nicht so. Selbst nachdem sie Siggys Mannschaft hier herausgeholt hatten, lange bevor die Leute Gelegenheit gehabt hatten, sich von ihren Strapazen zu erholen, wußten sie doch nicht mehr als vorher. Da sie ja nur dumme UPs waren, wußten weder Siggy noch die anderen, was die Meßgeräte *tatsächlich* angezeigt hatten, aber dies war nun einmal die Stelle, wo der Sturm sie heimgesucht hatte, in dem sowohl Petaybeeaner als auch Firmenleute umgekommen waren. Bunny war selbst mehrere Male eingeschneit worden, im Schnokel am Fluß und auf der Reise zwischen Seans Heim und Kilcoole. Weißer, schneebedeckter Boden, darüber ein weißer Himmel und weißer Dunst und Schneefall, der sämtliche Landschaftsmerkmale der Umgebung verschwimmen ließ – Verschneiung war desorientierend und gefährlich. Es schien ein wenig so zu sein wie das, was man ihr vom Weltraum erzählt hatte, nur eben weiß anstatt schwarz.

Wenn man den Weg kannte, konnte man einfach weiterfahren und darauf hoffen, daß man es schon bis zur anderen Seite schaffen oder irgendein Landschaftsmerkmal ausmachen könnte; man konnte aber auch einfach anhalten und die Sache aussitzen. In einer solchen Entfernung abseits aller Dörfer wäre es das vernünftigste gewesen, die Hunde lagern zu lassen und abzuwarten, doch die Geologen hatten sehr viel Ausrüstung mit sich geführt und hatten nur die notwendigsten Nahrungsmittel dabei.

Lavelle erzählte den Firmenleuten: »Wir sagten, ›Sie sollten besser hier abwarten, bis wir wieder etwas sehen können.‹ Aber die meinten: ›Ach was, wir haben ja unsere Instrumente.‹ Das Problem war nur, daß die Instrumente in der Kälte kaputtgingen.«

Die Firmenleute hatten darauf beharrt, daß die Instrumente eigens für ein derartiges Klima konstruiert worden waren, so daß ihr Versagen unmöglich war, worauf Lavelle lediglich mit den Schultern gezuckt hatte. Von dem, was danach geschehen war, wußte sie nicht mehr allzuviel, nur daß die Schlitten voneinander getrennt worden waren, daß die anderen drei samt Führern, Hunden, Geologen, Ausrüstung, Verpflegung und allem verschollen ging. Sie selbst hatte den Schlitten mit dem Jungen gelenkt, wodurch sie ein wenig Platz für größere Vorräte gehabt hatte. Brit war den Schlitten mit dem Vater gefahren, zwischen ihnen war Siggy gelaufen, damit sie Verbindung hielten, wie er es auch mit den beiden anderen Schlitten versucht hatte, bevor sie oben am Elchsee verschwunden waren. Vielleicht waren sie ja an irgendeiner Stelle im dünnen Eis eingebrochen. Und dann, als sie gerade einen ziemlich steilen Hang hinabsausten, war der Schlitten umgekippt und hatte seine beiden Passagiere ausgespien, um schließlich den Hügel hinunterzurasen und zu verschwinden.

»Fanden Sie das denn gar nicht merkwürdig, daß die einfach so verschwanden?«

»Nein. Mir kam allerdings merkwürdig vor, daß sie uns nicht mehr finden konnten. Wir haben aus Leibeskräften gebrüllt, und die Hunde bellten auch. Brit wollte die Suche aufnehmen, weil ja auch die Möglichkeit bestand, daß sie beim Sturz das Bewußtsein verloren hatten. Und wir haben uns tatsächlich auch dort umgesehen, wo sie logischerweise auch hätten sein müssen. Aber als wir keinerlei Löcher im Boden und andere Spuren finden konnten, meinte Siggy, daß es das sicherste wäre, wenn jeder hierbliebe und wir ein Feuer machten, um uns warm zu halten, und wenn wir während der gesamten Verschneiungsphase Lärm veranstalteten.«

»Sie haben also versucht, Ihre eigene Haut zu retten, wie?« fragte Oberst Giancaro, der Charlie weggeschickt hatte.

»Nicht doch, nicht doch«, sagte ein jüngerer Hauptmann mit einem anziehenden, wettergegerbten Gesicht und sehr viel angenehmeren Manieren. »Ist doch völlig verständlich«, bemerkte er beruhigend zu Lavelle, die schon vor Zorn zu erröten begann. »Was ist danach geschehen?«

Lavelle musterte den Oberst und antwortete: »Danach klarte es etwas auf, und Dinah hörte nicht auf zu winseln. Deshalb habe ich sie losgebunden. Sie rannte davon, und kurz darauf hörten wir ihr Geheul. Dann kam sie mit dem Jungen zurückgetrabt. Er sagte, daß sie sich durch eine Schneewehe gegraben hatte, um ihn herauszuholen, aber sein Vater sei verletzt, und ob wir kommen könnten, um ihm dabei zu helfen, seinen Vater zu bergen. Der war von einer kleinen Lawine erwischt worden, aber glücklicherweise gab es am Hügelhang, wo er festsaß, eine Höhle. Sie schafften es auch bis zur Höhle, aber der Schnee verwehte wieder den Eingang, und es war sehr dunkel. Der Junge sagte, daß er zwar wußte, daß wir sie dort nicht würden finden können, daß es aber immerhin einen Schutz darstellte und daß er Angst gehabt hatte wegzugehen, weil er fürchtete, ihn sonst nicht wiederzufinden. Er hatte auch gerufen, aber wegen des Windes konnten wir einander nicht hören.«

»Dann haben Sie aber nicht einmal den Versuch unternommen, die anderen zu suchen?« Giancarlo schnaubte verächtlich.

Da hatte Lavelle angefangen zu brüllen, ein sehr seltenes Ereignis bei dieser sehr sanften und zuvorkommenden Frau. »Wir wußten doch noch nicht einmal, wo wir selbst waren, guter Mann! Wenn Odark nicht *uns* gefunden hätte, weiß ich nicht, ob heute auch nur noch ein einziger von uns am Leben wäre! Siggy konnte inzwischen nicht einmal mehr gehen, und Brit und ich hätten es ohne die Hilfe der Hunde niemals geschafft, den Vater auszugraben.«

Und während des ganzen Gesprächs stand der junge Diego draußen in der Kälte und hörte zu, wie sie sich weiter zankten, mit verschlossener Miene, es sei denn, daß jemand etwas tat oder sagte, das ihn offensichtlich zornig machte; dann begannen seine dunklen Augen in der schneeverbrannten rohen Röte seines Gesichts zu glühen wie frisch geschürte Kohlen.

Bunny wußte nicht, was sie davon halten sollte, sie war es nur leid, immer gerade schlau genug zu tun, um ihr Schnokel zu lenken, aber auch dumm und freundlich genug, damit die hohen Tiere weiterhin in ihrer Gegenwart freimütig redeten und ihr Verhör fortsetzten. Terce benahm sich, als sei er bereits zum Mitglied dieser Inquisition geworden, und die Firmenleute unternahmen nichts, ohne ihn nicht vorher konsultiert zu haben.

Die Schnokel brauchten zwei Tage, bis sie zu der Stelle gelangten, wo die Jagdgruppe die Überlebenden gefunden hatte, doch angesichts des frischen Schneefalls in dieser Gegend und dem alles verwehenden Wind konnten sie den Punkt nur ungefähr bestimmen. Bunny zitterte. Hier im Schnokel war sie zwar vor dem Wind geschützt, und der Himmel war klar, doch draußen wehte der Wind Schneeschleier auf und warf sie über die Landschaft. Ihre Fahrtspur war bereits an einigen Stellen verweht. Die Firmenleute hatten Terce zurückgeschickt, um auf halber Strecke zusammen mit Odark und Brit das Lager aufzuschlagen. Lavelle und der Junge waren zurückgeblieben, um ›bei der Untersuchung behilflich zu sein‹ und um sie bei der Beantwortung der Frage zu unterstützen, was aus den anderen Gruppenmitgliedern geworden sein mochte.

Bunny machte die Tür auf, stieg aus dem Schnokel und stampfte auf die sich streitenden Männer zu. Diegos Zorn schien abgeklungen zu sein, während die Firmenleute um ihn herum sich stritten.

Nun stand er gegen Lavelle gesackt da, die den Arm um ihn gelegt hatte. Er wirkte erschöpft. Man hätte ihn wirklich nicht schon so bald wieder hier hinausbringen dürfen, aber sein Vater war nun einmal transportunfähig. Und Siggy mußte sich ganz eindeutig ausruhen und seine Erfrierungen verarzten, sonst würde der Brand ihn noch den Rest seines Fußes kosten. Clodagh hatte ihm zwar ein Mittel gegeben, aber die Leute von der Firma hatten ihn zur Raumbasis geschafft und ihn dort, getrennt von dem verrückten Mann, Diegos Vater, in einem eigenen Zimmer untergebracht, bis man ihn zusammen mit den anderen in eine ›andere Einrichtung‹ schaffen könnte. Bunny wußte nicht genau, was das bedeutete, aber es klang nicht besonders erfreulich.

»Entschuldigung, Leute«, sagte sie zu der Gruppe, »aber wir sollten uns lieber in Bewegung setzen, solange es noch hell ist.«

»*Ich* bestimme hier, wann wir uns in Bewegung setzen«, wies Giancarlo sie zurecht. »Es ist Ihnen doch wohl hoffentlich klar, junge Dame, daß ich auch dafür sorgen könnte, daß Sie Ihre Lizenz wieder verlieren, wenn ich will?«

»O ja, mein Herr. Ich weiß, was für ein wichtiger Mann Sie sind – wie wichtig Sie alle sind. Deshalb sage ich Ihnen das ja. Wenn wir uns nämlich jetzt nicht in Bewegung setzen, könnte ich mein Schnokel anstelle meiner Lizenz verlieren, vielleicht müßte uns dann auch erst eine andere Jagdpartie wieder aufstöbern. Unser Wetter hier, mein Herr, ist, wie Sie vielleicht bemerkt haben, trügerisch. Es hat haufenweise ... verschiedene Dinge ...«

»Variablen?« schlug der Hauptmann hilfsbereit vor.

»Ja. Haufenweise Variable. Und im Augenblick zieht gerade ein schlimmer Sturm auf. Außerdem, mein Herr, sieht dieser Junge da so aus, als wäre er völlig erledigt.«

»Da hat sie nicht ganz unrecht, Oberst«, meinte der Hauptmann. »Vielleicht sollten wir jetzt erst einmal ins Lager zurückkehren, nachdem wir die ungefähre Stelle besichtigt haben, um später mit besserer Ausrüstung zurückzukehren, wenn das Wetter sich aufgeklärt hat.«

Der Oberst blickte wütend drein, wies aber mit dem Handschuh in Richtung Schnokel.

Diego Metaxos saß allein in der Ecke der Unterkunft, während die Soldaten Lavelle vernahmen. Er wünschte sich, daß man sie in Ruhe ließ. Sie hatte versucht, ihnen zu helfen – tatsächlich, dachte er, hatte sie ihm selbst auch sehr viel geholfen. Und sie könnte ihm noch mehr helfen, wenn die Befrager doch nur endlich fortgingen, damit er mit ihr sprechen konnte.

Papis Delirieren erschien diesen Männern unglaublich, und Diego wußte, daß sie ihm selbst auch nicht richtig geglaubt hatten, als er versuchte, ihnen von den Höhlen zu erzählen. Obwohl er doch ganz offensichtlich unverletzt war. In gewisser Weise konnte er es ihnen nicht einmal verübeln. Die ganze Angelegenheit erschien ihm inzwischen ja selbst wie ein Traum – zumindest wäre es so gewesen, wenn sein Vater nicht aus derselben Zeit und demselben Ort hervorgekommen wäre und dabei nicht so ausgesehen hätte, als sei er immer noch in einem Alptraum gefangen.

Diego wußte selbst nicht genau, *was* er und sein Vater eigentlich durchgemacht hatten. Er wußte nur so viel, daß das Erlebnis des Aufenthalts in der Höhle anscheinend für seinen Vater etwas völlig anderes bedeutet hatte als für ihn, denn während Diego sich gut fühlte, war Papi dort drin etwas Furchtbares widerfahren. Selbst nachdem die Eiszapfen in seinem Haar abgetaut waren, war es grau geblieben, und sein Gesicht war äschern und eingefallen wie ein Totenschädel, die Haut ausgetrocknet und viel runzliger als vorher. Am schlimmsten aber war, daß er nicht mehr auf allzuviel reagierte, sondern einfach nur vor sich hinstarrte, als könnte er überhaupt nicht mehr sehen. Die Ärzte meinten, daß er unter einem starken Schock stünde, aber wie sollte das passiert sein? Sie waren doch zusammengeblieben, und was immer Diego erlebt hatte, hatte sich nicht auf diese Weise ausgewirkt – jedenfalls nicht bei ihm.

Am Anfang hatte er den Rettern und den Ermittlern der Firma alles erzählt, doch als er merkte, wie schnell sie skeptisch wurden, war er klug genug gewesen, um sich zu verschließen. Er mußte alles erst auf die Reihe bekommen, und er hatte nicht vor, noch irgend etwas zu sagen, bis er sicher sein konnte, daß Papi von jemandem versorgt wurde, der in ihm nicht nur einen Angestellten der Firma oderr ein Studienobjekt sah. Leider hatten die minderjährigen Söhne von Zivilisten innerhalb der Firmenhierarchie nicht allzuviel zu sagen. Papi brauchte Steve, und zwar möglichst bald.

Und wenn Steve käme, könnte Diego vielleicht auch mit ihm reden und alles noch einmal durchgehen. Im Augenblick jedoch scheute er davor zurück, darüber nachzudenken.

Soviel war sicher: Die Ermittler der Firma würden keine einzige von Diegos Fragen beantworten können. Sie waren viel zu sehr damit beschäftigt, alle Welt einem scharfen Verhör zu unterziehen, um bestimmte Antworten zu erhalten, als daß sie ein Ohr für Fragen gehabt hätten.

Das Mädchen musterte ihn seltsam. Die meiste Zeit blickte sie nur geradeaus und tat, als würde sie den Männern zuhören, während die sich unterhielten oder Lavelle ihre Fragen entgegenbrüllten. Aber sobald sie wegsahen oder einander anblickten, glitten die Augen des Mädchens zur Seite und versuchten, sich auf ihn zu richten, dann öffnete sich ihr Mund, als wollte sie etwas sagen.

Schließlich stand sie auf und ging hinaus, und er vermutete, daß sie vielleicht ihr Schnokel überprüfen mußte. Als sie zurückkam, nahm sie wie beiläufig neben ihm Platz. Keiner von den Firmenleuten schien es zu bemerken.

»Ich bin Bunny«, sagte sie leise.

»Ich weiß. Ich habe gehört, wie sie mit dir gesprochen haben. Ich bin Diego.« Da bemerkte er, daß er selbst geflüstert hatte. Aber er war erleichtert darüber, daß endlich jemand mit ihm sprach, und er spürte sofort, daß dieses Mädchen begriffen hatte, daß das, was ihm und seinem Vater widerfahren war, nicht einfach nur irgendein akademisches Problem oder ein bloßer Forschungsgegenstand war.

Ihre Augen leuchteten genauso, wie es die Augen der Hunde in der Dunkelheit getan hatten, und ihre leise Stimme erinnerte ihn an das Wispern der Schlittenkufen im Schnee.

»Ich weiß«, erwiderte sie. »Hast du Angst?«

»Nein ... Na ja, Angst um Paps, vielleicht. Aber ansonsten nicht.«

»Solltest du aber«, sagte sie in einem Ton, der andeutete, daß sie mehr wußte als er.

»Weshalb? Gibt es wieder Sturm oder so etwas?«

»Wahrscheinlich. Aber das habe ich nicht gemeint. Ich meinte die da«, antwortete sie und wies mit einem Nikken auf Oberst Giancarlo und die anderen.

Diego zuckte mit den Schultern. »Die tun nur ihre Pflicht. Sie wollen eben herausbekommen, was geschehen ist«, meinte er. Er musterte Giancarlos finstere Miene, als der Oberst zum fünfzigstenmal versuchte, Lavelle bei einer Lüge zu ertappen, und fügte hinzu: »Nicht daß die irgend jemandem zu glauben scheinen.«

»So sind die eben. Hör mal, ich bin in der Nähe. Wenn du irgend etwas brauchst, sag mir Bescheid, in Ordnung? Ich meine, jetzt, wo dein Pa krank ist, wird dann deine Mam kommen, um sich um dich zu kümmern? Braucht sie vielleicht eine Unterkunft? Meine Leute würden ihr helfen.«

Wieder stieg Zorn in ihm auf, und er warf ihr einen finsteren Blick zu, doch dann kam er zu dem Schluß, daß das ungerecht war. Sie versuchte doch nur nett zu sein – vielleicht auch ein bißchen zu schnüffeln, aber wenigstens setzte sie niemanden unter Druck, wie es Giancarlos und die anderen taten. »Meine Mutter ist nicht abkömmlich – aber ich denke, daß Paps ganz gern Steve hier hätte.«

»Wer ist das?«

»Sein Assistent und Lebenspartner«, sagte Diego und wartete mit herausfordernder Miene auf ihre Reaktion.

Doch sie nickte nur und sagte: »Schön, mal sehen, ob ich herausbekomme, was von offizieller Seite unternommen wird. Und sollte da nichts laufen, werden wir es eben inoffiziell versuchen. Ich wollte nur, daß du weißt, daß du hier Freunde hast. Nacht.«

»Buenas noches,« flüsterte er zurück.

»Das hast du gut gemacht, Bunka«, sagte Clodagh später, als Bunny aus Kilcoole zurückgekehrt war. Sie hatte Giancarlo zur Firmenstation gebracht, wo er auf eine Nachricht vom Suchtruppleiter warten wollte, und hatte die anderen zur Raumbasis gefahren, bevor sie ins Dorf zurückgekehrt war. »Der Junge ist allein. Glaubst du, daß er irgend etwas gesehen hat, oder war es nur der Vater?«

»Nein«, antwortete Bunny. »Ich glaube, er hat auch etwas gesehen. Ich weiß nicht genau, warum – inzwischen leugnet er, sich an irgend etwas zu erinnern, aber die würden ihm ja nicht einmal glauben, wenn er ihnen die Wahrheit sagte. Der Vater befindet sich im Hochsicherheitstrakt des Krankenhauses. Auf der Raumbasis heißt es, er sei verrückt.«

»Armer Junge«, meinte Clodagh, und ihre Augen zwinkerten heftig im Dampf der Teetasse, die sie vor den Lippen hielt. »So ganz allein. Für seinen Vater kann ich nicht allzuviel empfinden, aber der Kleine ist doch viel zu jung, um diesen Firmenhaien ausgeliefert zu sein, nach allem, was er durchgemacht hat. Wenn wir ihn nur einweihen könnten, dann wäre alles besser. Hat er denn überhaupt niemanden?«

»Nur diesen Steve«, erwiderte Bunny. »Dr. Steven L. Margolies, der in derselben Abteilung und Dienststelle arbeitet wie Metaxos. Das habe ich von Arnies Soldatenfreund im Funkraum erfahren. Er hat den Namen Metaxos in den Computer eingegeben. Ich weiß allerdings nicht, wie wir Steve finden könnten.«

Clodagh schüttelte bedauernd den Kopf. »Es ist eigentlich nicht unsere Aufgabe, ihn zu finden, aber der Junge wird Hilfe brauchen, wenn er wieder dort draußen ist ...« Ihr Kopf fuhr hoch. »Ich wünschte mir, Charlie wäre noch hier.«

»Vielleicht kann Yana ja helfen«, schlug Bunny vor.

»Vielleicht«, meinte Clodagh nachdenklich. »Aber sei vorsichtig. Charlie war einer von uns. Der hätte gewußt, was der Junge gerade durchmacht, und auch, wie die PTBs sind. Yana kennen wir noch nicht so gut.«

»Sean mag sie aber«, warf Bunny ein.

»Ach, tut er das? Was hat er denn gesagt?« Clodagh legte ein äußerst gewinnendes Lächeln an, das ihr gesamtes Gesicht veränderte. Ihre Augen funkelten fröhlich.

»Nichts, aber ich habe es gemerkt«, meinte Bunny. »Keine Sorge, du wirst es als erste erfahren ... Na ja, vielleicht nicht gerade als erste ...«

»Yana könnte eine gute Verbündete abgeben, aber sie ist sehr verschlossen. Das ist wahrscheinlich besser, als allzu leutselig zu sein, aber ich hätte ein besseres Gefühl, wenn wir etwas mehr über sie wüßten.«

»Laß ihr Zeit, Clodagh. Es ist schließlich nicht ihre Schuld, daß sie zum falschen Zeitpunkt und am falschen Ort geboren wurde, so daß du ihr nicht zur Welt verhelfen konntest, wie du es mit der Hälfte von uns getan hast. Ich werde mal hingehen und schauen, ob sie irgendwelche Ideen hat. Keine Sorge. Ich werde schon nichts verraten.«

Während der folgenden zehn Tage gewöhnte Yana sich langsam an ihre neue Umgebung. Zwischen dem notwendigen Aufwärmen und Essen schlief sie viel. Sie behielt Clodaghs Medizin stets in greifbarer Nähe, damit sie jedesmal, wenn sie das Kitzeln verspürte, das jedem Hustenanfall vorausging, einen Schluck nehmen konnte. Was immer in dem Zeug enthalten sein mochte – es war auf jeden Fall weitaus wirksamer als alles, was ihr die Ärzte auf Andromeda verabreicht hatten.

Yana hatte soeben einen weiteren fruchtlosen Gang zu dem nutzlosen Firmenladen hinter sich gebracht, als sie die Schnokel erblickte, die ein gutes Stück die Straße hoch in den Befehlsstand des Korps einfuhren. Eins war sicher: Hier wurde irgendein Spiel in die Wege geleitet; doch sie würde mit ihren Kräften so lange haushalten, bis der Ärger sie von sich aus heimsuchte. Schließlich brauchte sie schon sämtliche Reserven, um ihre eigenen Kochkünste zu überleben, dachte sie, als sie wieder einmal versuchte, für sich und die Katze eine Mahlzeit zuzubereiten. Abgesehen von Seamus' Fisch und der einen Pfanne, die man ihr gegeben hatte, hatten sich die Versorgungskanäle der Firma in Kilcoole als völlig wertlos erwiesen.

Sie war damit beschäftigt, den Fisch anzubraten, als jemand anklopfte. Als sie die Tür öffnete, blickte sie in Giancarlos Gesicht.

»Maddock, wo, zum Teufel, sind Sie gewesen, und weshalb haben Sie sich nicht gemeldet?« fauchte er, bevor sie ihn hineinbitten konnte.

»Die Freude über unser Wiedersehen liegt ganz bei mir, Herr Oberst«, erwiderte Yana unfreundlich. Auf dem Herd prasselte und sprühte das Fett, in dem sie den Fisch zubereitete. Die Katze huschte unter das Bett. Aus irgendeinem Grund machte Giancarlos Auftauchen Yana plötzlich wütend. Vielleicht lag es an ihrer Frustration darüber, in ihrer Haushaltsführung von der Barmherzigkeit der Dorfbewohner abhängig zu sein, weil der Laden nur wenig im Angebot hatte, was sie sich mit ihren spärlichen Mitteln zum Leben hätte kaufen können. Vielleicht lag es aber auch daran, daß sie nicht mehr an Bord einer Raumstation waren. Vielleicht lag es daran, daß dieser Bursche zu jener Sorte kleinkarierter Leuteschinder gehörte, die sie noch nie hatte ausstehen können. Vielleicht lag es auch daran, daß er einen solch krassen Kontrast zu den höflichen und gütigen Einheimischen bot. Doch sie gelangte zu dem Schluß, daß es wohl eher daran liegen mußte, daß die Firma, nachdem sie alle Leute um sie herum in den Tod geschickt und sie selbst beinahe umgebracht hatte, es immer noch zuließ, daß solche Betonköpfe ihr mit der Einstellung ihrer medizinischen Versorgung drohen konnten.

»Bitte nehmen Sie doch Platz und erzählen Sie mir mal, *Herr* Oberst, wie ich ohne Funkgerät, ohne Computer, ohne Transport, ohne Kontaktperson, ja sogar ohne einen einzigen gottverdammten Schreibstift Kontakt mit Ihnen aufnehmen soll. Und wenn Sie schon gerade dabei sind, erzählen Sie mir bitte auch noch, wie Sie sich das vorstellen, daß ich verdeckt tätig sein und das Vertrauen dieser Leute gewinnen soll, wenn Sie, hier hereinstürmen und meinen Namen brüllen, als wären wir bei irgendeinem gottverdammten Bordappell.«

Sie nahm auf dem Stuhl Platz und überließ es ihm, stehenzubleiben oder sich auf das Bett zu setzen, während sie die Arme verschränkte und zornig zu ihm aufblickte.

»Wie ich feststelle, hat die Disziplin schon nach wenigen Tagen als Zivilistin deutlich nachgelassen.«

»Ich *bin* Zivilistin, *mein Herr.* Vielleicht eine Angestellte, sofern die Firma die Güte haben sollte, mich für meine verdammte Tätigkeit auch entsprechend auszurüsten.«

»Es scheint Ihnen etwas besser zu gehen«, bemerkte er lahm.

»Ja, Oberst Giancarlo, das tut es. Selbst wir Invaliden haben unsere guten Tage. Eine Waffe. Das hatte ich vergessen. Wenn ich hier spionieren soll, sollte ich auch eine Waffe haben. Und sei es nur; um mir mein eigenes gottverdammtes Essen zu jagen. Das ist hier nämlich üblich. Haben Sie sich mal den Firmenladen angesehen? Was hat die Firma hier eigentlich vor, mein Herr? Ein zweites Bremport zu provozieren?«

»Das genügt, Majorin. Ich will nur wissen, warum Sie uns, zum Teufel, nicht über dieses jüngste Fiasko mit der Geologenmannschaft informiert haben.«

»Vielleicht, weil ich ja gerade erst eingetroffen war, als es passierte. Vielleicht, weil man mich ja nicht einmal darüber informiert hatte, wer überhaupt hier war und wer nicht. Vielleicht, weil ich über keine Kommunikationsmittel verfüge, über keinen Verbindungsoffizier, seit Sie den letzten so voreilig von seinem Amt entbunden haben ...«

»Wir hatten Grund zu der Annahme, daß er in einem Loyalitätskonflikt stand«, erwiderte Giancarlo. Er hatte, dick vermummt in seiner Außenkleidung, angefangen zu schwitzen, während der Ofen seine Hitze durch den ganzen Raum abstrahlte.

Ungefähr in diesem Augenblick bemerkte sie erst, daß aus der Fischpfanne Rauch quoll. Sie fing an zu husten, war aber so wütend, daß sie ihr Messer packte und damit nach dem anbrennenden Fisch stach und ihn in dem sich schwärzenden Fett umdrehte, wobei sie Giancarlo wütende Blicke zuwarf.

Auch Giancarlo fing an zu husten und stand auf, als Yana auf die Tür zutaumelte und sie aufriß. Dann traten sie beide hinaus ins Freie und atmeten tief durch, während der Rauch aus der Türöffnung quoll.

»Ich wünsche in Zukunft keine Wiederholung derartiger Unterlassungen«, sagte er. »In der Zwischenzeit werde ich mich um Ihre Sonderausrüstung kümmern. Guten Abend, Majorin.«

Sie hustete und konnte das ›Herr Oberst‹ erst herauspressen, als er schon ein ganzes Stück die Straße entlang gegangen war. Dann bedeckte sie Mund und Nase, griff um die Tür nach dem Haken, an dem ihr Parka hing, und holte Clodaghs Hustensirup und ihren Atemschutz hervor. Während sie einen Schluck von dem Sirup nahm, rieb sie den Atemschutz in den Schnee, preßte ihn vor Mund und Nase und huschte in die Hütte zurück. Mit der Gabel holte sie den angebrannten Fisch aus der Pfanne und warf ihn hinaus in den Schnee, wo ihn die Katze später holen konnte. Dann zog sie ihren Parka an und setzte sich draußen auf die Treppe, bis der Qualm verflogen war.

Verdammter Bürokrat! Er hatte nur einen lausigen Dienstgrad mehr als sie und hielt sich offensichtlich für einen Götzen. Es waren Idioten wie er gewesen, die Bry jenen Auftrag erteilt hatten, bei dem er ums Leben gekommen war. Idioten wie er hatten die Kosten gesenkt, indem sie die Kolonie auf Bremer übers Ohr hauten, bis die Kolonisten es leid gewesen waren, mitansehen zu müssen, wie sie selbst und ihre Kinder an heilbaren Krankheiten und am Hunger starben – um sich schließlich zu erheben. Wie hieß das noch? »Sparen am falschen Fleck?« Verdammt noch einmal!

»Alles in Ordnung, Dama?« rief ihr Nachbar von gegenüber, den sie noch nicht kennengelernt hatte, aus der Tür.

»Prima!« rief sie zurück.

»Ich habe Rauch gesehen«, erklärte der Mann und überging dabei diplomatisch den Rest des Streits.

»Mein Essen ist angebrannt«, erläuterte sie.

»Möchten Sie hereinkommen, bis ihr Haus durchgelüftet ist?«

»Nein, danke«, rief sie und bemühte sich, nicht so streitlustig zu klingen, wie sie sich fühlte.

Nachdem sie sich im wörtlichen wie im bildlichen Sinne abgekühlt hatte, kehrte sie ins Haus zurück. Der Geruch von angebranntem Fisch war immer noch sehr stark, aber der Rauch war inzwischen hinreichend verflogen, um keinen weiteren Hustenanfall auszulösen. Immer wieder nahm sie einen Schluck aus Clodaghs Flasche, um den stechenden Hunger zu vertreiben, während sie die Pfanne mit dem Messer abkratzte und sich der Katze erwehrte, die ständig an ihrem Bein hochklettern wollte und dabei herzzerreißend miaute. Natürlich wollte sie von dem angebrannten Fisch ebensowenig wissen wie Yana selbst.

Bunny klopfte an die Tür und trat ein, bevor Yana etwas erwidern konnte.

»Kommen Sie rein, nehmen Sie Platz. Ich würde Ihnen gern etwas Fisch anbieten, sofern Sie das Kochen übernehmen könnten«, sagte Yana zu ihr.

Kopfschüttelnd nahm Bunny ihr die Pfanne ab, füllte sie mit Schnee, den sie auf dem Ofen schmolz, und warf den Fisch hinein – und zwar den ganzen Rest. Yana hatte vergessen, den Rest der Stange wieder hinauszubringen, so daß alles aufgetaut war.

»Wie erwarten die eigentlich von Ihnen, hier zurechtzukommen, ohne Ihnen beigebracht zu haben, wie man überlebt?« fragte sie.

»Das habe ich meinen lieben Kumpel auch gerade gefragt. Oberst Arschloch Giancarlo, als er gekommen ist, um seine Abschiedsansprache zu halten.«

»Das habe ich gehört«, erwiderte Bunny.

»Tatsächlich?«

»Ja. Die Straße hinauf und hinunter. Die Leute dachten, Sie würden ihn vielleicht bei lebendigem Leib verbrennen, bis ihre Nachbarn ihn fortgehen sahen. Sie sagten, daß Sie richtig wütend aussahen, als Sie ihn hineingezerrt haben. Und dann quoll der Rauch aus Ihrem Haus. Sie haben ihn zusammen mit einem Stück brennenden Fisch hinausgeworfen und sich draußen in die Kälte gesetzt.«

»Wie können Sie das alles wissen?« meinte Yana, entsetzt über den Anblick, den sie wahrscheinlich geboten hatte. Wirklich eine hervorragende verdeckte Ermittlung! Nach diesem Vorfall würde Giancarlo höchstwahrscheinlich einen gemieteten Killer auf sie ansetzen, aber das war die Sache wert. »Es ist einfach passiert.«

Bunny zuckte mit den Schultern. »Die Stadt ist eben sehr klein, Yana. Übrigens ist Ihr Gesicht in der Mitte ganz schwarz, von den Augen bis zum Kinn.«

»Verdammt.« Yana zerrte den Zipfel ihrer Uniformbluse aus der Hose, tauchte ihn in das Fischwasser und rieb sich das Gesicht damti ab. »Ist es jetzt weg?«

»Nicht alles. Die Nase ist immer noch schmutzig.«

Das empfand Yana als unheimlich komisch, und sie lachte mit solcher Heftigkeit los, daß es wieder einen Hustenanfall auslöste. Zwischen den Krämpfen wurde ihr klar, daß sie von Clodaghs Hustensirup auch ein wenig betrunken war. Sie ließ sich auf das Bett fallen.

»Ach, Bunny, was für eine Woche«, schnaufte sie und lachte.

Nun mußte auch Bunny lachen. Sie legte einen Teller als Deckel auf die Pfanne, setzte sich an den Tisch und brüllte noch lauter los als Yana.

»Sie sind ja genau so schlimm wie ich«, meinte Yana schließlich. »Ich bin wirklich ein hervorrgendes Beispiel für die junge Generation.«

»Ich hätte es zu gern mit eigenen Augen gesehen, wie Sie diesen Giancarlo erst hereingezerrt und dann rausgeworfen haben«, erwiderte Bunny. »Ich habe ihn jetzt schon seit Tagen in der Gegend herumgefahren, der ist irgendwie ... der ist ...«

»Ja, das ist er, nicht wahr?«

»Er hat Lavelle die ganze Zeit schikaniert, obwohl sie ihm doch gesagt hat, was passiert ist. Und den armen Dr. Metaxos hat er in der Irrenstation eingesperrt, und was Diego ihm erzählt, glaubt er auch nicht. Diego ist ganz auf sich allein gestellt und kann seinen anderen Vater nicht finden ...«

»Seinen anderen Vater?«

Bunny nickte. »Der Lebenspartner seines Vaters, Steven Margolies. Sie wissen schon, die sind wie Ausling und Sinead, und es sind Diegos Eltern, aber bisher hat niemand seinem anderen Vater erzählt, was mit Dr. Metaxos passiert ist. Wenn Charlie hier wäre, hätte er diesem Steve vielleicht eine Nachricht zukommen lassen können, über die Leute, die er auf der Raumbasis kannte, aber jetzt ist niemand mehr in der Stadt, der Diego helfen könnte, und daß Giancarlo das nicht tut, darauf kann man wetten.«

»O weh. Sie haben sich ja wirklich schnell auf die Seite dieses Diego geschlagen. Ich dachte, der leidet unter Schock und ist fast weggetreten.«

»Ist er nicht. Er macht sich nur Sorgen wegen seines Pa, und niemand glaubt ihm.«

»Wie sieht er denn aus, Bunny?« fragte Yana sie.

»Er hat sehr dunkle Augen, sehr groß, und sein Haar ist ... Yana, lachen Sie mich etwa aus?«

»Ja, das dachte ich mir«, meinte Yana. »Er ist süß, wie? Ist schon in Ordnung, Bunny. Sie mögen diesen Jungen also, und niemand will ihm helfen, und Giancarlo war charmant wie immer zu Ihrem Kumpel, deshalb sind Sie froh, daß ich ihm den Kopf gewaschen habe. Sie sind gekommen, um mir das zu sagen, nicht? Oder sind Sie wirklich bloß hier, um mir mein Abendessen zuzubereiten, damit ich nicht verhungere?«

»Na ja, ich habe gerade mit Clodagh gesprochen ...« Bunnys Miene bekam einen etwas verschlagenen Ausdruck, als sie sich umdrehte und zwei dampfende, wohlduftende Fische aus der Pfanne holte und auf einen Teller gab. Vorsichtig hob sie den dritten an der Schwanzflosse. Die Katze zögerte nicht und hatte ihn ihr schon aus der Hand gerissen, bevor Bunny ihn für sie auf den Boden legen konne.

»Ich habe zu Clodagh gesagt ...«, begann Bunny und schaffte es, sich zwischen Yana und dem Fisch aufzubauen.

»Was denn?« fragte Yana und wurde wieder ernst, so

daß Bunny mit dem Spiel aufhörte und sich auf den Stuhl setzte. Sie reichte Yana das Messer, damit sie ihren Fisch schneiden konnte.

»Daß Sie Diego vielleicht helfen könnten. Vielleicht könnten Sie ja das nächste Mal mit mir zur Raumbasis fahren; und vielleicht könnte Arnies Freund Ihnen dabei helfen, dem Mann eine Nachricht zukommen zu lassen, von dem Sie gesagt haben, daß er für Charlie etwas tun könne. Vielleicht könnte *der* ja Dr. Margolis darüber informieren, was hier vorgefallen ist, und ... Na ja, Sie haben doch gesagt, daß er für Versetzungen zuständig ist. Vielleicht könnte er ihn ja hierher versetzen.«

»Für militärische Versetzungen, Bunny.«

Bunny zuckte mit den Schultern. »Das sind doch alles PTBs, oder? Können die nicht irgendwelche Beziehungen spielen lassen?«

»Vielleicht. Wenn es irgend jemand kann, dann Ahmed. Und wenn nicht, könnte er herausbekommen, *wer* es tun könnte.« Und gleichzeitig kam Yana der Gedanke, daß sie ihre Uniform und Zugangsberechtigung zur Raumbasis dazu nutzen könnte, etwas von der Ausrüstung zu requirieren, die für die Ausübung jener dienstlichen Pflichten erforderlich war, die sie Giancarlos Meinung nach so sträflich vernachlässigte. Sollte er zu einem späteren Zeitpunkt tatsächlich dazu kommen, die Ausgabe einer zweiten Ausrüstung zu veranlassen, könnte sie die Gegenstände bei den Einheimischen eintauschen. Sie war zwar nicht so recht für diese Art von Intrige qualifiziert, da sie nie als Versorgungsoffizierin tätig gewesen war, aber in diesem Fall mußte die Not eben erfinderisch machen.

An diesem Abend war Yana offenbar sehr beliebt. Bunny war eine halbe Stunde fort, als es erneut an der Tür klopfte. Sie öffnete und erblickte Sean Shongili, und einmal mehr staunte sie darüber, daß er nicht annähernd so unförmig aussah wie alle anderen auf diesem Planeten.

»Hereinspaziert«, sagte sie. »Sie holen sich noch den Tod. Einen Virus oder so etwas ...«

Die silbrigen Augen glitzerten erheitert, und seine Mundwinkel zuckten. Yana verspürte den Drang, ihm die braunsilberne Haarlocke aus der Stirn zu streichen.

»Wie ich höre, haben Sie sich mit dem Oberkommando der Intergal angelegt«, sagte er und trat sich erst draußen die Füße ab, um schließlich einzutreten und die leichte Jacke schon abzustreifen, bevor er auch nur die Tür geschlossen hatte.

»Ach, das.« Sie machte eine wegwerfende Geste und gab mehr Gleichgültigkeit vor, als sie tatsächlich empfand. Wahrscheinlich würde sie sich früher oder später noch eine Menge Grübelei deswegen antun müssen, wenn sie dem Jungen wirklich helfen wollte. Jedenfalls war sie längst nicht mehr so selbstzufrieden wie vorhin. Für Giancarlo wäre es das klügste, mit ihr zu kooperieren, wenn er Ergebnisse haben wollte. Aber obwohl er für jemanden auf seinem Spezialgebiet alles andere als dumm war, schien er den Wert der Zusammenarbeit noch nicht kennengelernt zu haben. Darüber könnte sie sich später noch Sorgen machen, dachte sie, während sie merkte, daß die Nebenwirkungen der Überdosis Hustensaft noch nicht gänzlich abgeklungen waren. Sie mußte eine Menge geistige Energie darauf verwenden, sich zu beherrschen und Shongili nicht die Arme um den Hals zu schlingen.

»Äh, nehmen Sie doch Platz«, sagte sie und strich sich das Haar aus dem Gesicht. »Darf ich etwas Tee für Sie machen?«

»Gern. Ich bin gerade zurückgekehrt. Ich habe den Suchtrupp ein Stück begleitet.«

»Irgendwelche Anzeichen von den anderen?«

Sean schüttelte den Kopf und setzte sich auf das Bett. Mit erhobenem Finger bedeutete sie ihm zu warten, dann huschte sie hinaus, hob eine Pfannenfüllung Schnee von einer hohen Verwehung ab, an die die Tiere nicht herangekommen waren, und kehrte zurück, um sie auf den Ofen zu stellen.

»Nein«, sagte er. »Nicht die geringste Spur. Und dann hat es auch wieder angefangen zu schneien, deshalb mußten wir die Aktion vorläufig einstellen. Wenn Ihr Freund der Oberst nur Lavelle wieder laufen ließe, könnte Dinah bestimmt von Nutzen sein. Sie ist der beste aller Leithunde, und wenn unsere Leute noch zu finden sein sollten, würde sie sie auch aufspüren. Wir sind inzwischen schon seit drei Tagen draußen.«

»Sie müssen erschöpft sein.«

»Ein wenig. Ich bin nur gekommen, um Sie zu fragen, ob Sie schon mit dem Aufnahmegerät fertig sind.«

»Ach, Mist! Nein, eigentlich nicht. Clodagh ist tatsächlich einmal vorbeigekommen, aber ich habe völlig vergessen sie danach zu fragen, wann sie das Lied für Charlie aufnehmen will. Wenn Sie das Gerät brauchen, könnte ich vielleicht ...«

»Nein, nein, das ist schon in Ordnung.« Er blickte über ihre Schulter. »Ihr Wasser kocht.«

»Danke.«

Sean atmete tief durch und fuhr fort: »Was ich mich eigentlich gefragt habe, ist ... Na ja, da Sie das Gerät schon bei sich haben ... Haben Sie mal über das Lied von Bremport nachgedacht?«

»Ach, Sean«, sagte sie und ließ sich niedersinken. Zu ihrer Verärgerung begann sie wieder zu husten, doch diesmal nicht aus Zwang, sondern aus Reflex. »Sean, ich schaffe das einfach nicht. Es ist noch zu früh. Eine Menge davon unterliegt noch der Geheimhaltung. Und ich möchte auch gar nicht darüber nachdenken. Die Leute hier wollen bestimmt nichts davon hören, vertrauen Sie mir.«

Er lehnte sich auf dem Bett zurück, stützte sich auf den Ellenbogen und warf ihr einen langen Blick zu. »Ich könnte genau dasselbe sagen, Yana: Vertrauen *Sie* mir. Sie müssen es tun. Und wir müssen davon hören.«

»Sean, ich kann nicht. Ich bin keine Liedermacherin, und ich schaffe es ja kaum, auch nur darüber zu reden. Außerdem habe ich nur einen kleinen, furchtbaren Ausschnitt davon mitbekommen. Den Rest mußte ich mir aus dem zusammenreimen, was man mir vorher und danach über Bremer erzählte.«

»Ich würde es gern hören«, sagte er mit ruhigem Nachdruck.

»War einer von Ihnen dort? Kannten Sie dort jemanden?« fragte sie.

»Sie«, sagte er. »Jedenfalls versuche ich, Sie kennenzulernen.«

Diese Worte brachten sie für einen Augenblick aus der Fassung. Sie gab etwas von Clodaghs Kräutern in einen Beutel und tauchte sie in das Teewasser, während sie nachdachte. Vielleicht sollte sie tatsächlich darüber reden, nicht nur, weil Shongili davon erfahren wollte, sondern weil die ganze Sache sie immer noch zornig machte. Schließlich konnte sie schlecht alle möglichen vorgesetzten Offiziere anraunzen, auf deren Entgegenkommen sie eigentlich angewiesen war, und gleichzeitig erwarten, damit ungestraft durchzukommen.

»Also gut«, entschied sie. »Wenn Sie meinen, daß alle davon erfahren müssen, schalten wir das Gerät eben ein. Ich glaube nicht, daß ich das ein zweites Mal durchstehe.« Er erwiderte nichts, hob nur fragend die Augenbrauen, worauf sie sagte: »In meinem Mantel. In der Tasche.«

Mit natürlicher Anmut rollte er sich vom Bett ab und stand auf, tat zwei Schritte zur Tür, holte das Aufnahmegerät hervor, um sich, den Apparat in der Hand, wieder aufs Bett zu rollen. Er stellte das Gerät auf den Tisch neben ihren Stuhl und betätigte die Aufnahmetasten.

Yana stellte die Teetasse neben ihm ab, dann fiel ihr ein, daß es ja ihre einzige Tasse war. Achselzuckend nahm sie die Pfanne mit beiden Händen auf und trank einen Schluck Tee vom Rand ab, bevor sie sie wieder abstellte.

Sie hätte nach nebenan gehen können, um sich eine Tasse auszuleihen, aber sie kannte die Leute nicht und hatte auch das Gefühl, daß dieser Augenblick nicht wiederkehren würde, sollte sie ihn jetzt unterbrechen. Vielleicht fände sie nie wieder den Mut, darüber zu sprechen. Mit Sicherheit aber würde ihr nie wieder die Aufmerksamkeit zuteil werden, wie sie Sean Shongili ihr gerade widmete.

»Ich weiß nicht genau, was davon alles der Geheimhaltung unterliegt«, fing sie an. »Nur, daß ich Ihnen nicht sagen darf, wie die Terroristen in die Station eindringen konnten.« Sie zuckte mit den Schultern. »Verdammt, ich weiß es ja selbst nicht einmal mit Sicherheit, obwohl ich es mir denken kann. Der springende Punkt ist, daß es keine Toten hätte geben müssen. Keiner von diesen Leuten hätte sterben müssen. Und es hätte auch niemand sterben dürfen. Die Terroristen wollten nur Lebensmittel, Medikamente und Vorräte.«

»Woher wissen Sie das?«

»Weil ich am Boden lag und mich totstellte, während ich ihnen beim Plündern zusah.«

»Wir haben gehört, sie hätten den Ort systematisch durchkämmt und jeden umgebracht, der noch am Leben war«, warf Sean ein.

Yana schüttelte den Kopf. »Das war überhaupt nicht nötig. Ich schätze, ein paar Mannschaftsmitglieder werden sie wohl erledigt haben, aber der Stationskommandant und der Versorgungsoffzier besuchten an diesem Tag rein zufällig ein anderes Schiff. Nämlich *meins*. Das Schiff hatte gerade Vorräte und Versorgungsgüter angeliefert, und ich hatte neue Rekruten übergesetzt, um sie mit einer Station erster Klasse vertraut zu machen und ihnen einen Teil der Geräte vorzuführen. Ich ... zeigte ihnen gerade, wie der Schnorchel funktionierte.«

»Der was?« fragte Sean und beugte sich vor.

Bis dahin hatte sie mit klarer nüchterner Stimme gesprochen, doch plötzlich fiel es ihr sehr schwer, nicht zu flüstern. Ihre Kehle schnürte sich zusammen, und sie begann wieder zu husten. Sean reichte ihr die Flasche mit Clodaghs Medizin, und sie nahm erst einen kräftigen Schluck, bevor sie fortfuhr.

»Der Schnorchel. Den braucht man für kurze Reparaturarbeiten in luftleeren Schiffsabteilen, damit man nicht erst einen Raumanzug anlegen muß. Er enthält einen Austauscher, der Kohlendioxyd durch Sauerstoff ersetzt, ohne daß man schwere Tanks oder einen vollständigen Schutzanzug mit sich herumschleppen muß. Außerdem kann man im Schnorchel Leute in bestimmte Schiffsabschnitte schicken, ohne gleich alles mit Sauerstoff fluten zu müssen. Eine neue Erfindung. Das Material für den Austauscher hat man auf Bremer entdeckt.«

Yana hielt inne und musterte Sean. Vor einer Weile hatte sie die Lampe angemacht, und nun erhellten ihr Leuchten und das Licht der Monde und Sterne, die durch das Fenster schimmerten, den Raum. Schatten lagen auf Seans Gesicht, als er schweigend wartete. Die Spannung brach, als die Katze auf Yanas Knie hüpfte und sich schnurrend niederließ, als wüßte sie, daß Yana die Bestätigung brauchte, hier zu sein, auf festem Boden, unter lebendigen Menschen – in keiner unmittelbaren Gefahr.

Sean nickte leise, die Bewegung war kaum auszumachen.

»Ich bin mit angelegter Maske in eine Luftschleuse getreten und habe die Innenluke versiegelt. Die Rekruten sahen durch die Sichtscheibe zu und beobachteten mich über die Monitore rechts und links von der Luke, während ich ihnen die Funktionsweise der Maske erklärte.

Ich bemerkte noch vor ihnen die durch den Lüftungsschacht einströmenden Dämpfe, konnte aber wegen des Schnorchels nicht sprechen, also bedeutete ich ihnen zurückzutreten und betätigte die Belüftungstaste der Schleuse, wartete einen Herzschlag lang ab, dann drückte ich den Öffnungsschalter der Luke. Doch sofort wußte ich, daß auch hinter mir Dämpfe einströmten. Ich nahm eine Explosion wahr, dann verkeilte sich die halbgeöffnete Luke zwischen uns. Die Rekruten begannen zu husten und drängten sich an der Außenluke zusammen.«

Yana machte eine kurze Pause und nahm einen Schluck Hustensaft. Vor ihrem geistigen Auge sah sie wieder die Gesichter. »Ein achtzehnjähriges Mädchen versperrte mir den Ausgang zum Deck. Ich vermute, sie wollte nach draußen, hustete dabei aber so heftig, daß sie sich nicht mehr aufrichten konnte. Die Leute fingen an, sich zu übergeben und zu weinen. Auf dem Namensschild des Mädchens stand Samuelson, und sie hatte fast weißes Haar, eine Crewcut-Frisur. Sie wissen schon, sie wollte eben wie eine richtige Firmenkadettin aussehen. Ihre Kopfhaut leuchtete hellrot, und ihre Augen quollen schon hervor. Ich atmete in die Maske aus, riß sie ab und versuchte, sie ihr auf das Gesicht zu pressen, aber sie wehrte sich. Ich ... mußte sie niederschlagen, um an ihr vorbeizukommen, und in den Vorraum zu gelangen. Ich legte die Maske wieder an und atmete, aber der Sauerstoff, den ich jetzt aufnahm, war nicht mehr rein. Wahrscheinlich habe ich etwas von dem Gas einsickern lassen, als ich versuchte, das Mädchen zu beatmen. Der gelbe Dampf wirbelte immer noch umher, und ich blickte durch ihn hindurch auf die Monitore. Maskierte Gestalten liefen in der Gegend herum, sie trugen Waffen und Behälter und griffen nach allen neuen Vorräten. Ich dachte erst, es sei Stationspersonal, das dem Gas im Belüftungssystem nachgehen wollte. Aber das paßte nicht zu den Waffen und nicht dazu, wie sie die zu ihren Füßen verreckenden Leute ignorierten. Ich versuchte, den nächsten Kadetten zu beatmen, der noch Lebenszeichen von sich gab, und er schien auch zu begreifen, was ich vorhatte. Aber als er in die Maske atmete, kontaminierte er sie dadurch und starb ebenfalls. Sie sind alle gestorben. Mit Mann und Maus, und ich lag einfach nur da, stellte mich tot, atmete am Boden durch die kontaminierte Maske, stieß das Gas und das Kohlendioxyd aus, sog vergifteten Sauerstoff ein, während die Terroristen durch die Station rannten. Die Alarmanlagen jaulten, und der Stationscomputer forderte Hilfe an, aber das letzte, was ich sah, war das maskierte Gesicht einer der Terroristinnen, wie sie durch die Sichtscheibe zum Hauptkorridor hereinblickte. Sie schien überrascht zu sein, uns dort liegen zu sehen. Ich hatte das Gesicht auf den Boden gepreßt, um die Maske zu verbergen,. und lag zwischen den Leichen der Kadetten. Ich ... habe mich nicht eben mit Ruhm bekleckert.«

Erst als er ein Stück Stoff aus seiner Tasche holte und ihr das Gesicht damit abwischte, merkte sie, daß sie geweint hatte. Sie nahm ihm das Tuch ab und fuhr sich unwirsch damit über das Gesicht; sie wollte kein unverdientes Mitgefühl.

Sean löste sich sanft von ihr und fragte: »Wie sind Sie da rausgekommen?«

»Der Stationscomputer hat den Schiffscomputer alarmiert, dann hat man Sanitäter und Sauerstoff hineingeschickt. Es kann nicht allzu lange gedauert haben, aber ich war inzwischen nicht mehr bei Bewußtsein. Als ich erwachte, war ich auf Station Andromeda und konnte mich nicht rühren. Ich wurde künstlich beatmet. Wie ich hörte, haben vier oder fünf von uns überlebt, aber man hat uns nicht mehr zusammen gelassen. Als wir uns ausreichend erholt hatten, um wieder sprechen zu können, wurden wir wochenlang darüber verhört, wie wir es denn geschafft hätten, die anderen zu überleben. Ich glaube, die dachten zunächst, daß ich mit den Terroristen im Bunde gewesen sei. Aber dann bekamen einige der Verwaltungsbeamten auf Bremer kalte Füße und lieferten die Terroristen aus. Wir wurden freigesprochen, die wurden hingerichtet ...« Sie zuckte mit den Schultern, wußte nichts mehr zu sagen. »Tolles Lied, wie?«

Diesmal erhob er sich vom Bett und legte die Arme um sie. Sie versuchte nicht zu weinen, nicht um Sympathie zu buhlen. Die konnte sie jetzt nicht gebrauchen. Stattdessen entwickelte sie ein plötzliches, drängendes Verlangen, von Sean Shongili festgehalten zu werden.

»Ich ... über die Kinder aus Petaybee kann ich Ihnen nichts Genaueres sagen«, sprach sie gegen seine Schulter gelehnt.

Er umarmte sie noch etwas fester, und sie schmiegte sich an ihn, schloß die Augen, fühlte sich erleichtert, darüber gesprochen zu haben. Erleichtert auch deswegen, weil er ihr bisher noch nicht gesagt hatte, was sie stattdessen hätte tun sollen, um die Kinder zu retten, für die sie die Verantwortung gehabt hatte.

Da sagte er zu ihrer Überraschung: »Ziehen Sie sich an.«

»Was?«

»Sie sind doch nicht etwa müde, oder?«

»Nein, schlafen kann ich jetzt bestimmt nicht«, erwiderte sie und fuhr sich mit den Händen über das Gesicht, um ihm in die Augen sehen zu können.

»Ich möchte Sie an einen bestimmten Ort führen.«

»Wohin denn?«

»An einen Ort, den wir zur Reinigung verwenden. Kommen Sie.«

Sie zog sich ihre Flickenhose und den Parka an, die Handschuhe, die Mütze, den Mundschutz, dann schob sie die Medizin in ihre Tasche.

»Nehmen wir das hier auch mit«, sagte Sean und steckte sich das Aufnahmegerät in seine eigene Tasche.

»Sie glauben doch wohl nicht im Ernst, daß ich jetzt *singen* könnte ...«

»Wir werden mal sehen, was Sie selbst glauben«, erwiderte er und schob sie in Richtung Tür. Ein Anflug von Verlangen ließ ihre Knie weich werden, und gleichzeitig schämte sie sich, als würde sie die ganze Tragödie nur ausnutzen, um seine Aufmerksamkeit zu erringen.

Sie setzte sich zu ihm in das Führerhaus seines Schnokels. Mit lautem Dröhnen hallte der Motor durch das stille Dorf. Kurz darauf hatten sie es beinahe hinter sich gelassen, vorbei an Bunnys schlafenden Hunden und Clodaghs Haus, vorbei an der Firmenstation, und fuhren auf die schneebedeckte Ebene hinaus.

Die Maschine glitt über den Schnee und durchfurchte Verwehungen, versprühte weißes Glitzern hinter sich, und das Summen des Motors war das einzige Geräusch, so als würden sie auf dem Wind reiten. Nach einigen Augenblicken beugte Sean sich vor und wies nach oben, und Yana sah ein langgezogenes, verflochtenes Band aus regenbogenartig gestreiften Federn, das wie der Kriegsschmuck eines altmodischen Filmkriegers am Himmel waberte.

Stumm beobachteten sie es beim Weiterfahren. Eine große Katze sprang vor ihnen davon; dann bannten die Scheinwerfer ihres Schnokels einen Wolf, und sie mußten ihm ausweichen, um ihn nicht zu verletzen. Eigentlich braucht sie gar kein Licht. Der Schnee reflektierte das Licht der Monde, der Sterne, und das Nordlicht selbst warf tiefe Schatten, vor denen sich aufragende Gegenstände in scharfem Relief abzeichneten. Zum erstenmal bemerkte Yana, daß sich die Siedlung in Sichtweite einer Kette von Hügeln und Berge im Osten und Südosten befand. Sie fuhren zwischen den ersten Hügeln hindurch und folgten einem sich schlängelnden Paß. In diesem geschützten Gelände war noch mehr von jener Vegetation auszumachen, die Yana bereits am Fluß bemerkt hatte: hochgewachsene Koniferen und eine Menge Strauchwerk.

Hier, im Schatten der Hügel, war es etwas dunkler, und Sean brachte das Schnokel zum Stehen.

»Wir müssen zu Fuß hinein«, erklärte er. »Per Schnokel oder Schlitten kommt man dort nicht hin, aber die Strecke ist nicht anstrengend.«

Yana nickte und folgte ihm. Sie fand, daß ihr die Luft guttun würde. Gedrungene Bäume und Sträucher wuchsen neben den von Menschenhand angelegten Gehweg.

Sean hatte die Führung übernommen und griff nun nach ihr, um sie nach vorn zu ziehen.

»Sehen Sie«, sagte er und zeigte auf ein großes Tier, das sie aus dem Schatten beobachtete.

»Es sieht genauso aus wie ich in diesen Klamotten«, kommentierte sie die ungeschlachte, pelzige Gestalt.

»Weil Sie auch wie ein Bär aussehen«, erwiderte er. Seine Stimme klang heiser, doch sie konnte nicht ausmachen, ob es am Flüstern und der Kälte oder an einer gewissen Aufgeregtheit lag. »Hier drunter ist reines Moor. Sie werden schon bald sehen, warum. Hier tragen die Sträucher noch sehr viel länger Beeren als anderswo, und das hat sein Interesse geweckt.« Mit einem Nicken wies er auf den Bären. »Kommen Sie, wir sind fast da.«

Und hinter der nächsten Biegung sah Yana den aufsteigenden Dampf, der sich über den schneebeladenen Wipfeln der größeren Bäume kräuselte, und zwei Schritte dahinter erblickte sie die Teiche und die Wasserfälle.

»Sean, das ist aber schön!« bemerkte sie, als sie den oberen, nächstgelegenen Teich musterte, aus dessen Mitte das Wasser in einer Fontäne emporschoß und einen tiefen, weiten Brunnen bildete, in dessen Wellen sich die Monde und Sterne spiegelten. Eine unsichtbare Strömung ließ das Wasser sich in einen zweiten und dritten Teich ergießen. Am Ufer führte ein schmaler, fast schneefreier Pfad zu dem tiefstgelegenen Teich. Sean entledigte sich bereits seiner Kleidung. Grinsend drehte er sich zu ihr um.

»Sie werden leichter wieder trocken, wenn Sie nur Ihre Haut naßmachen. Falls Sie nicht schwimmen können, gibt es hier eine Menge Stellen, die seicht genug sind, um hindurchzuwaten, aber es wird Ihnen besser gefallen, ganz einzutauchen.«

Yana hatte bereits damit begonnen, ihre Oberkleidung zu öffnen. Mit einem Aufblitzen des Mondlichts auf seinem bleichen, muskulösen Rücken sprang er ins Wasser. Sie erblickte seinen schattigen Umriß, wie er über den Wasserfall glitt, und hörte ihn lachen.

In der Hoffnung, daß dies nicht wieder einer jener Fälle sein mochte, da sich alle den Hintern abfroren, zog sie sich eilig aus und watete noch eiliger in den Teich hinein, um sich dann ins Wasser gleiten zu lassen. Der Teich neben dem Springbrunnen war tatsächlich warm. Das Wasser duftete leicht nach Schwefel und Minze. Yana blieb soviel sie konnte mit dem ganzen Körper unter Wasser, tauchte auch mehrere Male unter.

Beim Tauchen vernahm sie ein Hallen in den Ohren, das sich fast wie Musik anhörte. Nun schwamm sie so lange wie möglich unter Wasser und lauschte. Sie hoffte sich zu erinnern, an welche Melodien es sie gemahnte.

Yana tauchte gerade lange genug auf, um Luft zu schnappen, bevor sie auf den Wasserfall zuschwamm. Der war nicht sehr steil, fiel nur ein oder zwei Meter ab, und unter dem herabrauschenden Wasser war die Rinne sehr glatt. Wenn Shongili das konnte, konnte sie es auch, dachte sie, doch sie überschlug sich und rutschte mit den Füßen voraus in die Tiefe.

Im zweiten Teich war das Wasser etwas kühler. Ihr fiel das Schwimmen leichter, doch als sie an die Oberfläche kam, schoß etwas von vorn blitzartig zwischen ihren Beinen hindurch und tauchte hinter ihr auf.

Sie fuhr herum und griff danach, meinte Shongili vor sich zu haben, doch ihre Hand berührte keine nasse Haut, sondern nasses Fell, und plötzlich blickte sie in die lachenden silbrigen Augen einer großen grauen Robbe.

Sie hätte nicht geglaubt, daß Robben Süßwasser mochten, aber vielleicht war dies ja eine von Petaybees Mutationen, die Sean ihr zeigen wollte.

Dic Robbe macht einen Satz und tauchte unter ihr durch, um in den unteren Teich davonzuhuschen. Wo, zum Teufel, war Sean? Als sie emporblickte, stellte sie fest, daß vom Himmel leichter Schnee herabrieselte. Sie erschauerte, tauchte unter und vernahm wieder die Musik. Vielleicht lag es an der Nähe zu den Wasserfällen, daß sie diesmal beinahe glaubte, auch Gesang zu hören.

Irgendwie hatte die Robbe sich wieder in diesen höhergelegenen Teich begeben und schwamm nun unter sie, als wollte sie sie dazu einladen, sich an ihr festzuhalten, während sie umherschwamm. Tatsächlich! Sie hörte wirklich Worte, keine Liedtexte zwar, aber gesprochene Worte: leise und gemurmelt. Sie dachte erst, daß Sean vielleicht zurückgekehrt sei und vom Ufer aus zu ihr sprach. Als sie jedoch den Kopf hob, war er nirgendwo zu erkennen, während die gemurmelten Worte weiterhin zum weichen Klang der Wassermusik ertönten. Yana sah die Robbe einen Augenblick unter den Wasserfällen aufblitzen, dann beschloß sie, aus dem Teich zu steigen. Doch vorher wollte sie sich noch einmal unter dem aus dem heißen Teich herabströmenden Wasser aufwärmen.

Unterhalb des Teichs befand sich ein schmaler Vorsprung, und als sie darauf kletterte, sah sie wieder das graue Fell aufblitzen, als die Robbe hinein- und hinausjagte. Sie ignorierte die Kreatur und stand auf, um das köstliche Wasser über Gesicht und Haar perlen zu lassen. Das Wasser setzte seine Melodie fort, und während sie dem Rhythmus lauschte, merkte sie plötzlich, daß sich der Luftdruck um sie verändert hatte. Jetzt war es nicht mehr das Wasser allein, was sie liebkoste, was ihren Unterleib steichelte, mit gespreizten Fingern ihre Rippen zählte, Schalen um ihre Brüste bildete ...

»Im Namen der Mächte heiße ich dich zu Hause willkommen«, sagte Seans Stimme, als rezitierte er einen Lied- oder Gedichtvers. Seine Lippen glitten unter ihr Ohr und küßten ihen Hals, und sie wand sich in seinen Armen. Yana war sich vollauf bewußt, daß dies irgendwann die furchtbarsten Schwierigkeiten heraufbeschwören würde, doch das war ihr jetzt gleichgültig.

Seine Haut war glatt vom Wasser, aber fast ebenso pelzig wie das Fell der Robbe. Sie drehte sich in seinen Armen und schlang die Arme um seinen Hals, küßte ihn gierig. Dann hielt er sie noch einen Augenblick fest. Er blickte mit Silberaugen auf sie herab, die eine verwirrende Ähnlichkeit mit denen der Robbe hatten. Sie blinzelte und wich einen halben Schritt zurück. Das Lachen in seinen Augen verwandelte sich erst in Wehmut, dann in Schroffheit, als er sie von sich wegstreckte und sagte: »Wir sollten jetzt besser gehen. Gehen Sie als erste an Land und ziehen sich an. Ich komme sofort nach.«

War dies etwa die richtige Zeit für Förmlichkeit? Sie löste sich von ihm und huschte zurück in den kühleren Teich, schwamm mit forschen Zügen ans Ufer und ließ die Kälte absichtlich ihre nackte Haut berühren, bevor sie sich wieder ankleidete. Herrje, was war überhaupt los? Waren ihre Enthüllungen am Ende doch zuviel für ihn gewesen? Oder hatte er diese kleine Schwimmparty ursprünglich nur als therapeutisches Mittel vorgesehen und sich für einen Augenblick hinreißen lassen, als daraus statt dessen etwas Erotisches wurde? Vielleicht war er ja auch anderweitig gebunden. Vielleicht mochte er auch keine Frauen. Nein. Sie verfügte über eindeutige Beweise für das Gegenteil. Wütend und verwirrt zog sie die halbgefrorenen Kleidungsstücke über ihren nassen Leib und machte sich mit äußerst forschem Schritt den Pfad entlang auf den Rückweg.

Auf halber Strecke zu dem Schnokel holte er sie ein, legte ihr leicht die Hand auf die Schulter, wobei der Daumen seines Handschuhs ihre Wange streifte.

»Ich denke, Sie werden feststellen, daß Sie dieses Lied jetzt schreiben können«, bemerkte er.

Sie hätte ihm am liebsten eine Ohrfeige gegeben, begnügte sich aber damit, sich von ihm fortzureißen und die ganze Fahrt zurück zu ihrer Hütte in Schweigen zu verharren. Doch nachdem er gegangen war und ihre Enttäuschung sich gelegt hatte, machte sie die Feststellung, daß er recht hatte.

Die Enttäuschung hielt nicht lange vor. Er hatte sie ebensosehr begehrt wie sie ihn, das wußte sie nun, und es mußte irgendeinen Grund geben, weshalb er darauf bestanden hatte, daß sie sich zügelten. Wie sie darüber nachdachte, schaute sie einmal mehr vor ihrem inneren Auge die kalten Schneeflocken, wie sie in das dampfende Wasser rieselten, und vernahm erneut die Musik unter den Wasserfällen. Sie schaltete das Aufnahmegerät ein und sprach hinein.

Die wir nur Luft als Nahrung hatten,
gab man uns Gift zu atmen.
Selbst jenen, die ihnen nie schadeten
selbst jenen, die ihnen geholfen hätten
selbst jenen, die nur Kinder waren
selbst jenen, die ihnen so sehr glichen.

Ein Stück ihrer eigenen Welt in den Händen,
überlebte ich
durch ihr eigenes Erdreich atmend, lebte ich weiter
ich konnte niemanden retten, nicht einmal mich
selbst in Gänze.
Sie halfen niemandem, nicht einmal sich selbst.
Sie starben, wie jene um mich starben, und die
Nahrung und die Medizin wurden zurückgebracht.
Auf der Station erstickten Menschen und starben,
auf dem Planeten verhungerten Menschen und starben;
gefangengenommen, bluteten die Mörder und starben.
Auch ich wurde hierher entsandt, um zu sterben,
hier, wo der Schnee lebt,
wo das Wasser lebt, wo Tiere und Bäume leben, und ihr.

7. KAPITEL

Früh am nächsten Morgen klopfte Bunny an Yanas Tür. »Ich fahre zur Raumbasis hinaus. Können Sie heute mitkommen?«

Yana hatte nur sehr wenig geschlafen: Erst die Fahrt

hinaus zu den heißen Quellen und wieder zurück, dann das lange Aufbleiben, um das Gedicht aufzunehmen. Das wiederum hatte sie über alle Erwartungen angeregt, und so hatte sie keine Ruhe gefunden und sich selbst dafür in den Hintern getreten, daß sie letzte Nacht, da es Sinn ergeben hätte, Sean Shongili nicht konfrontiert hatte. Inzwischen hatte die Begegnung etwas vollkommen Unwirkliches bekommen. Yana war gleichermaßen froh und betrübt darüber, daß er so weit entfernt wohnte: froh, weil sie sich dadurch nicht mit ihm auseinanderzusetzen brauchte; betrübt, weil es dadurch zu keinen zufälligen Begegnungen kommen konnte, so daß sie ihn nicht wiedersehen würde, solange nicht einer von ihnen es wollte.

Egal! Sie hatte Besseres zu tun. Sie stemmte sich aus ihrer Koje und legte eine Uniformbluse an, die noch ihre Dienstgradabzeichen trug. Von der Drillichjacke hatte sie die Abzeichen auch noch nicht entfernt, und so zog sie sie unter dem Parka an.

»Fühlen Sie sich heute morgen besser?« fragte Bunny vielsagend, als sie auf den Fluß zuhielten.

»Im Gegensatz zu wann?« fauchte Yana.

Bunny wirkte nicht verletzt. Sie lächelte nur und meinte: »Na ja, Sie haben sich doch aufgeregt, weil Sie wegen Giancarlo den Fisch haben anbrennen lassen, und dann ...«

»Als Sie gingen, war ich doch ganz in Ordnung, oder nicht? Hätte sich das wieder ändern sollen?«

Bunny löste den Blick von der Uferstraße und musterte sie, dann sah sie wieder zurück. Sie wirkte enttäuscht.

Yana seufzte und lehnte sich in ihrem Sitz zurück. Sie hätte es vorgezogen, bis zur Raumbasis durchzuschlafen. »Ich wüßte ganz gern einmal, wer eigentlich Logbuch über mein Tun und meine Gäste führt – dann könnte ich die Einträge nämlich vielleicht auch mal richtigstellen, falls erforderlich. Es wäre mir unerträglich, wenn das ganze Dorf sich *täuschen* würde. Übrigens sollte man Clodaghs Hustenmedizin rezeptpflichtig machen.«

»Er mag Sie wirklich, Yana«, warf Bunny ein.

»Buneka, darüber werde ich mit Ihnen nicht diskutieren«, versetzte Yana entschieden. Sie schmiegte sich in den Sitz und schloß die Augen. Einige schlaflose Momente später fragte sie: »Er ist nicht immer allein gewesen, nicht wahr?«

»Sean? O nein, er hatte eine Menge Freundinnen, als er um die Welt reiste. Einmal hätte er beinahe Charlie Demintieffs Schwester Ruby geheiratet, aber die hat es sich in letzter Minute anders überlegt und statt dessen einen Burschen aus Baffin Point zum Mann genommen. Und Sie? Jede Menge Freunde?«

»Bunny!«

»Ja, haben Sie denn nun, oder haben Sie nicht? Wir hier wissen eben solche Dinge voneinander.«

»Ich hatte einige Freunde, so kann man sie wohl nennen.«

»Auch etwas Ernsthaftes?«

»Mein Mann«, erwiderte Yana kurz angebunden. Sie verspürte kein Bedürfnis, ihre Erinnerungen an Bry erneut aufzufrischen, nachdem sie erst kürzlich über Bremport gesprochen hatte. Konnten diese verdammten Leute denn überhaupt nichts in Ruhe lassen? Und weshalb hatte sie überhaupt das Gefühl, antworten zu müssen? »Er ist gestorben«, fügte sie knapp hinzu.

»In Bremport?« fragte Bunny fast ehrfürchtig.

»Nein. Nicht in Bremport. Vor zehn Jahren. Bei einem Shuttledefekt, Bunny. Ich möchte *wirklich* nicht darüber sprechen. Also, wie hieß Diegos Freund noch einmal?«

Yanas Verdacht bestätigte sich: Es war etwas völlig anderes, ob man von außen in die Basis gelangen wollte oder ob man vor Ort den Zutritt beanspruchte. An solchen Orten, wo sich auf dem Gelände ohnehin kaum etwas von Wert befand – jedenfalls nach Maßgabe der Intergal –, langweilte sich das Personal, wurden die Sicherheitsbestimmungen nur lax gehandhabt.

»Das ist aber wirklich ein harter, häßlicher Ort«, meinte Yana zu Bunny, als sie vor dem Tor vorfuhren.

Bunnys Handschuh zog einen Bogen um die Anlage. »Früher gab es hier eine Menge kleiner Läden: Bars, Vergnügungsstätten, Geschäfte für die Soldaten. Manchmal brachten sie überschüssige Ausrüstungsteile mit, die eigentlich nicht gebraucht wurden, und tauschten sie gegen etwas ein, das sie ihren Familien auf anderen Kolonien oder Stationen schicken konnten. Aber vor ungefähr einem Jahr hörte das alles auf, und die Firma ließ den ganzen Korridor planieren. Seitdem kommt man nur noch als Soldat oder mit Passierschein hinein. Später haben wir dann von Bremport erfahren.« Sie zuckte mit den Schultern. »Die älteren Leute waren froh, als die Basis dichtmachte. Sie meinten, die Soldaten würden uns verderbven, aber was soll's, die Hälfte von ihnen war doch sowieso von hier, waren mit uns verwandt. Als ihre Familien hier noch Zutritt hatten, konnten viele von uns in die Läden und Stoffe und anderes Zeug kaufen, das niemals bis in *unseren* Laden vordringt.«

Yanas Parka war ein Uniformteil, und sie öffnete ihn nun, um ihren Dienstgrad zu zeigen, als sie am Torposten vorbeifuhren. Der Posten quittierte Bunnys Ausweis mit einem Nicken und salutierte. Im Licht der Stützpunktscheinwerfer bemerkte Yana, daß sämtliche Bauten in Pastelltönen gehalten waren: anämisches Rosa, galliges Grün, hepatitisches Gelb. Alle Farben waren mit dem vertrauten, allgegenwärtigen Grau versetzt, so daß die gedrungenen, rechteckigen Gebäude sich lediglich als häßliches Relief vor ihrer verschneiten Umgebung abzeichneten. Die Bauten waren in präzisen Reihen angeordnet, durch die der arktische Wind tobte. Hinter den klobigen Gebäuden ragten verlassene Startrampen unbeholfen in die Höhe und wankten im Wind wie die zuckenden Beine sterbender Insekten.

Bunny fuhr zu einem Bau, der ganz ähnlich aussah wie die anderen, nur daß er einen Buchstaben und eine Zahl aufwies – C-1000. »Da ist mein Passagier«, stieß sie zwischen zusammengepreßten Zähnen hervor, dann sprang sie aus dem Fahrzeug, lief herum, um Yana die Tür zu öffnen, und sagte mit einem betonten, unterwürfigen Lächeln: »Ich danke Ihnen für Ihre Förderung, Dama. Bitte vergessen Sie nicht, nach Rourke zu fragen, wenn Sie wieder in unser Dorf zurückkehren wollen.«

»Übertreiben Sie es nicht«, flüsterte Yana, und mit lauterer Stimme fügte sie hinzu: »Rourke, können Sie mir sagen, wie ich zum Lazarett und zum Fernmeldedepot komme?«

Bunnys Passagier, der in den üblichen anonymen Firmenparka gekleidet war und sich den Atemschutz bis unter die Augen hochgezogen hatte, trat vorne um das Schnokel und sah Yana blinzelnd an.

»Majorin Maddock? Yanaba Maddock?« fragte er.

Erschrocken, daß man sie so kurz nach ihrem Eintreffen auf dem Stützpunkt schon erkannt hatte, drehte sie sich langsam zu dem Mann um.

»Ja?«

Der Mann verpaßte ihr eine steife Umarmung. »Bei allem Respekt, Majorin, ich hatte geglaubt, daß ich Sie nie wiedersehen würde. Als ich hörte, daß Sie in Bremport dabei waren ...« Mühsam löste er sein Halstuch und die Kapuze.

»Die Gerüchte über mein Dahinscheiden waren doch stark übertrieben, wie man so sagt«, antwortete sie. Inzwischen hatte er die Kapuze weit genug zurückgeschoben, um das bronzefarbene, unvorschriftsmäßig lange Haar und die lächelnden braunen Augen freizulegen, an die sie sich noch aus ihrer Zeit bei den Erkundungsmannschaften erinnerte. »Torkel!« sagte sie.

»Das Universum ist klein, wie?« Das war ein zwar äußerst abgedroschener, aber häufig nur zu wahrer Raumfahrerscherz.

»Was machen Sie denn auf Petaybee?« wollte sie wissen.

»Das habe ich mich auch gefragt, bis ich Ihnen begegnet bin. Darf ich Ihnen ein heißes Getränk ausgeben?«

»Herr ...«, fing Bunny an.

»Es soll Ihr Schaden nicht sein, sich eine Weile die ... Hacken abzukühlen, Rourke. Dürfte hier nicht allzu schwer sein.«

»Jawohl, Herr Hauptmann«, erwiderte Bunny. Dann sagte sie zu Yanas Überraschung in einem etwas kühneren Tonfall: »Herr Hauptmann, wäre es wohl möglich, daß ich Diego besuche? Ich meine, ich dachte nur ...«

»Gute Idee«, antwortete Torkel. »Ein hübsches Mädchen in seinem Alter, das sollte ihn etwas erheitern. Gebäude zehn-null-sechs. Falls irgend jemand Sie danach fragen sollte, sagen Sie ihm, daß ich es genehmigt habe.«

Die Selbstsicherheit, mit der Torkel als bloßer Hauptmann auf seine Einfluß vertraute, überraschte Yana nicht. Denn tatsächlich hatte sein Dienstgrad nur wenig mit seiner tatsächlichen Macht zu tun. Seine Familie hatte einst das Terranisierungsverfahren entwickelt, mit dem die Firma Kolonialwelten wie Petaybee schuf, und sein Vater saß gegenwärtig im Aufsichtsrat der Intergal. Torkel war ein sehr kompetenter Offizier, hielt aber schon um einiges länger den Dienstgrad eines Hauptmanns inne, als andere brauchten, um General zu werden. Doch vor Generälen hielt man viele Dinge verborgen, während Hauptleute meistens dicht am Geschehen waren. Das hatte Yana zwar niemand erklärt, aber die Bordgespräche und einige von Torkels eher scherzhaften Äußerungen hatten diesen Schluß nahegelegt.

Es war ihr eine Freude, ihm bei dampfenden Bechern und Energieriegeln in der heruntergekommenen kleinen Kantine gegenüberzusitzen. Sie hatten Mützen, Kapuzen und Atemschutz abgelegt, behielten ihre Jacken jedoch an, weil die Kantine nicht gut geheizt war. Torkel musterte ihr Gesicht, als wollte er es sich einprägen.

»Sie sind es tatsächlich. Ich kann Ihnen gar nicht sagen, wie ich mich gefühlt habe, als ich von Bremport hörte, und als ich dann noch mitbekam, daß Sie an eben jenem Tag dort waren … Am liebsten hätte ich diese Terroristen eigenhändig hingerichtet.«

»Dieses Gefühl kenne ich«, meinte sie trocken.

»Sie sehen wunderbar aus. Wirklich, besser als beim letzten Mal.«

»Tatsächlich? Ist doch erstaunlich, wie förderlich ein bißchen Giftgas für den Teint sein kann. Ich habe allerdings auch eine Menge abgenommen und nicht allzuviel wieder angesetzt, während ich versuchte …« Eigentlich hatte sie sagen wollen: »… während ich versuchte herauszubekommen, wie ich es verhindere, daß mir ständig das Essen anbrennt.« Doch er unterbrach sie schon wieder, beugte sich vor und sah ihr tief in die Augen.

»Nein, das ist es nicht. Sie wirken entspannter … ruhen mehr in sich selbst. Vielleicht lag es damals ja auch daran, daß wir uns so kurz nach dem Tod Ihres Mannes kennenlernten …«

»Oder auch so kurz nach Ihrer Scheidung«, erinnerte sie ihn. Als sie schließlich in eine andere Einheit versetzt worden war, hatte er bereits die weiblichen Mannschaftsmitglieder in einem erstaunlichem Tempo durchprobiert. An sie hatte er sich allerdings noch nie herangemacht, vielmehr hatte er sie als ranghöhere Offizierin behandelt, mit Respekt und soviel Freundlichkeit, wie sie ihm hatte gestatten dürfen. Aber wenn er tatsächlich glauben sollte, daß sie jetzt weniger verspannt war, hatte sie entweder erheblich dazugelernt, was das Verbergen ihrer eigenen Gefühle betraf, oder sie war damals in einer noch viel schlimmeren Verfassung gewesen, als sie selbst gemerkt hatte. »Was führt Sie denn hierher, Torkel?« fragte sie, um das Gespräch auf sichereren Boden zurückzuführen.

»Ich bin so eine Art Feuerwehr«, meinte er. »Niemand weiß so recht, was eigentlich los ist. Erzvorkommen, die wir aus dem Weltall zwar ausmachen, aber vor Ort nicht lokalisieren können, verschollene Mannschaften, ungenehmigte Lebensformen, die plötzlich auftauchen ... Die Firma hat mich beauftragt, einen Lagebericht zu erstellen. Ich dachte, Sie wären vielleicht in derselben Mission hier, so daß wir möglicherweise wieder zusammenarbeiten könnten?«

»Bin ich in gewisser Weise auch, aber etwas verdeckter«, antwortete sie. »Ich lebe im Dorf.«

»Unter den Einheimischen? Das ist ja ziemlich hart. Wie schlimm wurden Sie denn in Bremport verwundet,«

»Ich wurde ausgemustert, erhole mich aber gerade wieder«, sagte sie und merkte, daß das nicht einmal gelogen war. Die Schmerzen in ihrer Brust plagten sie nicht mehr, und dank Clodaghs Sirup trat auch der Husten nicht mehr so häufig auf. »Jedenfalls bin ich froh, daß ich Sie treffe. Giancarlo ist ein bißchen unvernünftig.«

»Mir ist auch schon aufgefallen, daß er ziemlich undiplomatisch mit dieser Einheimischen umspringt.«

»Wie geht es dieser Lavelle übrigens?«

»Sie und die anderen werden wahrscheinlich zu weiteren Vernehmungen vom Planeten geschafft. Nichts von alledem, was die Leute erzählen, ergibt einen Sinn, Yana. In den letzten zehn Jahren wurden fünfzig Mannschaften hier runtergeschickt, und dies ist erst das zweite Mal, daß es überhaupt irgendwelche Überlebenden gibt.«

»Und wie geht es dem Jungen?« warf Yana schnell ein.

»Er ist verängstigt. So allein auf einer feindseligen Welt ...«

»Torkel, ich glaube, Giancarlo hat Ihnen einen Haufen Unsinn über diese Einheimischen erzählt. Es sind nette Leute, und sie wissen auch ein paar Dinge, die zu lernen sich für die Firma als durchaus nützlich erweisen könnte.«

»Bestimmt tun sie das. Darum geht es ja gerade«, sagte er und schnitt eine leise Grimasse. »Und ich bin auch nicht überrascht zu hören, daß Sie eine hohe Meinung von ihnen haben. Selbst die UPs haben ein Gespür dafür, wenn sie auf etwas wirklich Gutes stoßen.« Seine beiden Hände ergriffen die ihre und küßten sie, was sie zugleich erfreute und leise beunruhigte. Wenn es bei der Intergal überhaupt ein Gegenstück zum Märchenprinzen gab, dann war es Torkel Fiske; aber sie hatte noch nie erlebt, daß er sich an sie heranmachte, nicht einmal beiläufig.

Mit der freien Hand tätschelte sie seine und nutzte ihren Vorteil aus. »Nein, das sind sehr fürsorgliche Leute. Die sorgen sich nicht nur um die Petaybeeaner, die man hier festhält, sondern auch um den Jungen. Und natürlich um seinen Vater. Hat eigentlich irgend jemand schon den Partner seines Vaters verständigt?«

»Partner?«

»Ja, das steht doch im Computer. Ein gewisser Steven Margolies, Mataxos' Assistent.«

»Yana, Sie sind wieder brillant wie immer! Davon wußte ich ja gar nichts. Ich werde den Mann sofort herschicken lassen. In seiner gegenwärtigen Verfassung ist Metaxos zu nichts zu gebrauchen. Aber der Junge könnte uns eine Hilfe sein, wenn wir ihn hier auf dem Planeten behalten, zusammen mit Margolies, der mit Metaxos' Arbeit gut vertraut ist. Das ist ein guter Grund, um die ganze Familie nach Petaybee zu versetzen.«

»Wird Metaxos nicht eine bessere Versorgung brauchen, als sie das hiesige Lazarett bieten kann?« fragte sie. »Ich habe gehört, daß sein Zustand ziemlich schlimm sein muß.«

»Oh, die Versorgung hier wird sich schon bald bessern. Wir führen mehr Soldaten und Unterstützungsmannschaften heran, um diesen Fall zu lösen. Ganz im Vertrauen, man spricht sogar schon davon, den Planeten zu evakuieren und eine etwas ernsthafte Ausbeutung zu betreiben, bis sich die Sache zu amortisieren beginnt.«

»Ich dachte, es wäre ein herausragendes Rekrutierungsgebiet.«

»Ist es auch. Aber in letzter Zeit gibt es deutlich weniger Rekruten, trotz der spartanischen Lebensbedingungen. Sieht so aus, als wollten die Einheimischen einfach nicht mehr weg.« Er lächelte sie wieder an, und selbst in diesem Licht waren seine Augen klar und von einem wunderschönen Hellbraun, der Farbe von Clodaghs Tee. »Und wenn Sie hier sind, will ich auch nicht mehr weg.«

»Gut«, sagte Yana und milderte ihre Forschheit, indem sie ihn warmherzig anlächelte. »Ich kann mir im Augenblick niemanden vorstellen, dem zu begegnen praktischer wäre. Giancarlo gibt sich, wie ich schon sagte, etwas sperrig. Also dann, Torkel, sprechen Sie mir langsam nach: ›Brauchen Sie irgend etwas, Yana?‹«

Er beugte sich dichter zu ihr heran, und sie konnte seinen Atem spüren, als er ihre Handfläche mit dem Daumen streichelte und wiederholte: »Brauchen – Sie – irgend – etwas, Yana?«

»Da hätte ich eine ganze Liste«, antwortete sie.

»Was für einen Stein haben Sie eigentlich bei dem Hauptmann im Brett?« fragte Bunny, als sie Yana beim Beladen des Schnokels half. »Er hat mir befohlen zurückzukommen und Sie abzuholen.«

»Das nennt man ›Kameradenhilfe‹«, erklärte Yana und gab sich Mühe, ihre Zufriedenheit mit sich nicht allzusehr auszudrücken. »Übrigens ist eine Funkmeldung an Steve Margolies herausgegangen. Diego wird schon sehr bald Gesellschaft bekommen.«

Bunny, die gerade den Packen Winterkleidung hochhieven wollte, den Yana ergattert hatte, machte eine Pause. »Das ist ja großartig, Yana. Aber wie haben Sie das geschafft?« Sie musterte Yana eindringlich.

»Ich habe darauf hingewiesen, daß der Vater möglicherweise schneller wieder zu sich kommt, wenn er Unterstützung durch seine Familie erhält.« Yana stockte, war sich unsicher, ob sie Bunny einige der Pläne, was Petaybee anging, anvertrauen sollte. »Sie dürften schon bald mehr zu tun haben denn je«, hörte sie sich selbst hinzufügen.

»Wieso das?«

»Es werden weitere Soldaten und Hilfsmannschaften nachgeführt.«

Bunny schnaubte. »Was soll das schon nützen, wenn die nicht einmal glauben, was man ihnen erzählt!«

»Die Intergal strengt sich verdammt an, die Mineralvorkommen ausfindig zu machen, die von oben zu erkennen sind.«

»Ja, das versuchen die tatsächlich immer noch, nicht wahr?« Bunny wirkte erheitert. »So. Jetzt ist Ihre gesamte Ausrüstung sicher verstaut. Fahen wir nach Hause. Ich habe Hunde, die ich füttern muß.« Als sie die von der Raumbasis führende Hauptverkehrsstraße erreicht hatten, hakte sie mit weiteren Fragen nach. »Wer ist dieser Hauptmann überhaupt? Der Oberst war richtig eingeschnappt, als er ankam, so als hätte man ihn nicht erwartet und als sei er auch nicht besonders willkommen.«

Yana lachte. »Sein Name ist Fiske, Torkel Fiske. Sohn der Familie, die das Terranisierungsverfahren entwickelt hat, das auch hier angewandt wurde.«

»Die haben Petaybee gemacht?« Bunny sah Yana mit weit aufgesperrten Augen an. »Woher kennen Sie ihn denn?«

»Habe ein paarmal auf demselben Schiff Dienst getan wie er. Das ist alles.«

»Das ist *alles*?«

»Das ist alles, Bunny«, sagte Yana in einem Ton, der weitere Fragen ausschließen sollte. Und doch wurde sie nun selbst nachdenklich. Warum war ein Bursche wie Torkel Fiske, der so gut wie jede Frau ins Bett bekommen konnte, ausgerechnet zu ihr, Yanaba Maddock, so aufmerksam gewesen? Hatte er vielleicht die ganze Zeit gewußt, daß sie im Dorf einer verdeckten Ermittlung nachging? Er hatte sich aufrichtig überrascht angehört. Oder hatte es ihn lediglich erstaunt, ihr hier auf der

Raumbasis zu begegnen? War das ernst gemeint gewesen, als er von der Möglichkeit gesprochen hatte, ganz Petaybee zu evakuieren, um den Planeten in Stücke zu sprengen und endlich die ganzen Mineralien freizulegen, auf die sie es schon seit so vielen Jahren abgesehen hatten? »Haben Sie sich schonmal gewünscht, Petaybee zu verlassen, Bunny? Andere Planeten kennenzulernen, wo die Lebensbedingungen etwas weniger streng sind?«

Bunny schoß ihre einen kurzen Blick zu. »Weshalb sollte ich Petaybee verlassen wollen? Ich gehöre hierher, Yana. Nicht etwa nur, weil ich hier geboren wurde. Hier gehöre ich hin! Ich gehöre auf diesen Planeten. Ich gehöre ihm.« Dann preßte sie die Lippen zusammen und konzentrierte sich auf das Fahren.

Als sie das Schnokel vor Yanas kleinem Haus bremste, war sie wieder so fröhlich wie sonst.

»Ich werde ausladen, Yana«, sagte sie. »Gehen Sie und kümmern Sie sich um Ihr Feuer. Einiges von diesem Zeug läßt sich nicht einfrieren.«

»Nur, wenn Sie damit einverstanden sind, mit mir zusammen zu essen.«

Bunny grinste. »Sie meinen, ich soll Ihnen wieder Ihr Abendessen zubereiten?«

In gespielter Drohung fuchtelte Yana mit einer Pakkung Trockengemüse. »Ich habe mir Sachen besorgt, die nicht einmal ich kaputtbekommen kann!«

Auf der Raumbasis hatte es eine höchst merkwürdige Auswahl von Lebensmitteln gegeben, darunter natürlich auch Dinge wie Mehl, Zucker und Trockenhefe in einer Dose, deren Inhalt genügt hätte, um das ganze Dorf die nächsten zehn Jahre damit zu versorgen. Yana hatte auch einige große Dosen mit Pepperoni und anderen scharfen Gewürzen mitgebracht. Die Gewürze wollte sie eintauschen. Ferner hatte sie ein Paket Schreibpapier, eine Schachtel mit Kugelschreibern und einen großen Karton Nachrichtenbänder dabei: So könnte jeder im Dorf Charlie eins davon schicken. Verglichen mit dem Dorfladen war das Einkaufszentrum der Raumbasis das reinste Füllhorn nützlicher, gelegentlich auch unwahrscheinlicher Gegenstände und Vorräte.

In einer Innentasche hatte sie das schönste Nachtsichtgerät verstaut, das man sich nur denken konnte, genau das richtige, um in einer schneeverwehten Landschaft Fernbeobachtungen durchzuführen. Sie hatte einen Erste-Hilfe-Kasten erstanden, obwohl einige der Medikamente ihr Verfallsdatum schon längst überschritten hatten; tatsächlich war es ihr dabei allerdings mehr um die praktischen, kompakten Feldinstrumente als um die Medizin gegangen. Dazu kamen ein Hochleistungsthermoschlafsack, eine zusätzliche Steppdecke, Kleidungsstücke, Skier, Schneeschuhe, eine Axt, ein Beil, Sägen und genügend Nägel und Schrauben, um damit einen ganzen Schreinerladen aufzumachen. Und zu ihrer großen Freude hatte sie, völlig verstaubt unter Uniformteilen versteckt, auf einem Bodenregal mehrere Längen hübsch bedruckten Stoffs in kräftigen Farben entdeckt – zweifellos Überreste aus der Zeit, da die Familienangehörigen der Soldaten noch den Stützpunkt hatten besuchen und dort Tauschhandel treiben dürfen.

Zwischen den rein nützlichen Gegenständen hatte sie zudem auch andere Dinge vorgefunden, die offensichtlich dem Verkauf an Zivilisten oder dem Tauschhandel mit ihnen dienten: Glasperlen, Gürtel, verschiedenste Klebstoffe, einen Schusterleisten in ihrer Fußgröße, einen Satz Geschirr aus jeweils drei Tellern, Schüsseln und Tassen, eine große Grillpfanne, zwei weitere Töpfe und ein Mehrzweckmesser mit einem im Gehäuse aufgespulten, zwei Meter langen Strick, das sie bereits an ihrem Gürtel befestig hatte.

Yana hatte einen Eimer mit verschiedensten Vitaminen und Mineralstoffen dabei, die noch zwei Jahre lang haltbar waren, dazu drei Pakete mit Wegerationen, eigens zusammengestellt für die Umweltbedingungen auf Petaybee. Außerdem kamen noch eine große Dose mit gefriergetrocknetem Kaffee und eine weitere mit echtem Tee dazu.

Yana machte sich daran, einige ausgewählte Dosen zu öffnen und den Inhalt in die entsprechenden Pfannen zu schütten. Sie hatte den Herd schon geschürt und war entschlossen, sich diesmal nicht von ihrem Tun ablenken zu lassen.

Clodaghs Katze sah äußerst interessiert zu, wie sie ihre Vorräte verstaute.

»Na, Katze, machst du Inventur? Wie gut kannst du denn zählen?«

Die Katze blinzelte sie frech an.

Dann war das Essen fertig, und Yana war ziemlich stolz darauf, daß sie diesmal etwas Anspruchvolleres als einen Eintopf zustande gebracht hatte. Bunny wußte es jedenfalls zu schätzen. Nach dem Essen überreichte Yana ihr dann ein Stück von dem schönen blauen Stoff, weil sie meinte, daß diese Farbe Bunny besonders schmeicheln würde. Die unverhohlene Freude und der überschwengliche Dank überraschten sie ebensosehr wie das Glitzern der Tränen in Bunnys Augen.

»So etwas Großartiges habe ich noch nie gehabt, Yana«, sagte das Mädchen leise, hielt sich den Stoff ans Gesicht und fuhr sich damit über die wettergegerbte Wange. Dann lächelte sie Yana breit an. »Damit werde ich die Schönheitskönigin des Latchkay werden.« Dann verdüsterte sich ihre Miene wieder, und sie legte die Stirn in Falten. »Das heißt, sofern Aisling es rechtzeitig für mich hinbekommt. Sie ist immer schrecklich beschäftigt.«

»Ach, ist Aisling auch Ihre Schneiderin?« Yana hatte sich selbst der Dienste der Frau versichern wollen und war im Geiste schon ihre Tauschwaren durchgegangen.

»Ja, wenn es etwas zu nähen gibt und auch etwas, womit man es herstellen kann«, erwiderte Bunny, die noch immer den Stoff streichelte, den sie mittlerweile in den Schoß gelegt hatte. »Was haben Sie denn für sich selbst geholt?«

Yana schlug den dunkelgrünen Stoff auseinander.

»Da ist ja toll, Yana, darin werden Sie großartig aussehen!«

»Meinen Sie?« Yana hielt den Stoff vor ihren Körper. Sie hatte sich schon lange nicht mehr um Frauentand gekümmert, nicht mehr seit Bry, der sie gern im Nachthemd betrachtet hatte.

»Ja, das meine ich. Und Sinead hat auch einige Schmuckperlen, die den grünen Hintergrund gut hervorheben könnten. Ach, ich sehe es bereits vor mir. Warten Sie einen Augenblick!« Und schon war Bunny aus der Tür gestürzt und streifte im Laufen den Parka über.

Yana faltete den Stoff sorgfältig zusammen und machte sich daran, die Reste des Abendessens abzuräumen. Sie ließ einen Klecks in der Pfanne und stellte sie der Katze hin, die erst daran schnüffelte und sich dann darauf stürzte.

Bunny kehrte mit einem Jubelschrei zurück, hinter ihr Sinead und Aisling. Ohne ihren Parka abzustreifen, stürmte sie zu dem Stuhl, wo sie den blauen Stoff abgelegt hatte, und hielt in empor, damit die beiden ihn sehen konnten. »Seht ihr? Ist das nicht der wunderschönste Stoff, den ihr je gesehen habt?«

Noch nie hatte Yana jemanden erlebt, der sich so sehr über ein Stück Kleiderstoff freuen konnte.

Der Rest des Abends wurde mit Fachsimpeleien über Schnitte und Verzierungen der beiden Latchkay-Blusen bestritten. Aisling hatte die beiden Stoffbahnen an sich genommen, hielt sie gegen Yana und Bunny, raffte sie mal auf die eine, mal auf die andere Weise, um zu prüfen, wie sie am Ende fallen würden, und glättete den Stoff so vorsichtig, als hätten auch ihre Hände noch nie eine derartige Qualität zu spüren bekommen. Sinead wurde in ihre Hütte zurückgeschickt, um bestimmte Bordüren und Zierperlen zu besorgen, damit sie sichergehen konnten, daß die Farben auch tatsächlich zueinander paßten.

»Habe gehört, Sie waren oben bei meinem Bruder«,

murmelte Sinead, als Bunny und Aisling tief in ein Gespräch über Schnitte und Stile versunken waren. Sie hatte den Blick eindringlich auf Yanas Gesicht geheftet. »Hat er Sie viel herumgeführt?«

»Ich denke schon. Ich habe die Lockenfelle gesehen und seine riesigen Katzen.«

Sinead grinste zwar, doch ihre Miene wirkte ebenso geheimnistuerisch wie neugierig, und Yana begriff nicht, warum Sinead ausgerechnet Sean ins Gespräch gebracht hatte. Wußte sie möglicherweise etwas von ihrem Ausflug zu den Wasserfällen?

»Keine Robben?«

Yana schaffte es, ihre Reaktion auf diese ganz beiläufig vorgetragene Frage zu verbergen. Sie drehte den Kopf und blickte Sinead gelassen ins Auge. »Eine. Die schien allerdings Süßwasser zu mögen, was ich doch etwas seltsam fand.«

Sinead musterte sie einen langen Augenblick, dann wandte sie sich mit geheimnisvollem Grinsen wieder ab. »Auf Petaybee gibt es eine Menge seltsamer Tiere.«

»Ach ja? Wie kommt es nur, daß ich noch nie über eins gestolpert bin?« fragte Yana frohgelaunt, obwohl ihr Puls zu rasen begonnen hatte. Genau das war es schließlich, was Giancarlo wissen wollte. Ob Sinead sich darüber im klaren war?

»Ich vermute, die müssen Sie wohl selbst aufspüren. Genau wie die Robben. Ich mache Ihnen einen Vorschlag: Warum kommen Sie nicht irgendwann einmal mit mir mit, wenn ich die Fangschlingen überprüfen gehe? Sie werden vielleicht überrascht sein, was Sie da alles zu sehen bekommen, wenn Sie erst einmal wissen, wonach Sie Ausschau halten müssen. Vielleicht schon bald.«

»Danke. Auf das Angebot komme ich gern zurück«, erwiderte Yana und bemühte sich, nicht allzu erregt zu klingen.

Sinead machte sich wieder daran, Zierperlen, Drähte

und Bordüren auszulegen, damit Bunny sie inspizieren konnte.

Und dann, noch bevor Yana Bunny danach fragen konnte, wie sie das Tauschgeschäft einleiten sollte, hatten Aisling und Senead die beiden Stoffbahnen bereits wieder zusammengelegt und waren durch die Tür in der dunklen, kalten Nacht verschwunden.

»Ich habe mit ihnen gar nicht über den Preis geredet«, sagte Yana zu Bunny.

»Ach was, das kommt später, wenn Ihnen gefällt, was sie machen. Und die sind gut, Yana. Aisling ist eine Meisterin des Nähens, und Sinead ist eine Zauberin, was Perlenstickerei und Verzierungen angeht. Sie brauchen sich keine Sorgen machen, daß die einen derartigen Stoff verhunzen würden! Ach, und ich hatte wirklich noch nie einen so schönen Stoff für eine Latchkay-Bluse!« Die Augen des Mädchens schimmerten. »Ich kann Ihnen gar nicht genug danken ...«

»Papperlapapp! Das ist *mein* Dank für Ihre Hilfe, Buneka. Aber das Latchkay ist schon sehr bald, nicht wahr? Werden die Blusen denn noch rechtzeitig fertig sein?«

»Klar.« Bunny grinste. »Sie sind gegangen, um gleich damit anzufangen. Warten Sie nur ab. Wir werden die bestgekleideten Frauen von allen sein!«

Diego war überrascht, das Schnokelfahrermädchen wiederzusehen, gleichzeitig wurde ihm jedoch auch bewußt, daß er sie insgeheim erwartet hatte. Oder wenn er sie vielleicht auch nicht gerade persönlich erwartet hatte, hatte er doch darauf gehofft, daß *irgend etwas* geschehen würde, um die Schwere von ihm zu nehmen, die ihn seit seiner Rückkehr auf die Raumbasis befallen hatte. Er war hinausgegangen, die kalte Luft war ihm eine angenehme Abwechslung zu dem stickigem Mief in seiner Unterkunft. Außerdem hielt ihn das beschäftigt, und das war die einzige Möglichkeit, die ihm einfiel, um zu verhindern, daß er diesen Holzkopf von einem Oberst eigenhändig erwürgte, der immer wieder Fragen abspulte, die sein Vater gar nicht vernahm. Warum ließen sie seinen Papi nicht in Ruhe?

»Diego? Hallo. Ich bin es, Bunny«, sagte das Mädchen mit leiser Stimme und sah sich dabei um, als sorgte sie sich, gesehen zu werden.

»Hallo. Hast du mir einen Kuchen mit einer eingebakkenen Feile mitgebracht?«

»Hä?« machte sie.

»Ach, das ist nur so ein alter Witz, den ich mal irgendwo in einem Buch gelesen habe. Tut mir leid. Nett, dich wiederzusehen, aber ...«

»Hör mal, ich bin eigentlich nur gekommen, um zu fragen, ob man es dir schon gesagt hat.«

»Was soll man mir schon gesagt haben?« wollte Diego wissen. Er hatte nicht gereizt klingen wollen, aber so kam es heraus. Er war die vielen Ratespiele und die hinter seinem Rücken ausgetauschten Andeutungen inzwischen reichlich leid.

Das Mädchen musterte ihn nur empört, dann sagte sie in langsamem geduldigen Ton, als würde sie mit einem sehr kleinen Kind reden (und genauso verhielt er sich ja wohl auch gerade, fand er): »Meine Freundin, Majorin Maddock, hat ihren Freund, den Hauptmann, dazu gebracht, nach Steve zu schicken.«

»Wirklich?« Diego fuhr auf und starrte sie an. »Woher weißt du das?«

»Sie hat es mir erzählt. Hat dir denn niemand etwas gesagt?«

»Nein. Mann, das ist ja großartig«, erwiderte er. Jetzt würde alles wieder gut werden. Papi würde in Ordnung kommen, Steve würde alles richten. Steve würde ihm auch glauben, selbst wenn der Oberst und die anderen es nicht taten, und er würde schon wissen, wie man mit diesen Bastarden umzugehen hatte; er würde sie dazu bringen, ihn und Papi endlich in Ruhe zu lassen. Diegos Erleichterung war so heftig, daß es ihn schon wieder erschreckte. Vielleicht war das Ganze ja doch nur eine Art Intrige, um ihn hoffnungsfroher zu stimmen? »Bist du sicher?«

»Sicher bin ich sicher.« Sie schnippte angewidert mit der Hand. »Ich laufe nicht in der Gegend herum und verbreite Gerüchte. Willst du mit zum Latchkay kommen?«

»Latchkay? Was ist das denn?«

»Eine Party. Alle kommen. Gute Lieder, gute Musik, gutes Essen«, erklärte sie, und Diego merkte, daß sie ganz aufgeregt war.

»Weiß nicht«, sagte er. »Habe keine große Lust auf Parties, solange es Papi schlecht geht. Außerdem glaube ich kaum, daß Giancarlo mich läßt.«

Bunny grinste selbstzufrieden. »Dann fragst du ihn eben einfach nicht. Frag Hauptmann Fiske. Du brauchst ihm bloß zu sagen, daß Majorin Maddock mir gesagt hat, ich soll dich fragen, dann läßt er dich mit Sicherheit gehn. Er mag sie.«

»Ach ja? Na schön, solange sich am Zustand meines Vaters nichts ändert, könnte ich wohl kommen, schätze ich. Hier ist ja sonst nichts los.«

Ihr Grinsen wurde noch ein Stück breiter. »Wirst froh sein, gekommen zu sein«, versicherte sie ihm. »Da lernst du einen Haufen guter Leute kennen und bekommst ein paar gute Lieder zu hören.«

»Das wäre mal eine Abwechslung. Hier in dem Laden läuft jedenfalls niemand rum, den man ›gut‹ nennen könnte. Was sind denn das für Lieder?«

»Welche, die meine Leute kennen. Welche, die sie über uns und unsere Geschichte schreiben. *Gute* Lieder«, meinte sie.

Wenn alles ganz normal gewesen wäre, wenn er wieder an Bord des Schiffes gewesen wäre, hätte er vielleicht irgendeine witzige Bemerkung gemacht, hätte irgend etwas gesagt, um sich über sie lustig zu machen. Doch inzwischen schien ihm das wie Kinderkram. Sie meinte es ernst, und er hatte das Gefühl, es ihr schuldig zu sein, die Sache ebenfalls ernst zu nehmen. »Wie sind die denn?«

»Na ja, manche singt man, andere trägt man im Sprechgesang vor. Manche reimen sich und manche nicht. Aber alle erzählen dir von Sachen, die den Leuten widerfahren sind, Sachen, die auf dem Planeten passieren.«

»Wie Gedichte?«

»Schätze, schon. Wir nennen sie einfach nur Lieder oder Gesänge. Wie sind denn Gedichte?«

Er grinste und sagte: »Warte mal kurz«, dann kehrte er zu seiner Koje zurück, wo er eins seiner kostbaren Hardcopy-Bücher aus seinem Gepäck hervorholte. Seine Nase war halb gefroren, aber es machte ihm nichts aus. Er brachte das Buch zurück und schlug es auf. »Hier ist eins, das wird dir bestimmt gefallen.«

Ein paar von den Jungs hauten auf den Putz
im Saloon von Malamute ...

Er las ihr das ganze Gedicht vor, und es schien ihr tatsächlich zu gefallen; danach rezitierte sie etwas von sich, sie nannte es ein Lied. Er mußte einräumen, daß es recht gut war, aber plötzlich genierte er sich, ihr anzuvertrauen, daß er selbst sich auch schon an so etwas versucht hatte. Außerdem fror er sich gleich zu Tode, wie er hier draußen vor dem häßlichen Gebäude stand und sich mit einem Mädchen über Lyrik unterhielt, das herumlief wie ein Gorilla. »Schätze, ich sollte wohl mal wieder nach Papi sehen«, meinte er entschuldigend.

»Geht es ihm heute besser?« wollte Bunny wissen.

»Es wird ihm sehr viel besser gehen, sobald Steve hier

ist. Bist du sicher, daß du mich damit nicht nur aufgezogen hast?«

Bunny schüttelte den Kopf. »So etwas tue ich nicht, Diego. Das täte keiner von uns.«

Dann ging sie davon. Diego sah ihr nach, wie sie im Schnokel fortfuhr, fragte sich, wie ein Mädchen nur die Gelegenheit bekommen hatte, eines der wenigen anständigen Fahrzeuge auf diesem Eisberg zu fahren. Vielleicht, wenn Steve hier eintraf ... Nein, *darauf* würde er nicht bauen. Nicht, daß er immer noch glaubte, daß Bunny ihn anlügen würde: Weshalb hätte sie das auch tun sollen? Aber vielleicht würde es ja doch nicht so leicht gehen, wie sie glaubte. Vielleicht würde Giancarlo nicht zulassen, daß Fiske nach Steve schickte. Diego mochte Bunny zwar, aber sie hatte nicht annähernd so viel Erfahrung mit Firmenleuten wie er – sie konnte nicht wissen, wie verlogen Leute sein konnten. Sie war wirklich ein komisches Mädchen. Und sie schien diese Welt auch wirklich zu mögen.

8. KAPITEL

Ein Kratzen an der Tür kündete von Sineads Eintreffen irgendwann um ›Dunkel-Uhr‹. Yana war sofort auf den Beinen und öffnete die Tür, tänzelte auf Zehenspitzen umher, als sich die Bodenkälte durch ihre Socken fraß.

»Ich werde den Herd schüren«, meinte Sinead und öffnete ihre Oberkleider. »Sie werden heute etwas Warmes im Bauch brauchen. Manchmal habe ich das Gefühl, daß es kurz vor dem Frühling viel kälter ist als mitten im Winter. Aber ein guter Tag, um nach den Fallen zu sehen.«

Während sie sich daranmachte, Wasser aus dem Thermosbehälter in einen Topf zu gießen, um es heiß zu machen, und als sie die Asche von der Glut schüttelte, glitt Yana in ihre Kleider.

»W-w-w-was ... j-j-j-jagen ... Sie eigentlich?« fragte sie mit klappernden Zähnen. Sie fand es merkwürdig, daß jedermann in Kilcoole noch völlig intakte Zähne besaß. Sie war überzeugt davon, daß ihre eigenen Schneidezähne eines schönen Morgens abbrechen würden.

»Was immer sich jagen läßt«, erwiderte Sinead mit einem Grinsen.

»Jetzt bin ich auch nicht viel klüger.«

»Es ist eine gute Zeit, um nachzusehen, was verfügbar ist«, wiederholte Sinead. »Die Jahreszeit, da manche glücklicher sind, zu sterben als zu leben.«

»Wie können Sie das auseinanderhalten?«

»Sie werden schon sehen. Hier, trinken Sie das!«

Yana schlang die Hände um den Becher und preßte ihn vorsichtig an die Wangen, um ihr kaltes Gesicht aufzuwärmen.

Sinead hatte auch eine Portion Porridge für Yana zubereitet. »Aisling hat mir schon etwas zu essen gemacht. Ich darf morgens nicht aus dem Haus, bevor ich nicht satt bin.«

Yana erwiderte ihr Grinsen. Einen Augenblick lang beneidete sie Sinead darum, einen fürsorglichen Lebenspartner zu haben, der sich um sie kümmerte. Als die Mahlzeit sie hinreichend aufgewärmt hatte, war sie zum Abmarsch bereit. Sinead hatte das Feuer zusammengeschoben, damit nach Yanas Rückkehr noch etwas Glut zum Entfachen übrig war. Clodaghs Katze ging mit ihnen hinaus und huschte in eigenen Angelegenheiten davon.

Sinead schnaubte. »Niemand hat Clodaghs Katzen. Die haben einen.«

Da konnte Yana nur herzhaft zustimmen. Sie zog sich das Fell ins Gesicht hoch, als Sinead ihrer Leithündin etwas zurief, einem zottigen, gescheckten Tier, das sie auf den Namen Alice B. getauft hatte.

Es war niemand zu sehen, als die Hunde den Schlitten schnell die Hauptbahn von Kilcoole entlangzogen, obwohl in einigen Häusern Licht brannte. Kurz darauf drangen sie in den Wald ein, und Sinead lenkte ihr Gespann nach links, einen sanften Abhang hinunter und schließlich auf eine große weiße Ebene hinaus. Hier und dort erblickte Yana etwas, das wie die Spitzen quadratischer Zaunpfähle aussah, die aus ihrer winterlichen Decke emporragten, und sie überlegte, ob das Dorf dort vielleicht während des kurzen Sommers seine Feldfrüchte anbaute. Als sie die Leithündin plötzlich ins Nichts hinabstürzen sah, geschah es noch rechtzeitig, um sich noch etwas fester an den Lenkbügel zu klammern, als der Schlitten auch schon fast senkrecht den steilen Hang hinunterjagte.

Sie rasten an spiralförmiger Vegetation vorbei, wie Yana sie auf ihrer ersten Fahrt auf Petaybee erblickt hatte; dann wurde der Boden wieder eben und glatt. Ob das wieder einer von Petaybees vielen Flüssen war? Als sie kurz darauf auf der gegenüberliegenden Seite einen Hang hinauffuhren, schloß sie, daß sie richtig geraten hatte. Gefrorene Sträucher wichen bald dem Baumbewuchs, der immer dichter wurde, je weiter Sinead den Weg entlangfuhr. Der Weg führte erst ein Stück hügelaufwärts, um sich dann wieder in die Tiefe zu senken, dann über eine zweite Lichtung und schließlich wieder in ein Waldstück hinein, wobei sich Sinead immer links hielt, dem sich langsam aufhellenden östlichen Himmel entgegen.

Ab und an machten Yanas scharfe Augen glitzerndes Licht zwischen den Bäumen aus, und sie nahm auch den Duft von Holzfeuer wahr. Die Hunde liefen immer weiter, gelegentlich bellten sie laut, offensichtlich aus schierer Freude. Dann pflegte Sinead zu lachen und sie weiter anzutreiben.

So ging es etwa eine Stunde lang, immer wieder in den Wald hinein und wieder heraus, bis Sinead der Hündin

Alice B. vor einem kleinen Schuppen anzuhalten befahl. Es war eher ein Pultdach, überlegte Yana, als sie aus dem Schlitten stieg und zu ihrer Genugtuung feststellte, daß sie sich nicht so steif wie sonst fühlte. Und die Kälte hatte sie auch nicht zum Krüppel gemacht. Könnte es sein, daß sie sich langsam an diesen eisigen Planten akklimatisierte?

Sie half Sinead, die Hunde abzuleinen und ihre Pfoten zu überprüfen, um sie dann einzeln anzubinden. Als nächstes schwang Sinead sich den Rucksack auf den Rükken, der Yana während der Fahrt als Kissen gedient hatte. Sie überreichte ihr einen zweiten, kleineren Rucksack. Dann nahm sie ein längliches Bündel aus dem Schlitten, aus dem sie drei Lanzen mit scharfen, spitzen Metallenden auswickelte, sowie eine weitere mit gefährlich aussehenden Widerhaken, die für Yana aussah wie eine Harpune. Bei den Waffen lagen außerdem zwei Beutel und ein großes, Y-förmiges Gerät, das sie als kräftige Steinschleuder identifizierte.

»Schon mal eins von diesen Dingern benutzt?« fragte Sinead und reichte ihr die Schleuder.

»Ich habe den größten Teil meiner Kindheit unter Schutzkuppeln zugebracht, wo man so etwas nur mißbilligt hätte«, erwiderte Yana und prüfte die Schwere des Griffs in der Hand sowie die Nachgiebigkeit der Zuggummis.

Sinead stieß ein Schnauben aus. »Sie halten es in der Hand, als wüßten Sie es trotzdem.«

Yana grinste. »Man lernt eben dazu.« Sie nahm den Beutel mit kleinen Steinen entgegen, den Sinead ihr reichte. »Was ist in dem anderen? Ihre eigene Schleuder?«

Sinead hob den Beutel auf. »Eine Variante davon – zueinander passende Steine, die an langen Schnüren befestigt sind. Man versetzt sie in gegenläufige Kreisbewegungen. Hat man genügend Schubkraft, wirbelt man sie über dem Kopf, dann läßt man sie fahren, damit sie sich um die Beine der Beute wickeln.«

»So etwas habe ich schon ab und zu mal gesehen.«

Nachdem sie ihren Rucksack aufgenommen und gerichtet hatte, ging Sinead in den Schuppen und kehrte mit zwei Paar Schneeschuhen zurück, von denen sie Yana eins reichte. Sie kniete nieder, um sie anzulegen, dann waren beide bereit. Sinead ging voraus in den dichten Wald, der von der gerade aufgehenden Sonne nur schwach erhellt wurde.

Nachdem sie Yanas Schätzung nach etwa eine halbe Stunde lang gegangen waren, hielt Sinead an, um sich neben einem dichten grünen Strauch niederzuknien. Sie schob das Laubwerk beiseite und holte das merkwürdigste Korbgeflecht hervor, das Yana je gesehen hatte. Das schmalere Ende war in sich verdreht. Es enthielt zwei graubepelzte langohrige Tiere.

»Danke, Freunde«, murmelte Sinead, dann drehte sie ihnen mit einer geschickten Bewegung ihrer kräftigen, handschuhbewehrten Hände die Hälse um.

Yana erschrak. »Waren die etwa noch gar nicht tot?« fragte sie, mehr von dieser Tatsache überrascht als von Sineads schneller Tötung.

Sinead zuckte mit den Schultern. »Sie sind gekommen, um zu sterben.« Sie summte vor sich hin, während sie mit schnellen Bewegungen ein Stück Kordel aus einer Jackentasche holte, die Hinterläufe damit fesselte und sie an einem aus ihrem Rucksack hervorragenden Haken hängte.

Dann gab sie unter fortgesetztem, seltsamem Summen eine Handvoll Kugeln in die merkwürdig geformte Falle und stellte sie wieder unter den Strauch. Inzwischen hatte Yana begriffen, daß die Falle die Lebewesen durch den raffiniert einwärts gestülpten Hals einließ, der jedoch keine Flucht mehr zuließ. Wie eine Reuse, in die die Fische zwar hinein -, aus der sie aber nicht wieder herauskamen.

»Sie fangen sie nicht tot?« fragte Yana, als Sinead schließlich verstummt war. Sie hatte das leise Gefühl, daß

Sinead eine Art rituelles Requiem vor sich hingesummt hatte.

Sinead schüttelte den Kopf. »Nein, wir fangen sie lebend. Das ist unsere Art. Aber das bedeutet auch, daß ich alle drei, vier Tage die Fallen ablaufen muß, sonst würden sie auch noch verhungern.«

Yana schüttelte überrascht den Kopf. »Haben Sie nicht gesagt, daß es eine gute Zeit zum Sterben sei? Haben die Hasen dort auf Sie gewartet, damit sie sie töten?«

»Sieht so aus.« Dann stand Sinead wieder auf und hielt sich erneut nach links.

Mittlerweile hatten sie schon zehn ähnliche Fallen geleert, und Yana trug nun auch einen Teil der Beute, als Sinead ihr mit einer Handbewegung bedeutete, leiser aufzutreten, während sie sich auf ein Dickicht zustahl. Dort teilte sie die Äste so vorsichtig, daß nur wenige Schneeflocken abfielen, dann wies sie Yana mit einem Handzeichen an, auf die kleine Lichtung zu blicken. Dort stand ein dunkelbraunes Rentier auf drei Beinen, das vierte war am Knie gebrochen und hing in einem seltsam wirkenden Winkel herab. Das Tier hatte sich an den umgebenden Sträuchern gütlich getan, und dort, wo es auf der Suche nach Nahrung immer wieder auf der Lichtung im Kreis umhergeschweift war, hatte sich der Schnee in ein schlammiges Moorbad verwandelt.

Sinead trat zurück, wobei sie Yana mit erhobener Hand bedeutete, sich nicht vom Fleck zu bewegen. Sie schlüpfte aus ihren Gepäckriemen, legte den Rucksack leise in den Schnee, dann kroch sie, die Lanze in der Hand, um das Dickicht. Yana sah zu, wie sie in einem anderen Teil des Unterholzes verschwand. Plötzlich vernahm sie ein Grunzen, ein sirrendes Geräusch und einen dumpfen Aufprall, als die Lanze ihr Ziel traf, danach ein luftiges Krachen im Gebüsch.

»Alles in Ordnung, Yana«, rief Sinead fröhlich, und

Yana drängte durch das Unterholz. Dann sah er eine Lanze aus dem Schädel des Rotwilds ragen, genau zwischen den Augen. »Großartiges Fell, dieser Hirsch«, meinte Sinead und fuhr dabei mit der Hand die Flanke und den Rücken des toten Tiers entlang.

»Das hier ist wohl keine von Ihren humanen Fallen, wie?« fragte Yana und sah sich auf der Lichtung um, während sie sich neben die Jägerin setzte.

»Keine Falle, aber ich habe schon gesehen, wie Kühe an solchen Orten ihre Jungen zur Welt brachten.«

»Sie sind eine mächtige Jägerin, Nimrod«, fuhr Yana fort, als sie bemerkte, wie tief die Lanzenspitze in den Schädel des Tiers eingedrungen war. »Das war ein beachtlicher Wurf.«

»Geht dabei darum, so wenig Schmerz wie möglich auszulösen. Zwischen den Augen ist der Schädelknochen am dünnsten. Er war im selben Augenblick tot, als die Spitze das Gehirn traf. Bei einem solchen Bruch wollte er sowieso nichts anderes mehr«, meinte Sinead und zeigte auf das gebrochene Bein. »Das ist auch erst vor ein, zwei Tagen geschehen. Übrigens wird auf diese Weise auch das Fell nicht beschädigt. Kommen Sie. Jetzt haben wir wirklich viel Arbeit vor uns.« Zu Yanas Überraschung ließ Sinead sich von ihr dabei helfen, den Kadaver erst von der kleinen Lichtung zu schleppen. »Vielleicht braucht eine Rentierkuh diese Stelle noch im nächsten Frühling, da ist es nicht gut, Todeswitterung zurückzulassen.«

Sie nahmen das Tier aus, eine Prozedur, die Yana als weniger ekelerregend fand, als das Sezieren außerirdischer, fremder Kreaturen, was sie während ihrer Forschungs- und Entdeckungszeit bei Firmenexpeditionen öfter mitangesehen hatte. Sinead führte ihr die Technik mit geradezu ritualistisch anmutender Sorgfalt vor und gab die Eingeweide in einen Sack, den sie offensichtlich allein zu diesem Zweck mitgebracht hatte. Nur die Leber ließ sie draußen.

»Unser Mittagessen«, verkündete sie, »aber ich werde den Rest, den wir noch gebrauchen können, dort aufhängen, wo niemand drankommt.« Sie hängte den Beutel hoch an den Ast neben den Kadaver, der sich in der Kälte bereits versteifte. »Wir kommen nachher zurück. Müssen erst alle Fallen abgehen.«

Dann bedeutete Sinead ihr, zu folgen, während sie ihren Inspektionsgang fortsetzte. Nachdem sie einige weitere Beutetiere eingesammelt hatten, darunter zwei, die bereits in ihren Fallen verendet waren, entschied Sinead, daß es Essenszeit sei. Sie baute ein kleines Feuer und spießte auf zugespitzten Zweigen in Scheiben geschnittene Leber auf.

Das Essen roch ebenso gut, wie es hinterher auch schmeckte. Yana leckte sich die Finger ab, schob sie nach dem Essen in ihren Parka, um sie an ihrem Hemd abzutrocknen. Sinead erhitzte eine Pfanne mit Wasser und machte etwas Tee, den sie abwechselnd tranken.

»So«, meinte Yana schließlich. »Bisher scheinen das ja alles ziemlich normale Tiere gewesen zu sein, wie man sie früher auch in den nördlichsten Gebieten der alten Erde erwartet hätte. Ich hatte eigentlich auf etwas Ungewöhnlicheres gehofft.«

Mit leisem Lächeln musterte Sinead sie. »Es ist noch früh am Tag.«

»Haben Sie auch einmal eine von diesen Süßwasserrobben gefangen?« Die Bestürzung, mit der Sinead auf diese beiläufige Frage reagierte, ließ Yana sofort einen Rückzieher machen. »Was habe ich denn Falsches gesagt? Sie haben mich doch gefragt, ob ich sie gesehen hätte.«

»Wenn Sie eine Robbe sehen, Dama, seien Sie respektvoll.« An Sineads drohendem Unterton war kein Zweifel.

Yana räumte mit erhobenen Händen ihre Niederlage ein und lachte verunsichert. »Entschuldigung. Sind Robben denn etwas Besonderes?«

»Sehr«, meinte Sinead in einem Ton, der keinen Widerspruch duldete. Dann wurde sie wieder etwas lockerer. »Die Robben von Petaybee gehören zu den ungewöhnlichsten Tieren: Vordergründig betrachtet, mögen sie zwar wie die gewöhnlichen Robben von der Erde aussehen, aber in Wirklichkeit sind sie ein eindeutiges Produkt dieses Planeten und müssen geschützt werden. Nicht viele Leute bekommen jemals eine Petaybee-Robbe zu Gesicht.« Plötzlich begann Sinead unerwarteterweise zu grinsen, den Blick eindringlich auf Yanas Gesicht geheftet. »Wenn Sie eine sehen, seinen Sie respektvoll«, wiederholte sie freundlich.

»Worauf Sie sich verlassen können!« bestätigte Yana heftig.

Sinead stand auf und bedeckte das kleine Feuer säuberlich mit Schnee; dann machten sie sich wieder auf den Weg.

Neun Fallen später hatten sie noch einige weitere Kadaver eingesammelt. Der Anblick der Felle ließ Sineads Augen vor Freude glitzern. Da merkte Yana, wie Sinead damit begann, sich nach rechts zu halten. Vielleicht war ja jetzt der Rückweg angezeigt. Einzeln wogen die toten Tiere zwar nicht viel, doch inzwischen baumelten fünfzehn Stück von ihrem Rucksack, und in den Beinen spürte Yana die Anstrengung des ungewohnten Laufens in Schneeschuhen.

Natürlich hätte sie sich eher die Zunge abgebissen, als sich zu beklagen, trotzdem begann sie jetzt zu ermatten. Schließlich hatte sie sich ja auch ohne jede Vorbereitung an dieses Tagewerk gemacht. Und mit ihrem Zustand auf Andromeda war das überhaupt nicht mehr zu vergleichen. Kein Zweifel, das gesunde Leben an der frischen, unverschmutzten Luft und die ordentliche Ernährung hatten heilsame Auswirkungen, wie sie kein Medizinschrank der Intergal bieten konnte.

Yana vernahm das krachende Geräusch fast im selben Augenblick wie Sinead, die sofort in die Knie ging. Yana tat es ihr gleich und hielt den Atem an, während sie

Sinead beim Vorank… zusah. Sie bedeutete Yana aufzustehen und sich … leise zu bewegen. Yana hatte Erfahrungen dami… heranzupirschen und bewegte sich daher lautlos. D…usch setzte sich fort: ein Krachen und Stampfen. Wi… bewegte Sinead sich ein Stück vorwärts, wobei sie mit …ster Sorgfalt auftrat und in eins der Dickichte schlüp… die hier überall wuchsen. Yana ließ die Zweige sich u…ie schließen, während sie Sinead folgte. Anstatt o… aus dem Gestrüpp herauszusehen, begann Sinead nu…amit, die unteren Äste zu teilen und niederzukauern, …m hindurchzuspähen. Sie winkte Yana an eine Stelle …ben sich, und Yana stellte fest, daß sie von hier fast bis zu der Vertiefung sehen konnte, die so aussah wie ein Flußbett. Mit größter Vorsicht bohrte sie ein von außen verdecktes Guckloch in die Zweige – und unterdrückte mit größter Mühe einen Ausruf des Erstaunens.

Auf dem gefrorenen Fluß standen Tiere, die sie auf den ersten Blick mit Seans Lockenfellpferden verwechselt hatte. Eins von ihnen hämmerte auf das Eis ein, offensichtlich um ein Loch hineinzubohren, an dem es zusammen mit seinen Gefährten tränken konnte – aber das tat es mit einem kurzen Kringelhorn, das am Ende seines Nasenbeins hervorragte! Die Kreatur gab ihre ganze Kraft in diese Anstrengung und ging unter der Heftigkeit ihrer eigenen Stöße manchmal selbst in die Knie, um sich dann wieder auf alle viere zu stellen und mit den mächtigen Hinterläufen erneut vorzuschnellen und gegen das Eis zu schlagen. Von hinten waren unverkennbar die männlichen Geschlechtsteile auszumachen; Yana überprüfte den Rest der Gruppe und gelangte zu dem Schluß, daß das Horn offenbar ein Merkmal der Männchen dieser Art war. Plötzlich stieß das Tier ein Triumphgebrüll aus und bäumte sich auf, um hart mit den Hufen auf das Eis einzuschlagen. Die anderen Mitglieder der Herde folgten seinem Beispiel und stellten sich dann auf die Hinterläufe, als ein schwarzes Loch erschien.

Sinead blickte Yana m[illegible]em Grinsen an und bedeutete ihr, sich zurückzu[illegible]. Im Dauerlauf legten sie ein gutes Stück zurück, [illegible]ead stehenblieb.

»Habe ich da ta[illegible]ich ein Einhorn gesehen?« fragte Yana, die trotz d[illegible]nstrengung nur ein wenig keuchte und schnaufte.

Sinead gri[illegible] schelmisch. »Solche Tiere gibt es nicht, und keine [illegible] uns ist noch Jungfrau, obwohl – ich vielleicht no[illegible]mehr als Sie, nehme ich mal an.«

»In S[illegible]ns Herde habe ich keins gesehen. Dabei hat er mir a[illegible]ch den Hengst gezeigt.«

»Das da sind wilde Lockenfelle. Die brauchen das Horn, um im Winter an Wasser heranzukommen.«

»Fällt das Horn denn dann im Sommer ab?«

»Weiß ich nicht. Habe noch nie ein Lockenfell gesehen, das im Sommer versucht hat, Eis aufzubrechen.« Bevor Yana weiter nachfragen konnte, war Sinead wieder aufgebrochen. Immerhin: Sie hatte ihr ungewöhnliche Tiere versprochen, und genau solche hatte sie zu Gesicht bekommen!

Yana war überrascht, daß sie viel früher den Schuppen erreichten, als sie erwartet hatte. Sie war Sinead dabei behilflich, die Hunde an den Schlitten zu schirren, dann legten sie die steifgefrorenen Tierkadaver auf die Schlittenbank, um schließlich auf kürzestem Weg zu der Stelle zurückzukehren, wo sie das Rentier aufgehängt hatte. Es war noch völlig unberührt.

Als sie Kilcoole erreichten, wobei Yana sich mit Sinead auf den Schlittenkufen abwechselte, sah das Dorf immer noch so aus wie bei ihrer Abfahrt: Der gefrorene Weg war menschenleer, und in den Hütten, an denen sie vorbeikamen, gingen die Lichter an.

»Brauchen Sie Hilfe beim Abhäuten?« fragte Sinead, nachdem sie gut die Hälfte der Beute zu Yanas Füßen abgelegt hatte.

»Ich hätte nichts dagegen«, gestand Yana. »Obwohl ich wahrscheinlich schon irgendwie zurechtkäme. Ich habe das noch nie gamacht. Sicher, ich habe zwar etwas Erfahrung mit Fallen und Jagen gesammelt, aber nur selten zur Nahrungsbeschaffung. Meistens ging es um Musterexemplare, die für spätere Untersuchungen und Forschungen unversehrt bleiben mußten.«

Sinead übernahm das Kommando. Sie führte ihr die Technik vor, die richtige Schnitte anzubringen und die Felle und Häute zurückzustreifen, um schließlich das Bindegewebe zu zertrennen und die Kadaver gänzlich aus der Decke zu schlagen. »Wenn man die Häute beschädigt, vergeudet man einen Teil des Geschenks, das die Tiere einem gemacht haben, deshalb sollte man es richtig tun. Mit einem scharfen Messer geht es leichter.« Sie half Yana dabei, ihren Anteil der Beute abzuhäuten, und sah so lange zu, bis sie sich davon überzeugt hatte, daß Yana die Prozedur begriffen hatte. Yana machte ihrerseits die Feststellung, daß ihr das Abhäuten sehr viel leichter von der Hand ging als das Kochen.

Sinead zeigte zu den Dachbalken hoch. »Wenn Sie ihren Fang hier oben über der Veranda aufhängen, kommt nichts anderes dran. Ich werde Ihnen Ihren Anteil von dem Rentier bringen, sobald wir es zerteilt haben. Und das Fell. Das brauchen Sie dringender als wir.«

Begleitet von Yanas überschwenglichem Dank, machten Sinead und ihre Hunde sich auf den Heimweg zu der Hütte, die sie sich mit Aisling teilte.

9. KAPITEL

Eine Woche später bemerkte Yana ungewöhnliche Aktivitäten in der Versammlungshalle von Kilcoole. Als sie sich dort hinbegab, um nachzusehen, schickte die lachende Clodagh, die damit beschäftigt war, alle verfügbaren

Leute einzuteilen, sie gleich an die Arbeit. Bis zum Mittag war alles sauber ausgefegt, war der Boden geputzt, hatte man die auf Schrägen gestellten Tische aufgebaut und die Stühle an den Wänden aufgestellt. Das Podest für die Sänger und Musiker war errichtet, und die beiden Feuerstellen und der große Kanonenofen verströmten ihre Hitze. Die Wett-Tafel hing an ihren vertrauten Haken, nachdem man die Daten und Doppelstundenmarkierungen neu eingetragen hatte, damit die Leute ihre Wetteinsättze tätigen konnten, wobei es darum ging, den Tag und die ungefähre Stunde vorauszusagen, da das Wintereis im Frühling brechen würde.

Der riesige Latchkay-Eintopfkessel stand auf seinem Brenner, und jedesmal, wenn der Dampf den Deckel kurz anhob, verbreitete er einen köstlichen Duft. Die große Kaffeekanne war bereit, die Becher waren aufgereiht, und irgend jemand hatte einen ganzen Eimer voll Süßstoff spendiert. Bald würden die Kuchen und Pasteten und anderen Backwaren eintreffen.

Nachdem der Saal bereit war, kehrte Yana eilig in ihre Hütte zurück, um ihren anderen Haushaltspflichten nachzukommen und die warme Mahlzeit zuzubereiten. Bunny hatte ein Bohnengericht vorgeschlagen, wahrscheinlich weil es narrensicher war, wie Yana argwöhnte. Doch Yana, die das Gefühl hatte, mit ihren Kochlektionen ganz ordentliche Fortschritte zu machen, würzte sie nicht nur mit dem von Bunny vorgeschlagenen Pfeffer, sondern war so kühn, auch Knoblauch hineinzugeben. Schließlich warf sie noch eine Handvoll getrocknete Tomaten und spanischen Pfeffer hinein, was den unscheinbaren Bohnen ein etwas farbenfrohes Aussehen verlieh.

Yana hatte die Bohnen gerade vom Herd gestellt, als Aisling und Sinead zu ihrer Überraschung mit den fertigen Blusen bei ihr aufkreuzten. Die Bluse paßte Yana wie angegossen. Der V-Ausschnitt war geschmackvoll mit Zierperlen geschmückt, die raffiniert wie eine Applikation auf den Stoff gestickt waren. Die bauschigen Ärmel endeten in ziemlich engen, ebenfalls mit Zierperlen versehenen Manschetten, und der Rest der Bluse schmiegte sich dicht an Yanas hageren Körper. Die Bluse besaß auch Taschen, ebenfalls mit Zierperlen versehen, in die Yana ihre Hände stopfen konnte, wenn sie nicht wußte, was sie sonst mit ihnen anfangen sollte. Auch der offenstehende Kragen war geschickt mit Perlen verziert, die aus einigen der Drahtstücke angefertigt worden waren, die Yana im Laden entdeckt hatte. Als Gegengabe für die Bluse nahm Aisling erfreut Yanas Beutel mit Gewürzen im Empfang.

Nachdem die beiden Frauen wieder gegangen waren, war es Zeit, ein Bad zu nehmen, und sich für das große Ereignis anzukleiden. Normalerweise beschränkte Yana sich auf eine Katzenwäsche mit heißem Wasser aus dem Kessel, doch hatte sie nicht vor, ihre neue Bluse anzuziehen, ohne sich vorher ordentlich gebadet zu haben. Die heißen Quellen waren zwar einige Kilometer entfernt, aber diese Strecke war durchaus zu schaffen. Yana hatte sich inzwischen schon öfter dorthin begeben, um ein Bad zu nehmen, seit Sean sie ihr gezeigt hatte. Meistens waren auch andere Leute dort gewesen, so daß es sie nicht überrascht hatte, nicht der ›besonderen‹ Robbe zu begegnen, die sie mit Respekt behandeln mußte. War sie beim ersten Mal eigentlich angemessen respektvoll gewesen? fragte Yana sich. An diesem Latchkay-Morgen war das ganze Dorf draußen am Teich. Dabei wurde soviel geplanscht und Unfug getrieben, daß sich das Ganze in eine einzige Wasserschlacht verwandelte. Das war dann der Zeitpunkt, da Yana ging, nachdem sie sich sorgfältig für den Rückmarsch zu ihrer Hütte eingemummt hatte.

»Sláinte, Yana«, begrüßte Bunny sie fröhlich, als Yana schließlich an ihrer Veranda ankam. »Möchte Ihnen Diego vorstellen«, fuhr sie fort und deutete auf die vermummte Gestalt auf ihrem Schlitten. »Hier, gib das der Majorin.« Bunny schob ihm einen Wasserthermosbehälter in die Hände. »Majorin Yana Maddock, das ist Diego Metaxos.« Mit einem Wink bedeutete sie Diego, sich gefälligst in Bewegung zu setzen.

Yana empfand Mitleid mit dem Jungen, denn sie wußte, wie steif man sich nach einer von Bunnys Schlittenfahrten fühlen konnte. Der Junge streckte sich etwas unbeholfen und balancierte dabei den Thermosbehälter.

»Wie geht es Ihrem Vater?« fragte Yana und trat an die Verandafront, um dem Jungen den Behälter abzunehmen.

»Sie ...« Mit einem Handschuh wies er über seine Schulter auf Bunny. »... hat gesagt, daß Sie die dazu gebracht haben, Steve zu holen.«

»Ich habe niemanden zu irgend etwas gebracht, Diego«, erwiderte Yana mit einem verlegenen Lachen, »allerdings habe ich vorgeschlagen, daß es Ihren Vater beruhigen und seinen Zustand bessern könnte. Und Ihren Zustand auch.«

»Ja, danke.« Er wollte sich wieder abwenden, bemerkte Bunnys gerunzelte Stirn, drehte sich erneut um, und ein schwaches Lächeln zerrte an seinen kalten, gesprungenen Lippen. »Das meine ich ernst, Majorin Maddock.«

Jetzt begriff Yana, wieso Bunny sich für diesen Jungen interessierte. Nicht nur daß er ungefähr gleichaltrig war, er war auch groß und gut gebaut, mit welligem, schwarzem Haar und intensiven dunklen Augen mit langen Wimpern, um die ihn jedes Mädchen beneiden würde. Und sein leises Lächeln hatte durchaus seinen Charme. Jedenfalls war es um Klassen besser als sein verlorener, gehetzter Gesichtausdruck. Was hatte er nur in den Höhlen gesehen, daß es eine *solche* Wirkung auf ihn ausübte? Natürlich mußte Petaybee jeden beeindrucken, der sich plötzlich auf seiner Planetenoberfläche wiederfand.

Die beiden wollten gerade kehrtmachen, um zu gehen, als Yana plötzlich die Bluse einfiel. »Warten Sie! Ich habe etwas für das Latchkay«, sagte sie und huschte zurück in die Hütte. Einen Augenblick später überreichte sie dem Mädchen die Bluse.

Tränen wallten in Bunnys Augen. »Ach, Yana! Für mich? Ach, ist die schön!« Sie hielt sie vor ihren Parka und drehte sich zu Diego um. Der Junge heuchelte zwar Desinteresse, doch meinte Yana, ein Aufflackern von Bewunderung hinter der ungerührten Miene des Jungen auszumachen.

Bunny umarmte sie. »Danke schön! Ich gehe mich sofort umziehen.«

Yana sah zu, wie Bunny auf ihren Schlitten sprang, während Diego an ihrer Seite ging, und die Straße hinunterglitt, wobei die fedrigen Ruten der Hunde in Vorfreude auf die Heimkehr und ihr Fressen wedelten.

Mit zufriedenem Lächeln begab sich Yana wieder in ihr gemütliches warmes Haus, um sich die Haare zu trocknen und sich auf das Latchkay vorzubereiten.

Zu Yanas Überraschung klopfte es kurz bevor sie gehen wollte an die Tür. Die letzte halbe Stunde hatte sie immer wieder Leute an ihrer Tür vorbeikommen hören, obwohl es erst mitten am Nachmittag war. Sie verbrachte die Zeit damit, sich hübsch zu machen, und genoß es, wie die Bluse ihren Augen Glanz verlieh und ihr Haar betonte, ja selbst ihrer Haut ungewohnte Farbe und Leuchtkraft gab. Das Klopfen ließ sie auffahren. Wahrscheinlich war es Bunny.

Doch da schwang die Tür schon langsam auf, und eine kräftig eingeschneite Gestalt stand vor ihr. Sie erkannte die feinverzierten Handschuhe wieder, als Sean Shongili die Hände hob, um die Kapuze seines Parkas zurückzustreifen.

Yanas Herz vollführte einen unerwarteten Satz. Und raste noch schneller los, als Sean sie angrinste.

»Falls Sie geglaubt haben sollten, daß Sie sich heute abend um das Vorsingen drücken können, haben Sie sich getäuscht«, sagte er und schloß die Tür hinter sich. »Aber wie ich sehe, haben Sie sich der festlichen Angelegenheit entsprechend gekleidet. Steht Ihnen gut, die Farbe«, fügte er hinzu und nickte anerkennend. Er legte einen Finger auf das Perlenstickwerk ihres Kragens und fuhr damit das Muster entlang. Seine Silberaugen glitzerten. »Eine Gemeinschaftsanstrengung, wenn ich nicht irre, aus den feinen Handschriften Aislings und meiner Schwester.«

Yana schluckte. Sie war es nicht gewöhnt, Komplimente wegen ihres Aussehens zu bekommen. »Sie waren so freundlich, es gerade noch rechtzeitig zum Latchkay fertigzubekommen.«

»Nichts liebt Sinead mehr, als einen Wettlauf mit der Zeit«, meinte er mit einem weiteren geheimnisvollen Lächeln. Die Intensität seines Blicks erinnerte sie an Sineads Augen am Lagerfeuer während ihres Fallengangs.

»Sie ... hätten erst einmal Bunnys Gesicht sehen sollen, als ich ihr die Bluse gab, die sie für sie gemacht haben«, sagte Yana und merkte dabei, daß sie nur verlegen vor sich hin plapperte. Sie griff nach ihrem Parka, den Sean ihr aus den plötzlich taub gewordenen Fingern nahm, um ihn für sie aufzuhalten. Sie kam sich etwas albern vor, als sie sich umdrehte und die Arme nach den Ärmeln ausstreckte. Mit einer geschickten Bewegung schob er ihr den klobigen Parka über die Schultern und strich ihn mit einem Fingerschnippen glatt. Dann strichen seine Finger über ihren Hals, und sie mußte einen Schauer unterdrücken. Die Erinnerung an ihr Intermezzo in der Heißwasserquelle durchflutete sie, und sie hoffte inständig, daß sie nicht errötete. Also zog sie die Kapuze auf, drückte die Parkaverschlüsse zu, während sie ihm die ganze Zeit den Rücken zukehrte, bevor sie schließlich die Handschuhe anstreifte und den Topf mit den Bohnen aufnahm. Dann drehte sie sich resolut um und lächelte ihn an, als hätte sie gerade keine Spur von geistiger Akrobatik vollführt, nur weil er ihr in den Mantel geholfen hatte.

»Zeit für mein Debüt!«

»Wie ich höre, ist der Zweitvater des Jungen unterwegs. Gute Idee«, meinte er, als sie auf die gutgefüllte Straße hinaustraten. Überall waren Leute, und in allen Häusern brannten Lichter, die den Weg zur Halle erhellten. Yana hatte überhaupt nicht gewußt, wie viele Menschen doch in dem Dorf und seiner Umgebung lebten.

»Sind etwa sämtliche Bewohner Petaybees gekommen?« fragte sie.

»Jedenfalls alles, was auf Petaybee zählt«, erwiderte er und lächelte sie dabei an.

Darüber dachte sie kurz nach. »Weshalb sollte ich auf Petaybee zählen?« fragte sie schließlich.

»Weshalb nicht?«

Sie wollte ihn auffordern, diese Bemerkung zu erklären und sich nicht so geheimnisvoll zu geben, doch bevor sie etwas sagen konnte, rief ihm jemand aus einem vorbeifahrenden Schlitten etwas zu. Er schloß ihre Arme in seine, schirmte sie vor dem aufstiebenden Schnee ab, während er fröhlich Antwort gab. Dann mußten sie sich ihren Weg um Schlitten und Hunde bahnen, mußten achtgeben, um nicht auf Tiere zu treten, die halb vergraben im frischen Schnee lagen.

Sie vernahmen den heiteren Lärm zahlreicher fröhlicher Stimmen, das Kratzen von Fiedeln, das Schnaufen eines Akkordeons, das Hupen einer Blechflöte, den dumpfen Schlag einer Bodhran, als sie den Vordereingang erreichten. Licht fiel gleißend auf das den festgetrampelten Schnee bedeckende Sägemehl, als die Tür aufging und einen Stoß warmer Luft freigab, die nach Leder, sauberem Leinen und Kräuterparfüm roch.

Kaum hatte man Sean ausgemacht, als er auch schon von einem Empfangskomitee in Beschlag gelegt wurde, das ihn von Yana trennte. Beeindruckt von seiner Beliebtheit, zuckte sie mit den Schultern, dann streifte sie die Oberkleider ab und suchte einen freien Haken an der Leine, die sich über die Wand zur Linken spannte.

Schließlich gab sie es auf und warf ihren Parka auf den immer größer werdenden Haufen in der Ecke, schlüpfte aus ihren Stiefeln und band die Schnürsenkel zusammen, bevor sie sie neben dem Stoß abstellte.

Ein Arm schlang sich um ihre Hüfte und preßte sie fest an sich. Sie wollte sich schon wehren, als sie merkte, daß es Sean war. Er führte sie hinaus auf die Tanzfläche, wo sie sich schließlich nolens volens in einer Polka wiederfand.

Die umstehenden Leute schienen es darauf abgesehen zu haben, Sean noch weiter anzuspornen. In Panik klammete sie sich an seiner Schulter und seiner führenden Hand fest, während sich der Raum schwindelerregend um sie drehte. Noch vor drei, vier Wochen wäre sie schon nach der ersten Umrundung des Raums in einen unkontrollierbaren Hustenanfall ausgebrochen, doch jetzt verspürte sie nicht einmal mehr das Bedürfnis, nach Clodaghs Hustenmedizin zu greifen. Natürlich war sie außer Atem, doch das lag an der schieren Wucht des Tanzes, als sie in Seans Armen fortgerissen wurde. Es wäre wirklich besser, hier *keinen* Hustenanfall zu bekommen. Denn wenn sie jetzt ausrutschen sollte, liefe sie Gefahr, zu Tode getrampelt zu werden! Dafür war aber alles auch sehr aufregend. Noch nie hatte sie so ungehemmt getanzt – nicht einmal wenn Bry besonders gesellig aufgelegt gewesen war. Es war unglaublich beschwingend: ein Tanz mit einem Wirbelwind. Sie wußte nicht, wie Sean sein Gleichgewicht hielt oder wie er es schaffte, immer noch so leichtfüßig zu tanzen, und doch konnte sie selbst jetzt beinahe mit ihm Schritt halten. Sie wußte nicht, ob es an der Romantik dieses Augenblicks oder der heilsamen Wirkung von Clodaghs Hustenmedizin lag, aber sie genoß es in vollen Zügen.

Der Tanz endete erst, als die Musiker eine Verschnaufpause einlegten und ihre Kehlen spülen mußten. Matt und atemlos mußte Yana sich an Sean festhalten, um nicht zu stürzen. Sie wußte, daß sie sich hätte losreißen müssen, doch das wollte sie nicht – nie wieder.

Inzwischen perlte ihr der Schweiß vom Gesicht, und sie fürchtete, ihren Partner damit abzustoßen, wenn sie sich nicht sofort darum kümmerte. Nur daß er sich zu ihr beugte und ihr ins Ohr lachte.

»Ihr Außenweltler könnt einem mit eurem Tanz wirklich den Atem rauben!« meinte er.

»Ausgerechnet ich?« rief sie in erheiterter Empörung und wich ein Stück zurück, um sicherzugehen, daß er sie wirklich nur aufzog.

Seine silbernen Augen funkelten schelmisch, und er zog sie wieder an sich, führte sie von der Tanzfläche zu der riesigen Punschbowle, deren Inhalt zweifellos zum größten Teil aus Clodaghs ›Verwaschungsbrand‹ bestand. Doch die Zutaten des Punsches waren Yana gleichgültig: Jetzt war ihr jede Flüssigkeit recht, um ihre ausgetrocknete Kehle zu befeuchten. Mit spitzen Fingern holte sie ihr einziges Stofftaschentuch hervor und tupfte sich den Schweiß aus dem Gesicht. Sean nickte den verschiedenen Leuten zu oder grinste sie an, als er Yana losließ, um zwei gefüllte Becher zu holen.

»Das ist wirklich perfekt«, sagte sie, nachdem sie sich den Mund mit dem Getränk ausgespült hatte.

Seans um ihre Hüfte gelegter Arm zog sie enger an sich. »Gut gegen Lampenfieber«, murmelte er ihr ins Ohr.

»Mußten Sie mich ausgerechnet jetzt daran erinnern?« fragte sie mit gespieltem Vorwurf. Sie hatte die ihr noch bevorstehende Tortur schon völlig verdrängt.

»Halt dich an mich, Baby«, erwiderte er gespielt schnoddrig, »dann brauchst du dir keine Sorgen zu machen!«

»Haben Sie vor, mich vorher ausreichend betrunken zu machen?«

»Von Clodaghs Punsch wird niemand betrunken«, erwiderte er in geheuchelter Empörung, um schließlich hinzuzufügen: »Aber dir wird alles so verwaschen vorkommen, daß es keine Rolle mehr spielt.«

»Darauf trinke ich einen«, sagte sie und leerte den Becher. Er nahm ihn ihr aus der Hand und gab ihn an die Bedienung weiter, um ihn auffüllen zu lassen.

»He, wenn ich zuviel von dem Zeug trinke, vergesse ich noch den Text«, protestierte Yana.

Sean schüttelte nur den Kopf, als er ihr den Becher zurückreichte. »Manche Worte vergißt man nicht, Yanaba.« Er legte die Finger über ihrem Herzen auf die Bluse. »Manche Worte entspringen hier, und wenn sie erst einmal ausgesprochen wurden, kann man sie nicht mehr vergessen.«

Sie warf ihm einen langen, nachdenklichen Blick zu.

»Hast du schon deine Wette getätigt?« fragte er und zeigte dabei auf die Anzeigetafel. Irgend jemand hatte gerade ein Kreidezeichen angebracht. »Tolubi liegt um zwei Tage und sechs Stunden daneben.«

»Woher weißt du das?« Yana musterte ihn argwöhnisch.

Er quittierte es mit einem achtlosen Schulterzucken. »Ich darf nicht mitwetten, weil ich so häufig recht behalten habe.«

»Darf ich es denn?«

Sean sah sie geradeheraus an. »Du könntest schon. Aber würdest du es auch tun, obwohl du weißt, daß ich immer recht habe?«

Yana erwiderte seinen Blick. »Wenn du immer recht behältst, würde ich damit einen unfairen Vorteil nutzen.«

»Wetten könntest du trotzdem.« Sein Ton war ausdruckslos, seine Augen wirkten träge.

»Ein sicherer Tip ist doch keine Wette«, warf sie ein. »Und außerdem bin ich sowieso keine Spielernatur.« Sie gewährte ihm ein belustigtes Lächeln. »Ich verliere nämlich immer und möchte nicht deinem Ruf schaden.«

Da mußte Sean lachen, seine Augen funkelten, und Yana merkte, daß ihm ihre Antwort gefallen hatte.

»Was hätte ich überhaupt gewonnen?« wollte sie wissen.

»Ich weiß auch nicht, was es in diesem Jahr sein wird«, antwortete er. »Meistens ist es ein Einkaufsgutschein für den Laden oder auch Welpen, wenn die Würfe im Frühjahr vielversprechend sind.«

Die Musik setzte wieder ein, diesmal war es ein Twostep, und bevor sie protestieren konnte, hatte Sean sie auch schon wieder mitten auf die Tanzfläche geführt und tanzte mit ihr, einen kräftigen Arm um ihre Hüfte gelegt.

Diesmal fand sie beim Tanzen Zeit, die Menge zu mustern, die in der großen Halle umherstand, und sie fragte sich einmal mehr, ob sich hier wohl die gesamte ›einheimische‹ Bevölkerung Petaybees versammelt hatte. Kinder rasten am Rande der Tanzfläche entlang, stolperten über Füße, schrien, wenn sie sich weh taten, und wurden von jedem getröstet, der sie aufhob und ihnen den Staub aus den Kleidern klopfte; Säuglinge wurden von einem zum anderen gereicht, als die Tanzpartner wechselten. Kleine Mädchen tanzten mit ihren Großvätern, und die Jungen im Teenageralter forderten ihre Tanten und Großmütter auf oder führten kleineren Cousins die Schrittfolge vor; einige wenige ältere Kinder warteten verlegen darauf, von Gleichaltrigen zum Tanz aufgefordert zu werden, doch häufig tanzten auch kleine Mädchen und erwachsene Frauen miteinander.

Yana entdeckte Bunny, die bemerkenswert hübsch aussah und mit Diego in der Nähe des Buffets ins Gespräch vertieft zu sein schien. Diego hatte bereits begonnen, eine Fleischpastete zu verzehren, und Bunny knabberte an irgendeiner Keule.

Sean war ein hervorragender Tänzer, wahrscheinlich der beste, mit dem Yana je zusammen gewesen war. In den Tanzpausen sorgte Sean für einen vollen Becher und führte sie in der Halle umher, während er Männer und Frauen begrüßte und mit ihnen kryptische Bemerkungen austauschte.

»Was sind das für Leute?« flüsterte sie ihm ins Ohr, als er sie auf ein weiteres Pärchen zulenkte.

»Die Eltern der Bremport-Opfer«, erklärte er.

»Zum Teufel! Das ist unfair, Sean.« Sie versuchte sich loszureißen, doch sein Grinsen blieb ungerührt.

»Weshalb? Sie wissen, daß du singen wirst. Sie wollten dich kennenlernen. Du bist die letzte Verbindung zu ihren Toten.«

»Ach, verdammt! Das ist nicht fair. Nicht mir gegenüber, Sean.«

»Ist es doch, denn jetzt weißt du, nach welchen Gesichtern du Ausschau halten mußt, wenn du singst.«

»Hängst du deshalb wie eine Klette an mir?« fragte sie verbittert. »Damit ich dieser Tortur auch ja nicht entgehen kann?«

»Es wird keine Tortur für dich werden, Yanaba, sondern eine Befreiung«, widersprach er leise und mit soviel Sanftheit, daß ihr die Knie weich wurden. Verdammte Clodagh! Alles wurde wieder so verwaschen.

Da fiel ihr auf, daß Bunny und Diego sich keinen Augenblick voneinander getrennt hatten.

»Ja, Diego wird auch singen. Du bist nicht die einzige«, meinte Sean, als er bemerkte, worauf sich ihr Interesse richtete. Dann lachte er. »Ob die Trauerklöße vielleicht gern etwas Gesellschaft hätten?« Er schob Yana in die Richtung der beiden.

Der Blick, mit dem Bunny Diego ansah, ließ Yana zögern. »Nein, Sean, wir wollen sie nicht stören.«

»Nein.« Sean musterte das junge Paar nachdenklich. »Nein, das wollen wir wohl nicht. Bunny versorgt ihn wie einen Soldaten.«

»Versorgt ihn?« Yana wurde wütend.

Sean zuckte mit den Schultern. »Leistet ihm Gesellschaft, wenn dir das lieber ist. Du kennst schließlich mehr Leute hier als er.«

In diesem Augenblick kamen Sinead und Aisling auf sie zugetanzt, wobei Sinead wie immer die Führung hatte. Beide trugen sie herrliche Lederblusen, Aislings war weiß, Sineads rostbraun, mit üppigen Verzierungen, die so geschmackvoll waren, daß nicht einmal ein Geschmeide es ihnen hätte gleichtun können.

»Amüsiert ihr euch?« fragte Sinead mit ausdrucksloser Miene, doch die leise Schärfe in ihrer Stimme schien zugleich eine verborgene Nachricht zu transportieren, die ganz offensichtlich an Sean gerichtet war.

»Das tue ich, jetzt, da du es erwähnst«, erwiderte Sean ebenso scharf und heftete seinen Blick auf Sinead. »Und du, Yana?«

»Ja, ich auch«, antwortete sie. Sinead nickte und ging weiter.

»Was ist mit deiner Schwester los?« fragte Yana Sean, als er sie in einer Pirouette in den anderen Teil der Halle wirbelte.

»Laß dich von ihr keinen einzigen Augenblick irritieren«, antwortete er.

Sie beobachtete ein merkwürdiges Zucken in seinem Mundwinkel. Wie von leiser Gereiztheit, dachte sie. Nun, Schwestern reizten ihre Brüder schon seit Entstehung der Welten.

Als sie sich gerade zu fragen begann, ob die Musiker vielleicht insgeheim mit anderen getauscht hatten, die nur genauso aussahen, um einen derartig erstaunlichen Schwall von schnellen Tanzstücken hintereinander zu bieten, legten siee ihre Instrumente nieder und stiegen von der kleinen Bühne.

Sean hatte es irgendwie so eingerichtet, daß er mit dem Verklingen des letzten Tons zusammen mit Yana gerade vor der offenbar unerschöpflichen Bowle eintraf. Er drückte ihr einen weiteren Becher in die Hand.

»Ich werde zu beschwipst sein, um zu singen«, sagte sie und versuchte ihn abzustellen.

»Trink. Du bist dran.«

Dann führte er sie mit einer etwas unfeierlichen Eile über den Tanzboden zu dem Podest.

»Nein, Sean«, protestierte sie, als sie merkte, daß sie plötzlich im Zentrum der Aufmerksamkeit stand. In der plötzlichen, abrupten Art, die diese Menschen auszeichnete, war alles im Saal plötzlich verstummt, während Sean Yana unbeugsam auf die Bühne führte. Selbst die Kinder schwiegen, und wie durch einen seltsamen Zufall waren sämtliche Säuglinge eingeschlafen.

»Doch, doch, Yana.«

»Warum ich?« protestierte sie, aber ihre Füße schienen Sean willig zu folgen.

»Du bist die Heldin.«

Sie versuchte, den Arm aus seinem Griff zu reißen, doch seine Finger schlossen sich nur noch fester um ihn, und da stolperte sie schon auf die Kiste, die als Treppe zur Bühne diente. Da stand sie da und wäre am liebsten im Boden versunken, als sich so viele Augen auf sie richteten. Wie sollte ihnen etwas, was sie sagte oder sang, über ihren Verlust hinweghelfen?

Sean hob beide Arme, worauf auch die letzten leisen Geräusche verstummten.

»Das ist Majorin Yanaba Maddock«, verkündete er und drehte sich dabei langsam im Halbkreis, um sich an alle geduldig Wartenden zu richten. »Ihr kennt sie alle. Sie wird jetzt singen.« Dann bedeutete er Yana mit einer merkwürdig förmlichen Verneigung, auf dem einsamen Stuhl Platz zu nehmen, der nun auf der Bühnenmitte stand.

Matt ließ Yana sich nieder. Singen? Erwartete man jetzt tatsächlich von ihr, zu singen?

Nun ertönte ein sanfter Rhythmus, und sie erblickte Sean, die Bodhran in einer Hand, wie er mit sanften Fingern dem Fell Töne entlockte. Sie blinzelte und begann plötzlich mit dem Lied, das ihr gekommen war. Seit jenem, Wochen zurückliegenden Tag, da Sean ihr die Worte entlockt hatte, hatte sie es nicht mehr geprobt. Doch nun waren sie wieder da, lagen ihr auf der Zunge, in der richtigen Reihenfolge, im präzisen Rhythmus des Trommelklangs, und ihre Stimme sprach sie aus. Sie bekam nichts anderes mehr mit, weil ihr Geist zurückgekehrt war: nach Bremport, zu jenen surrealistisch makabren und hilflosen und grauenhaften Minuten, und sie wunderte sich, daß sie für den Schmerz in ihrer Brust und die Tränen in ihren Augen Worte fand. Sie wünschte sich, sie wäre noch benebelter, als sie es ohnehin schon sein mußte, wenn sie sich derart gehen ließ. Wenn sie geradezu routiniert Pflichten wahrnahm, die nicht vom Drill jahrhundertelanger Übung beseelt waren.

Sie vernahm ihre eigene Stimme in der Ferne, und nie hätte sie geglaubt, daß sie sich so anhören könnte: ein heiserer, üppiger Alt, der sich mal senkte, mal anschwoll. Sie merkte auch nicht so recht, was sie da eigentlich sang, bis sie zu den letzten Versen gelangte:

...auch ich wurde hierher entsandt, um zu sterben,
hier, wo der Schnee lebt,
wo das Wasser lebt, wo Tiere und Bäume leben,
und ihr.

Als der letzte Vokal ins Nichts verwehte, neigte sie den Kopf; die Tränen strömten ihre Wangen herab und fielen ihr auf die Hände. Sie konnte sich nicht mehr bewegen und wußte auch nicht, was sie als nächstes tun sollte. Vielleicht würde Sean sie daraus befreien.

Da glitt ein Paar von harter Arbeit rauher Hände über ihre, drückte sie sanft und zog sich wieder zurück, nur um durch ein weiteres Händepaar ersetzt zu werden. Beim dritten Paar hob sie den Blick, denn die Berührung war wie ein Segen, der ihre Trauer heilte und die Tränen dämmte. Sie schaffte es sogar zu lächeln, als ein weiteres Elternpaar ihr die Hände auflegte, um ihr stumm seine Anerkennung zu zollen. Als sie die Tränen in ihren Augen sah, war es, als rissen enge Bänder um ihre Brust.

Nachdem die kleine Zeremonie beendet war, holte Sean sie ab und führte sie wortlos zu Clodaghs Bowle, wo die Frau selbst ihr einen Becher einschenkte und majestätisch nickte.

Nun legte Sean ihr die Arme um die Schultern und führte sie an einen Sitzplatz, der wie durch Zauber plötzlich auf einer Bank vor der Wand erschien. Seine Schultern berührten ihre, seine Hüfte und sein Oberschenkel streiften sie. Yana fühlte sich erschöpft, aber nicht mehr traurig, sondern von einer unendlichen Erleichterung erfüllt. Sie nippte an dem Punsch, den Kopf gesenkt, während sie das genoß, was, genau wie Sean angekündigt hatte, eine Heilung war.

Das leise Murmeln sanfter, erwartungsvoller Stimmen, ließ sie aufblicken, und da sah sie, wie Bunny gerade Diego auf die Bühne führte.

»Dies ist Diego Metaxos«, sagte Bunny, die Arme über den Kopf gehoben, während sie sich langsam dem Publikum zudrehte, so wie Sean es getan hatte. »Er muß singen.«

Yana hoffte nur, daß sie selbst ebenso gefaßt gewirkt haben mochte, wie Diego es tat. Er nahm mit größerer Anmut Platz als sie, legte die gespreizten Finger auf die Knie.

Ich bin neu gekommen, im Sturm, hierher.
Ein Sturm des Herzens und der Seele.
Ich suchte und fand den Sturm mit Lavelle.
Sie rettete mich, als der Schlitten stürzte.
Mit der Hitze ihres Körpers errettete sie mich.
Mit dem Witz ihres Geistes rettete sie auch
meinen Vater.
Rettete mich, die Höhle zu sehen, von der alle
sagen, ich hätte sie nicht geschaut.

Sein Tonfall war reich an Ironie und seine Tenorstimme jung und überraschend kräftig, obwohl Yana den Verdacht hegte, daß auch er noch nie vor Publikum gesungen hatte.

Doch ich schaute die Höhlen und das Wasser und
das Schnitzwerk von Wind und Wasser.
Ich schaute den glitzernden Schnee wie Geschmeide
auf Tuch.
Ich schaute die winkenden Zweige,
das sprechende Wasser,
die Antwort des Eisens, das Lachen des Schnees.
Ich schaute die Tiere des Wassers, der Erde,
und auch diese sprachen zu mir.
Sie waren gütig zu mir und gaben mir Antwort auf
all meine Fragen,
doch ich weiß nicht mehr, welche Fragen ich stellte.
Ich weiß nicht mehr, welche Antwort ich hörte.
Ich weiß nur die Höhle, die Äste, das sprechende
Wasser,
das lebende Eis und den lachenden Schnee.
Ich weiß, daß ihr es auch wißt. So vernehmt denn
mein Lied und glaubt mir. Denn ich schaute,
was ihr geschaut habt.
Und bin verwandelt. Hört meinen Gesang.
Glaubt mir.

Als der letzte, leidenschaftliche Ton verklang, warf er den Kopf zurück und streckte die Arme vor, um ihre Antwort zu erflehen.

Es begann als ganz leises, zustimmendes Murmeln, das immer stärker wurde, je mehr Menschen in den Chor einstimmten, je mehr mit den Füßen auf den Boden zu trommeln begannen, wurde zu einem hämmernden Crescendo, daß Yana sich fast die Ohren zugehalten hätte.

»Wir glauben dir! Wir glauben dir! Wir glauben!«

Yana war aufgesprungen und hatte mit allen in den Chor eingestimmt. Alle liefen im selben Augenblick auf den Jungen zu. Bunny stand auf dem Podest, umarmte ihn, und plötzlich weinte er mit derselben Erleichterung, wie sie Yana auch empfunden hatte.

Der Gesang nach Art der Inuit hatte durchaus seine Vorzüge.

Yana war noch immer von der Stimmung gefangen, die Diegos Lied ausgelöst hatte, als sie plötzlich eine Stimme vernahm. »Das war wirklich sehr bewegend.«

Die Stimme gehörte Torkel Fiske, der Yana mit einer leichten Berührung ihrer Schulter daran hinderte, sich umzudrehen. Sean stand nicht mehr neben ihr. »Sehr anrührend. Ich bin ja so froh, daß ich Giancarlo überredet habe, den Jungen heute hierher kommen zu lassen. Offensichtlich brauchte er ein Ventil für seine Gefühle. Ich finde es nur seltsam, daß alle Dorfbewohner ihm zustimmen und glauben, wenn er solch poetischen Unsinn erzählt.«

»Vielleicht«, erwiderte Yana in einem sarkastischen Ton, »liegt das ja daran, daß die Dorfbewohner bessere Beobachter sind als die Firma.«

»Aber die Dorfbewohner gehören doch auch zur Firma. Mag ja sein, daß man dieser Abteilung in der Vergangenheit zuwenig Aufmerksamkeit gewidmet hat.«

»Oh, das klingt aber unheilschwanger«, sagte sie so locker, wie sie nur konnte.

»Vielleicht ein bißchen prophetisch«, räumte er ein und hauchte ihr ins Haar. »Hoffentlich hat niemand etwas dagegen, daß ich gekommen bin. Ich mußte mir diese Party, die Sie und Diego so sehr in Aufregung versetzte, einfach mal selbst anschauen. Kann ich Sie zu einem Tänzchen überreden, oder sind Sie dazu nicht in der Lage?«

»Ich glaube, ich komme auch ohne zurecht«, meinte sie und sah sich nach Sean um. »Und außerdem spielt gerade keine Tanzmusik«, warf sie ein und kam sich lächerlich vor, wie sie hier in ihrer selbstgeschneiderten Bluse, der Uniformhose und in Strümpfen dastand wie irgendein Wesen aus einem Schauerroman. »Hören Sie, Torkel«, sagte sie und schüttelte seine Hände ab, um sich in seinen Armen umzudrehen. »Ich bin auch wirklich froh, Sie zu sehen, und Ihr Interesse schmeichelt mir. Unter gewöhnlichen Umständen wäre ich auch sehr versucht, aber, nun ...«

»Oho«, machte er, und seine Augen lächelten sie an, während sein Mund sich in gespielter Enttäuschung verzog. »Ich bin also nicht der einzige, der sie schätzt, wie? Ich hatte eigentlich gehofft, die Einheimischen wären zu rückständig, um es zu bemerken. Der Laden hier steigt von Minute zu Minute in meiner Achtung.«

Glücklicherweise war sein Ego gefestigt genug, daß sie sich keine Sorgen darum zu machen brauchte, seine Freundschaft zu verlieren, wenn sie nicht auf sein Spiel einging. Sie küßte ihn auf die Wange. »Bastard.«

Er dehnte den Kontakt aus, indem er sie umarmte. »Na ja, soviel zu dem einen Grund für mein Kommen, über den ich mich wenigstens gefreut habe.«

In diesem Augenblick kam Aisling auf sie zu und breitete ebenfalls die Arme aus, was Yana eine elegante Möglichkeit bot, sich von Torkel zu lösen. »Yana, ich mußte dir einfach sagen, wie wunderschön dein Lied war, wieviel es mir und allen anderen bedeutet hat.«

»Danke, Aisling. Und noch einmal vielen Dank für diese herrliche Bluse.«

Aisling errötete vor Freude. »Das ist schon in Ordnung. Sie steht dir gut.« Sie musterte Torkel neugierig und mit einem leisen Hauch von ... Nein, Yana glaubte, daß es zwar keine richtige Feindseligkeit, aber doch Argwohn war.

»Das ist ein alter Kamerad von mir, Hauptmann Torkel Fiske. Er hat dafür gesorgt, daß ich den Stoff bekam und daß Diego heute kommen konnte.«

»Oh, das war aber wirklich nett von Ihnen, Hauptmann«, sagte Aisling und streckte ihm eine Hand entgegen. Torkel blieb sich selbst treu und hob sie an seine Lippen.

»He, Yana!« Sinead erschien hinter ihrer Partnerin und streckte Torkel ebenfalls die Hand entgegen. »Sag diesem

Burschen von mir, daß Aisling und ich alles miteinander teilen«, meinte sie.

Wiederum war der Ton zwar freundlich, doch schwang auch bei ihr Mißtrauen mit – allerdings nicht etwa, weil Torkel Aislings Hand küßte.

»Torkel, Sinead Shongili.«

Die beiden musterten einander wie Fechter, die sich gegenseitig abschätzten; dann gab er auch Sinead einen Handkuß, worauf sie ihn damit überraschte, daß sie ihrerseits erst seine Hand küßte und sich danach mit der Zunge über die Lippen fuhr.

»Hm, haarige Knöchel. Mein Vater hatte haarige Knöchel.«

»Die gefällt mir«, meinte Torkel an Yana gewandt und zeigte dabei auf Sinead.

»Mir auch«, warf Aisling ein und legte Sinead den Arm um die Schultern.

»Hören Sie«, fuhr Torkel in vertraulichem Ton fort, wobei er sich nicht nur an Yana, sondern auch an Aisling und Sinead richtete, »vielleicht könnten die Damen mir bei etwas behilflich sein, was ich erledigen muß und was mir sehr schwerfallen wird. Vielleicht wissen Sie sogar, ob ich es jetzt tun sollte oder ob ich besser abwarte, bis diese Party vorbei ist.«

»Na klar, Torkel«, antwortete Aisling.

»Worum geht es, Mann?« fragte Sinead.

»Ich muß herausbekommen, wer der nächste Verwandte einer Frau namens Lavelle Maloney ist.«

»Lavelle!« wiederholte Sinead. »Ist ihr etwas zugestoßen? Wo ist sie?«

Torkel verzog das Gesicht. »Ich denke doch, ich sollte die nächsten Angehörigen lieber als erste informieren, meinen Sie nicht? Aber ... Na ja, ich vermute, daß sie ihrer Hilfe bedürfen werden, nachdem ich mit ihnen gesprochen habe.«

»Ach, nein ...«, rief Aisling aus.

Sinead berührte ihre Partnerin sanft am Unterarm.

»Warum gehst du nicht und sagst Clodagh und Sean, daß sie hier gebraucht werden, dann bringe ich Torkel und Yana zu Liam.« Und an Torkel gewandt, sagte sie: »Lavelles Mann ist schon seit langem krank. Er ist heute nicht gekommen. Wir werden ihren Sohn Liam bitten, uns zu sich nach Hause zu führen, um es seinem Pa zu sagen. Ihre Tochter lebt in Tanana Bay, und ihr zweiter Sohn ist im Raumkorps, er ist auf Mukerjee Drei stationiert.«

Da erblickte Yana endlich Sean, der den einen Arm um Bunny und den anderen um Diego gelegt hatte und die Kinder auf sie zuführte, während er ernst auf Diego einredete. Hinter ihnen folgte Clodagh, und Sinead blieb stehen.

Clodagh hob die Hand und zappelte ungeduldig mit den Fingern, als wollte sie Sineads Nachricht abwehren. Dann ging auch sie auf Yana und Torkel zu.

Sie weiß es schon, dachte Yana. Aber woher?

Torkel fing Sean und die Kinder ab. »Diego, mein Sohn, Sie haben großes Talent«, sagte er.

Torkel sah so stattlich und väterlich aus, wie er Diego gratulierte. Er hatte klugerweise auf seine Uniform verzichtet, obwohl sein Besuch doch offiziellen Charakter hatte. Statt dessen trug er einen schweren Pullover mit einem Muster aus Moosgrün, Rostbraun und Creme, das sein Haar und die Augen vorteilhaft betonte. Er war größer als Sean, wie Yana bemerkte, und stämmiger gebaut, und sie unterschieden sich auch farblich voneinander: der eine rotbraun, der andere silbern, wie Feuer und Eis. Nur daß Sean Shongili, wie sich Yana erinnerte, bisher in ihrer Beziehung *überhaupt* nichts Eisiges an sich gehabt hatte.

»Sean«, sagte Sinead gerade, »dieser Mann ist gekommen, weil Lavelle irgend etwas zugestoßen ist.«

Sean preßte die Augen zusammen, und Diego zuckte heftig zusammen.

»Was? Was ist ihr zugestoßen?« fragte der Junge Torkel mit lodernden Augen und geballten Fäusten. »Was habt ihr Idioten ihr angetan?«

Torkel wirkte aufrichtig verletzt. »Nichts, mein Sohn. Wir sind uns nicht sicher, was vorgefallen ist, und wir werden es selbst erst nach Erhalt des Obduktionsberichts wissen.«

Seans Kopf ruckte hoch. »Obduktion?«

»Dann ist sie also tatsächlich tot?« knurrte Sinead.

Torkel stieß ein tiefes Seufzen aus. »Bitte! Lassen Sie mich doch die Verwandten als erste informieren.«

»Sinead«, sagte Clodagh leise, und die Frau verschwand in der Menge. Diego, der zuerst halbwegs erfreut gewirkt hatte, Torkel zu treffen, explodierte plötzlich. »Verdammt sollt ihr sein, umgebracht habt ihr sie!« schrie er. Sean hielt ihn fest, was auch gut war, denn Diego hätte den Hauptmann sonst angefallen. »Ihr Typen habt ihr immer und immer wieder zugesetzt und wolltet weder ihr noch uns noch sonst jemandem glauben. Da habt Ihr sie wahrscheinlich zu Tode gefoltert. Verdammt sollt ihr sein! Warum konntet ihr sie nicht in Ruhe lassen? Warum könnt ihr uns nicht alle in Ruhe lassen? Sie hat euch gesagt, was passiert ist. Mein Vater und ich haben euch gesagt, was passiert ist, und dann habt ihr sie einfach zusammengeschlagen, weil ihr ihr nicht geglaubt habt, und daran ist sie jetzt gestorben.«

»Nein, ich ...«

»Wenn mein Vater nicht dort bei euch wäre, würde ich nie wieder dorthin zurückkehren. Niemals! Gehen wir. Sie sind ja zu blöd, um ...«

Clodagh unterbrach ihn mit tröstenden Worten, doch sie kannte den Jungen nicht richtig.

Yana kannte ihn zwar auch nicht näher, aber die Reaktion war ihr vertraut. Der Junge hatte einfach binnen kürzester Zeit ein tiefgreifendes Trauma nach dem anderen über sich ergehen lassen müssen.

»Metaxos, hören Sie zu«, sagte Yana mit ruhiger, aber sehr entschiedener Stimme. »Wir können die Wahrheit herausfinden. Es wird einen Bericht geben. Man wird ihren Leichnam zurückbringen. Ich werde persönlich mit Ihnen zur Raumbasis zurückkehren und feststellen, was passiert ist, und wenn ich Lavelle dort eigenhändig rausholen muß.«

Diego riß den Kopf hoch und richtete seinen sengenden Blick auf sie. »Sie gehören doch auch zu denen. Wie soll ich Ihnen da trauen?«

»Ach, Diego, komm schon«, warf Bunny ein.

In diesem Augenblick traf Sinead ein, im Schlepptau einen jungen Mann mit versteinerter Miene. »Hauptmann Fiske, das ist Lian Maloney, Lavelles Sohn.«

»Meine Mami ist tot, nicht wahr?« fragte Liam an Torkel gewandt. Im Gegensatz zu Diego wirkte Liam sehr gefaßt. Fast so, als hätte er es erwartet, dachte Yana.

»Nun ja. Ich wollte es Ihnen und Ihrem Vater gemeinsam mitteilen.«

»Seien Sie mir nicht böse, Hauptmann, aber ich glaube kaum, daß Papi jetzt irgend jemanden von Ihrer Mannschaft sehen möchte. Ich werde es ihm selbst sagen.« Er wandte sich an Clodagh, die den Arm um ihn legte, als sei er noch ein Säugling, und als sie davongingen, vergrub er seinen Kopf in ihrem üppigen Busen.

»Also gut, Hauptmann, nun, da Sie Ihrer Pflicht Genüge getan haben, denke ich, daß der Rest von uns auch erfahren sollte, was hier los ist«, sagte Sean.

»Kommt doch alle zu mir nach Hause«, schlug Yana schnell vor, wobei sie Sean, Bunny, Diego, Sinead und Aisling in ihre Einladung einschloß und dann mit einem mitfühlenden Blick auf Torkel hinzufügte: »Ich mache uns einen *echten* Kaffee.«

10. KAPITEL

»Woran ist sie gestorben?« wollte Sean wissen.

»Das wissen wir noch nicht genau. Als ich die Raumbasis verließ, war der Obduktionsbericht noch nicht eingetroffen«, antwortete Torkel. »Wahrscheinlich Spätwirkungen der Unterkühlung. Wirkte sich offenbar als Atemstillstand aus. Der Arzt äußerte den Verdacht, daß ihre Lungen dort draußen Erfrierungen erlitten haben, die niemand bemerkt hat, bis sie bereits per Shuttle ins Oberkommando gebracht worden war. Dem alten Mann geht es übrigens auch nicht blendend, obwohl das Mädchen, Brit, keine Schäden aufzuweisen scheint. Man wird sie zur weiteren Überwachung nach Andromeda ins dortige Krankenhaus transportieren.«

»Tun Sie das nicht«, widersprach Sean. »Schicken Sie sie hierher. Behalten Sie sie auf der Raumbasis, wenn Sie unbedingt müssen, aber wenn Sie sie vom Planeten wegschicken, wird sie schon bald dahinsiechen und sterben. Diese Leute sind an *diesen* Planeten und *diese* Umweltbedingungen angepaßt. Woanders würden sie sterben. Bringen Sie sie zurück.«

»Ich bin mir nicht sicher, daß ich das kann«, sagte Torkel. Yana spürte, wie sich die Veränderung in ihm aufbaute. Da versuchte er doch, ein furchtbar netter Typ zu sein und die Einheimischen in das Geschehen einzuweihen, und nun wollten sie ihm Vorschriften machen, wie er seine Aufgaben zu erledigen habe.

»Warum nicht?« fragte Diego wütend. »Macht es Ihnen soviel Spaß, sie zu verhören?«

Torkel stieß ein empörtes Seufzen aus. »Mein Junge, ich versuche ja, mich in Geduld mit Ihnen zu üben, weil ich verstehe, wie sehr Sie sich die Sache mit Ihrem Vater zu Herzen nehmen. Der Partner Ihres Vaters ist unterwegs, und er dürfte mit einem der ersten Militärshuttles eintreffen. Aber jetzt habe ich mir genug Mist von Ihnen angehört. Die Intergal hat auch Sie aufgezogen. Da sollten Sie eigentlich wissen, daß wir unseren eigenen Leuten so etwas nicht antun ...«

Bestätigung heischend, blickte er Yana an, doch sie erwiderte nichts. Die Terroristen von Bremer waren ebenfalls vernommen worden. Und auch die hatten einmal zu den eigenen Leuten der Intergal gehört.

Diplomatisch warf Sinead ein: »Es ist ja nur so, daß wir hier eine sehr eng verflochtene Gemeinschaft sind, Hauptmann Fiske. Nach dem, was mit Lavalle passiert ist, werden sich die Leute jetzt noch mehr Sorgen um Sigdhu und Brit macahen. Ich sage ja gar nicht, daß die Firma daran schuld ist, aber Sie wissen doch, wir sind hier eben eine andere Atmosphäre gewöhnt als auf den Raumstationen und Schiffen. Unsere Luft hier ist frisch, auch wenn sie kalt ist, und nicht wiederverwertet.«

»Freut mich, daß sie Ihnen gefällt«, versetzte Torkel und zog dabei ironisch die Augenbraue hoch. »Sämtliche Annehmlichkeiten auf diesem Planeten stammen nämlich von der Firma.«

»Wir müssen unsere Leute wieder zurückhaben, Mann«, versetzte Sean, und Yana fiel ein, daß er ja im Nachteil war, weil er nicht wußte, mit wem er es bei Torkel zu tun hatte. »Meine Familie hat die Spezies jetzt schon seit vier Generationen an die Besonderheiten dieses Planeten angepaßt, und unter uns gesagt, die Firma hat wahrhaftig nicht allzuviel von dem geliefert, was es hier gibt. Unsere Leute haben schwerwiegende Anpassungsprobleme ...«

»Und wer sind Sie, wenn ich fragen darf, mein Herr?« fragte Torkel höflich, aber mit einem scharfen Unterton in der Stimme. Sean und er standen einander im Raum gegenüber, jeder hatte die Beine gespreizt und die Arme leicht gehoben wie zwei Revolverhelden kurz vor dem Showdown.

Die Katze, die mitten auf dem Tisch gelegen und ihren Bauch geputzt hatte, sprang plötzlich auf, machte einen Satz zur Tür und forderte mit drängendem Miauen, hinausgelassen zu werden. Yana schritt zwischen den Männern zur Tür, und als sie wieder zurückkehrte, hatten sie sich immerhin soweit beruhigt, daß sie einander nur noch böse anblickten. Yana trat bebend zwischen die beiden und bedeutete jedem von ihnen näher zu kommen.

»Hauptmann Torkel Fiske, Nachfahr der Terranisierungs-Fiskes, dies ist Sean Shongili, Nachfahr der Genetik-Shongilis«, sagte sie schnell, als würde sie einen Appell für frischgebackene Offiziere durchführen. »Möchten sich die Herren vielleicht jeder in eine Ecke zurückziehen und dann mit blitzenden Urkunden und Diplomen hervortreten?«

Einen Augenblick lang schienen sie Yana nicht zu hören; dann grinste Torkel sie plötzlich wohlwollend an und streckte die Hand aus, um ihre Schulter zu drücken.

»Darauf war wirklich Verlaß, daß Sie ihr Bestes tun, um die Situation zu entschärfen, Yana. Mein Gott, was habe ich Sie vermißt, Shongili, ich bin tatsächlich hocherfreut, Sie kennenzulernen. Entschuldigen Sie bitte, wenn ich ein wenig dick aufgetragen habe, aber wir waren alle sehr betroffen vom Tod dieser armen Frau, da sie doch maßgeblich dazu beigetragen hat, diesen Jungen Diego und seinen Vater zu retten.«

»Ich denke, da könnte ich etwas behilflich sein, Torkel«, mischte Yana sich wieder ein. »Lassen Sie mich diesen Obduktionsbericht sehen, sobald er eingetroffen ist. Und bitte – ich meine, wir verfügen über hinreichendes Beweismaterial, aus dem hervorgeht, daß Petaybee nicht genau das ist, was die Firma angefordert hat, und Sean dürfte durchaus recht behalten, was die Anpassungsfehler betrifft.«

Torkel schüttelte den Kopf. »Das ergibt nicht allzuviel Sinn, Yana, wenn man bedenkt, daß sich die Hälfte der heutigen Intergal-Streitkräfte ursprünglich einmal aus Bewohnern von Petaybee zusammengesetzt hat.«

Yana zuckte mit den Schultern und reichte ihm eine Tasse Kaffee, wünschte sich, sie hätte im Raumbasisgeschäft noch mehr Tassen erworben. Er nahm sie entgegen und hielt ihre Hand mit der anderen.

»Die Rekruten sind noch jung, Hauptmann«, sagte Sean. »Ihr Wachstum ist noch nicht abgeschlossen, und wenn sie Petaybee verlassen, um in den Dienst der Intergal zu treten, haben sie auch noch nicht die volle Erwachsenenreife erlangt.«

»Es sei, wie es sei, Shongili. Yana, wir werden später darüber reden. Ich sehe schon, daß alle im Augenblick viel zu aufgebracht sind, um vernünftigen Argumenten zugänglich zu sein.«

»Ich kann Sie und Diego zurückbringen, Herr Hauptmann«, erbot sich Bunny. Yana war bereits aufgefallen, daß ihre junge Freundin während des ganzen Gesprächs klugerweise den Mund gehalten hatte, so daß sie – zumindest was Torkel betraf – einen beneidenswert neutralen Standpunkt einnahm.

»Danke, junge Dame, aber ich habe mein eigenes Fahrzeug mitgebracht«, erwiderte Torkel. Er wandte sich an Diego, als wollte er etwas zu ihm sagen, doch als er Diegos finstere Miene erblickte, überlegte er es sich anders.

Sie zogen ihre Winterkleidung an, als es plötzlich an der Tür klopfte. Yana öffnete, und da saß die Katze, mitten auf der Schwelle, dahinter Clodagh, nur mit einer leichten Jacke und einem Strickschal bekleidet.

»Ich bin froh, daß ich sie noch erwische, Hauptmann. Diego«, sagte sie mit einem sanften Blick auf den Jungen. »Adak hat eine Nachricht empfangen und sie zum Latchkay gebracht, wo er Sie suchte. Dr. Margolies ist auf der Raumbasis eingetroffen.«

Torkel dankte ihr mit einem Nicken und wollte sich wieder Diego zuwenden, doch das vereitelte Clodagh.

»Hauptmann, ich habe mir etwas überlegt. Ich meine, wenn Ihre Ärzte glauben, daß Dr. Metaxos nicht wieder genesen wird, vielleicht sollten er und Diego dann hierherkommen und bei uns leben? Dr. Margolies auch, sofern die Firma ihn hier stationieren möchte. Vielleicht könnte er die Arbeit, die er für Sie leisten soll, besser erledigen, wenn er unter uns lebte?«

Yana fragte sich, was Clodagh wohl im Schilde führte. Sie wußte zwar, daß die Dorfbewohner beim Latchkay gut auf Diego reagiert hatten, andererseits hätte man Dr. Metaxos in vielen geschlossenen Gemeinschaften doch indirekt für Lavells Tod verantwortlich gemacht. Vielleicht waren diese Leute ja nur ungewöhnlich großmütig, doch sie konnte sich nicht vorstellen, daß sie einen bekannten Firmenvertreter auf ihrem Gelände willkommenheißen würden.

Andererseits war Sean theoretisch auch ein Firmenmann.

Torkel wirkte ebenso verblüfft von Clodaghs Angebot wie Yana, und er antwortete auf seine übliche charmante Art: »Das ist sehr freundlich von Ihnen, und ich werde es ganz bestimmt Dr. Margolies und Oberst Giancarlo vorschlagen. Es könnte tatsächlich ganz nützlich sein, wenn Dr. Margolies hier in Kilcoole wäre, wenigstens vorübergehend; und für den jungen Diego wäre es ebenfalls gut, wieder mal unter Gleichaltrigen zu sein. Jedenfalls so lange, bis die Firma eine dauerhafte Lösung für dieses Problem gefunden hat.«

Clodagh zuckte mit den Schultern. »Für uns ist das kein Problem, Hauptmann. Sie mögen das vielleicht nicht wissen, aber das, was Dr. Metaxos passiert ist, kann auf Petaybee einer Menge Leuten passieren. Für manche kann dieser Planet etwas hart sein.«

»Danke für Ihre Fürsorge, gnädige Frau.«

Yana hatte ihren Mantel bereits angelegt, bevor er auch nur einen Fuiß aus der Tür geschoben hatte. Sie hakte sich bei ihm ein und sagte: »Ich mache Ihnen einen Vorschlag, Torkel. Wie wäre es, wenn Bunny Diego zu Basis zurückbrächte und ich Ihnen auf der Rückfahrt Gesellschaft leistete und mitkäme?«

»Nichts würde mir besser gefallen«, erwiderte er.

Sean sagte: »Nun, dann kehren wir alle zum Latchkay zurück. Bunka, sorge dafür, daß ihr Mädchen rechtzeitig zu den Nachtgesängen zurück seid. Die wird Majorin Maddock nicht verpassen wollen.«

Für jemanden, der kurz zuvor noch so eifrig gewirkt hatte, verhielt sich Torkel Fiske während ihrer zweistündigen Schnokelfahrt zur Raumbasis merkwürdig still. Der Flußweg war flach, hin und wieder blitzte klares Eis auf. Wo es den Schnee verweht hatte, funkelten die Monde weiß und spiegelten sich auf der Planetenoberfläche. Als das Schnokel aus den Bäumen hervorkam und auf die Raumbasis zuhielt, schossen weiße, blaue und rote Lichter am Himmel empor oder rieselten wie bunte Schneeflocken den Landerampen entgegen.

»Sieht so aus, als würde nicht nur in Kilcoole eine Party stattfinden«, bemerkte Yana scherzhaft.

»Nun ja«, erwiderte er, und in der Enge der beheizten Luft des Schnokels konnte sie sein moschushaltiges Rasierwasser riechen. Der Mann, der alles hat, dachte sie, während sie sein klassisches, edles Profil bewunderte. Eigentlich sollte sie viel bewegter sein, dachte sie sich. Wirklich.

»Yana? Ich dachte, Sie seien hier aus medizinischen Gründen im Ruhestand. Und doch habe ich bisher nicht feststellen können, daß Ihnen etwas fehlt. Haben Sie sich vielleicht einmal überlegt, daß Sie Ihre Karriere nicht unbedingt so abrupt beenden müßten? Ich könnte dafür sorgen, daß Sie eine Weile nur leichten Dienst tun müßten, bis Sie wieder voll auf dem Damm sind.«

»An was für einen leichten Dienst haben Sie denn dabei gedacht, Torkel? Um ganz ehrlich zu sein, hier ist es gar nicht so übel.«

Er schnaubte. »Beinahe hätten Sie mich hereingelegt. Aber tatsächlich habe ich mir gedacht, daß Sie, solange

Sie schon hier sind und bei den Leuten gut ankommen, Giancarlo ersetzen könnten. Er hat die Sache jetzt endgültig versiebt, indem er es zuließ, daß die Frau nach ihrer Verbringung vom Planeten gestorben ist. Das ist genau die Art von Idiotie, wie sie das Massaker von Bremport provoziert hat.«

»Da haben Sie wohl meine Gedanken gelesen«, meinte sie. »Der Bursche hat nicht das geringste Feingefühl.«

»Ganz genau. Nun brauche ich Ihnen nicht zu erklären, daß man manchmal eine ganz schön harte Peitschenhand führen muß, wenn man einen Auftrag erledigen will, den die Leute nicht so recht begreifen. Die Leute verabscheuen nun einmal jede Veränderung. Aber ich denke, daß jemand, der bereits gut mit ihnen zurechtkommt ...«

»Verstehe«, sagte sie. Jemand, der gut mit ihnen zurechtkam, war besser dazu in der Lage, ihr Vertrauen und ihre Güte zu verraten. Aber vielleicht könnte sie dann ja auch etwaige Übergangsschwierigkeiten abfedern, worum ein Giancarlo sich mit Sicherheit nicht kümmern würde.

»Und außerdem könnten wir wieder zusammenarbeiten. Sie wissen doch, daß ich die starke Hand eines Vorgesetzten brauche, der mir ab und zu die Leviten liest«, fuhr er fort, beugte sich vor und drückte ihr Knie.

»Hoho, mein Junge, die Sache mit der Peitschenhand war Ihnen wohl wirklich ernst, wie?«

Torkel war Diplomat genug, er wußte, wenn er ein Thema auf sich beruhen lassen mußte, um ihr Zeit zum Nachdenken zu geben. Und sie dachte tatsächlich darüber nach, als sie in die Raumbasis einfuhren.

Während in Kilcoole Feiertagsstimmung gewesen war, herrschte hier auf der Raumbasis ganz eindeutig Hochbetrieb: Vermummte Soldaten huschten von den Landerampen zu einer Reihe Fertigbauten, die bei Yanas letztem Besuch noch nicht dort gestanden hatten. Tatsächlich waren einige Trupps immer noch damit beschäftigt, drei weitere Bauten zu errichten, während man mit schwerem Gerät Transportkisten in die fertigen Gebäude schaffte.

»Was soll denn das?« fragte Yana. »Sieht aus wie eine Invasion.«

»Passen Sie bloß auf, was Sie sagen«, erwiderte Torkel. »Das ist das Expeditionskorps, von dem ich Ihnen erzählt habe. Wir benutzen die Raumbasis als Versorgungsdepot für diesen Kontinent. Später wird auch mein Vater kommen, um die technischen Aspekte der Operation zu beaufsichtigen, aber im Prinzip sieht es so aus, daß wir von hier aus Sonden ausschicken und Basislager in der Nähe jener Gebiete aufschlagen werden, die unseren Beobachtungen aus dem All zufolge das höchste Rohstoffpotential zu bieten scheinen.«

»Wird das im planetaren Maßstab stattfinden?«

»Im Augenblick nicht. Hören Sie, meine Liebe, ich darf Ihnen nicht mehr verraten, es sei denn, Sie entscheiden sich dazu, sich reaktivieren zu lassen und bekommen die entsprechende Sicherheitsstufe, ja? Überlegen Sie es sich doch. Ach ja, und kommen Sie auch einmal zu einer medizinischen Untersuchung, damit ich Ihre Umstufungspapiere schneller durchgeboxt bekomme. Für jemanden mit zerfressenen Lungen und einer Ausmusterung aus gesundheitlichen Gründen sehen Sie eigentlich ziemlich gut aus.«

»Das liegt nur an der sauberen Luft und dem gesunden Landleben«, meinte Yana schnaufend.

»Großartig«, erwiderte er mit einer Spur Ingrimm. »Aber wundern Sie sich nicht, wenn es in unmittelbarer Zukunft in dem hübschen, bezaubernden Kilcoole etwas mehr Verkehrsstaus geben wird als üblich.«

Er raste auf einen Parkplatz vor dem Lazarett und parkte achtlos ein; und bevor sie auch nur ihren Sitzgurt hatte lösen können, war er bereits aus dem Schnokel gesprungen und hatte ihr die Tür geöffnet. Bunnys Schnokel stand auch schon da; sie schien im Innern in ein Gespräch mit Diego vertieft zu sein.

»Kann ich auch ohne höchste Sicherheitsstufe vielleicht einmal Margolies kennenlernen?« fragte Yana zukkersüß. »Nur, damit ich die Bevölkerung beruhigen kann, was Diegos Familiensituation angeht?«

»Natürlich«, antwortete Torkel. »Ich vermute, er wird gerade Metaxos besuchen.«

Bunny und Diego stiegen aus ihrem Fahrzeug und blickten erwartungsvoll in ihre Richtung.

»Eigentlich können wir ja gleich ein Begrüßungskomitee bilden«, meinte Torkel mit einem allzu fröhlichen Grinsen in Richtung der Kinder. »Kommen Sie.«

Sobald sie das Lazarett betreten hatten, hatte Diego auch schon Steve Margolies ausgemacht. Er rannte den Gang entlang, um den älteren Mann zu umarmen, ohne die Mediziner zu beachten, oder Torkel, Bunny und Yana. Ja, er ignorierte sogar seinen Vater, der mit offenen Augen in einem Lazarettbett lag. Im Zimmer befanden sich nur drei weitere Patienten, und der Rest der Station auf der gegenüberliegenden Seite des Gangs wies eine einzige durchgehende Reihe leerer Betten auf.

Margolies, dessen Haupthaar schon recht schütter war, trug einen Bart und hätte beinahe als dicklich bezeichnet werden können. Er wirkte ebenso froh, Diego wiederzusehen, wie der Junge selbst. »Ich bin so schnell gekommen wie ich konnte, Diego«, sagte er.

»Ich wußte, daß du es tun würdest, Steve.«

Torkel streckte die Hand aus. »Torkel Fiske, Dr. Margolies. Ich habe nach Ihnen geschickt, sobald ich durch Diego und diese Dame von Ihnen erfuhr. Das ist Majorin Yanaba Maddock, gegenwärtig im Ruhestand, und ...«

»Hallo, ich bin Bunny«, sagte Bunny und empfahl sich ebenfalls mit einem Händedruck. »Ich hoffe, Sie und Diego und sein Vater können zu uns ins Dorf ziehen.«

»Das ist sehr nett von Ihnen«, erwiderte Margolies überrascht. »Aber ich glaube, daß Francisco im Augenblick noch die Betreuung braucht, die er hier bekommen kann.«

»Haben Sie schon Quartier gefunden?« fragte Torkel.

»Nein, ich bin sofort nach meiner Ankunft hierher gekommen.«

»Na schön. Hören Sie, Oberst Giancarlo und ich werden später eine etwas längere Besprechung mit Ihnen haben, aber ich denke, fürs erste sollte ich mal dafür sorgen, daß Sie wenigstens im selben Gebäude untergebracht werden wie Diego. Yana, Bunny, ich meine, wir sollten diese Familie jetzt mal alleinlassen, finden Sie nicht auch?«

In den Gängen des Lazaretts transportierte das Personal eine Menge neues Gerät hin und her, das Gebäude selbst war an beiden Enden durch weitere Anbaumodule vergrößert worden. Techniker waren damit beschäftigt, Computer mit Daten zu füttern, während medizinisches Personal die Regale füllte und Kisten auspackte. Yana fragte sich, weshalb man ein ohnehin halbleerstehendes Lazarett nun auch noch erweiterte. Genaugenommen gefiel ihr das nicht. Offensichtlich rechnete man mit sehr viel mehr Soldaten – und Opfern.

Sie verabschiedeten sich voneinander, wobei Torkel die Andeutung eines sehnsüchtigen Blicks für sie erübrigte, als er fortging, um seinen Pflichten nachzukommen. Yana war sich ziemlich sicher, daß seine Aufgaben sich nicht darauf beschränkten, dafür zu sorgen, daß die Margolies-Metaxos-Jungs es bequem hatten.

Sie stieg mit Bunny in das Schnokel, als er sich noch einmal umdrehte und ihr zuwinkte. Yana erwiderte das Winken, bis er schließlich verschwunden war.

Und dann, als Bunny den Motor startete, sagte sie: »Sieh zu, daß dein Fahrzeug jetzt Probleme macht, Bunny. Ich muß noch mal eine Weile dort hinein. Sollte irgend jemand dumme Fragen stellen oder stehenbleiben, um dir zu helfen, fährst du fort und kehrst nach ein paar Minuten wieder zur Basis zurück. Ich werde wohl nicht lange brauchen.«

Bunny warf ihr einen kühlen Blick zu, dann zuckte sie mit den Schultern: »In Ordnung. Aber was immer du vorhast, sei vorsichtig.«

Yana machte sich auf den Weg zurück in das Lazarett.

Zum erstenmal seit ihrer Entlassung war Yana froh, soviel Zeit in einer medizinischen Versorgungseinrichtung zugebracht zu haben. Sie kehrte zurück, als wisse sie ganz genau, wohin sie wollte. Zielstrebig schob sie jeden Gedanken daran beiseite, was geschehen würde, falls man sie entdecken sollte und ihren Aufenthalt hier einer offiziellen Untersuchung unterzog. Dann wäre Torkel möglicherweise nicht in der Lage, sie herauszuhauen, und es stand durchaus zu befürchten, daß sie ihre Intergal-Pension einbüßen und eine Haftstrafe bekommen würde. Andererseits war dies der günstigste Zeitpunkt, um sich eine Kopie von Lavelles Obduktionsbericht zu verschaffen – bevor irgend jemand auf den Gedanken kam, ihn aus offiziellen, dienstlichen Gründen zu manipulieren. Sie betrat den Aufenthaltsraum für das Lazarettpersonal, der völlig leer war. Dort zog sie ihre neue Bluse aus und hängte sie an einen Haken unter einen Patientenmantel. Dann legte sie ein Haarnetz an und setzte eine Papiermütze auf, tauschte ihre Stiefel gegen Papierschuhe, hängte sich eine OP-Maske ums Kinn und atmete ohne Beschwerden durch, um die Anspannung in ihren Eingeweiden etwas zu lindern. Dann trat sie wieder hinaus in den Gang.

Auf Andromeda hatten die Patienten, wie in den meisten Lazaretten, leichte Routinearbeiten verrichtet, um das Personal etwas zu entlasten. Selbst die Offiziere hatten das getan und waren froh darüber gewesen, weil es die Langeweile ein wenig vertrieb. Während ihrer eigenen Rekonvaleszenz hatte Yana erhebliche Zeit damit zugebracht, bei der Aufbereitung medizinischer Unterlagen zu helfen, indem sie die Daten aus Zentraldateien abrief und andere einspeiste. So würde sie wenigstens feststellen können, ob die Obduktion an Lavelle bereits ausgeführt worden war – und ob man die Datei als geheim eingestuft hatte.

Sie schritt geradewegs zu der Station gegenüber von Diegos Vater, wobei sie sorgfältig darauf achtete, dem Jungen und seinem Betreuer den Rücken zuzukehren, um sich außer Sichtweite in der Zimmerecke an den Stationscomputer zu setzen. Sie gab den Zugangscode ein, an den sie sich aus ihrer Zeit im Krankenhaus noch erinnerte – das lag keine sechs Wochen zurück, was ihr schier unglaublich vorkam, wenn sie bedachte, wie sie sich inzwischen fühlte und welche Fortschritte sie gemacht hatte. Sie atmete erleichtert auf, als der Code akzeptiert wurde. In einem geschlossenen System, wo fast ausschließlich Soldaten und Angestellte der Firma Zugang zu den Anlagen hatten, waren die Sicherheitserfordernisse nicht so streng wie auf einer Welt mit einer Vielzahl von Firmen oder militärischen Institutionen. An Bord der Schiffe, auf Raumstationen und auf ausschließlich in ihrem Besitz befindlichen Planeten hatte die Intergal das alleinige Sagen.

ERÖFFNE DATEI: MALONEY, LAVELLE,
VERSTORBEN
KEIN KRANKENBERICHT.

Dann schnurrte die Maschine noch eine Weile vor sich hin, und Yana gab OBDUKTIONSBERICHT ein, worauf sich der Schirm plötzlich mit Daten füllte. Sie betätigte die Ausdruckstaste und überflog den Text, während das Dokument ausgedruckt wurde.

Die Lungen waren verstopft gewesen, Lavelle hatte also tatsächlich eine Lungenentzündung gehabt, doch das wurde nicht als Todesursache angeführt. Ihr Immunsystem war plötzlich zusammengebrochen, konnte mit einem halben Dutzend systemischer Virusinfektionen nicht mehr zurechtkommen. Der Bericht vermerkte, daß diese Tatsache erstaunlich war, da sämtliche Gewebeproben aus Muskeln, Blut, Haut und Knochenmark darauf hinwiesen, daß sie in einer körperlichen Verfassung gewesen war, wie sie einer Frau von der Hälfte ihres Alters entsprochen hätte. Außerdem hatte die Medulla oblongata einen kleinen, unerklärlichen Knoten entwikkelt. Das war schon merkwürdig genug, doch darüber hinaus sprach der Bericht auch von einem ungewöhnlich großen und hochentwickelten Klumpen aus ›braunem Fett‹, der erstaunliche 502 Gramm wog: Seine Blutgefäße waren geplatzt. In einer Fußnote erläuterte der untersuchende Arzt, daß zweihundert Gramm braunes Fett für menschliche Neugeborene als normal galten, es sicherte die Wärmeregulierung des Stoffwechsels. Normalerweise atrophierte diese Substanz jedoch, sobald die Säuglinge groß genug waren, um ihre Körpertemperatur an die Kälte anzupassen. Es war schon seltsam genug, aktives braunes Fett vorzufinden, noch befremdlicher aber war, daß es sich derart ausgedehnt hatte. Zudem war eine dünne, subkutane Schicht aus dichtem Fettgewebe nachzuweisen. Vielleicht eine kleine Mutation, die die Bewohner des Planeten vor Kälte schützte? Da erinnerte sich Yana, daß sie eine ähnliche Fettschicht bei den Tieren bemerkt hatte, die sie nach dem Fallengang hatte abziehen können. Durch die weitere Lektüre erfuhr sie zu ihrer großen Erleichterung, daß es keinerlei Hinweise auf äußere Verletzungen oder auf Drogen im System gab, aus denen sich hätte schließen lassen, daß Lavelle während der Vernehmung gefoltert oder irgendwie mißbraucht worden war.

Yana stopfte den Ausdruck in ihre Hosentasche, schaltete den Computer ab, erhob sich, fuhr sich mit der Hand über die Augen wie jeder maschinenmüde Techno. Sie zwang sich dazu, den Korridor zurück zum Aufenthaltsraum zu schlurfen, wo sie wieder in ihre Latchkay-Bluse schlüpfte, um dann hinauszugehen und zu Bunny in das Schnokel zu steigen.

11. KAPITEL

»Woher sollen wir wissen, ob das echt ist?« fragte Bunny, als Yana Sean, Sinead und Clodagh den Obduktionsbericht zeigte.

»Das ist es«, erwiderte Sean mit Bestimmtheit.

»Dann weißt du also von diesem braunen Fettzeug, dem Knoten und der anomalen Fettschicht?« fragte Yana.

Sean nickte, und Clodaghs Augen funkelten.

»Das ist der Grund, weshalb nur die Jungen Petaybee verlassen können«, erklärte sie.

»Weil ihr braunes Fett noch nicht dieselbe Masse wie bei den Erwachsenen erreicht hat?« fragte Yana.

Es folgte eine lange Pause, in der Sean, Clodagh und Sinead verstohlene, beinahe verlegene Blicke austauschten. Bunny sah nur von einem zum anderen, sie war verwundert und hoffte, in ihren Mienen eine Antwort zu finden.

Schließlich nickte Sean. »Etwas in der Art, Yana. Es ist ziemlich kompliziert, und offen gestanden begreift niemand sämtliche Funktionen der Anpassung, ich selbst eingeschlossen. Wie du vielleicht gemerkt hast, reicht meine Forschungsausrüstung nicht allzuweit über die Erfordernisse einfacher Tierzucht hinaus. Einen großen Teil davon scheint der Planet ganz einfach selbst zu bewerkstelligen. Ich habe in den Aufzeichnungen meiner Vorgänger nichts über die absichtliche Einführung solcher Veränderungen wie das braune Fett und den Knoten finden können, aber ich weiß durch meine Untersuchungen der Leichname anderer Petaybee-Bewohner von ihrer Existenz.«

»Ich verstehe ja, daß du vielleicht nicht weißt, wie diese Veränderungen zustande gekommen sind. Aber ich glaube, es gibt da immer noch einige Dinge, die du durchaus erklären *könntest*«, versetzte Yana.

Wäre sie nicht auf Raumstationen und -schiffen aufgewachsen, wo die Menschen zwar die vorherrschende Lebensform, aber ganz bestimmt nicht die einzig intelligente Art darstellten, wäre sie vielleicht ein wenig stärker schockiert von dem gewesen, was sie da andeuteten, daß nämlich Menschen von einem Planeten verändert wurden, damit sie ihm besser entsprachen. So aber ärgerte Yana sich ein wenig über sich selbst, weil es sie unwillkürlich an alte Videos von Aliens erinnerte, die die Körper unschuldiger Erdlinge in ihre Gewalt brachten.

Sie atmete tief durch und konfrontierte sich mit den Problemen, die Lavelles Physiologie aufgeworfen hatte. »Mal sehen, ob ich alles richtig beisammen habe. Ihr Leute auf Petaybee seid doch alle irdischer Herkunft, nicht wahr?«

»Das ist richtig«, erwiderte Clodagh. »Meine Vorfahren kamen aus Country Clare, Country Limerick, Country Wicklow, und Point Barrow, Alaska, hierher. Seans und Sineads Vorfahren stammen aus Kerry und Dublin und dem nördlichen Kanada.«

»Und das weißt du alles?«

»Wenn du dich noch erinnerst, Yana, habe ich dir mal gesagt, daß die meisten von uns weder lesen noch schreiben können. Es gehört zu meinen Aufgaben hier, mich an solche Dinge zu erinnern.« Clodagh grinste. »Altes irisches Handwerk.«

»Nun gut, dann sagt mir eins: Wenn ihr irdischer Herkunft seid, genau wie ich und die meisten Mitglieder des Firmenkorps, wie kommt es dann, daß man nur euch nicht mehr von eurem Verschickungsort wieder versetzen darf? Ich meine, selbst wenn die Jungen noch gehen können und die Alten nicht, war das doch nicht immer so, oder? Warum wirkt sich dieses braune Fett jetzt auf euch aus und hat das nicht von Anfang an getan? Bestimmt hat die Firma doch auch gelegentlich Leute rekrutiert, die ein wenig ... reifer waren.«

Jetzt war Sean an der Reihe, verwundert dreinzublikken. »Ja, das hat sie auch. Aber in der Regel hat man lieber die Jugendlichen rekrutiert, und denen scheint es nicht mehr geschadet zu haben als es der Miitärdienst auch bei anderen tut,jedenfalls soweit wir davon wissen. Und du mußt auch begreifen, Yana, daß unsere Leute sich seit mittlerweile zweihundert Jahren an den Planeten anpassen und der Planet sich an uns. Die physischen Veränderungen in Lavelles Körper waren Anpassungen an diese Welt. Manche Leute passen sich schneller und vollständiger an als andere – und je mehr sie dem ausgesetzt sind, je mehr Zeit sie haben, sich an etwas zu gewöhnen, um so höher die Wahrscheinlichkeit einer tiefgreifenden Anpassung. Lavalle war eine recht typische Frau für diesen Planeten. Sie verbrachte den größten Teil ihres Lebens im Freien, aß nur, was sie fing oder anbaute, wie so viele von uns, und war auch schon weit über fünfzig. Hier auf dieser Welt war sie sehr widerstandsfähig. Aber ihr Körper war an *kaltes* Klima gewöhnt, an die Kälte des Mittwinters von Petaybee, die viel kälter sind, als du sie bisher erlebt hast, an saubere Luft und reines Wasser und frische Nahrung. Ich fürchte, daß sie im Zuge der Anpassung an das extreme Klima von Petaybee jede verbliebene Resistenz gegen andere Lebensbedingungen eingebüßt hat. Unsere eigenen Klimabedingungen hätten sie niemals umbringen können, doch im Tausch gegen diesen Schutz gab ihr Körper bestimmte andere Immunisierungen auf. Und davon abgesehen fühlte sie sich ihrer Heimat emotional sehr stark verbunden.«

»Ich kann mir kaum vorstellen, daß emotionale Verbundenheit allein für ihren Tod verantwortlich sein soll«, warf Yana ein.

»Das ist aber durchaus möglich, Yana«, widersprach Clodagh. »Es ist schwierig, es dir zu erklären, weil du ja erst seit kurzem hier bist, aber wenn du erst einmal die Nachtgesänge gehört hast, wirst du es vielleicht besser verstehen. Da Lavelle war, wer sie eben war, wußten

Sean und ich und eigentlich wir alle, daß ihr Überleben fern von Petaybee ebenso unwahrscheinlich war wie das des Obersten, wenn man ihn draußen ohne einen Parka in den Bergen aussetzen sollte. Wenn wir gewußt hätten, daß sie sie vom Planeten holen wollten, hätten wir irgendwie versucht, sie daran zu hindern.«

»*Lavelle* hätte dagegen protestiert«, erwiderte Sinead mit bitterer Stimme. »Sie muß es ihnen gesagt haben. Sie brauchte nicht erst zu erfahren, wie es in ihren Innereien aussah, um zu wissen, daß sie fern von dem Planeten sterben würde.«

Yana stieß ein lautes Seufzen aus. »So ungern ich das auch sage, aber das hätte sie denen mitteilen können, bis die Sonne gefroren wäre, und sie hätten ihr immer noch nicht geglaubt.«

»Und tun sie es jetzt?« fragte Clodagh mit ausdrucksloser Miene.

Yana schüttelte müde den Kopf! Sie war verwirrt und enttäuscht. Dieser Ort war ihr so unkompliziert und so glücklich erschienen, und nun barg er solch ein Geheimnis. Sie hatte nur noch das Bedürfnis nach Ruhe.

»Es ist Zeit zu gehen«, mahnte Sean die anderen, während er die Hand unter Yanas Ellenbogen schob. »Du hast die Gesänge noch nicht verpaßt, Yana. Es wird dich beleben.«

Als sie spürte, wie sich ihre vertraute Zuneigung zu ihm mit all den Zweifeln, Ängsten und unbeantworteten Fragen verband, die ihr durch den Kopf gingen, überlegte sie, ob er möglicherweise log, ob er trotz seiner gegenteiligen Beteuerungen vielleicht die Gene dieser Leute manipulierte, so daß sie niemals mehr in der Lage waren, den Planeten zu verlassen. Sie hatte das unbestimmte Gefühl, daß er ganz eindeutig etwas verbarg, und das bereitete ihr mehr Sorgen als alle anderen Geheimnisse Petaybees. War Sean etwa für die Probleme verantwortlich, von denen Giancarlo bei ihrer Ankunft gesprochen hatte? Und wenn diese Leute doch wußten, daß sie genetisch verändert wurden, was einige von ihnen ja zu glauben schienen, weshalb fügten sie sich dann?

Yana musterte Sean eine ganze Weile, während seine Silberaugen sie flehend anschauten. Wie sie zu ihm aufblickte, versuchte sie, in ihm eine Art von Psychopathen, einen verrückten Wissenschaftler, ein Ungeheuer zu sehen, doch fiel ihr dazu nur ein, wie wunderbar es doch gewesen war, heute abend mit ihm zu tanzen, und davor – ihre Begegnung bei den Heißwasserquellen ... Seine Miene verlor etwas von ihrer Trauer und ihrem Ernst, als er ihr Gesicht beobachtete.

Schließlich sagte sie mit einer Stimme, die ebensosehr von ungewohnter Unentschlossenheit wie von Erschöpfung bebte: »Ach, Sean. Ich bin wirklich völlig fertig. Mich wird nichts anderes mehr wiederbeleben als acht Stunden Schlaf.«

Ein schalkhaftes Lächeln umspielte seine Lippen. »Wollen wir wetten?«

Clodagh berührte unerwartet ihre Schulter, einen Ausdruck sanften Mitgefühls in den Augen. »Komm mit, Yana. Du wirst schon sehen.«

Nun stieß die Katze auch noch ein herrisches »Meh!« aus, und Yana lachte empört auf. Mit ungeduldiger Geste rieb sie sich die Stirn.

»Ihr habt es wirklich alle darauf abgesehen, mir eine Gehirnwäsche zu verpassen, damit ich auch eine richtige Petaybeeanerin werde, wie?«

»Etwas in der Art«, meinte Sean in bester Laune. Er wußte, daß er gesiegt hatte. Auch wenn er sie nicht wirklich überzeugt hatte, würde sie doch immerhin ihrem Wunschdenken vorläufig den Vorzug geben und die Vernunft auf den zweiten Rang verweisen. Mit einer geschmeidigen Bewegung schloß er ihre Jacke, schob ihr die Kapuze auf den Kopf und wollte ihr die Handschuhe überstreifen.

»Laß mich das machen«, widersprach sie mit einem

Anflug fast kindischer Rebellion. Sie wollte nicht auch noch das Gefühl haben, *vollständig* manipuliert zu werden, nur weil sie bereit war, Vernunft walten zu lassen. Doch wehrte sie sich nicht mehr, als er sie fortführte, hinter Bunny, Clodagh, Sinead und Aisling zurück zum Saal.

Draußen vor der Tür plauderte ein Mädchen mit einem Mann, der den Inhalt einer riesigen Metalltonne umrührte, die auf einem kleinen, heftig lodernden Feuer stand. Als sie daran vorbeikamen, nickte der Mann, lächelte und quittierte die herrlichen Düfte der Suppe oder des Eintopfs in dem großen Faß mit einem Schnalzen. Clodagh tat einen übertrieben tiefen Atemzug, wobei sie sich mit beiden Handschuhen das Aroma ins Gesicht fächerte.

Als sie das Versammlungshaus betraten, mußte Yana kurz innehalten, um sich an die Temperatur und den Geruch in der Halle zu gewöhnen, in der sich nun seit geschlagenen acht oder neun Stunden die Leute drängten.

Wenn diese tanzenden, singenden, plaudernden, gestikulierenden, lachenden, weinenden Menschen tatsächlich die Opfer eines grausamen bösen Fluchs waren, der sie auf alle Zeiten an einen ungastlichen Planeten gefesselt hielt, so waren sie entweder glücklich von diesem schrecklichen Wissen verschont geblieben, oder sie scherten sich ganz einfach nicht den Teufel darum.

Und mit einemmal kümmerte es auch Yana nicht mehr. Diese Leute gefielen ihr besser als das ganze Intergal-Korps samt Aufsichtsrat zusammen.

Im Saal war es heiß; es roch nach Essen, Schweiß und anderen Düften, aber es herrschte auch etwas vor, das sich nicht benennen ließ, wiewohl sie glaubte, daß es etwas mit dem gewaltigen Humor, der Vergnügtheit, der Freude zu tun haben mußte, die diese Menschen ausstrahlten. Yana lächelte Sean an und sah, daß er schwitzte; und sie spürte auch die ersten Schweißperlen auf ihrer eigenen Stirn.

Als sei ihr Eintritt ein Signal, brach die Musik schnaufend ab, und die tanzenden Paare blieben stehen, um sie erwartungsvoll anzusehen. Clodagh, Sean und die anderen streiften ihre Parkas ab, und Yana tat das gleiche. In einer Ecke begann eine Bodhran zu rumpeln wie maschierender Donner, und ein Banjo setzte in Moll ein. Irgend jemand begann mit einer heiseren Tenorstimme zu singen, als hätte seine Kehle zu viele kalte Winde und den Rauch zu vieler Lagerfeuer über sich ergehen lassen müssen. Er sang ein einsames Lied über die grünen Felder des Planeten Erde, dann folgte eine humorvolle Parodie, die das Leben auf der Erde mit dem auf Petaybee verglich. Das nächste Lied war ebenso albern und handelte von dem letzten Menschen auf dem Planeten, der noch lesen konnte, was, wie Yana wußte, eine Übertreibung war, da zumindest die von der Firma geförderten Leute Aktennotizen, Anweisungen und ähnliches lasen.

Mit diesem Lied änderte sich die Stimmung des Abends, und alle Instrumente bis auf die Trommel verstummten. Die Trommel wiederum verlangsamte den hüpfenden Rhythmus der Bodhran und wechselte in das regelmäßige, gedämpfte Klopfen eines Herzschlag über.

Ohne noch mit irgend jemandem ein weiteres Wort zu wechseln, sang Clodagh nun das Lied, das sie am ersten Abend für Yana beim Essen gesungen hatte.

Klopf. Klopf. Klopf. Klopf.

Die Trommel schlug einen gleichmäßigen, langsamen Rhythmus, während alle in Clodaghs Gesang einstimmten, sobald sie den ersten Vers vorgetragen hatte.

Klopf. Klopf. Klopf. Klopf. Die Luft war geschwängert vom wirbelnden Rauch des Feuers, auf dem der Dunst und der Schweiß von zwei-, dreihundert Menschen trieb, die sich im Saal drängten. Yana spürte sie so stark überall um sich herum, daß es ihr schien, als hätten alle zusammen nur eine gemeinsame Haut; und das Trommeln war der Schlag ihres kollektiven Herzens.

Als das letzte dröhnende Wort von Clodaghs Lied verklungen war, begann irgend jemand anders mit einem neuen Gesang, den Yana noch nicht kannte.

Verloren der Sang, verloren die Worte, verloren die Zunge
verloren die Fertigkeit, unsere eigene Spur zu lesen.
Verloren die Fertigkeit, unseren eigenen Weg
zu markieren.
Verloren die Zeichen, die Spuren anderer zu lesen.
Verloren die Bilder, die sie einst ersetzten.
Verloren die Stimmen, die uns sagten, wir würden
sie nicht brauchen.
Verloren die Erde aus Mangel an Liedern. Ajija.

Die Stimmen um Yana schwollen an, als mehrere weitere Trommeln den Rhythmus aufnahmen, bis die Wände des Gebäudes selbst zu pulsieren schienen. Seans Stimme sang in ihr rechtes Ohr, Bunny in ihr linkes, Clodagh vor und Aisling hinter ihr. Sie hatte Schwierigkeiten, an den Bericht zu denken, Schwierigkeiten, überhaupt irgend etwas zu denken. Yana atmete die Luft, die andere schon vor ihr geatmet hatten, sie schwankte zum Schlag der Trommel, und obwohl sie diese Gesänge nicht kannte, merkte sie, wie sich ihr eigener Mund zusammen mit all den anderen Mündern öffnete. Das war eine Art geistiger Kommunion mit allen, die sie umgaben, die nicht das geringste mit Religion oder Ritual zu tun hatte. Ein Geschehnis – das war es. Ein Geschehnis. Es geschah allen im Saal. Die Worte waren irrelevant – wichtig war das Gefühl. Sie mußte nur irgend etwas singen, solange der Gesang dauerte, der nun von einer neuen Stimme angeführt wurde.

Der neue Sang färbte die Sohlen unserer Schuhe
der neue Sang badete uns. Wir tranken den neuen Sang.
Wir atmeten ihn, nahmen ihn als Leben in uns auf
Und als Leben des Sangs, der den Atem beschert.

Dann sang eine andere Stimme, älter, brüchiger:

Der neue Sang sprach zu uns in neuen Zungen.
Das Heulen eines Hundes, das Wiehern des Lockenfells,
das Rufen des Fuchses.
Der neue Sang lief auf den Pfoten der Katze.
Er kündete seine Geheimnisse in der Todesklage
des Hasen.
Er singt seine Geheimnisse mit eigenem Mund
für die Ohren jener, die lauschen können.
Lassen wir ihn nicht mehr einsam singen,
treten wir in die Mitte und stimmen wir ein,
um ihm eine Weile Gesellschaft zu leisten
und von ihm neue Harmonien zu erlernen. Aja ji.

Yana hatte keine Vorstellung, wie lange oder wie häufig der Gesang schon wiederholt worden war, doch plötzlich legten alle ihre Parkas an und schritten zum Schlag der Trommel durch die Tür hinaus in die Nacht. Ein strahlendes Lichtband schlängelte sich am Himmel, gelegentlich punktiert von kleinen Flecken absteigender bunter Lichter. Noch mehr Verkehr auf der Raumbasis, erkannte Yana. Nach dem Gesang schien es ihr völlig unpassend und unwirklich, an landende Raumschiffe zu denken.

Sean preßte voran, sie war zwischen ihm und Clodagh eingekeilt. »Ist es jetzt vorbei?« fragte sie.

»Noch nicht.«

»Wohin gehen wir?«

»Zu den heißen Quellen. Wir singen beim Gehen. Du wirst sehen, es wird sehr schön.«

Ermutigend drückte er ihre Schultern, und irgendwie war sie überhaupt nicht überrascht festzustellen, daß sie nicht mehr müde war.

Getragenen Schritts wie alle anderen, marschierte Yana weiter; ganz und gar keine Christenkrieger, dachte sie respektlos. Es überraschte sie, als sie schon nach äußerst kurzer Zeit die heißen Quellen erreichten. Sie hatte gemeint, daß sie sehr viel weiter von Kilcoole entfernt seien. Der aufsteigende Dampf verbarg alle Einzelheiten, die das Tageslicht hätte beleuchten können. Die Prozession – nein, Prozession war ganz eindeutig falsch, genau wie ›Ritual‹ oder ›Religion‹. Also gut, dachte sie, diese seltsame Versammlung schritt um die Quelle und schien plötzlich verschwunden zu sein. Erschrocken fing sie an zu blinzeln, spürte, wie Seans Finger sie beruhigend drückten, dann wurde ihr klar, daß die Reihe unter den Wasserfall führte. Sie war nicht darauf gekommen, daß es hier einen Zugang geben könnte. Doch angesichts des Dampfs und des herabstürzenden Wassers hatte sie nach einem Zugang auch gar nicht Ausschau gehalten.

Der Platz reichte gerade aus, daß man sich seitlich am eigentlichen Wasserfall vorbeidrücken konnte. Dann mußten sich ihre Augen an ein merkwürdig schimmerndes Licht anpassen, das zugleich sanft und klar war. Sie konnte die Wände eines sich gemächlich in die Tiefe windenden Gangs ausmachen sowie die zuckenden Köpfe der hinabsteigenden Menschen. Die Luft war bemerkenswert frisch und belebend.

In stummem Frohsinn setzten die Menschen ihren Abstieg fort. Yana versuchte sich zu überlegen, weshalb diese Begriffe so angebracht schienen: »Stummer Frohsinn«. Doch sie alle waren *froh*, gemeinsam hier zu sein und dem Ziel, was immer es sein mochte, entgegenzuschreiten. Sie merkte, wie Sean ihr gelegentlich verstohlene Blicke zuwarf, als wollte er sich davon überzeugen, daß sie dieses ›Geschehnis‹ auch tatsächlich akzeptierte. Sie wußte nicht, was sie sonst hätte tun sollen, als mit allen anderen mitzugehen, und sei es auch nur, um alles über die verborgenen Orte Petaybees und über seine verschwiegenen Bewohner in Erfahrung zu bringen. Und doch ... Die geradezu greifbare Fröhlichkeit aller verbot jeden Gedanken an Gefahr oder Schaden. Und sie war so froh, gekommen zu sein!

Yana konnte nicht genau sagen, wie weit der Abhang in die Tiefe führte, denn das sanfte, rhythmische Schlagen der Bodhrans treib sie weiter, und doch hallte das Trommeln nicht wider, sondern wurde merkwürdigerweise von den Wänden aufgesogen. Und dann, ganz plötzlich, waren sie da! In einer riesigen, leuchtenden Höhle, alles in Blau- und Grüntönen, in zerklüfteten Schichten, Streifen, Mustern. Sie wünschte sich, daß sie Diego hätte fragen können, ob ihm all dies vertraut schien. Sie war sich sicher, in der Höhle zu sein, die er beschrieben hatte. Denn hier war das Gewässer, das er erwähnt hatte, waren die seltsamen Gebilde, die nicht wie natürliche Vegetation aussahen, und die Eisskulpturen von Tieren in merkwürdigen und bizarren Formen. Die Leute setzten sich in ungeordneten Gruppen nieder, flüsterten fröhlich miteinander, umgeben von einer erwartungsvollen Atmosphäre.

Clodagh schritt rechts nach vorn, und Sean wies Yana dieselbe Richtung. Sinead, Aisling und Bunny schwenkten ebenfalls ein. Clodagh schritt an allen Gruppen vorbei und hielt auf eine Art Vorsprung aus fahlem, seegrünem Eis zu, wo sie sich im Schneidersitz niederließ, was Yana bei einer Frau von solchen Proportionen sowohl beachtlich als auch beneidenswert fand.

Dann sah Clodagh lächelnd zu, als Sean mit Yana an ihr vorbei ein Stück höher schritt. Da bedeutete er Yana, sich zu setzen. Zu ihrer Überraschung fühlte sich der Boden überhaupt nicht kalt an. Sean nahm neben ihr Platz, dicht genug, daß ihre Schultern sich berührten. Sie dachte über seinen ständigen Körperkontakt zu ihr nach. Bisher hatte sie noch nie gemerkt, daß er andere berührt hätte. Sie wußte nicht, ob es ihr etwas ausmachte – nein, das tat es nicht. Wenn er gerade nicht einfach nur beruhigend, ja besitzergreifend wirkte, mochte sie es, wenn Sean sie berührte, ganz gleich aus welchem Grund. Sie war bei anderen Menschen körperlich stets auf Distanz geblieben und hatte sich Berührung für Zärtlichkeiten aufgehoben, anstatt damit ihre Identität hervorzuheben oder Besitzansprüche zu verdeutlichen. Wenn Bry sie häufiger zu berühren begann, hatte sie stets gewußt, was darauf folgen würde. Nun schlang sie die Arme um die Beine und zog die Knie bis zum Kinn hoch. Sean nahm eine ähnliche Haltung ein. Er grinste und zwinkerte ihr zu.

Der Boden schien wärmer zu werden. Yana spürte, wie die Hitze sie durchflutete, und öffnete ihren Parka. Dampf oder Nebel schien überall um sie herum aufzusteigen und verbarg die Menschen auf der gegenüberliegenden Seite dieses Halbmonds. Yana glaubte nicht, daß die Körperwärme so vieler Menschen in dieser riesigen Höhle eine solche Wirkung haben konnte.

Sean beobachtete sie, ein Lächeln umspielte seine Lippen, als ob er ihr Tun erwartete und sich darüber freute.

»Und jetzt?« fragte sie und lehnte sich an seine kräftige Schulter, damit nur er sie hören konnte.

»Entspann dich, Yanaba. Sei ganz locker, und sieh dir alles an. Wir schließen Petaybee in das Latchkay ein und stellen dich ihm vor. Der Planet wird gleich antworten – nimm es einfach an, ja?« Seine Lippen bewegten sich kaum, dennoch konnte sie jedes Wort deutlich verstehen.

In diesem Augenblick bemerkte sie das veränderte Licht. Vielleicht lag es ja am Nebel, jedenfalls hatte das Schimmern eine tiefere, goldene Tönung bekommen, und sie spürte eine Vibration. Die Gespräche verstummten, und respektvolles Schweigen breitete sich aus. Clodagh schien immer länger zu werden. Auch Bunny streckte den Rücken.

So gern sie es auch hätte tun wollen, brachte Yana es einfach nicht fertig, den Kopf zur Seite zu wenden, um nachzusehen, ob auch Sean reagierte, denn dazu war sie jetzt einfach zu sehr selbst gefangen. Was war das nur? fragte sie sich, als sie spürte, wie jeder Wirbel ihres Rükkens sich versteifte. Schwingungen und Wärme pulsierten ihr Rückgrat hinauf. Dann atmete sie auch immer tiefer durch, füllte ihre Lungen – Lungen, die sich nun ohne Schmerz und Schnaufen voll weiten konnten.

Yana hatte auch ein merkwürdiges Gefühl, als würde sich ihr Hirn ausdehnen, als würde sich die Kopfhaut vom Schädelknochen abheben – es war überhaupt nicht unangenehm, es war, als würde sie am ganzen Leib leichter werden. Ihre Augen schlossen sich von allein – so daß sie sich voll auf dieses Gefühl konzentrieren konnte. Und sie wurde auch des Bluts gewahr, das durch ihre Organe glitt, als würde sie irgend etwas reinigen.

Und dann hatte sie auf unerklärliche Weise eine andere Empfindung. Sie wehrte sich kurz dagegen, unterlag – und wurde mit einer Euphorie belohnt, wie sie sie nicht einmal in ihren intimsten Augenblicken mit Bry genossen hatte. Es war wie ein Orgasmus und dennoch völlig anders. Unaussprechlich befriedigend und erfüllend. Langsam atmete sie aus – denn das Gefühl der Erleichterung hatte offensichtlich während eines tiefen Atemzugs eingesetzt. Sofort zog sie wieder Luft in ihre Lungen, wollte einmal mehr diesen beinahe schwindelnden Zustand vollkommener Ausdehnung herstellen, diese köstliche Beschwingtheit, dieses ... fast mystische Zugehörigkeitsgefühl.

Etwas äußerst Sanftes trieb wie eine Feder durch ihren Geist und tadelte sie ob ihrer Gier: Alles, dessen sie tatsächlich bedurfte, würde ihr schon zuteil werden.

Blinzelnd öffnete Yana die Augen, denn der Gedanke war ihr fremd: Er war ihrem Geist eingepflanzt worden. Sie blinzelte erneut. Der Nebel hatte sich aufgelöst. Ebenso die Menschen, die sie in die Höhle begleitet hatten. Clodagh war fort, Bunny und Diego, Sinead und Aisling! Doch bevor sie in Panik geraten konnte, verspürte sie einen Druck an ihrer rechten Schulter.

»Ich bin hier«, sagte Sean mit einem wogenden Lachen in der leisen Stimme. Als sie den Kopf zur Seite wandte, trafen seine Silberaugen die ihren, und er nickte. Mit einem ganz und gar weltlichen Seufzen sank sie zusammen, von keinem Zauber mehr gestützt. Sie empfand einen Stich des Bedauerns darüber, daß die Verbindung geendet hatte.

»Wie lang?« fragte sie Sean und wies mit einer Geste um sich.

»Wie lang hat es sich angefühlt?« lautete seine Erwiderung.

»Wie ein tiefer Atemzug.«

Er nickte erneut, seine Augen waren leicht geschlossen, doch das Lächeln war erfüllt von Zufriedenheit. Dann hob er ihre Hand, musterte sie eindringlich, drehte sie mit der Fläche nach oben und küßte sie. Sie konnte das Erschauern nicht beherrschen, das sie durchfuhr. Er legte ihre Hand gegen seine Wange und schaute ihr in die Augen.

»Es war wohl doch länger als ein Atemzug, nicht wahr?« fragte sie.

Er nickte, und aus seiner Behutsamkeit schloß sie, daß sehr viel mehr Zeit vergangen war, als einzugestehen er für ratsam hielt, bevor er ihre Reaktion darauf richtig abschätzen konnte.

Vorsichtig ging sie ihre Erinnerung an die Erfahrung und ihre Reaktion darauf durch, bis sie zu der einzig logischen Schlußfolgerung gelangte, die doch jeder Logik Hohn sprach, und fragte: »Das war nicht nur poetisch gemeint, als ihr sagtet, daß Petaybee lebendig ist, nicht wahr? Das ist es tatsächlich, nicht? Und es ... es hypnotisiert einen oder läßt einen in eine Trance fallen. Wie Diego?«

Sean nickte wieder. »Die meiste Zeit ist es so, wie es für dich und Diego gewesen ist, aber für jemanden, der zu starrsinnig ist, um diese Möglichkeiten zu akzeptieren, kann es extrem traumatisch werden – es kann zum Schock führen, zum Wahnsinn, sogar zum Tod. Und nicht nur bei Außenweltlern. Vielleicht ist dir einmal der junge Terce aufgefallen, der zweite Schnokelfahrer?«

Yana nickte. Seit ihrer Ankunft hatte sie Terce nicht mehr häufig gesehen, aber sie erinnerte sich daran, wie Bunny sagte daß der Junge nicht besonders klug sei.

»Er hat auf diese Erfahrung nicht allzu gut reagiert. Die meisten Kinder nehmen sie mühelos an, aber Terce ... Vielleicht war sein Geist zu genial strukturiert, jedenfalls hat ihm davor gegraut, und er hat es auch nie wieder versucht. Manchmal lungert er am Rande eines Latchkay herum, ohne daran teilzunehmen. Und doch war daran nichts Böses – nur ein ... Mangel an Kommunikation.« Sean zuckte mit den Schultern. »Hinter diesem Planeten steckt mehr, als man mit bloßen Instrumenten feststellen kann, Yana. Heute nacht hast du einen wesentlichen Aspekt davon erfahren.«

»Ein Übergangsritus?« Sie wollte skeptisch oder abfällig klingen. Sie begann zu flüstern. »Habe ich bestanden?«

Sean lachte mit einer solchen aufrichtigen Heiterkeit, daß sie selbst grinsen mußte. Dann zog er sie an sich und wiegte sie vor und zurück.

»Was glaubst du denn?« fragte er neckend.

»Ich weiß nicht, was ich glauben soll. Ich bin nicht ein religiöser Typ ...«

»Religion hat nichts damit zu tun, Yana. Das war kein Gottesdienst. Der Planet lebt. Da ist es nur höflich, wenn man auch mit ihm kommuniziert. Es geht um eine ... Beziehung«, fügte er durchaus glücklich, ja unbeschwert hinzu. Sie begriff, daß er erleichterter war, als er sich selbst eingestehen mochte, nämlich darüber, daß sie ihre ... Einführung ohne Schwierigkeiten überstanden hatte. Er setzte seine ziemlich flapsige Erklärung fort, während er die Arme um sie schlang. »Die Firma möchte uns glauben machen, daß alles auf diesem Planeten von ihr stammt, doch das stimmt nicht. Dieser Planet besitzt einen eigenen Geist und hat auch eigene Ressourcen entwickelt. Wenn man hier lebt, erfahren die meisten von uns das und nehmen diese Geschenke an, diesen Schutz, und im Gegenzug entbieten wir ihm Kameradschaft und ... ich weiß nicht, eine Ausdrucksmöglichkeit, vielleicht.«

»Aber warum? Warum akzeptiert er euch nicht nur, sondern gibt euch auch noch so viel? Wenn er ein lebendes, denkendes Wesen ist, könnte er euch ebensogut dafür verabscheuen, daß ihr seine Oberfläche besetzt. Was zieht dieser Planet für einen Gewinn daraus, daß ihr – daß *wir* hier sind?«

Sean lächelte matt. »Wissenschaftlich gesprochen? Keine Ahnung. Aber eine Theorie hätte ich schon: Ich glaube, der Grund dafür ist wahrscheinlich – vielleicht – der, das Petaybee uns *mag*.«

»Das soll alles sein? Er sorgt für euch, läßt euch hier leben und gestattet euch diese ...« Sie suchte nach einem passenden Begriff. »Diese glückselige Form der Kommunikation nur, weil er euch *mag*?«

»Das dürfte es ungefähr sein.« Sean nickte. »Und er schützt uns auch vor seinen eigenen Extrembedigungungen, vergiß das nicht, nämlich durch die Anpassung.« Er strich zärtlich über ihren Nacken.

»Für Lavelle war das aber nicht Schutz genug«, gemahnte sie ihn und versuchte möglichst rational zu klingen.

»Er kann seine Leute nur hier beschützen, Yana. Wunder sind seltene Dinge.«

»Werde ich die Anpassungen auch entwickeln? Das braune Fett und die Schutzschicht unter der Haut?«

»Wenn du sie brauchst.«

Grob fuhr sie ihm mit dem Daumen über den nackten Unterarm und sah ihn fragend an.

»O ja, ich habe sie auch«, bestätigte Sean freundlich. »So wie einige weitere Anpassungen, die du aber selbst entdecken mußt. Einige von uns sind vollständiger angepaßt als andere. Ich, zum Beispiel, bin sogar noch mehr eine Kreatur Petaybees als Lavelle.«

»Das kann ich nicht glauben! Du siehst überhaupt

nicht anders aus. Und du hast nirgendwo auch nur ein Gramm Fleisch zuviel«, sagte sie beinahe vorwurfsvoll. Sie konnte sich nur zu genau an seinen Körper erinnern.

»Bist du sicher?« fragte er in neckendem Tonfall.

Da merkte sie zum erstenmal, daß sie ebenso nackt war wie er. Wann war das passiert? Und doch überraschte ihre gemeinsame Nacktheit sie nicht, sie erschien ihr so natürlich, als seien sie gerade in einer Sauna gewesen – und außerdem hatte sie seinen prächtigen muskulösen Körper ja auch wieder sehen wollen. Gewährte einem dieser verdammte Planet etwa drei Wünsche? Hatte sie ihre vielleicht schon ausgeschöpft, ohne überhaupt zu wissen, was sie wirklich wollte?

Ohne eigenes Zutun begannen ihre Hände seine warme Haut zu streicheln. Die Muskeln unter ihren Fingern fühlten sich erregend an. Dann küßte Sean sie leidenschaftlich, und Yana antwortete mit einer Glut, die sie lange nicht in sich gespürt hatte. Sean war so stark, so anmutig und plötzlich so verlangend. Er rollte herum und drang sanft und geschickt in sie ein. Er füllte sie aus, wie sie noch nie ausgefüllt worden war. Plötzlich war Sean so sehr mit ihr verbunden, wie sie es noch nie erfahren hatte. Sie war sie selbst, die es dem Drängen seines Rythmus gleichtat; und sie war er, der immer sanfter in sie glitt.

Wie sie sich aneinander klammerten, atemlos, ungläubig, schien sich dieser Augenblick auf gespenstische Weise in die Länge zu ziehen – und war doch nur kurz.

»Yana!« murmelte Sean ihr in ehrfürchtigem Ton ins Ohr.

»Ach, Sean!« Mit kraftlosen Armen drückte sie ihn an sich, vergrub ihr Gesicht in seinem Hals. Die Millionen Dinge, die sie ihm mitteilen wollte, blieben ungesagt, denn Worte hätten nur das Gefühl der Verbundenheit gestört.

Zum erstenmal in ihrem Erwachsenenleben überkam sie nach dem Sex der Schlaf. Eine Weile später schüttelte Sean sie sanft an der Schulter und küßte sie.

Yana mochte sich nicht bewegen. Sie wollte mehr von ihm und streckte die Hand aus, um ihn an sich zu ziehen. Doch er war bekleidet. Das ließ sie jäh erwachen.

»Wir müssen jetzt gehen, Yanaba«, sagte er, und seine Augen waren zärtlich und seine Hand sanft, als er damit begann, sie anzukleiden.

Auch das war ihr eine neue Erfahrung, von einem Liebhaber angekleidet zu werden.

Als sie ihre Stiefel anzog, nahm er ihre Hand, preßte sie gegen sein Bein und hob mit der anderen ihr Kinn, so daß sie in seine Augen blickte. Wieder stockte ihr der Atem. Er streichelte ihre Wange mit einer Berührung, die sie an eine andere erinnerte.

»Sean, wenn man dich vom Planeten brächte ... Wenn man dich vernähme wie Lavelle? Würdest du dann auch sterben? Torkel war ...«

Er legte einen Finger auf seine Lippen. »Ich weiß. Und ich kann hier nicht bleiben ...« Und sie wußte, daß er Kilcoole meinte, nicht nur diese Höhle. »Aber ich werde bestimmt noch mal zu dir zurückkehren ...« Die leise Betonung ließ ihr Herz einen Satz machen. »... Wann immer ich kann, Yanaba Maddock.« Er ließ seine Hand auf ihr Herz sinken. »Bin ich so in deinem, wie du es in meinem bist?«

»Ja.« Sie wußte selbst nicht, wie sie das so unverzagt eingestehen konnte. Aber es stimmte. Und es spielte auch keine Rolle, sollte er nicht wieder zu ihr zurückkehren. Sie würde Sean Shongili ihr ganzes Leben lang lieben.

»Komm, wir müssen uns beeilen.« Abrupt machte er kehrt und führte sie hinaus.

Als sie den Hang emporstiegen, schien ihr, als sei das Licht hinter ihnen nach und nach immer schwächer geworden. Der Morgen dämmerte, als sie unter dem Wasserfall hervortraten. Die Morgendämmerung welchen Tages? fragte sich Yana.

12. KAPITEL

Yana fühlte sich immer noch angenehm desorientiert von dem Erlebnis in der Höhle, als sie ins Dorf zurückgingen. Sie wußte nicht, wie weit sie bereits gegangen waren, als Sean ihre Hand zum Abschied drückte und zwischen den Bäumen verschwand. In Anbetracht ihres Gesprächs und seines plötzlichen Beharrens, die Höhle zu verlassen, überraschte sie das nicht sonderlich.

Der Himmel glich einer heilenden Wunde, er färbte den Morgen mit gelbbraunem Dunst, und selbst hier draußen im Wald roch es nach Raumhafen, was sehr ungewöhnlich war. Die Gerüche von Kilcoole waren meist sanft und frisch, doch nun füllte der Gestank erhitzter Raumsschiffschutzschirme die Luft und warf sein Leichentuch über die Wälder. Wie viele Kräfte waren wohl schon gelandet, seit Yana die Raumbasis verlassen hatte?

Als Yana aus dem Wald trat und auf die langgezogene Lichtung vor dem Dorf kam, trabte eine von Clodaghs Katzen auf sie zu. Und kurz darauf erschien auch Clodagh selbst.

Ein Lächeln belebte ihr Gesicht, als sie Yana umarmte und auf die Wange küßte. »Willkommen, Nachbarin. Ich wußte doch, daß du keine Probleme haben würdest.«

»Sean ist fort, Clodagh.«

»Sehr klug von ihm. Und du solltest dir auch ein Versteck suchen, Yana. Die Soldaten sind inzwischen im ganzen Dorf. Sie sind an dem Morgen gekommen, als wir vom Nachtgesang zurückkehrten.«

»Wann war das denn, um Gottes willen, Clodagh?«

»Gestern. Mach dir keine Sorgen. Für eine Außenweltlerin hast du gar nicht lange gebraucht. Giancarlo ist zusammen mit den anderen zu Seans Haus aufgebrochen, aber er hat auch nach dir gefragt.«

»Ich muß erst mit Torkel Fiske sprechen, bevor Giancarlo mich aufstöbert. Ist er auch da?«

»Ich glaube nicht. Aber Bunny wird es genauer wissen.«

»Wo ist sie denn?«

»Irgendwo zwischen hier und der Raumbasis. Die halten sie, Terce und Adak alle furchtbar auf Trab. Aber Adak dürfte wissen, wo sie ist.«

Doch es stellte sich heraus, daß Yana gar nicht erst zu dem Schnokelschuppen mußte. Sie trafen Bunny, begleitet von einer weiteren Katze, wie sie auf der Straße durch das Dorf auf sie zukam, das sich seit Yanas Aufenthalt in der Höhle gründlich verändert hatte. Schnokel transportierten uniformierte und in Parkas gekleidete Gestalten die Straßen hinauf und hinunter, während ähnlich gewandete Figuren zwischen den Häusern umherschlenderten und sich bemühten, so auszusehen, als würden sie Streife laufen und irgend etwas bewachen. Überall parkten die Schnokel auf den Straßen. Viele der Fahrzeuge waren mit Gerät beladen, und Yana sah zwei Kolonnen das Dorf verlassen. Einige Häuser weiter waren Korpssoldaten in Winteruniform damit beschäftigt, ein weiteres Fertighaus zusammenzubauen.

»Wie du siehst, sind wir besetzt worden«, meinte Clodagh. »Sláinte, Bunny.«

»Sláinte, Clodagh. Yana! Ach, Yana, du warst großartig. Ist das nicht wunderbar?« Für einen Augenblick war Yana wieder völlig verwirrt, als Bunny sie mit einer Umarmung begrüßte, doch dann wurde ihr klar, daß das Mädchen damit allein Yanas Begegnung mit der Höhle meinte und nicht etwa die intimeren Ereignisse danach. Aber die Erleichterung hinter Bunnys Freude machte Yana noch einmal deutlich, daß nicht alle die Kommunion als wunderbar oder auch nur als angenehm empfanden. Die Höhle – nein, der Planet – konnten jenen schaden, die er verwarf und die ihn ablehnten; Yana war sich nicht ganz sicher, nach welchen Kriterien das geschah. Sie war nur froh, angenommen worden zu sein.

Yana grinste das Mädchen an. »Das war es. Noch wunderbarer, als du dir überhaupt vorstellen kannst. Aber jetzt muß ich Torkel Fiske sprechen, Bunny.«

»Das ist doch ganz einfach«, meinte Bunny. »Er hat die Station gerade in Richtung Raumbasis verlassen. Ich bringe dich hinaus. Ich versuche immer, gerade dort draußen zu sein, wenn Oberst Giancarlo hier ist, und hier, wenn er sich dort aufhält, damit ihm nicht wieder seine Drohung einfällt, mir die Lizenz wegzunehmen.«

Das sonst so stille Flußbett hatte sich in eine regelrechte Schnellstraße verwandelt, auf der die Fahrzeuge aneinander vorbeijagten. Die Fahrt zur Raumbasis war nervtötend, weil es schon bald offenbar wurde, lange bevor Bunny den ungeschickt gelenkten Schnokeln auszuweichen begann, daß nicht jeder Fahrer auf einer derart schwierigen Bodenoberfläche so fähig fuhr wie sie.

Bunny setzte Yana am Kommandeursgebäude ab und fuhr noch vorsichtiger durch den dichten Schnokelverkehr zum Lazarett hinüber, wo sie hoffte, Diego zu finden.

Im Gegensatz zu dem geschäftlichen Treiben vor der Tür war es im Kommandeursgebäude ruhig. Die Tür zu einem der Innenbüros stand offen, und Jana konnte Torkels bronzefarbenes Haar im Licht seiner Konsole schimmern sehen.

»Hallo, Yana«, sagte er, als sie eintrat, die Tür hinter sich schloß und Platz nahm. Er schenkte ihr kaum einen Blick. »Ich habe gerade Funkverbindung mit meinem Vater. Ich spreche gleich mit dir.«

Sie wartete ab, während er sich wieder seinem Gespräch widmete.

»Großartig, Papa, dann sehen wir uns bald. Ende«, sagte er laut und betätigte die letzte Taste. Er lächelte noch immer, als er sich erwartungsvoll zu Yana umdrehte und fragte: »Was kann ich für Sie tun?«

»Sie haben mir Giancarlos Job angeboten. Ich will ihn haben.«

Er grinste. »Wäre ich nicht jetzt an der Reihe zu sagen: ›Das kommt aber plötzlich!‹?«

»Torkel, er versiebt die ganze Sache. Hören Sie, wir müssen uns mal ernsthaft darüber unterhalten, was hier auf Petaybee los ist. Und darüber, wie die Firma mit den Einheimischen umspringt.«

»Yana, ich möchte Sie an etwas erinnern, das die anderen zu vergessen scheinen: Bei den Einheimischen handelt es sich um Umsiedler, die vor gerade einmal zweihundertfünfzig Jahren von der Erde hierher verbracht wurden. Um Nachzügler, wenn man es mit unseren sonstigen Projekten vergleicht. Und nach meinem Gespräch mit Ihrem Freund Shongili habe ich den Eindruck, daß diese Leute für bloße Erntepächter auf Firmengelände verdammt anmaßend sind.«

»Das liegt daran, daß Sie nur einen Teil darüber wissen, was hier vorgefallen ist. Hören Sie, Torkel, Giancarlo hat mich beauftragt festzustellen, was mit Petaybee und den nichtgenehmigten Lebensformen los ist, und ich glaube, ich weiß es jetzt. Sowohl die Einheimischen als auch meine eigene Erfahrung bestätigen mir meine Schlußfolgerungen. Ich denke, nachdem wir uns unterhalten haben, werden Sie mir darin zustimmen, daß die Ausbeutungsoperationen nicht voreilig in Gang gesetzt werden dürfen und daß eine Evakuierung der Bewohner dieses Planeten auf keinen Fall in Frage kommt.«

»Entschuldigen Sie, meine Liebe. Die Firma fällt die Entscheidungen, nicht Sie, nicht ich, und ganz bestimmt nicht diese Analphabeten, die die Firma großzügigerweise hier angesiedelt hat.« Er zeigte ihr sein bestes Firmenvertreter-Pokergesicht. Die Auseinandersetzung mit Sean hatte seinem früher zur Schau getragenen Wohlwollen entweder einen schweren Schlag versetzt, oder dieses Wohlwollen war nur gespielt gewesen.

»Torkel, lassen Sie mich doch wenigstens ausreden, ja? Schließlich haben Sie mich gefragt.«

Er entspannte sich wieder. »Also gut. Schießen Sie los.«

»Bevor Sie mir auf die Finger hauen, möchte ich Sie daran erinnern, daß ich von der Firma damit beauftragt wurde, hier Ermittlungen durchzuführen. Damit sah ich mich dazu befugt, nicht nur zu untersuchen, was hier auf Petaybee geschieht, sondern mir auch Einblick in die dementsprechenden Firmenunterlagen zu verschaffen.«

»Sie haben sich Lavelle Maloneys Obduktionsdatei besorgt?« fragte er mit einem Grinsen wie von Wolf zu Wolf.

»Ja, das habe ich.«

Er zuckte mit den Schultern. »Ich hätte es vorgezogen, wenn Sie den Dienstweg eingehalten hätten, aber ich begreife Ihren Standpunkt. Und wenn Sie Lavelle Maloneys Freunden erklären können, daß ein Geburtsfehler für ihren Tod verantwortlich war und nicht unsere Verhöre, um so besser.«

»Das waren keine Geburtsfehler, Torkel.«

»Nicht?«

»Nein. Nach Aussagen Shongilis und der anderen waren das anatomische Anpassungen, die durch den Kontakt mit Petaybee entstanden.«

»Tatsächlich? Gibt es dafür Beweise?«

»Sean sagt, daß Untersuchungen bei sämtlichen ausgewachsenen Petaybee-Bewohnern ähnliche Anomalien zutage bringen werden.«

»Ich verstehe. Dann können wir wohl Sighdu und die andere Frau daraufhin untersuchen, nehme ich an.«

»Das können Sie auch, aber Sie müssen sie so schnell wie möglich nach Petaybee zurückbringen und die Untersuchungen hier unten durchführen. So, wie ich es verstanden habe, sorgen die Anpassungsmechanismen dafür, daß die Bewohner zwar für einen kalten Planeten geeignet sind, daß ihnen aber Temperaturen, die Sie als normal empfinden, außerordentliches Unbehagen bereiten. Und Recyclingluft dürfte Viren und Bakterien enthalten, denen ihr Immunsystem nicht gewachsen ist. Das war die Ursache für den Tod von Lavelle Maloney, und die beiden anderen könnten auch bald daran umkommen, wenn sie nicht wieder hierher verbracht werden.« Bevor er etwas einwenden konnte, fuhr Yana fort: »Torkel, solange die Firma keine Möglichkeit hat, das hochempfindliche Immunsystem an die vielen freigesetzten Viren und Bakterien auf Satelliten oder anderen Planeten anzupassen, wäre eine Umsiedlung, wie die Firma sie plant, so etwas wie ein Völkermord.«

»Das ist aber eine ziemlich dramatische Schlußfolgerung aus der Obduktion einer einzigen Petaybee-Bewohnerin, die man von ihren Planeten geholt hat, Yana. Außerdem sind es die Bewohner von Petaybee selbst, die diesen Schritt erforderlich machen, nämlich durch ihre Guerilla-Sabotage unserer geographischen und geologischen Erkundungsexpeditionen.«

Yana hob zynisch die Augenbraue. »Auf Petaybee gibt es keine Guerilleros, Torkel, keine Sabotage! Es verhält sich höchstens genau umgekehrt.«

»Wie sollte es? Der Firma gehört dieser Planet. Die Firma hat den Planeten terranisiert. Da hat sie auch das Recht auf Ausbeutung der Mineralvorkommen.«

»Die Firma mag vielleicht das Recht haben, die Oberfläche des Planeten zu besiedeln, Torkel, und unter gewöhnlichen Umständen hätte sie wohl auch das Recht, in gewissem Umfang die Früchte des Terranisierungsprozesses zu kassieren. Aber den Planeten selbst besitzen?« Sie schüttelte gemächlich den Kopf. »Der Planet war schon hier, bevor die Intergal gegründet wurde, ja, bevor man die Terranisierung erfunden hat. Dieser Planet gehört ihnen doch nicht!«

Torkel stieß ein verächtliches Schnauben aus. »Wenn nicht der Firma, wem dann wohl sonst? Mit Sicherheit nicht den Bewohnern, die die Firma überhaupt erst hierher gebracht hat.«

Yana musterte ihn mitleidig. »Nein, die bewohnen ihn nur. Der Planet gehört sich selbst. Er hat Bewußtsein, Torkel. Es ist ein Lebewesen.«

»Jetzt hören Sie sich schon an wie Metaxos und sein Junge.« Verärgert warf Torkel die Arme hoch.

»Das liegt daran, daß ich dasselbe gesehen habe wie sie. Das heißt, ›gesehen‹ ist nicht das richtige Wort. Es gefühlt, es erlebt und es gehört. Ich bin davon berührt worden. Die Einheimischen sagen, daß es eine Art der Kommunikation mit dem Planeten ist und daß man bereit sein muß, sich von ihm berühren zu lassen, sonst verliert man womöglich ebenso die Orientierung wie Metaxos. Oder man stirbt, wie einige der verschollenen Mannschaften, falls nicht mehr rechtzeitig Hilfe kommt.«

Er betrachtete sie einen langen Augenblick. »Und im Zuge dieses Prozesses ist Metaxos auch gealtert?«

»Das ist immerhin eine Möglichkeit. Wer sich gegen dieses Phänomen wehrt, dem kann es arg zusetzen.« Plötzlich fiel ihr etwas ein. »Meinen Sie ..., daß ich älter aussehe als beim letztenmal, da wir uns gesehen haben, Torkel?«

»Nein. Wenn überhaupt, dann jünger. Sie haben ein Leuchten an sich, das mich geradezu neidisch machen könnte.«

Sie lächelte wie eine von Clodaghs Katzen nach einem Happen Fisch. »Und davon abgesehen?«

»Nein. Sie behaupten also, daß Sie dasselbe durchgemacht haben wie Metaxos? Und sich nicht dagegen wehrte, weshalb Sie daraus verjüngt hervorkamen? Wo ist das denn passiert? In einem von diesen flüchtigen Mineralvorkommen?«

»Ich habe keine Vorkommen gefunden. Ich ... war in einer ganz gewöhnlichen Höhlenformation, wie ich sie auch schon woanders unter Bergen und Hügeln vorgefunden habe. Der Weltraumkarte zufolge befindet sich diese Höhle an keiner der Stellen, wo Ihre Instrumente Mineralreichtum gemessen haben.« Sie versuchte es mit einer anderen Taktik. »Hören Sie, die Einheimischen akzeptieren mich weitaus mehr als Sie, Giancarlo oder sonst jemanden. Damit bin ich wohl am besten geeignet, diese Operation so zu organisieren, daß es weder den Einheimischen noch dem Planeten abträglich ist.«

Torkel gewährte ihr sein gewinnendes Lächeln, das sie jedoch inzwischen als irritierend, selbstzufrieden und herablassend empfand. »Yana, nun kommen Sie mal wieder auf den Teppich! Uns gehört dieser Planet, und die Einheimischen sind rechtlich gesehen nichts als Angestellte. Außerdem finde ich, daß Sie sich hier, wenn Sie den Ausdruck entschuldigen wollen, auf ziemlich dünnem Eis bewegen. Bieten Sie sich tatsächlich für diesen Job an, oder sind Sie vielleicht in Wirklichkeit auf die Seite der Leute übergewechselt, die Sie doch eigentlich untersuchen sollten?«

»Warum müssen das denn unbedingt gegensätzliche Seiten sein?« entgegnete Yana und beugte sich vor, zwang ihn, Blickkontakt mit ihr herzustellen. »Wenn dies ein Firmenplanet ist und seine Bewohner Firmenangestellte sind, warum interessiert sich denn die Firma überhaupt nicht für sein Potential, das über das Gewöhnliche hinausgeht? Möglicherweise haben wir es hier mit etwas völlig Neuem zu tun, Torkel. Etwas, das auch nützlich wäre, ohne die Kosten der Terranisierung eines Planeten mit sich zu bringen.« Sie merkte sofort, daß sie mit dem Stichwort ›Kosten‹ ins Schwarze getroffen hatte, und es war auch nicht zu übersehen, daß ihn der Gedanke an etwas ›völlig Neues‹ nachdenklich machte. »Auf jeden Fall müssen wir eine Evakuierung oder auch nur die Versetzung eines einzigen Petaybee-Bewohners so lange verschieben, bis wir eine Möglichkeit gefunden haben, ihre Abhängigkeit von diesem Planeten irgendwie zu kompensieren.«

»Frischluft, Eiseskälte und keine Mikroben, die ihr defektes Immunsystem angreifen.« Torkel zuckte mit den Schultern. »Das dürfte nicht so schwierig sein.«

»Wenn es nur das wäre«, erwiderte Yana düster. »Ich spreche ja nur von dem, was ich bisher weiß. Bitte seien Sie vorsichtig.«

»Oh, wir sind durchaus vorsichtig. Da Sie sich schon solche Sorgen machen, wird es Sie freuen zu erfahren, daß auch mein Vater alle Ereignisse hier verfolgt hat, und auch er hat den Obduktionsbericht dieser Maloney gelesen. Da er die kurze Evolution dieses Planeten besser versteht als jeder andere, hat er sich dazu entschieden, persönlich eine Untersuchung zu leiten, um jede Möglichkeit einer Fehlentwicklung dieses Planeten auszuschließen. Typisch Papa – wenn er etwas ist, dann gewissenhaft. Und nichts macht ihm mehr Freude als ein neues wissenschaftliches Rätsel. Was mich anbelangt, ich bin da eher ein schlichtes, praktisch denkendes Gemüt. Ich glaube, daß sich das alles auf ziemlich unkomplizierte Ursachen zurückführen lassen wird.«

Es klopfte an der Tür. Torkel stand auf und schritt hinüber, trat in den Gang hinaus, wo er einige Worte sprach, dann öffnete er die Tür noch ein Stück.

Draußen stand Giancarlo zusammen mit Terce, dem Schnokelfahrer. Torkel zuckte mit den Schultern.

»Es tut mit leid, Yana. Und ich bin auch sehr enttäuscht, Ihnen dies sagen zu müssen. Aber Terce hier bestätigt Giancarlos Verdacht, daß Sie insgeheim einen Pakt mit den Guerilleros eingegangen sind und die Firma verraten haben. Ich fürchte, daß wir Sie zur Befragung einbehalten müssen.«

»Torkel ...« begann Yana. »Hauptmann Fiske. Dieser junge Mann gehört zu den Ver- ...«

»Eingedenk unserer Unterhaltung werde ich dafür sorgen, daß die Untersuchung so lange wie möglich hier auf Petaybee stattfindet, aber es könnte sich als erforderlich erweisen, Sie in eine technisch besser ausgestattete Einrichtung zu verbringen.«

Sie stand auf und machte auf dem Absatz kehrt, verkniff sich die Bemerkung, daß eine Entfernung von dem Planeten ihr wahrscheinlich kaum so viel Schaden zufügen würde wie den Bewohnern Petaybees.

Giancarlo sah sie böse an, als sie an ihm vorbeiging. Sie

hielt den Blick geradeaus gerichtet. Er preßte ihr die Hand auf die Schulter, damit sie innehielt. Seine Miene war feindselig.

»Wir suchen auch nach Dr. Shongili, Majorin Maddock. Sie könnten sich eine zusätzliche Anklage wegen Behinderung der Ermittlungen ersparen, wenn Sie uns mitteilten, wo er zu finden sein könnte.«

Yana sagte nichts.

Bunny Rourkes Schnokel stellte fast das Wichtigste in ihrem Leben dar, auch wenn es ihr nicht gehörte, dennoch zuckte sie nicht einmal zusammen, als sie sah, daß es nicht mehr dort stand, wo sie es geparkt hatte.

Sie war darauf eingerichtet, Diego und Steve Margolies ins Dorf zurück zu bringen, damit Steve dort Clodagh und die anderen kennenlernen und mit ihnen darüber sprechen konnte, was mit den beiden Metaxos geschehen war. Steve war auf dasselbe Fachgebiet spezialisiert wie Dr. Metaxos, und wenn man ihn nur dazu bringen könnte, die Sache unvoreingenommen anzugehen, würden sie sich damit eines weiteren Verbündeten versichern.

Bunny hatte es während des Nachtgesangs in der Höhle gespürt – nur ein allerleisestes Beben, nichts, was jemand, der mit dem Planeten nicht vertraut war, bemerkt hätte; doch der Planet war besorgt, verängstigt. Auch Sean hatte es gespürt, aber Bunny war sich sicher, daß er alles Negative aus seinem Geist verbannt hatte, um Yana zu helfen. Sie warteten darauf, daß Steve sein Gespräch mit dem behandelnden Arzt von Dr. Metaxos beendete, und so war sie mit Diego schon einmal losgegangen, um das Schnokel zu starten.

»Ich muß jetzt gehen«, sagte sie zu Diego gewandt. »Die haben mir mein Schnokel weggenommen, aber ich denke, du und Steve sollten den nächstmöglichen Transport nach Kilcoole nehmen.«

»Vielleicht kann die Majorin uns ja eins über ihren

Freund besorgen, diesen Fiske«, schlug Diego vor, der nicht begriff, was vorgefallen war.

Bunny schüttelte den Kopf, während sie sich von ihm löste. »Wenn mit der Majorin alles in Ordnung wäre, wäre mein Schnokel auch noch da.«

»Ich komme mit dir.« Diego kapierte es immer noch nicht.

»Ich muß zu Fuß gehen. Du würdest erfrieren.«

»Ach was, es ist doch warm heute. Ich ...«

»Nein. Wir treffen uns später. Bring Steve mit, dann werden wir ihn Clodagh vorstellen. Ich muß gehen, bevor die mich erwischen, Diego. Lebwohl.«

Sie hörte nicht mehr, ob er ihr Lebwohl erwiderte oder nicht, als sie zwischen die Gebäude huschte. Sie lief um den Fluß und hielt auf Kilcoole zu. Dort würde sie Charlies Hunde holen und sich woanders hinbegeben. Vielleicht in Sineads altes Blockhaus, wo Sinead gelebt hatte, bevor sie sich mit Aisling zusammentat. Die PTBs würden nicht wissen, wo das lag.

Bunny hoffte, daß Diego Yana berichten würde, was sie getan hatte, doch da wurde ihr klar, daß es wahrscheinlich stimmte, was sie zu Diego gesagt hatte: Mit Yana stimmte nicht mehr alles. Entweder hatte dieser rothaarige nette Hauptmann, ihr nicht helfen können, oder er war vielleicht doch nicht so nett, wie es schien. Ein Grund mehr für Bunny, ins Dorf zurückzukehren und Hilfe zu holen. Hinter sich vernahm sie weitere landende Shuttles und roch die Dämpfe der erhitzten Raumschiffhüllen. Es waren inzwischen so viele Firmenleute mit ihren Maschinen da. Diese Leute benahmen sich, als müsse ihr Volk alles tun, was sie verlangten.

Das Mädchen rannte nicht, um keine Aufmerksamkeit zu erregen. Sie versuchte, sich mit dem Rythmus des Windes und des Schnees zu bewegen, nur daß der Schnee heute nicht wehte sondern schmolz. Diego hatte recht. Es war ein sehr heißer Tag. Sobald Bunny meinte, außer Sichtweite der Raumbasis und der Flußstraße in Sicherheit zu sein, zog sie ihren Parka aus.

Sie konnte das Dröhnen der Schnokel auf dem Fluß hören: Das Geräusch war jetzt irgendwie gedämpft. Der Tag war wirklich sehr warm. Wärmer, als es jemals mitten im kurzen Sonner von Petaybee wurde, wenn der größte Teil des Schnees geschmolzen war und man im Haus kein Feuer mehr brauchte. Doch wie konnte das sein? Das Tauwetter wäre erst in einigen Wochen fällig gewesen, und selbst dann hätte es normalerweise erst einen Riß im Eis gegeben, am nächsten Tag eine weiche Stelle, und dann hätte sich das Eis in Bewegung gesetzt. In dieser Jahreszeit war es noch nie so früh derartig heiß geworden.

In der Ferne war eine Explosion zu vernehmen. Bunny war nicht überrascht. Sie hatte gesehen, wie heute morgen eine Schnokelkolonne des Korps mit Sprengstoff beladen von Kilcoole in Richtung Norden aufgebrochen war. Sie behaupteten, daß sie dort ›Erkundungen‹ durchführten, was aber nur bedeutete, daß sie Wunden in die Oberfläche des Planeten rissen.

Obwohl die Explosion sich sehr weit entfernt anhörte, ließen die Stoßwellen den Boden unter ihren Füßen erzittern.

Ihre Stiefel waren aus Leder und für trockenen Schnee geeignet. Sie besaß noch ein weiteres, wasserdichtes Paar, das sie im Früh- und Spätwinter trug, hatte aber noch nicht daran gedacht zu wechseln. Jetzt hätte sie es gebrauchen können. Die weichen Elchledersohlen ihrer Stiefel saugten die eisige Nässe des schmelzenden Schnees auf. Wenn sie nicht bis Nachtanbruch in der Nähe von Kilcoole war, würden ihre Füße erfrieren. Vielleicht hätte sie sich doch dichter an den Fluß halten sollen. Aber sie hielt es für schneller und sicherer, sich übers Land zu Onkel Seamus zu begeben. Sie hatte vor, den Rest der Strecke mit ihm nach Hause zu fahren.

Eine Brise wehte ihr ins Gesicht, Bunny nahm den Hut und die Handschuhe ab, stopfte sie in ihre Parkatasche und knöpfte im Gehen ihren obersten Pullover auf.

Wieder klang eine Explosion in der Ferne, und der

Boden unter ihren Füßen schlug aus, als würde sich der ganze Planet im Schmerz winden. Weshalb mußten sie das nur tun? Bunny kam auf den Gedanken, daß der Planet möglicherweise selbst die ungewöhnliche Hitze hervorbrachte, und zwar als Erwiderung auf diesen Angriff.

Der Boden bebte immer weiter, als sie nun etwas vorsichtiger durch den Wald schritt. Hier konnte sie sich dicht genug am Flußufer halten, um sich nicht zu verirren. Dort, wo der Schnee noch nicht allzu hoch an die Flußufer geweht war, konnte sie zwischen den Bäumen sogar gelegentlich die Schnokel aufblitzen sehen.

Wie lange war es her, seit sie Yana zur Raumbasis befördert hatte? Sicherlich erst ein paar Stunden, doch schon hatte der Fluß sich verändert. Das Eis sah nun fleckig aus; lange blaue Streifen zeigten an, wo die Kufen ihre Spuren hinterlassen hatten. Und es sah auch nicht mehr so aus wie der Rest des Bodens. Es glänzte und hatte eine Glasur von geschmolzenem Schnee. Bunny konnte sich nicht erinnern, daß das Eis des Flusses jemals so schnell geschmolzen war, andererseits hatte sie auf dem Fluß aber auch noch nie so viel Verkehr erlebt. Sicherlich beschleunigten die Reibung und die Belastung den Schmelzvorgang. Und außerdem war dies der wärmste Tag, den sie jemals in dieser Jahreszeit erlebt hatte.

Bunny hatte gerade die Stelle erreicht, wo Seamus normalerweise auf der gegenüberliegenden Flußböschung sein Eisfischerzelt aufzuschlagen pflegte, als sie ein lautes Geräusch vernahm, als hätte jemand unmittelbar neben ihrem Kopf eine Pistole abgefeuert.

Einige der rasenden Schnokel versuchten auf dem Eis zu bremsen, andere drosselten ihr Tempo und gerieten ins Schleudern. Wiederum andere, die mit derartig tückischen Verhältnissen erfahren waren, versuchten auszusteuern.

Bunny lief auf die Böschung zu und stürzte sich bis zu den Knien in den Schnee. Seamus kam aus seinem Zelt gelaufen, raste erst ziellos umher, dann blieb er stehen, starrte auf das Eis und sprang schließlich mit wedelnden Armen vor die Schnokel, um sie ans Ufer zu winken. Zwei Meter von ihm entfernt, zwischen ihm und den nahenden Schnokeln, war ein dreißig Zentimeter breiter Riß im Eis.

»Runter hier! Runter hier! Fahren Sie ans Ufer!«

Ein riesiger Eisbrocken löste sich und stürzte in das blaue Wasser. Das Eis, das während der Fahrt mit Yana zur Raumbasis noch mehr als dick genug war, sah inzwischen so dünn aus wie Glas! Entlang der Uferlinie begann es zu krachen, und Bunny sah, wie auch dort Sprünge entstanden. Der Wasserspiegel des Flusses schien zu steigen.

Ein Fahrer, der Seamus entweder nicht verstanden hatte oder ihm nicht glaubte, hielt voll auf ihn zu und stürzte in den Riß. Schnell tauchten die Schnokelkufen und die Windschutzscheibe im wirbelnden Wasser unter und rissen die Spalte noch weiter auseinander.

Das aus dem Fluß emporragende Fahrzeugheck war den nächsten Fahrern schließlich eine Warnung, doch leider nicht bevor drei weitere schlingernd die Kontrolle verloren hatten. Das eine Schnokel rammte eine Schneebank am Flußufer. Bunny stapfte durch den Schnee darauf zu und sprang über einen fünf Zentimeter breiten Riß im Eis. Sie spürte, wie die Oberfläche, die noch wenige Stunden zuvor hart und fest gewesen war, unter den schwammigen Sohlen ihrer Stiefel federte.

Die beiden anderen Schnokel waren beide auf das Heck des abgesackten Fahrzeugs geprallt und hatten es dadurch noch tiefer in den Fluß getrieben. Glücklicherweise besaßen die Schnokel verstärkte Kabinen, und die Fahrer der beiden, deren Kufen noch immer Halt auf dem Eis hatten, krochen unverletzt von ihren Sitzen. Seamus beugte sich über den Riß und versuchte, die Tür des sinkenden Fahrzeugs zu öffnen, um den Fahrer herauszuholen.

Bunny schob das Schnokel auf ihrer Seite des Risses

zurück in die Flußmitte. Obwohl es mit Gerät beladen war, glitt das Fahrzeug mühelos über das Eis. Bunny wußte, wie sie vorgehen mußte, denn sie hatte auch ihr eigenes Schnokel öfter aus tiefem Schnee oder von schwarzem Eis zerren müssen.

Der Fahrer öffnete unbeholfen die Tür und stürzte aufs Eis hinaus, wo er ungeschickt versuchte, wieder auf die Beine zu kommen.

»Steigen Sie wieder ein!« schrie Bunny ihm zu. »Holen Sie Hilfe in der Stadt!«

»In das Ding bekommt mich niemand mehr!« rief der Soldat und rannte ans Ufer.

Nun bremsten immer mehr Schnokel dicht vor dem Riß, der von Minute zu Minute breiter wurde, während sich die Eisbrocken ablösten und im Fluß versanken. Die Fahrer drängten sich an die Kante und versuchten, Seamus dabei zu helfen, ihren Kameraden zu retten.

»Hinlegen! Kette bilden!« schrie einer der Fahrer – die erste vernünftige Maßnahme, dachte Bunny.

Unentschlossen, ob sie das Schnokel besteigen sollte, um damit im Dorf Hilfe zu holen, oder ihrem Onkel und dem Fahrer zu Hilfe eilen sollte, entschied Bunny sich schließlich, zu helfen. Sie glitt auf dem Bauch über das Eis, dann packte sie einen von Seamus' Fußknöcheln, als er gerade die Tür des absaufenden Schnokels aufbekam. Der Fahrer fiel aus dem Fahrzeug in den Fluß, da vergrößerte sich der Riß noch um ein weites, riesiges Stück. Eine Eisscholle brach ab, und das aufgewühlte Wasser drohte den Fahrer sowie Onkel Seamus mit sich zu reißen. Nur Bunny hielt ihn noch am Knöchel fest.

Das Mädchen wurde nach vorn gerissen, doch sie klammerte sich fest und versuchte, Onkel Seamus noch mit der anderen Hand zu fassen zu bekommen.

Da griff etwas nach ihrer eigenen Hand, und sie packte den Arm ihres Onkels, ließ den Knöchel fahren, um seinen Unterarm mit beiden Händen zu greifen. In diesem Augenblick wurde ihr plötzlich klar, daß das Wasser warm war! Nicht etwa eiskalt, wie es hätte sein müssen, sondern beinahe heiß. Doch sie hatte keine Zeit, darüber nachzudenken, denn nun tauchte Seamus' Kopf im selben Augenblick auf, da Bunny spürte, wie sich das Eis unter ihrer Brust löste.

»Hierher! Hier herüber!« rief der Soldat auf der gegenüberliegenden Seite des Risses. Inzwischen hatten sie den Fahrer des gesunkenen Schnokels herausgeholt, und einige der anderen Soldaten brachten ihn ans Ufer. »Kommen Sie hierher, alter Mann, das kleine Mädchen schafft das nicht allein!«

Seamus nickte zustimmend, riß sich von Bunny los und schwamm zu dem Soldaten hinüber, zu dem sich sofort ein zweiter Mann gesellte. Zusammen zogen sie Seamus aus dem Fluß.

Bunny rutschte zurück, bis sie wieder festeres Eis unter sich spürte. Sie glitt weiter, dann hatte sie das verlassene Schnokel erreicht, dessen Motor immer noch lief. Sie stemmte sich auf den Fahrersitz und jagte das Schnokel mit solcher Wucht über das tauende Eis, daß es über die Kluft am Flußufer flog und auf der Böschung landete. Dann hielt sie den Wald entlang auf Kilcoole zu, um das Dorf vor dem für die Jahreszeit viel zu frühen Eisbruch zu warnen.

Nach Bunnys plötzlichem Aufbruch waren Diego Metaxos und Steve Margolies in ihre Unterkunft zurückgekehrt.

»Und, was hast du mit diesem Mädchen?« fragte Steve in scherzendem Ton. »Hegt sie auch ehrenwerte Absichten?«

Diego merkte, wie er errötete, was ihm peinlich war. Er hatte ursprünglich geglaubt, daß alles schon in Ordnung kommen würde, sobald Steve hier war, doch selbst jetzt fühlte er sich nervös und unsicher. Wohl gefühlt hatte er sich nur einmal, an jenem Tag im Dorf, da er sein Gedicht vorgetragen und alle es verstanden hatten. Nachdem er Steve wiedergesehen hatte, hatte Steve einige Zeit an Papis Bett zugebracht; danach hatten sich Steve, Hauptmann Fiske und Oberst Giancarlo stundenlang eingesperrt. Seit zwei Tagen war Steve, von kurzen Visiten im Lazarett abgesehen, damit beschäftigt, das zu organisieren, was er seine ›Expedition‹ nannte.

Diego hatte noch keine Gelegenheit gehabt, mit ihm darüber zu reden, und so nutzte er nun die Gunst der Stunde.

»Was hast du vor, wenn du da draußen bist?« fragte er Steve, als sie wieder in der Sicherheit ihrer Unterkunft waren.

»Dasselbe, was dein Vater versucht hat. Die Vorkommen zu orten, die Stelle zu markieren, Proben zu entnehmen.«

»Muß ja ein tolles Gefühl sein, Papis Job zu übernehmen«, meinte Diego. In seiner Stimme klang eine Verbitterung mit, von der er gar nicht gewußt hatte, daß er sie empfand – jedenfalls nicht gegen Steve.

»He, Söhnchen!« Steve hörte damit auf, Gegenstände in einen Beutel zu stopfen, und drehte sich zu ihm um. Seine braunen Augen blickten ihn verletzt an. »So ist das nicht. Nichts wäre mir lieber, als daß Frank wieder gesund wäre und die Expedition leiten könnte. Aber schließlich würde er ja auch nichts anderes wollen, als daß ich seine Arbeit fortsetze, nicht wahr?«

Diego zuckte mit den Schultern. »Vielleicht. Vielleicht auch nicht.«

»Was meinst du damit?«

»Bist du jemals auf den Gedanken gekommen, daß er möglicherweise in dieser Verfassung ist, weil er eben nicht weitermachen wollte?«

»Was? Du meinst, in diesen Zustand versetzt ...« Es war eindeutig, daß Steve es nicht glauben konnte. »... Weil er beim erstenmal versagt hat? Diego, mein Junge, das ist aber ein ziemlich wirrer Gedankengang.«

Diego zuckte erneut angewidert mit den Schultern. Es tat weh, über Papi nachzudenken. Er mochte nicht einmal im Ansatz darüber nachdenken, Steve auf die gleiche Weise verlieren zu können.

»Ich weiß nicht, Steve. Vielleicht ist diese Expedition doch keine so gute Idee. Was werden die tun, nachdem du das Zeug gefunden hast?«

»Du hast offensichtlich zuviel Zeit mit Bunny und den Dorfbewohnern zugebracht, Diego. Sei doch vernünftig. Die Firma hat eine Menge Geld in diesen Planeten investiert.«

»Ihr habt ihm ja nicht einmal eine Chance gegeben«, schoß Diego zurück. »Ich dachte, du würdest dich um Papi kümmern, wenn du hier bist, aber du willst nur seinen Job übernehmen. Du bist genau wie die ganzen anderen Firmenidioten. Du kümmerst dich einen Dreck um uns, um diesen Planeten, um irgend etwas anderes als die verdammte Firma!«

»Diego ... mein Sohn!«

»Ich bin nicht dein Sohn«, erwiderte Diego hitzig und stürmte zur Tür. »Auf Wiedersehen. Ich gehe meinen Vater besuchen. Solltest du in der gleichen Verfassung zurückkehren wie er, besorgte ich dir ein Bett neben seinem!«

Wenn die Männer und Frauen in ihren grünen Kitteln beschlossen, einen auf Herz und Nieren zu untersuchen, dann ließ man sie besser gewähren und machte mit. Vor allem dann, wenn die ganze Prozedur von einem Marineinfanteristen mit der Figur eines Kühlschranks überwacht wurde: Einer von diesen Typen, von denen man genau wußte, daß sie einige mächtig schmerzhafte Nervenblocker kannten, die sie am liebsten mal an einem lebenden Objekt ausprobieren wollten. Also ließ Yana die Prozedur über sich ergehen, auch wenn sie innerlich jeden Eingriff verabscheute. Wann immer sie konnte, warf sie einen verstohlenen Blick auf die Meßinstrumente und versuchte festzustellen, ob die Ergebnisse irgendwelche Veränderungen, Verbesserungen oder Abweichungen anzeigten. Bei den Röntgenaufnahmen hatte sie mehr Erfolg, konnte sogar die Verdickungen um ihre zahllosen wiederhergestellten, gebrochenen Knochen ausmachen. Doch dann drehte die hagere Ärztin mit dem Unterkiefer, der an einen Schraubstock erinnerte, die Monitore beiseite, so daß sie die Aufnahmen von ihren Lungen nicht erkennen konnte – ausgerechnet jene, die sie doch am dringendsten überprüfen wollte.

»Das ist schließlich *mein* Körper«, beschwerte sie sich. »Ich habe ein Recht darauf, mir das anzusehen!«

Man irgnorierte sie jedoch. Trotzdem fing Yana Begriffe auf wie ›ungewöhnliche Rückbildung‹, ›minimale Vernarbung‹, ›regenerativ‹ und ›Besserung‹: Die beiden letzten Worte hörte sie sehr gern, doch hätte sie ebensogern gewußt, wo die Besserung und die Regeneration genau stattgefunden hatten. Natürlich brauchte sie diese Leute nicht, um zu wissen, daß ihre Lungen wieder gesund waren. Das hatte Petaybee für sie getan. Ob sie glauben würden, daß der Planet dahinter stand? Höchstwahrscheinlich nicht!

Nach Abschluß der letzten Untersuchung hatten sich die Mediziner lange beraten. Immer wieder blickte einer von ihnen zu ihr herüber, als hätte sie Tentakel entwickelt, oder sich zu einer neuartigen Humanoidenspezies entwickelt, die sie am liebsten zum Wohle der Menschheit sezieren würden.

Yana versuchte sich zu entspannen – so gut dies eben auf dem harten Untersuchungstisch ging. Immerhin war sie erfolgreich genug, um erst von einer groben Hand aus ihrem Schlummer gerissen zu werden.

Der Soldat, den sie bei sich ›Sturauge‹ nannte, bezeichnete ihr mit einem Grunzen, daß sie ihm folgen solle. Dann bemerkte sie, daß Sturauge schwitzte: Er hatte große, feuchte Kreise unter den Achseln und am Handrücken. Draußen im Gang begriff sie auch, warum: Sie mußten die Heizung auf Höchstleistung gestellt haben. Er wies mit seinem Daumen in die Richtung, die sie nehmen sollten.

Yana prägte sich die Abbiegungen ein, die sie nahmen. Sie wünschte sich, Gelegenheit zu haben, einmal einen Grundriß der Raumbasis einzusehen. Sie spürte eine Reihe starker Erschütterungen durch ihre Papierpantoffel und zuckte zusammen. Das stammte nicht von harten Landungen.

Ihr Begleiter packte sie am Arm, zerrte sie einen Schritt zurück und rammte sie gegen eine Tür. Der Daumen bedeutete ihr einzutreten. Sie überlegte sich kurz, ob sie anklopfen sollte, doch als der Daumen drohend ein zweites Mal ruckte, öffnete sie schulterzuckend die Tür.

Ein Mann in den mittleren Jahren, von mittlerer Größe und mittlerer Hautfarbe, allerdings mit den Dienstgradabzeichen eines Fliegerobersten am Kragen, saß an einem kleinen Schreibtisch und betrachtete den kleinen Bildschirm. Zu ihrer Überraschung sah er sofort auf, als sie eintrat, winkte den Marineinfanteristen aus dem Zimmer und zeigte auf das einzige weitere Stück Mobiliar in dem unscheinbaren Büro, damit sie darauf Platz nahm. Dann schaltete er den Schirm ab.

»Majorin Maddock, ich bin Oberst Foyumi Khan, das buchstabiert sich K-H-A-N«, sagte er mit der Andeutung eines Lächelns.

»Psychologe?«

Er nickte. »Routinemäßig Tauglichkeitsüberprüfung«, sagte er in einer Weise, die sie beruhigen sollte – es aber irgendwie nicht tat. »In Anbetracht Ihres Zustands vor knapp sechs Wochen scheinen Sie sich inzwischen einer hervorragenden körperlichen Verfassung zu erfreuen. Dieser Planet scheint Ihnen zu liegen.«

»Es wäre wohl präziser zu sagen, daß ich ihm liege.«

Seine Augen weiteten sich fast unmerklich. »Ach ja?« fragte er aufmunternd. »Wie kommen Sie denn darauf?«

»Durch meinen verbesserten Gesundheitszustand natürlich«, antwortete Yana und tat völlig unschuldig. Dieser Seelenklempner war viel zu aalglatt. Sie fühlte sich fast geschmeichelt, daß die Intergal einen Mann dieses Kalibers auf sie angesetzt hatte. »Ein großartiger Ort für einen Erholungsurlaub.«

Wieder spürte sie in den Füßen eine dieser Erschütterungen. Auch Khan bemerkte es und runzelte leise die Stirn, blickte erst zu Boden, dann wieder zu ihr herüber. Sie erwiderte seinen Blick fragend, obwohl sie bereits zu dem Schluß gelangt war, daß diese Beben nicht davon herrühren konnten, daß irgend jemand auf dem Raufhafen eine Bruchlandung nach der anderen vollzog. Irgendwo fanden Sprengungen statt, und Petaybee wand sich offenbar angesichts des jüngsten Angriffs der Intergal auf seinen Mineralreichtum. Dieser verdammte Torkel! Er hatte kein einziges Wort von dem verstanden, was sie ihm mitgeteilt hatte.

»Sie haben also das Gefühl, daß dieser ... Planet einzig und allein für die Besserung Ihrer körperlichen Verfassung verantwortlich ist?«

»Na ja, wenn man verätzte Lungen hat, ist es sicherlich nicht verkehrt, frische Luft zu atmen, die nicht mit wer weiß wie vielen Zusätzen recycelt worden ist. Hinzu kommt der geregelte Tagesablauf, eine natürliche Diät, Wintersport und angenehme Gesellschaft.«

»Ich verstehe. Und diese angenehme Gesellschaft? Die bedeutet Ihnen viel?«

Yana zuckte mit den Schultern. »Ich stehe im Dienst der Firma. Ich begebe mich dorthin, wo man mich abkommandiert, und wenn es ein angenehmer Dienst unter netten Leuten ist, bin ich dafür dankbar.«

»Dankbar genug, um die Firma zu verkaufen, damit die netten Leute auch etwas davon haben?«

Nun mußte sie lächeln, als sie die Gelassenheit seines Blicks, die Ausdruckslosigkeit seiner Miene bemerkte. Hinter alledem steckte ein sehr kluger Mann.

»Weshalb sollte ich eine Firma verkaufen, die mich mit dem versorgt hat, was ich brauche? Vor allem, wenn ich gerade versuche, die Firma davon zu überzeugen, daß sie im Begriff steht, das Kind auszuschütten und dafür das schmutzige Badewasser wieder in Umlauf zu bringen.«

»Das Badewasser?«

»Herr Oberst, man hat mir den Auftrag erteilt, in Erfahrung zu bringen, was ich konnte. Dabei habe ich etwas in Erfahrung gebracht, das Hauptmann Fiske inakzeptabel findet. Er ist offensichtlich nur zu bereit, dem Wort des Mannes Glauben zu schenken, den ich seiner ursprünglichen Absicht nach eigentlich hätte ersetzen sollen; dazu kommt noch die Aussage eines geistig zurückgebliebenen Schnokelfahrers, der einen Groll gegen mich hegt. Und das alles nur, weil er auf etwas gestoßen ist, das er nicht verstehen kann.«

»Und Sie verstehen es?«

»Nein, ganz und gar nicht. Aber ich räume immerhin ein, daß es geschehen ist, zusammen mit meiner ...« Sie lachte leise. »... unerklärlichen Genesung.«

»Dann sind Sie dem Planeten dafür also dankbar?«

Sie sah, wie er mit diesem Gedanken spielte, und nickte. »Bei dem Planeten handelt es sich um mehr, als Fiske zu akzeptieren bereit ist.«

»Aber Sie sind es?«

»Ich bin es. Und wenn er einer alten Schiffskameradin nur genug Sinn und Verstand zugestehen würde, ein paar Bolzen festzuschrauben, nachdem sie gesehen hat, daß sie sich gelockert haben, täte er sich selbst, der Firma und mir einen gewaltigen Gefallen.«

»Und der wäre?«

»Er – und übrigens auch die Intergal – könnten von Petaybee sehr viel mehr haben als nur ein paar verwertbare Mineralien.«

»Und was könnten sie damit gewinnen?«

»Wissen aus erster Hand um eine neue intelligente Lebensform.«

»Welche Lebensform?«

»Dieser Planet.«

Der Psychologe musterte sie und lächelte: kein wirklich beruhigendes Lächeln, sondern eher schon mitleidig. Yana hob eine Augenbraue und nahm eine so aufsässige und entspannte Haltung ein, wie sie nur konnte. Sie hatte selbst genügend von den psychologischen Tests durchgeführt, um zu wissen, wie sie sich zu verhalten hatte: aufgeschlossen, entspannt, heiter, als hätte sie nicht die geringste Sorge.

Der Oberst feuerte die erwarteten Fragen auf sie ab, und sie gab ihm die Antworten, wobei sie dann und wann kurz innehielt, um zu überlegen, aber nicht lange genug, daß er darin ein Ausweichen oder Zögern erkennen konnte. Es funktionierte sowohl bei ihm als auch bei ihr, denn je komplizierter die Fragen des Seelenklempners wurden, um so mehr entspannte sie sich, da sie ganz genau wußte, welche Antworten erwünscht waren. Die hatten ihre Personalakte anscheinend wirklich nicht studiert.

Plötzlich, mitten in einer Frage, die eventuelle sexuelle Abweichungen bei ihr enthüllen sollte, brach er ab und starrte sie an – als würde er sie zum erstenmal erblicken.

»Sie kennen sämtliche Antwortparameter, wie?«

»Habe mich schon gefragt, wann Sie das wohl merken würden, Herr Oberst.«

Er lehnte sich soweit zurück, wie es der unbequeme Stuhl gestattete, und verschränkte die Arme vor der Brust. »Also schön, was steckt hinter dem Ganzen? Geben Sie mir eine offene Antwort.«

»Das habe ich schon getan, Herr Oberst. Ich kenne Hauptmann Fiske schon sehr lange. Er hat mich gebeten, für ihn ein wenig herumzuschnüffeln, da ich ja in einem Dorf auf Petaybee untergebracht bin. Das habe ich getan. Ich habe ihm Bericht erstattet. Er zieht es vor, mir nicht zu glauben. Es wäre das erste Mal, daß Kommandeure sich weigern, den Berichten der Aufklärung Glauben zu schenken, um sich statt dessen in die bequemeren Theorien der dritten Garnitur zu flüchten.« Sie zuckte erneut mit den Achseln und griff sich an den Kopf, kratzte sich, als stellte sie ein derart irrationales Verhalten vor Rätsel. Doch sie schwitzte, und das war nicht besonders förderlich, wenn sie ihren Standpunkt deutlich herüberbringen wollte. Nur, daß der Oberst noch heftiger schwitzte als sie. »Sagen Sie mal, hat man die Heizung hier so hoch aufgedreht, damit ich mich in meinen Papierhüllen nicht erkälte?«

Nun hatte der Oberst endlich freie Hand, ein Taschentuch hervorzuholen und sich damit Gesicht und Nacken abzuwischen. »Die Hitze steigt ständig. Ich dachte eigentlich, hier unten herrschte jetzt die kalte Jahreszeit.«

»Die Einheimischen nehmen bereits Wetten an, an welchem genauen Tag und zu welcher Uhrzeit das Eis auf dem Fluß bricht und stromabwärts treibt.«

Er warf ihr einen schrägen Blick zu, dann grinste er. »Wie haben Sie denn gewettet?«

»Ich?« Sie lachte leise. »Ich habe nicht genügend Geld, um es für Wetten zu vergeuden. Aber der früheste Termin ist noch Wochen entfernt.«

Wieder verspürten sie ein Rumpeln des Bodens, diesmal heftiger als alle vorherigen Erschütterungen.

Der Oberst ergriff die Schreibtischkante, als der Monitor auf seinem Ständer zu wackeln begann. Im selben Augenblick packte Yana die Seitenfläche des Schreibtischs.

»Irgend jemand verwendet da entschieden zuviel Semtex«, meinte der Oberst stirnrunzelnd. Yana grinste, denn ihr war gerade eine andere Erklärung für diese Erschütterung eingefallen.

»Erzählen Sie, was Sie wissen, Majorin«, riet ihr der Oberst, »solange Sie noch Gelegenheit haben, die Sache geradezubiegen. Es sei denn, Sie glauben, daß der Planet zurückschlägt?«

»Herr Oberst, wenn ich doch etwas für Wetten übrig hätte, würde ich wohl auf den Planeten setzen.«

In diesem Augenblick sprang die Tür auf. Fiske trat ein, die Augen zornig zu Schlitzen verengt. Hinter ihm folgten Giancarlo und Terce.

»Also gut, Yanaba, wo steckt er? Wie macht er das?«

Yana zog große Zufriedenheit daraus, gelassen zu bleiben, während drei verschwitzte, zornige Männer drohten, sich auf sie zu stürzen. »Ich vermute, daß Sie mit ›er‹ Dr. Shongili meinen?«

»Das wissen Sie doch genau.« Fiske baute sich vor ihr auf.

»Ich weiß nicht, wo Dr. Shongili ist, Hauptmann Fiske. Wie sollte ich auch, da ich doch die letzten vier, fünf Stunden hier ... beschäftigt gewesen bin.«

»Er ist irgendwo auf diesem Planeten ...«

»Das will ich hoffen«, murmelte Yana.

»... und ich werde ihn aufstöbern und herausbekommen, wie er das macht.« Fiske schnippte mit den Fingern in Richtung Fußboden.

Yana brauchte ihre Überraschung nicht erst zu heucheln. »Sie denken, daß er seinen Planeten in die Luft jagt, um Sie aufzuhalten?« Es fiel ihr tatsächlich schwer, ihr Lachen zu unterdrücken. »Er besitzt keinen Sprengstoff. Über den verfügt allein die Firma. Und weshalb sollte er überhaupt seinen Planeten in die Luft jagen?«

»Ich weiß nicht, wie er das macht, aber er ist dafür verantwortlich.«

»Womit denn?« schoß Yana zurück. »Es sei denn«, räumte sie heimtückisch ein, »daß er den Planeten dazu aufgefordert hat, sich zu wehren, um Ihre Bemühungen zu behindern, ihn seiner natürlichen Ressourcen zu berauben.«

Fiske stemmte wieder das Kinn vor und verkniff sich zähneknirschend eine Bemerkung. Statt dessen verlagerte er seine Gefühle in den Griff seiner Finger um ihren Arm, als er sie grob vom Stuhl riß.

»Sie kommen mit!« Dann begann er, sie im Polizeigriff aus dem Raum zu führen.
»In diesem Aufzug?« fragte sie. Ein Teil ihres schweißdurchtränkten Papierkleids war auf dem Stuhlsitz klebengeblieben. Und in seiner Hast, sie in Bewegung zu setzen, hatte sie auch einen ihrer Papierpantoffel verloren.
»Hauptmann!« brüllte der Oberst in einem Ton, den nicht einmal ein Torkel Fiske ignorieren konnte. »Sie werden der Majorin gestatten, sich anzukleiden, bevor sie diese Einrichtung verläßt!«

13. KAPITEL

Zweifellos hatte Giancarlo im Sinn, sie zu demütigen, als er Sturauge befahl, im selben Raum zu bleiben, in dem Yana sich anziehen sollte. Doch um Yana aufzuregen, genügte kein Sturauge. Fast wäre sie beleidigt gewesen, daß Giancarlo das von ihr glauben konnte! So ignorierte sie ihren Zuschauer und nutzte die Dusche, um sich schnell abzuspülen, bevor sie sich ankleidete. Sie lächelte, als sie bemerkte, daß man ihr Standardkleidung bereitgelegt hatte und keine Winterausrüstung. Es gab viele subtile Formen der Folter, doch das Erfrieren wurde nur selten verwendet.

Als Sturauge sie dann durch den Korridor zum Treffpunkt trieb, war sich Yana einigermaßen sicher, daß diese Schikane nach hinten losgegangen war – und zwar zu ihren Gunsten. Denn tatsächlich war es draußen fast ebenso warm wie im Gebäude, so daß sie sich in ihrer leichten Kleidung weitaus behaglicher fühlte als die anderen.

Man stieß sie in ein Bodenfahrzeug – sie konnte

gerade noch rechtzeitig den Kopf einziehen, um nicht gegen den Türrahmen zu prallen –, in dem sich schon mehrere Trupps befanden, die in ihrer Winterkleidung heftig schwitzten. Dann ging es hinaus auf die Startbahn, wo ein Hubschrauber sie erwartete. Beim Einsteigen konnte sie einen kurzen Blick auf weitere Luftkampffahrzeuge und einige große Überlandtransporter werfen. Dabei bemerkte sie auch zwei dunkle Kreise, von denen einer einen beträchtlichen Durchmesser aufwies, wo die ganze Landebahn samt Plastbeton abgesackt war. Sie überlegte, ob der Planet wohl genau wußte, welche Ziele er angreifen mußte.

Yana hatte gerade Platz genommen, da begann das Fahrzeug schräg zur Seite zu kippen.

»Starten! Starten! Starten!« schrie Torkel, als der Pilot Anstalten machte, erst den Schaden zu begutachten.

Insgeheim beobachtete Yana die Launen des Planeten mit größtem Vergnügen, obwohl sie auf der hinteren Sitzreihe zwischen Giancarlo und Sturauge eingekeilt war. Sturauge hatte die Arme vor der Brust verschränkt und starrte geradeaus, ignorierte den Anblick, den ihnen die gewölbte Windschutzscheibe aus Plexiglas ermöglichte. Dafür musterte Yana die Szenerie um so eindringlicher.

Der große Landeplatz war von Kratern übersät. Als das Fahrzeug einen Bogen flog und in nordöstlicher Richtung auf Kilcoole zuhielt, sah Yana unter sich das Dorf; als er dann im Schrägflug Kurs auf die Berge nahm, stockte ihr beim Anblick des Flusses der Atem, denn er war von dunklen, dampfenden Rissen durchzogen. Seine Oberfläche war mit Schnokeln übersät, die entweder kopfüber in die Risse gestürzt oder auf großen Eisbrocken gestrandet waren. In Richtung Raumbasis wurden einige wenige Fahrzeuge gerade von Männern entladen, die sich bis aufs Hemd ausgezogen hatten, während weiter vorn Männer und Frauen emsig damit beschäftigt waren, einander vorm Ertrinken zu retten und sich gegenseitig ans Ufer zu helfen. Zwei weitere Schnokel suchten nach Schnee, der noch fest genug für ihre Kufen war, während ein Soldat ihnen voranging und dort Markierungen anbrachte, wo der Schnee sich noch nicht in Matsch verwandelt hatte.

Yana hoffte, daß Bunnys Schnokel nicht auch zu den Gestrandeten zählte und daß man das Mädchen nicht zur gleichen Zeit verhaftet hatte wie sie selbst. Sie fragte sich auch, wo Sean wohl stecken mochte, aber soviel war sicher: Er würde bestimmt nicht dort sein, wo dieser Hubschrauber sie hinbrachte. Sie landeten auf derWeide, auf der einst die Lockenfelle gestanden hatte. Yana meinte, eins der dunkleren Exemplare versteckt in einer Baumgruppe gesehen zu haben, doch es hätte ebensogut ein großer brauner Strauch sein können. Als die Soldaten mit gezückten Waffen in das Haus eindrangen, machte es einen verlassenen Eindruck. Jedenfalls empfand Yana die stille, kühle Luft im Innern so. Und von Seans ungewöhnlich großen Katzen war nicht einmal ein Barthaar auszumachen. Torkel führte den Trupp durch den Verbindungsbau zu den Laboratorien, begleitete von Giancarlo, während Sturauge Yana hinter ihnen hertrieb.

»Ich will jede Diskette, jede Datei, sämtliche schriftlichen Aufzeichnungen, Notizbücher, einfach alles«, rief Torkel über die Schulter gewandt dem Zugführer zu. »Alles wird zur Basis verbracht. Die Anlage hier ist unter strengste Bewachung zu stellen und mit Alarmeinrichtungen zu versehen, damit jeder, der hier eindringt, aufgegriffen werden kann.«

»Die Tiere sind alle fort«, brüllte Giancarlo wütend. »Offensichtlich ist er noch einmal hierher zurückgekehrt, um sie freizulassen. Aus denen hätten wir einige Rückschlüsse ziehen können.«

Der Zustand der Gehege sagte Yana, daß sie schon eine ganze Weile leerstehen mußten. Wahrscheinlich hatte Sean als allererstes dafür Sorge getragen, nachdem er von ihr fortgegangen war.

»Sie haben doch wohl nicht im Ernst damit gerechnet, daß die hier lammfromm auf uns warten, Herr Oberst, oder?« fragte Torkel und nahm wieder seine Pose amüsierter Herablassung an.

»Verdammt, Fiske, ich habe Ihnen doch gesagt, daß wir ihn schon viel früher hätten dingfest machen müssen, nämlich unmittelbar nach dem Nachtschwoof dieser Einheimischen.«

»Aber ich dachte, daß dies eine viel zu gute Gelegenheit sei, als daß meine verdeckte Ermittlerin sie sich hätte entgehen lassen dürfen«, erwiderte Torkel und lehnte sich dabei gegen die Wand. Genau an derselben Stelle, an der Sean sich am ersten Tag unserer Begegnung angelehnt hat, dachte Yana. »War das die Zusammenkunft, auf der alle ihre Befehle erhielten, Yana? Haben Sie dort die Seiten gewechselt?«

»Ich habe die Seiten nicht gewechselt, Hauptmann Fiske. Ich bin immer noch eine Firmenmitarbeiterin, die der Firma behilflich sein möchte, so gut sie kann.«

Giancarlo hob beide Fäuste, und sie erwiderte sein Starren, forderte ihn stumm heraus, seine Drohung doch wahr zu machen.

»Sie wollten doch beide, daß ich feststellen sollte, was herauszubekommen sei. Und genau das habe ich auch getan«, fuhr Yana fort. »Es ist schließlich nicht meine Schuld, daß ich Ihnen nicht erzählen kann, was sie gern hören würden. Mir hat ja niemand mitgeteilt, was das sein soll.«

»Terce hat gesagt, daß Sie übergelaufen sind«, brüllte Giancarlo. »Er hat Sie mit den anderen fortgehen sehen, um Hochverrat zu planen.«

»Wohin hat er uns denn gehen sehen?« fragte sie und hoffte inbrünstig, daß sich ihre Vermutung als richtig erweisen möge. »Bis zum Tagesanbruch waren wir in der Halle, und danach sind die meisten von uns zur heißen Quelle gegangen, um uns zu waschen.«

»Diese fette Frau mit den vielen Katzen ist die Rädelsführerin.«

»Clodagh?« Yana ließ ihrer Fassungslosigkeit und ihrem Erstaunen freien Lauf und lachte laut los. »Wenn Terce Ihnen das erzählt haben sollte, Herr Oberst, dann dürften Sie wohl der einzige auf Petaybee sein, der noch nicht weiß, daß der Junge nicht alle Tassen im Schrank hat.«

In diesem Augenblick piepste das Funkgerät, und Torkel schaltete es ein. Er lauschte, und im nächsten Augenblick huschten Ungläubigkeit, Verärgerung und schließlich das nackte Entsetzen über sein Gesicht.

»Zurück! Zurück zum Hubschrauber!« Hastig drängte er sie mit seinem Arm zurück. »Das Shuttle ist abgestürzt!«

Yana überlegte angesichts Torkels Reaktion, ob vielleicht sein Vater, der alte Whittaker Fiske, mit diesem Shuttle hatte kommen sollen. Sie überlegte sich kurz, ob sie im gegenwärtigen Durcheinander nicht fliehen sollte. Sturauge befand sich ein gutes Stück von ihr im Gang, da wäre es ein leichtes, zu entkommen. Andererseits war sie sich sicher, daß sie Giancarlos Verdacht deutlich entkräftigt hatte. Wenn sie jetzt bliebe, könnte sie größeren Einfluß nehmen. Vielleicht würde sie Torkel sogar mit etwas Glück dazu bringen, ihr endlich einmal ernsthaft zuzuhören. Und falls sein Vater nicht tot sein sollte, könnte es ihr vielleicht gelingen, auch dem alten Mann etwas Vernunft beizubringen. Wenn sie jetzt aber das Weite suchte, würde sie damit nur einer Vorverurteilung Vorschub leisten. Petaybee aber sollte wenigstens einen Fürsprecher am Firmengerichtshof haben. So schlenderte sie also auf Sturauge zu, dem gerade erst klar wurde, daß sie nicht mehr in seiner Nähe war.

»Hast du mich vermißt, großer Junge?« fragte Yana und schritt an ihm vorbei zu dem wartenden Hubschrauber hinaus, wo sie neben Giancarlo schlüpfte und es Sturauge überließ, seine Körpermassen zwischen sie und das Schott zu zwängen. Sie ignorierte das Durcheinander und Torkels Befragung des Hubschrauberpiloten. Wahrscheinlich war sie die einzige, die an Sturauge vorbei auf den Eis befreiten Fluß hinüberblickte. Sie zuckte zusammen und traute ihren Augen nicht, als sich etwas, das sie erst für einen Felsbrocken gehalten hatte, plötzlich in eine Robbe verwandelte und mit erstaunlicher Schnelligkeit und Anmut in das Wasser glitt.

Wie lange war die Robbe denn schon dort gewesen? Hatte sie womöglich das Haus beobachtet? Oder drehte Yana nun durch?

»Die Regeneration ist um so bemerkenswerter, als sie so ganz und gar unwahrscheinlich ist«, sagte der Mediziner zu seinem Kollegen, als sie vor Diego durch den Krankenhauskorridor schritten. »So etwas habe ich noch nie gesehen. Und auch noch in so kurzer Zeit. Die Frau hat sich doch vorher die Lunge aus dem Leib gehustet und hätte das Jahr normalerweise nicht mehr überlebt.«

Der Mann an seiner Seite stellte ihm eine Frage, die Diego nicht verstehen konnte, doch er vermutete, daß sie über Yana sprachen.

»Nein, keine Transplantation. Das würde ich ja auch für sehr viel wahrscheinlicher halten als eine Genesung, aber sie hat nicht die geringsten Narben.«

Die beiden Ärzte bogen am nächsten Gang rechts ab, während Diego nachdenklich weiterging. Bunny hatte schon erwähnt, daß sich Yanas Gesundheitszustand seit ihrer Ankunft auf Petaybee gebessert hatte. Er schnaubte wütend. Seinem Vater aber ging es nicht besser. Was, wenn ... Dann blieb der Junge abrupt stehen und hielt für lange Zeit inne. Das Beben unter seinen Füßen riß ihn schließlich aus seinen Gedanken – und erinnerte ihn an weitere Bemerkungen Bunnys, die er nur halb verstanden hatte. Weshalb war sie nur nicht da, wenn man sie brauchte? Weshalb war sie von der Basis abgehauen, als sei irgend jemand hinter ihr her?

Im Augenblick wünschte Diego sich nichts sehnlicher,

als Papi nach Kilcoole und zu Clodagh zu bringen. Schließlich hatte Petaybee seinen Vater in diese Verfassung gebracht, da könnte Petaybee ihn ja wohl auch wiederherstellen, genau wie Yana!

Auf der Station herrschte nicht viel Betrieb, genau wie Diego es erhofft hatte. Papi saß aufrecht in seinem Stuhl und war sogar angekleidet. Diego hatte sich einen zweiten Parka übergezogen – was bei der Hitze äußerst unangenehm war. Selbst sein Vater schwitzte ein wenig. Diego ergriff den Rollstuhl und begann mit seinem Geplapper, um vor den anderen Leuten auf der Station nicht aufzufallen.

»Papi, du glaubst gar nicht, was wir heute für ein Wetter haben, deshalb fahre ich dich jetzt ein Stück spazieren. Wäre doch gelacht, wenn wir nicht die Spinnweben aus deinem Kopf wegpusten könnten. Ganz locker, Papi, bleib einfach sitzen, ja?«

Wie üblich quittierte sein Vater seine Worte nicht einmal mit einem Blick.

Diego fuhr ihn aus dem Krankenhaus in den Gang und von dort auf die Rampe vor dem Lazarett.

Nun wurde ihm zum erstenmal bewußt, wie laut es auf der Raumbasis war und wie sehr sich die Temperatur und die Luft verändert hatten, Schnokel, die noch vor kurzem über die schneebedeckten Wege gesaust waren, fuhren nun mit dem schmelzenden Schnee um die Wette. Neue Fahrzeuge, Gabelstapler und Lastraupen, mühten sich, das angelieferte Gerät zu den Verladedocks zu bewegen. Eine der kleineren Raupen war damit beschäftigt, ein in einer Schneeverwehung feststeckendes Schnokel abzuschleppen.

Plötzlich ging ein Ruck durch den Boden; der Gehsteig brach an einem Ende ein, und der Rollstuhl löste sich aus Diegos Griff und raste die Rampe hinunter.

Diego machte einen Satz und fing ihn auf, bevor er sich überschlug und sein Vater in den Schlamm stürzte. Leute rannten an ihm vorbei, zogen die Köpfe ein, während ein weiteres Krachen den Boden erschütterte. Als Diego den Blick hob, sah er, daß sowohl die Rampe als auch das feststeckende Schnokel mit laufenden Motoren einsam dastanden, nachdem die Fahrer sich in Sicherheit gebracht hatten. Die Raupe war nur wenige Meter entfernt, aber der Rollstuhl steckte im Matsch fest.

»Komm schon, Papi, jetzt mußt du mir etwas helfen«, sagte Diego und fingerte am Sicherheitsgurt des Rollstuhls, um ihn zu öffnen. Er legte den Arm seines Vaters um seine eigenen Schultern und versuchte, ihn auf die Beine zu zerren, aber Franzisco war schlaff wie ein Wassersack. Diego wandte den Blick von dem vergreisten, verständnislosem Gesicht ab und musterte die Raupe.

Er änderte seine Taktik. Er ließ seinen Vater wieder in den Rollstuhl gleiten und sprang auf die Raupe zu. Dieses Fahrzeug zu lenken dürfte sich nicht wesentlich von anderen unterscheiden; er konnte bereits mit Luftkissenfahrzeugen umgehen und hatte zugesehen, wie Bunny ihr Schnokel fuhr. So enthakte er die Abschleppkette und ließ sich in den Fahrersitz fallen, um nach dem Gashebel zu tasten.

Nach einigen Versuchen gelang es ihm, den Rückwärtsgang einzulegen, dann lenkte er das Fahrzeug zu der Stelle, wo sein Vater zusammengesackt im Rollstuhl saß. Er legte den Leerlauf ein, sprang hinaus zu seinem Vater und zerrte den schlaffen Arm wieder über seine Schultern, um den alten Mann auf die Beine zu bekommen. Es war hoffnungslos! Papi hing einfach nur schlaff da und konnte sich nicht rühren. Jeden Augenblick würde der Fahrer zurückkehren, oder es würde irgend jemand vorbeikommen und sie beobachten, dann hätte er diese geradezu perfekte Gelegenheit verpaßt.

»Was, zum Teufel, hast du vor?« fragte plötzlich jemand hinter ihm.

Vor Schreck wäre Diego fast aus der Haut gefahren, doch dann erkannte er Steves Stimme, als der Lebenspartner seines Vaters sich ihm auch schon in den Weg stellte.

»Ich habe euch überall gesucht. Ich habe die Explosionen gehört ...«

»Uns geht es gut«, erwiderte Diego hitzig. »Und es ginge uns sogar noch besser, wenn du uns nicht gefunden hättest. Ich muß Papi hier irgendwie wegschaffen.« Herausfordernd schob er das Kinn vor und blickte Steve geradewegs ins Auge.

Steve erwiderte den Blick, sah Diego an, als sei er verrückt geworden. Und dann zuckte er plötzlich mit den Schultern. »In Ordnung, Diego, wie du willst. Aber dann komme ich mit.« Und dann hievte er Diegos Vater in seine Arme, als sei der vom Schlag gerührte Mann leicht wie ein Säugling, um mit ihm auf den Beifahrersitz der Raupe zu steigen.

Diego kletterte in den Fahrersitz und schaffte es nach zwei Versuchen, den Vorwärtsgang einzulegen und die Raupe in Richtung Dorf in Bewegung zu setzen.

Brüllend kam Bunny in den Schnokelschuppen. Adak war rot angelaufen und wedelte mit den Händen, als er sich mit einem uniformierten Soldaten stritt, aber Bunny hatte keine Zeit für Höflichkeiten und mußte sie unterbrechen.

»Adak, schnell, wir müssen das Dorf warnen! Der Fluß bricht viel zu früh auf, eine Menge Schnokel sitzen dort fest. Seamus ist in einen Riß gestürzt, der größer als ein Baum war, als er versuchte, einen der Fahrer zu retten, und die anderen mußten ihn wieder herausholen.«

»Dann lauf und sag es Clodagh, Bunka. Sie wird das Dorf verständigen, un dich fordere Hilfe per Funk an.«

»Ich habe Ihnen doch gerade gesagt, mein Herr, daß ich Sie ablöse,« warf der Soldat ein.

»Gut. Dann setzen Sie sich ans Funkgerät«, erwiderte Adak. »Und ich werde dieses Fahrzeug nehmen, um die gestrandeten Fahrer zu retten.«

»Das dürfen Sie nicht, mein Herr. Das ist ein firmeneigenes Schnokel und kein Privatfahrzeug«, widersprach der Soldat. »Außerdem weiß ich nicht, wie man mit diesem Ding umgeht«, ergänzte er und musterte dabei das Mikrofon.

»Schön, dann mache ich das, und Sie helfen den Fahrern, aber bleiben Sie mit ihrem Schnokel vom Fluß weg. Und stehen Sie jetzt um Himmels willen nicht hier rum, um irgendwelche Einwände vorzubringen, Mann«, fauchte Adak.

Bunny grinste, als der Soldat wortlos ins Schnokel stieg und mit rasender Geschwindigkeit auf seiner eigenen Fahrspur zurückfuhr. Bunny sprintete aus dem Schuppen, während Adak seine Kopfhörer aufsetzte und das Mikrofon aufnahm.

Doch was immer er ins Funkgerät gesprochen haben mochte, verlor sich im Lärm, den die Schlittenhunde in der ganzen Stadt mit ihrem klagenden Geheul veranstalteten. Als Bunny auf dem Weg zu Clodagh bei Lavelle vorbeikam, staunte sie noch mehr über die Kapriolen von Lavelles Hunden. Immer noch an ihren Hütten festgebunden, standen einige von ihnen heulend auf den Dächern; andere lagen am Boden, wo sie abwechselnd winselten und bellten. Dinah, das Leittier, hatte sich in eine panische Akrobatin verwandelt: sie zerrte an ihrer Leine, raste vor und zurück und lief wild im Kreis umher, bis sich die Leine verhedderte, so daß sie sich bald den Hals wundscheuern würde. Bunny blieb stehen und löste das Wirrwarr.

Arme Dinah. Sie vermißte Lavelle wohl sehr, dachte Bunny, doch als sie stehenblieb, um sie anzufassen, empfing sie, wie ein drängendes Aufblitzen, einen seltsamen Gedanken: *Der Junge, der Junge, muß hin, muß hin, muß den Jungen holen, laß mich ihn holen, muß hin, braucht mich, Freund, Freund, braucht mich, braucht mich, braucht mich, muß hin, hin, hin sofort …*

»Ruhig, Dinah, ganz ruhig«, sagte Bunny. Sie empfand es nicht als seltsam, mit einem Hund zu sprechen. Merkwürdigerweise war es da schon, daß der Hund ebenfalls zu sprechen schien! »Diego geht es gut, Dinah. Ich habe ihn gerade erst gesehen. Paß mal auf, ich mach dir einen Vorschlag: Du kommst mit mir, dann suchen wir zusammen Clodagh, in Ordnung? Lauf also nicht weg, wenn ich dich jetzt losmache. Die Maloneys haben auch so schon genug Schmerz zu verkraften, um dich nicht auch noch verlieren zu müssen.«

Je mehr sie Dinah entwirrte, um so ruhiger wurde das Tier, doch als die Hündin schließlich frei war, riß sie sich aus Bunnys Griff los und jagte in Richtung Fluß davon.

»Verdammt, Herr Hauptmann! Wo kommt denn dieser Vulkan her?« fragte der Pilot Torkel, als der Hubschrauber auf die westlich gelegenen Koordinaten des Absturzpunktes zuhielt, die ihnen von der Raumbasis mitgeteilt worden waren. Sie waren noch ein gutes Stück von der Stelle entfernt, als er in Richtung Backbord zeigte.

Da seine Bemerkung knisternd durch jedermanns Kopfhörer geisterte, blickte auch Yana hinüber. Das feurige Glühen, das Leichentuch aus Asche, das in der Luft hing – beides war deutlich zu erkennen. Die Luft war immer noch voller Turbulenzen nach den ursprünglichen Ausbrüchen, und der leichte Hubschrauber wurde umhergeschüttelte wie ein Tischtennisball.

Der Boden unter ihnen wogte und entwickelte Risse, während Asche und Rauch aus dem frisch hervorgesprengten Kegel pumpten, der auf einem der flachen Berge im Westen entstanden war. Die Sicht war schlecht, vom Boden stiegen Schlieren an den Himmel. Jetzt begriff Yana, daß einige der Erschütterungen, die sie im Lazarett bemerkt hatte, von diesem Vulkanausbruch stammen mußten.

Zwischen Giancarlo und Sturauge eingekeilt, konnte Yana ungehindert zwischen dem Piloten und dem im Kopilotensessel sitzenden Torkel nach vorn blicken. Das

Panorama war alles andere als beruhigend. Es sah dort aus wie nach einem schiefgelaufenen Terranisierungsprozeß.

Als sich der Hubschrauber dem neu entstandenen Vulkan näherte, war eine Menschenmenge unter ihnen zu sehen. Man winkte ihnen zu.

Torkel ergriff das Kopilotenmikrofon. »Hier Fliegender Fisch. Können Sie sehen. Bitte identifizieren Sie sich. Ist Dr. Whittaker Fiske unter Ihnen? Kommen.«

Yana war ziemlich überrascht, daß die Antwort fast sofort kam. »Fliegender Fisch, hier Mannschaft Bumm Bumm. Wir können Sie sehen. Wir haben zwei Schwerverletzte bei uns. SOS. Erbitten schnellen Transport zur Raumbasis. Kommen.«

Der Pilot betätigte den Sendeschalter an seinem eigenen Mikrofon. »Hier Fliegender Fisch, Bumm Bumm. Verstanden. Landen eins-null-null Meter östlich von Ihnen. Kommen.«

Doch Torkel aktivierte erneut sein Kopilotenmikrofon, bevor die abgestürzte Mannschaft etwas erwidern konnte. »Bumm Bumm, hier Hauptmann Torkel Fiske an Bord der Fliegender Fisch. Ist Dr. Whittaker Fiske oder ein anderes Mitglied seiner Mannschaft bei Ihnen? Kommen.«

»Negativ, Hauptmann Fiske. Petaybee ist ungefähr im selben Augenblick explodiert, als der Shuttle zur Landung ansetzte. Die Turbulenz hat das Fahrzeug aus dem Kurs geworfen, und wir mußten Evakuierungsmaßnahmen einleiten, bevor wir nach Überlebenden suchen konnten. Tut uns leid, Herr Hauptmann. Kommen.«

»Bumm Bumm, hier Fliegender Fisch. Mir tut das auch leid, aber Sie werden sich noch etwas gedulden müssen, bis wir per Funk bei der Raumbasis ein anderes Rettungsfahrzeug angefordert haben, um Sie zu bergen. Wir müssen als erstes nach Überlebenden suchen.«

»Dort kann ich nicht hineinfliegen, Herr Hauptmann», sagte der Pilot und warf Torkel einen beunruhigenden

Blick zu. »Das Zeug würde die Düsen verstopfen. Lassen Sie mich die Verletzten aufnehmen und Bodenunterstützung anfordern.«

»Meinen Vater zu finden hat oberste Priorität«, versetzte Torkel im Befehlston. Yana konnte sein Gesicht nicht sehen. Sie überlegte sich kurz, ob Torkel seinen Vater wegen seiner Bedeutung für die Mission retten wollte oder nur weil Dr. Fiske eben sein Vater war.

»Fliegender Fisch, Sie können uns hier nicht zurücklassen. Unsere Verletzten sind in einem sehr kritischen Zustand, und wir anderen leiden unter Atemnot wegen der Asche. Hier unten ist es erstickend, Herr Hauptmann. Bitte nehmen Sie wenigstens die Verletzten auf. Bumm Bumm Ende.«

Der Pilot flog einen Bogen und setzte zur Landung an, ohne Torkels Befehl zu befolgen, mitten in die wabernden Aschewolken hineinzufliegen. Yana sah, wie Torkel nach seiner Handfeuerwaffe griff, doch der Pilot hatte offensichtlich mit Schwierigkeiten gerechnet.

»Tut mir leid, Herr Hauptmann«, sagte er und richtete eine Pistole auf Torkel. »Aber Sie und die anderen werden erst einmal aussteigen müssen, während wir die Verletzten an Bord nehmen. Ich werde ein weiteres Luftfahrzeug und auch Bodenunterstützung für Sie anfordern, sobald wir wieder in der Luft sind.«

Sturauge griff zur Waffe und hatte seine Aufmerksamkeit auf den Piloten statt auf Yana gerichtet. Mit einem Hieb gegen sein Handgelenk nahm sie ihm die Waffe ab, bevor er oder Giancarlo reagieren konnten. Dann richtete sie die Mündung mit einer Hand unter Giancarlos Ohr und leerte sein Pistolenhalfter mit einer Reihe schneller, geübter Bewegungen, die ihren Nahkampfausbilder mit Stolz erfüllt hätten. Sturauge lehnte sich drohend in ihre Richtung, doch Yana schüttelte den Kopf und stach dabei beredt mit der Waffe nach Giancarlo. »Dieser Teil des Flugzeugs ist gesichert, Pilot«, sagte Yana in ihr Kehlkopfmikrofon.

Der Pilot zeigte ihr den aufgereckten Daumen und sagte zu Torkel: »Ich werde auch Ihnen die Handfeuerwaffe abnehmen, Hauptmann. Und nur für den Fall, daß die Herren später behaupten wollen, dies sei eine Meuterei, möchte ich doch darauf hinweisen, daß höhere Offiziersdienstgrade sicherlich wissen dürften, daß ich Pilot dieses Luftfahrzeugs bin. Demzufolge bin ich auch für die Dauer dieses Einsatzes der befehlshabende Offizier. Danke, Majorin.«

Er setzte den Hubschrauber auf, und die Leute schwärmten auf ihn zu. Dann öffnete er Torkels Luke mit einem Tritt. »Hinaus mit Ihnen, Hauptmann. Und Sie da, Obergefreiter, machen Sie gefälligst Ihre Luke selbst auf und steigen Sie aus. Sie ebenfalls, Oberst.«

Als die anderen aus dem Hubschrauber gesprungen waren und der Pilot sich umdrehte, um ihr nachzusehen, bemerkte Yana, daß er ein Deckoffizier war: ein grünäugiger Mann mit schwarzen Locken, breiten, hervortretenden Wangenknochen und jener leichten Schrägstellung der Augen, die sie mit den Einwohnern von Petaybee zu identifizieren begonnen hatte. Auf seinem Namensschild stand O'SHAY.

14. KAPITEL

Die Raupe holperte die Flußböschung hinunter und fuhr in die Baumgruppe hinein, sicher und langsam – allerdings viel zu langsam für Diego. Was war, wenn jemand sie erwischen und versuchen sollte, sie zurückzubringen? Was würde dann mit ihnen geschehen? Würde man Papi dann vom Planeten schaffen? Würde man sie voneinander trennen? Würde man ihn wegen Diebstahls der Raupe vor Gericht stellen?

Stunden schienen zu vergehen, während das Fahrzeug langsam aber beharrlich kleine Hügel nahm und durch Furten und schmelzenden Schnee fuhr, der dem Fluß entgegenströmte.

Die Raupe hatte auch kein Dach, weshalb der außergewöhnlich heiße Tag der reinste Segen war, sonst wären sie vielleicht alle erfroren. Diegos Vater lag schlaff gegen Steve gelehnt da, der ihn festhalten mußte, damit er nicht aus dem Fahrzeug stürzte.

Selbst die Raupe hatte Schwierigkeiten mit dem matschigen, eisigen Gelände. Diego lenkte sie einen Hügel hinauf und auf der anderen Seite wieder herunter, da rutschte das Fahrzeug seitlich in einen Graben ab.

»Versuch, es in Bewegung zu halten!« rief Steve. »Vorwärtsgang, Rückwärtsgang, Vorwärtsgang, Rückwärtsgang! Bis es sich selbst freigegraben hat.«

Doch der Kettenantrieb fand keinen Halt. Diego legte den Leerlauf ein und kletterte hinunter, um sich die Sache genauer anzuschauen. In diesem Augenblick hörte er das Geräusch jenseits der Baumgruppe und merkte, daß sie nicht die einzigen waren, die in Schwierigkeiten steckten.

Er bedeutete Steve mit einem Handzeichen, wohin er gehen wollte, dann stapfte er durch den Schlamm, bis er den Waldrand erreicht hatte. Die schneebedeckte Straße, die die Schnokel bis dahin so unbekümmert benutzt hatten, war inzwischen durch einen dreißig Zentimeter breiten Spalt vom Ufer getrennt. Ein Soldat winkte mit seinem Parka, um den nahenden Verkehr daran zu hindern, sich zu den zwanzig, dreißig Fahrzeugen zu gesellen, die wie verrückt über die Reste dessen glitten, was von dem einstmals zugefrorenen Fluß noch übrig war. Unter den Schnokeln und den Stiefeln ihrer Fahrer gähnten riesige, dampfende Risse, und immer mehr Eisschollen brachen ab, um im blauschwarzen Wasser davonzutreiben.

Diego sah mit an, wie ein Eis brach und ein Schnokel abrutschte, sein Eisfloß aus dem Gleichgewicht brachte

schon nicht helfen willst, … brauchst du nicht. … wenigstens weiter!« Als
er nach dem Türhaken mit s… Bunka griff, erfaßte sie
grinsend seine Hand. »Den…
Komm schon.«

Sie wartete nicht erst ab, ob er i… Tatsächlich folgte,
sondern rannte sofort zu ihrer Tante … hinüber.
Moira und ihre drei ältesten Söhne, Nanra … Tutiak und
Tim, schirrten Charlies Hunde an, während Maureen
und 'Naluk, die ältesten Mädchen, Decken und andere
Vorräte zu den Schlitten schleppten. »Tante Mo… der
Fluß taut auf …«

»Ich weiß, Bunka. Steh nicht einfach da rum! Hilf uns gefälligst! Seamus ist draußen auf dem Fluß.«

»Er ist im Augenblick in Sicherheit, Tante. Die Soldaten haben ihn herausgezogen. Aber sie brauchen alle Hilfe.«

Tutiak knurrte sie an: »Was glaubst du wohl, was wir hier tun?«

»Kein Grund, unhöflich zu deiner Cousine zu sein, Tutiak«, sagte Moira und schlug nach ihm. »Es tut ihm leid, Bunka. Wir nehmen Charlies Hunde, um am Fluß behilflich zu sein. Oder hast du etwas dagegen?«

»Ist schon in Ordnung«, erwiderte Bunny. »Ich muß es Clodagh sagen.«

»Ach«, meinte Tim. »Als ob irgend jemand Clodagh erst etwas erzählen müßte.«

Bunny machte auch noch bei Aisling und Sinead halt, wo ihr als erstes auffiel, daß die Hunde nicht im Hof waren. Schon beim ersten Klopfen ging die Tür auf, und sie erblickte Aisling in ihren wasserdichten Stiefeln, die Arme voller Decken.

»Es taut schon früh, Aisling und …«

»Ich weiß.«

»Woher denn?«

»Alice B. hat es von den anderen Hunden erfahren. Sinead und die Hunde sind bereits unterwegs.«

»Langsam wird es sogar für die Hunde zu matschig. Wir werden die Lockenfelle brauchen.«

»Hast du Ad n, Sean anzurufen?«

Bunny spür ich plötzlich etwas in ihrem Innern zusammenk . »Nein! Ich … Aisling, die Soldaten haben Yan enommen. Ich glaube, Sean ist in Schwierig .«

»Geh warne Clodagh«, entschied Aisling. »Ich werde enachrichtigen, die es noch nicht mitbekommen h n, dann treffen wir uns dort.«

M nem Abschiedswinken rannte Bunny durch die Dä merung weiter zu Clodaghs Haus. Clodagh hielt e e Lampe in der Hand, als sie die Tür öffnete. Es war eine der Katzen zu sehen; dann erschien doch noch eine von ihnen und nutzte sofort die Gelegenheit, um an Bunny vorbeizustreichen, auf den Tisch zu springen und herzzerreißend zu miauen.

»Marduk sagt, daß Yana nicht nach Hause gekommen ist, um ihn zu füttern«, dolmetschte Clodagh.

Bunny sackte atemlos auf Clodaghs Bett zusammen. »Sie wollte sich bei Hauptmann Fiske für uns verwenden, aber das scheint schiefgegangen zu sein. Clodagh, der Fluß taut auf …«

Clodagh nickte mit einiger Befriedigung. »Natürlich, das Eis des Flusses war der schnellste Verbindungsweg zwischen der Raumbasis und uns. Der Planet beschützt uns – und sich selbst.«

»Seamus ist beinahe ertrunken, als er einem der Soldaten helfen wollte«, erzählte Bunny, ohne zu fragen, woher Clodagh wußte, was der Planet begriffen hatte oder zu tun versuchte.

»Dieser Seamus«, meinte Clodagh kopfschüttelnd. »Typisch von ihm, daß er helfen wollte. Geht es ihm gut?«

»Er ist draußen auf dem Eis mit den anderen. Sie sitzen immer noch fest. Und das ist noch nicht alles, Clodagh. Denn als ich bei Lavelle haltgemacht habe, um Dinahs Geschirr zu entwirren, da ist Dinah … Na ja, es war, als würde sie zu mir *sprechen*. Sie war ganz aufgeregt wegen

»Ja, das stimmt wohl«, erwiderte Diego niedergeschlagen und rückte einen Stuhl vor seinen Vater. Bunny bemerkte, daß er dabei darauf achtgab, keine der Katzen zu verschrecken, obwohl Marduk eine Pfote hob, als wollte er nach dem Löffel schlagen.

Mit einer Grimasse wandte Bunny den Blick ab, als sich der Löffel den Lippen des Manns näherte: Das war der abstoßende Teil, wenn das Zeug nämlich vom Löffel fiel und das Kinn herabtropfte. Wenigstens brauchte Diego seinem Vater nicht auch noch die Lippen zu öffnen, um ihm die Nahrung in den Mund zu schieben. Doch als sie wegsehen wollte, sagte Diego plötzlich: »He, Paps! hervorragend! Das war ja großartig. Nimm noch einen Bissen.«

Als Bunny die beiden wieder ansah, beherrschte ein zufriedenes Grinsen Diegos Miene: Die Augen seines Vaters waren zwar immer noch stumpf, und er saß auch noch unverändert schlaff da, doch wenigestens kaute er das weiche Gulasch. Dadurch ermutigt, füllte Diego den Löffel aufs neue; die Katze auf der Schulter seines Vaters schnüffelte an dem Löffel, versuchte aber nicht, danach zu schlagen. Bunny fand, daß Dr. Metaxos' Augen sogar ein wenig zentrierter aussahen, während er kaute.

In diesem Augenblick ging die Tür auf, und Aisling stürmte wie ein Wirbelwind herein, dicht gefolgt von Steve Margolies. Draußen vor der Tür erblickte Bunny Sinead, die einem der Lockenfellpferde vor dem Haus etwas ins Ohr flüsterte.

»Clodagh«, rief Aisling fröhlich, »Sinead und die Lokkenfelle haben unten am Fluß ganze Arbeit geleistet und den Schnokeln aus der Patsche geholfen. Inzwischen sind alle an Land und auf dem Weg hierher. Wir haben sämtliche Schnokel bei Adak abgeliefert, aber der ist so beschäftigt, daß ich mir dachte, ich schau mal bei dir nach, um zu sehen, ob du vielleicht etwas für ihn zu essen hast. Er wird wohl die ganze Nacht dort zubringen. Und der auftauende Fluß ist auch nicht das einzige Problem. Weißt du noch, wieviel Qualm wir gesehen haben und wie der Boden gebebt hat? Das stammt von einem Vulkanausbruch drüben, wo Odark Lavelle und Siggy mit deinem Jungen und seinem Pa gefunden hat.« Als sie die ungläubigen, erstaunten Mienen bemerkte, grinste Bunny breit. »Und die Bergbauarbeiter, Ingenieure und Firmenleute, die dort mit der Arbeit anfangen wollten, wurden von dem Vulkan erwischt.« Die Reaktion der anderen auf diese Nachricht bereitete Bunny soviel Freude, daß sie sich mit der Zunge über die Lippen fahren mußte.

Nur Clodagh wirkte nicht überrascht.

»Und außerdem ist auch noch ein Shuttle abgestürzt, fast direkt über dem Vulkan, wie Adak erzählt, und die Überlebenden haben geschrien wie am Spieß. Na ja, und dieser aalglatte Rotschopf von einem Hauptmann, der immer hinter Yana hergehechelt ist, ist mit ihr und Giancarlo und irgendeinem anderen Soldaten hingeflogen, um nachzusehen, ob irgend jemand von den Shuttle-Passagieren überlebt hat. Sie haben es bis zu dem Bergbautrupp geschafft, und dann«, Aislings Miene verdüsterte sich vor Empörung, »wollte dieser Hauptmann doch tatsächlich die ganzen verletzten Bergbauarbeiter und alle anderen einfach im Stich lassen, obwohl sie gerade mit Asche und Lava bombardiert wurden, um statt dessen nach dem Shuttle zu suchen! Könnt ihr euch so etwas vorstellen, daß der doch glatt die Verwundeten liegenlassen wollte, seine eigenen Leute? Und daß er verrückt genug war, mit dem Hubschrauber in diese Mauer aus Hitze und Qualm hineinfliegen zu wollen? Aber wie der Zufall es so wollte, war der Pilot Rick, der älteste von Orla O'Shay, der sich vor fünfzehn Jahren zum Dienst verpflichtet hat. Zusammen mit Yana Maddock hat er den Hauptmann, den Oberst und den anderen Burschen dazu gezwungen, auszusteigen und die Verwundeten zu bergen. Dann hat er per Funk ein Fahrzeug angefordert, um sie und die anderen Überlebenden abzuholen.

Adak hat mit ihm gesprochen, als wir reinkamen. Sinead sagt, daß sie aus eigenen Quellen weiß, daß auch Sean verschollen ist; sie macht sich große Sorgen wegen ihm und Yana. Der O'Shay-Junge sagt, daß Yana den Oberst und seinen Burschen entwaffnet hat, und zwar keinen Augenblick zu früh. Dr. Steve möchte einen Transport organisieren. Er meint, er muß sich den Vulkan selbst anschauen.«

Sie machte eine Pause und holte tief Luft, um grinsend hinzuzufügen: »Sieht nämlich so aus, als dürfte Petaybee an dieser Stelle überhaupt keine Vulkane ausbrechen lassen.«

»Bunka, bring doch bitte eine Schüssel Gulasch rüber zu Adak, und sieh nach, ob es irgend etwas Neues gibt, ja?« sagte Clodagh in einem Tonfall, der ganz und gar nicht nach einer Bitte klang.

»Na klar, Clodagh«, erwiderte Bunny.

»Sind Sie diejenige, die ich wegen eines Transports fragen soll?« fragte Steve Margolies und musterte die große Frau verwundert.

»Essen Sie erst einmal etwas«, erwiderte Clodagh gastfreundlich und reichte ihm eine Schale, bevor sie eine weitere Schüssel füllte, um sie Bunny für Adak mitzugeben.

»Nach den Strapazen unten am Fluß müssen Sie gut essen, auch im Hinblick auf alles andere, was Sie vorhaben mögen.«

Steve fuhr sich mit einer matten Hand übers Gesicht, als sei ihm erst jetzt wieder eingefallen, daß Essen ja auch etwas Lebenswichtiges war. Er nahm die Schale entgegen, suchte sich einen Platz und ließ den Blick durch den Raum schweifen.

»He!« rief Steve Margolies mit vor Erstaunen weit aufgerissenen Augen. »Schaut euch einmal Frank an. Er *streichelt* ja die Katze!«

»Natürlich, ist doch eine gute Übung für seine Finger«, warf Clodagh nüchtern ein. »Das weiß doch jeder, daß Tiere gut für Leute unter Streß sind.«

Auch Bunny grinste, als sie sich mit der Gulaschschüssel auf den Weg zu Adak machte.

Trotz des Deckels mußte sie sehr vorsichtig sein, um das Gulasch nicht zu verschütten. Sie huschte schnell zu ihrem eigenen Heim hinüber, wo sie ihre durchnäßten Lederstiefel austauschte und einen Topf mit Essen für ihre Hunde aufsetzte. Dann machte sie sich wieder auf den Weg und blickte bei Moira durchs Fenster. Die Cousins und die Hunde mußten zurückgekehrt und erneut fortgegangen sein, denn Seamus saß drinnen am Herd und schlug sich den Bauch mit Moiras Suppe und ihrem Brot voll. Moira war emsig am Kochen. Jetzt, da Bunny wußte, daß Seamus wieder heil zu Hause war, konnte sie leichten Herzens weitergehen.

Als sie wieder bei den Maloneys vorbeikam, wurde Bunny von Dinahs unglücklichem Geheul begrüßt. Sie würde den Hund auf dem Rückweg streicheln und trösten. Im Augenblick mußte sie sich um Adaks erkaltende Gulaschsuppe kümmern, und außerdem würde ein kluger Hund wie Dinah möglicherweise versuchen, auch den einen oder anderen Happen davon zu stibitzen. Also schnalzte sie dem Hund nur ermunternd zu und ging weiter.

Vor Adaks Schuppen parkten sechs, sieben Schnokel, doch waren sie weder gereinigt noch gewartet oder aufgetankt worden. Drinnen hatte Adak die Kopfhörer aufgesetzt und das Mikrofon vor dem Mund, während er vor dem Funkgerät zusammengekauert dasß. Bunny glitt neben ihn auf einen Stuhl und schob das Gulasch in seine Richtung. Er wirkte etwas erschrocken, als es plötzlich vor ihm auftauchte, nahm es aber ohne zu fragen entgegen. Tiefe Furchen hatten sich in sein Gesicht gegraben, und seine Augen wirkten eingesunken, doch sein ganzer Körper schien unter Strom zu stehen. Eine vorzeitige Eisschmelze und ein neuer Vulkan mochten zwar als Katastophen gelten, unterm Strich aber blieb die Tatsache, daß der heutige Tag wohl der aufregendste in der

Geschichte von Kilcoole war, seit die ersten Expeditionsmannschaften unten am südlichen Rand des Packeises von einer Springflut verschlungen worden war.

»Das tut mir leid, Raumbasis«, sagte Adak mit einiger Unruhe, »aber bevor es nicht wieder starken Frost gibt, können die Schnokel dort keinen verläßlichen Transport sicherstellen. Kommen.« Es gelang ihm, etwas von dem Gulasch zu löffeln. »Ja, sicher, auf dem Schnee können die natürlich fahren, das ist nicht das Problem, es sind die Flüsse, verstehen Sie, und wenn Sie das nicht glauben sollten, fragen Sie mal Ihre Leute, die man heute aus dem Wasser gefischt hat. Kommen.

Tatsächlich? Das tut mir natürlich auch leid. Wirklich eine Schande, daß Dr. Fiskes Shuttle abgestürzt ist, sicher verstehen wir, wie sehr die Sache drängt. Kommen.« Hastig schlang er noch etwas von dem Gulasch herunter.

»Nein, natürlich ist ein Erkundungsflug unmöglich, wenn die Asche und der Rauch so dicht sind, wie Sie sagen. Ich würde vorschlagen, daß Sie ein paar Lastenhubschrauber organisieren und die Schnokel an den Rand des betroffenen Gebiets befördern, dann können Sie feststellen, ob die Schnokel auf der Asche überhaupt fahren. Allerdings werden Sie dann immer noch das gleiche Problem mit dem Matsch haben wie wir. Kommen.

Die Flüsse, habe ich gesagt, guter Mann! Auf Petaybee gibt es mehr Flüsse und Seen, als man zählen kann, und wer weiß schon, welche davon schon so früh geschmolzen sind? Normalerweise müßte es im Hochland um diese Zeit noch länger frieren, aber ein Vulkan ... Das ist eine ziemlich knifflige Sache. Ich bin ja kein Wissenschaftler wie Sie, aber ich könnte mir vorstellen, daß so etwas das Land ganz gut aufheizt. Kommen.

Wie ich schon sagte, organisieren Sie den Lufttransport eines Schnokels bis zu der Stelle, wo O'Shay die Verwundeten geborgen hat. Ich wette, daß Yana Maddock es fahren kann, auch wenn Ihre beiden Offiziere das nicht können sollten. Kommen.

Was haben die getan? Wann denn? Wo haben Sie das erfahren? Äh ... Also gut, kommen.

Ja, dann verstehe ich schon, wie sehr es drängt. Hören Sie, ich werde in der Zwischenzeit versuchen, ein paar von den Einheimischen im Dorf darauf anzusetzen. Das Problem ist, daß die Maschinen unter den jetzigen Umweltbedingungen hier nicht besonders gut funktionieren. Deshalb verwenden wir ja auch Tiere. Ich melde mich wieder bei Ihnen. In Ordnung. Ende.«

»Was war denn das mit Yana?« fragte Bunny ungeduldig.

»Na ja, sieht so aus, als hätte O'Shay sofort nach dem Start Hilfe angefordert, und der andere Hubschrauber ist ihm auf halben Weg entgegengekommen. Er hatte fast schon wieder die Raumbasis erreicht, als sie zurückfunkten, daß sie eigentlich die anderen Überlebenden hatten bergen wollen, aber daß Fiske, Giancarlo und der Obergefreite Levindoski die Majorin Maddock überwältigt und sie dazu gezwungen haben, mit ihnen ins Ausbruchsgebiet zu fliegen, um nach Dr. Fiske zu suchen. Die hohen Tiere sind ganz schön sauer und wollen sie unbedingt zurückpfeifen, aber die Aschewolken würden alle verfügbaren Maschinen nur blockieren, und für die Tiere ist es auch nicht besonders gut.«

»Ich wette, die Lockenfelle können es schaffen, falls es überhaupt geht«, widersprach Bunny standhaft. »Die wurden auf der Erde für Wüsten- und Schneegebiete gezüchtet und können bei Bedarf ihre Nüstern verschließen. Und ihre Augen verfügen über eine Schutzlinse.«

»Vielleicht«, meinte Adak und schlürfte etwas von dem Gulasch. »Ist nur schwer nachzuvollziehen, weshalb irgend jemand ein gutes Lockenfell aufs Spiel setzen will, nur um so einen Boß von der Firma zu retten.«

15. KAPITEL

Mit der Waffe in der Hand hielt Yana Giancarlo, Torkel und Sturauge so lange in Schach, bis die Verwundeten in den Hubschrauber geschafft worden waren. Torkel hatte sich immerhin soweit gefügt, daß er dabei behilflich war, Sturauge und Giancarlo jedoch standen abseits und funkelten Yana böse an. O'Shay hatte, bevor er die Luke zuschlug, noch ein rotweiß gestreiftes Rechteck hinausgeworfen. Yana hob es auf und stellte fest, daß es ein Paket mit Notrationen war, und dankte dem Piloten stumm für seine Weitsicht. Die vier anderen Überlebenden der Expedition litten unter Schock, und die Rationen mit ihrer energiereichen Nahrung könnten einiges dazu beitragen, die Leute wiederherzustellen.

»Wenn der glauben sollte, daß ihm das ein Kriegsgerichtsverfahren erspart, hat er sich aber getäuscht«, schnaubte Giancarlo, als der Hubschrauber abhob. Und an Sturauge gewandt, brüllte er: »Stehen Sie nicht einfach rum, Levindoski! Requirieren Sie das Paket. Wir werden diese Vorräte bei unserer Suche und Bergung von Dr. Fiske und seinem Trupp dringend brauchen.«

»Nichts da«, warf Yana ein. »Nicht so hastig, Oberst! Sie haben hier überhaupt nichts zu sagen. Diese Leute müssen zuerst etwas essen.« Sie deutete auf den nächststehenden der Überlebenden, einen hageren Mann, dessen Namensschild an der Tasche halb verbrannt war. »Connelly?« fragte sie. »Verteilen Sie das Zeug. Essen Sie zunächst mal die gelben – damit ersetzen sie die Elektrolyte und steigern Ihre Energie.«

Argwöhnisch behielten Connelly sie und die Waffe im Auge, als er die Pakete aufnahm. Mit einem Anflug von Mitleid sah Yana, daß er schon so stark erschöpft war, um einen dreimaligen Anlauf zu brauchen, bis er die Verschlüsse endlich aufgerissen hatte, und prompt verteilten sich die Energieriegel dabei auf dem ganzen Boden. Yana trat einen Schritt zurück und bedeutete den anderen ihm zu helfen.

»Warten Sie!« rief Torkel mit einem Anflug von Verzweiflung.

»Yana, bitte seien Sie vernünftig. Sie wissen doch, daß wir das Zeug brauchen werden ...«

»Torkel, ich an Ihrer Stelle würde schleunigst den Mund halten«, erwiderte Yana und wedelte mit der Pistole in seine Richtung. »Sie haben sich nicht gerade mit Ruhm bekleckert, als Sie den Verwundeten den Hubschrauber wegnehmen wollten, und Sie werden die Lage nicht unbedingt entschärfen, wenn Sie jetzt noch versuchen, die Verteilung der Notration unter diesen Überlebenden zu verhindern. Und was mich betrifft, ich habe auch schon seit längerem nichts mehr gegessen.«

Connelly, der damit beschäftigt gewesen war, die Pakete an die anderen zu verteilen, warf Torkel mit verächtlicher Miene vier davon vor die Füße. »Tut mir leid, Kumpel. Wußte ja nicht, daß Sie Ihr gottverdammtes Mittagessen noch nicht bekommen haben.«

»Darum geht es doch gar nicht«, erwiderte Torkel und war so klug, die Päckchen erst einmal liegenzulassen. »Sie verdreht diesen ganzen Vorfall, damit wir in Ihren Augen schlecht dastehen, weil sie hofft, daß Sie ihr helfen werden.«

»Was Sie übrigens auch gerade tun, indem Sie nämlich diese Rationen verzehren«, warf Giancarlo streng ein. »Wenn Ihnen Ihre Karriere etwas wert sein sollte, hören Sie besser auf Hauptmann Fiske und unterstützen uns bei unserem Auftrag.«

»Karriere!« sagte ein anderer Mann, dessen aschebedeckter Parka das Namensschild O'Neill trug. »Aber klar doch, liebster Oberst«, fuhr er fort. Seine Miene war zornig, die Worte klangen sanft, und er hatte einen gefährlich breiten irischen Akzent. »Wir machen uns wirklich furchtbare Sorgen um unsere Karriere, nachdem wir gerade erst dem Vulkan entkommen sind. Habe eher den Eindruck, daß wir lieber auf die Dame hören sollten, wenn uns unser Leben lieb ist.« Demonstrativ nahm er einen großen Bissen von seinem Rationsriegel und begann zu kauen.

»Oberst Giancarlo, bitte«, sagte Torkel. »Ich weiß ja, daß Sie es gut meinen, aber Sie arbeiten ihr damit doch nur in die Hände.«

Yana beobachtete sein Gesicht und erkannte, wie er die Wirkung eines jeden Worts und jeder Geste auf die Überlebenden zu berechnen begann. Er war klug genug, um zu begreifen, daß er sie zum Widerstand gereizt hatte, und er wußte auch, daß er sie auf seine Seite bringen mußte, wenn er die Kontrolle über die Situation wiedererlangen wollte. »Leute, Sie müssen Oberst Giancarlo verzeihen. Er will nicht gefühllos klingen, aber er hat nun einmal absolut recht. Unser Auftrag hat oberste Priorität, und diese Frau hat sich auf die Seite der Aufständischen von Petaybee geschlagen, die diese Katastophe ausgelöst haben!«

Mit einer ausladenden Geste wies er auf den Anblick der Zerstörung hinter den Überlebenden, den pulsierenden Schlamm im Tal, das Leuchten des Vulkans, das das ganze Gebiet umhüllte.

»Na klar«, meinte Connelly, »eine kleine Frau soll, ob mit oder ohne Hilfe, einen Vulkan entstehen lassen haben? Hauptmann, ich bin Bergbauingenieur. Lassen Sie sich etwas Besseres einfallen.«

Der dritte Mann hustete laut, um die Aufmerksamkeit auf sich zu lenken. »Die könnten immerhin Atomminen gelegt haben, die den Vulkan *auslösten*.«

»D-d-das stimmt«, stammelte das vierte Mitglied der Gruppe, eine Frau. Bevor sie ihren Energieriegel gegessen hatte, hatte sie so heftig gezittert, daß es schon schien, als würde sie an Krämpfen sterben. Jetzt ruhte ihr gehetzter Blick auf den Vertretern behördlicher Autorität, wie sie von Torkel, Giancarlo und Sturauge verkörpert wurde. »Schließlich sind hier ja schon öfter Mannschaften verschwunden. Das kann doch nicht mit natürlichen Dingen zugehen.«

»Da haben Sie verdammt recht«, nutzte Torkel seinen Vorteil. »Wir waren gerade dabei, Maddock zu verhören, um Informationen aus ihr herauszubekommen, mit denen wir diese Katastrophe hätten verhindern können, als plötzlich alles hochging. Im übrigen war mein Vater, Dr. Whittaker Fiske, im Begriff, zu einer Mannschaft in Ihrer Nähe vorzustoßen, um die Lage abzuschätzen.«

»Falls Sie nicht wissen sollten, wer Dr. Fiske ist«, warf Giancarlo ein, »er ist der stellvertretende Aufsichtsratsvorsitzende, ein direkter Nachfahre des Manns, der den Terranisierungsprozeß entwickelt hat, durch den dieser Steinhaufen hier in einen bewohnbaren Planeten verwandelt wurde.«

»Wenn irgend jemand dieses Projekt und alle daran Beteiligten noch retten kann, dann ist er es. Und das ist auch der Grund, weshalb Sie mir unbedingt helfen müssen«, sagte Torkel. »Und außerdem ist er mein Vater. Deshalb haben wir auch versucht, uns über Ihren Wunsch hinwegzusetzen, Ihre Verwundeten zu bergen und für Ihre eigene Rettung zu sorgen. Natürlich hätten wir dafür gesorgt, daß Sie sofort von einem weiteren Hubschrauber geborgen werden, aber diese Frau«, er wies mit dem Daumen auf Yana, »hat die Gefühle des Piloten dazu ausgenutzt, den Spieß umzudrehen. Doch wenn einer von Ihnen bereit sein sollte, mich zu der Stelle zu führen, wo das Shuttlefahrzeug herunterkam, wird sie mich nicht daran hindern, wegzugehen, um meinen Vater und mit ihm diesen ganzen Felsenball zu retten.«

»Na schön, wer meldet sich?« wollte Giancarlo wissen. »Wir müssen fort von hier. Sie haben gehört, was Hauptmann Fiske sagte. Wir brauchen Freiwillige, die uns zu der Absturzstelle führen.«

»Ich höre wohl nicht recht?« fragte O'Neill ungläubig. »Wir sind dort«, er wies auf das dampfende Tal hinüber,

»mit letzter Mühe entkommen, und da erwarten Sie im Ernst, daß wir unser Leben noch einmal aufs Spiel setzen? Sind Sie verrückt geworden?«

Der dritte Mann schüttelte nur matt den Kopf. Seine Schultern sackten unter dem Gewicht einer Vielzahl von Kameras und anderer Geräte herunter. Die Trageriemen hinderten Yana daran, seinen vollen Namen zu erkennen, doch gehörte auf jeden Fall ein »Sven« dazu.

Torkel schüttelte entschieden den Kopf und starrte O'Neill an. »Nein, ich bin nicht verrückt. Ich würde nie von Ihnen verlangen, Kopf und Kragen zu riskieren, wenn es nicht so lebenswichtig wäre. Es ist entscheidend für das Überleben dieses Planeten und seiner Bewohner, daß wir meinen Vater so schnell wie möglich ausfindig machen.«

»Ihn ausfindig machen? Da drin?« fragte Sven in einer vom Rauch heiser gewordenen Stimme.

»Es gibt doch gar keine andere Alternative, Mann!«

Torkel wurde immer erregter, als er erst von Sven zu Connelly und dann zu den beiden anderen hinüberblickte, dem gedrungenen O'Neill und der stotternden Frau. »Sie haben das Shuttle doch herunterkommen sehen, nicht wahr?«

Sven und Connelly nickten.

»Na schön, und wo ist es genau heruntergekommen? Zeigen Sie mir von hier aus die Richtung. Ich habe nur die Koordinaten, aber mit denen kann man nur etwas anfangen, wenn man auch einen Hubschrauber zur Verfügung hat.«

Sven blickte Connelly lange an, dann stellte er sich mit dem Gesicht in Richtung westnordwest. »Soweit ich mich erinnern kann, waren wir ja selbst schon auf der Flucht, als es geschah.«

»Wozu die Mühe?« fragte O'Neill etwas unwirsch. »Hauptmann, das Shuttle hatte zur Landung angesetzt, als der Vulkan losging. Die Druckwelle hat es getroffen wie eine Tonne gottverdammter Ziegelsteine. Ich habe selbst gesehen, wie das Fahrzeug förmlich vom Himmel gewischt wurde. So etwas hätte niemand überleben können.« Er war offensichtlich der Auffassung, daß seine eigene Rettung für diesen Tag schon genug der Wunder war.

»Das ist nicht wahr!« erwiderte Torkel, und seine Stimme schien beinahe überzuschnappen, als er O'Neill an der Jacke packte und ihn durchschüttelte. »Mein Vater muß aber überlebt haben, Sie verdammter Idiot!« Dann begriff er, was er da tat, und ließ O'Neill mit einem letzten Flehen fahren: »Rauben Sie mir doch nicht die letzte Hoffnung, Mann! Helfen Sie mir doch, um Gottes willen!«

Yana hatte alles mitangesehen und zugleich darauf geachtet, daß weder Giancarlo noch Sturauge eine plötzliche Bewegung in ihre Richtung unternahmen. Sie glaubte, daß Torkels Gefühlsausbruch möglicherweise echt war; andererseits war der Mann äußerst raffiniert – es konnte ebensogut ein Ablenkungsmanöver sein. Sie durfte keine Risiken eingehen. »Regen Sie sich ab, Torkel«, sagte sie. »Diese Leute sind erschöpft und stehen unter Schock. Die sind nicht so verrückt, ihr Leben ein zweitesmal aufs Spiel zu setzen, indem sie dort hineingehen.«

Doch wenn Torkel nur spielte, tat er es sehr überzeugend. »Sie haben doch nicht gesehen, daß der Vulkanausbruch das Shuttle regelrecht zerstört hat, oder?« wollte er von O'Neill wissen.

»Nein«, antwortete O'Neill müde. »Als die Druckwelle das Fahrzeug beiseite drückte, war es noch intakt.«

»Dann hat es den Shuttle doch von den Trümmern fortgeweht, oder?«

»Na ja, schon. Es gehörte ja selbst zu den Trümmern, jedenfalls aus der Sicht des Vulkans betrachtet«, meinte O'Neill.

»Dann könnte es aber doch auch Überlebende geben?«

Connelly, der, wie Yana spürte, von Torkels Beharrlichkeit langsam überzeugt wurde, sagte ihm in einem matten, aber nicht ablehnenden Ton: »Hauptmann, das war vor drei *Stunden*, seitdem sprüht und spuckt der Vulkan Lava …«

Torkel bemerkte das Mitgefühl in der Stimme des Manns. »Werden Sie mich hinführen?«

Doch damit hatte er den Bogen überspannt. Connelly wich zurück, blickte in fassungslos an und schüttelte den Kopf. »Der einzige, den ich noch führen werde, bin ich selbst, und zwar hier raus, sobald der Hubschrauber zurückkommt.«

»Hören Sie mal, Connelly und die anderen«, sagte Giancarlo. »Hauptmann Fiske ist kein gewöhnlicher Armeehauptmann. Als Sohn des Aufsichtsratsmitglieds Fiske hält er zur Zeit auf diesem Planeten auch die Position eines Firmenleiters inne. Wenn Sie ihn bei der Ausübung seines Auftrags nicht unterstützen, wird das schwerwiegende Folgen für Ihre weitere Karriere haben.«

»Schwerwiegende Folgen hat der Tod auch«, entgegnete Connelly. »Ich würde nicht einmal abwarten, bis dieser Berg ein zweites Mal explodiert, und wenn es um den Vorsitzenden des Aufsichtsrats persönlich ginge. Und außerdem kann bei diesen Flugbedingungen«, er deutete in Richtung Norden, »kein Hubschrauber länger als zehn, höchstens fünfzehn Minuten in der Luft bleiben.« Er schnaubte. »Da wären Sie zu Fuß besser dran.«

Als Giancarlo sich ihm zornig zuwenden wollte, ergriff Yana wieder das Wort.

»Das würde ich an Ihrer Stelle nicht tun, Oberst«, sagte sie. »Die Leute haben schon genug hinter sich, um es auch nur hierher zu schaffen. Und Sie sollten eigentlich beide wissen«, fügte sie mit einem kurzen Blick auf Torkel hinzu, »wie sinnlos es wäre, mit einem Hubschrauber dort hineinzufliegen!«

»Also gut. Bei allem, was mir heilig ist …« Torkel gab seine Pose des Vertreters der Vernunft auf und spielte nun statt dessen den Ritter, der es mit dem Rest der bösen Welt aufnehmen mußte. »Dann werde ich eben zu Fuß gehen. Ihr Gepäck da«, sagte er und zeigte dabei auf den Haufen, auf dem sich langsam eine Ascheschicht abzulagern begann, »wird Ihnen auf Firmenkosten ersetzt, sobald Sie wieder auf der Basis sind. *Ihnen* wird es ohnehin nicht mehr sehr viel nützen, wenn man seinen gegenwärtigen Zustand berücksichtigt, aber ich wüßte es doch sehr zu schätzen, wenn ich mir herausklauben könnte, was mir nützlich scheint.«

Connelly und Sven sahen sich an und zuckten mit den Schultern. Mit einem furchtsamen Blick auf Yanas Pistolenhand huschte die Frau hinüber und holte einen kleinen Beutel aus dem Haufen, dann lief sie wieder zurück in den schützenden Kreis ihrer Kollegen.

»Warum nicht. Soviel ist davon auch nicht mehr übrig«, meinte Connelly, »und wenn die Firma dafür aufkommt ...«

»Natürlich kommt die Firma dafür auf«, fauchte Giancarlo. »Schließlich hat Ihnen die Firma ja auch die Ausrüstung gestellt. Wer sollte sie da wohl sonst ersetzen?«

»Ich verspreche Ihnen, daß man es Ihnen nicht von Ihrem Lohn abziehen wird«, warf Torkel hastig ein. »Und sollten Sie irgendwelche persönliche Habe verloren haben, erhalten Sie dafür ebenfalls Ersatz. Die Firma sorgt für ihre Leute.«

O'Neill sah ihn giftig an. »Ungefähr so, wie Sie für die Verwundeten sorgen wollten?«

»O'Neill, ich bin doch kein Ungeheuer«, versetzte Torkel und bedeutete Giancarlo und Sturauge, ihm beim Einsammeln des Gepäcks zu helfen. »Ich habe O'Shay befohlen, einen weiteren Vogel für Ihre Verwundeten und Sie selbst anzufordern. Die paar Minuten hätten auch keinen Unterschied mehr gemacht. Sie kommen alle sicher hier raus. Aber mein Vater und die Mannschaft dieses Shuttlefahrzeugs stecken immer noch da draußen in diesem Inferno.«

Yana konnte Torkels Frechheit kaum fassen, wie er versuchte, den Überlebenden Schuldgefühle einzuimpfen. Kein Zweifel, er war der typische Firmenvertreter: Zukkerbrot und Peitsche! Doch hatte sie nichts dagegen, daß er loszog, um seinen Vater zu suchen, solange er niemanden dazu zwang mitzukommen.

»Jetzt, da Sie wissen, wie wichtig das Ganze ist, will sich da nicht wenigstens einer von Ihnen bereit erklären, uns zu führen?« flehte er ein letztes Mal, während ein Hubschrauber herandröhnte.

»Hauptmann«, sagte Connelly, »wir könnten Ihnen wirklich nicht helfen. Inzwischen werden sämtliche Landschaftsmerkmale zerstört sein, und keiner von uns hat gesehen, wo das Fahrzeug Ihres Vaters genau abgestürzt ist. Sie haben den Kompaß und die Koordinaten, wo es ursprünglich hätte landen sollen.« Mit besorgten Blick suchte er den Himmel ab. »Ich wünsche Ihnen, daß Sie ihn finden.«

Das unverwechselbare Geräusch des nahenden Hubschraubers wurde immer lauter: Es war ein Sperber, falls Yana richtig gehört hatte. Vielleicht könnte sie mit etwas Glück einen Platz an Bord finden.

Sie ließ in ihrer Wachsamkeit gerade lange genug nach, um zum Himmel zu blicken – und in diesem Moment stürzte sich jemand auf sie. Yana war so sehr damit beschäftigt gewesen, Torkel, Giancarlo und Sturauge zu beaufsichtigen, daß sie die Überlebenden nicht weiter beachtet hatte. Und nun nutzte Sven die Ablenkung durch den Hubschrauber, um nach ihrer Pistole zu greifen. Ehe sie sich versehen hatte, blickte Yana auch schon in die Mündung der Waffe.

»Guter Mann!« rief Torkel und sprang herbei, um Sven die Pistole abzunehmen, doch der bedeutete ihm stehenzubleiben.

»Ja«, bekräftigte O'Neill, »er ist viel zu gut, um zuzulassen, daß Sie uns *diesen* Hubschrauber auch noch wegnehmen, so wenig Ihnen das auch nutzen würde.«

Sven war offensichtlich der gleichen Meinung, denn nun kehrte er rückwärtsgehend zu seinen Kollegen zurück.

»Das hätte ich gar nicht zugelassen«, sagte Yana, an Sven gewandt. »Schließlich habe ich sie ja auch dazu gezwungen, den anderen Hubschrauber preiszugeben, nicht wahr?«

Sven schüttelte nur den Kopf, dann winkte er sie zu den anderen hinüber.

»Tut uns leid, Dama«, meinte O'Neill. »Sie haben uns zwar vorhin geholfen, und dafür sind wir Ihnen auch mächtig dankbar, aber möglicherweise haben Sie das ja nur getan, um selbst wegzukommen? Vielleicht möchten Sie den Vogel ja in Ihre Gewalt bringen, um damit abzuhauen. Das Risiko dürfen wir nicht eingehen. Für heute hatten wir schon Ärger genug.«

»Dann nehmen Sie mich wenigstens mit«, drängte Yana.

Doch in diesem Augenblick packte Giancarlo ihren linken Arm und riß ihn herum.

»Sie gehen nirgendwohin, Maddock«, flüsterte er ihr ins Ohr. »Mit Ihnen sind wir noch nicht fertig.«

O'Neill und Connelly sahen aus, als würden sie gleich vorspringen, um sie zu beschützen, doch da meldete Torkel sich wieder zu Wort:

»Gehen Sie nur, nehmen Sie den Hubschrauber, aber lassen Sie Maddock bei uns. Sie weiß mehr, als sie zugibt, und wenn sie sieht, was ihre Terroristenfreunde angerichtet haben, kommt sie vielleicht zur Vernunft und hilft uns, diesen Planeten doch noch zu retten.«

»Sollte sie wissen, wo die anderen Sprengsätze angebracht sind, werden wir es schon aus ihr herausbekommen«, knurrte Giancarlo grimmig.

»Es stimmt schon, daß es dort, wo wir die Mine anlegen sollten, eigentlich keine seismische Aktivität hätte geben dürfen«, antwortete Connelly vorsichtig, nachdem er zuerst zu Sven und dann zu dem Hubschrauber hinüber geblickt hatte.

»Richtig!« übertönte Torkels Gebrüll den Hubschrauberlärm. »Nichts von dem, was hier passiert ist, ist natürlichen Ursprungs. Sie können den Leuten von der Raumbasis mitteilen, daß es auf Petaybee eine massive Verschwörung gibt und daß Maddock die Seiten gewechselt hat. Sie steckt inzwischen mit den Aufständischen unter einer Decke. Wenn Sie sie nicht entwaffnet hätten, wäre sie entkommen, und wer weiß, was sie dann noch alles angerichtet hätte.«

Der Hubschrauber setzte in einiger Entfernung von den Menschen langsam auf. Die Überlebenden gingen rückwärts auf ihn zu, während Sven die Waffe immer noch auf Torkel, Giancarlo und Sturauge gerichtet hielt.

»Die sind doch alle verrückt!« schrie Yana in Richtung O'Neill. »Sie haben doch selbst gesagt, daß niemand einen Vulkan entstehen lassen kann!«

O'Neill warf ihr einen schuldbewußten Blick zu, dann sahen Connelly und er sich an, doch die Frau legte furchtsam die Hand auf Svens Arm, und der schüttelte den Kopf.

»Nein«, brüllte er. »Für heute haben wir schon genug riskiert. Ich werde meinen Job nicht auch noch für jemanden aufs Spiel setzen, der Ärger mit der Firmenleitung hat. Sie haben sich selbst in Schwierigkeiten gebracht, Dama, also müssen Sie auch ohne unsere Hilfe wieder da raus. Sehen Sie zu, daß Sie sich einigen.«

Nachdem die Überlebenden in den Hubschrauber gestiegen waren, beugte Torkel sich hinein, um den Piloten etwas zuzubrüllen.

»Melden Sie auf der Raumbasis, daß dieser Vulkanausbruch Teil eines Komplotts ist, um unsere Untersuchung zu behindern und ein Mitglied des Aufsichtsrats umzubringen. Und sorgen Sie so schnell wie möglich dafür, daß man Bodentransporter hierherschickt. Direkt zum Vulkan! Wir treffen uns dann dort! Sagen Sie ihnen, daß sich mein Vater, Dr. Whittaker Fiske, dort draußen befindet und daß es von größter Wichtigkeit ist, ihn zu bergen.

Von absoluter Wichtigkeit!« Der Pilot hob ab, und Torkel sprang von der Maschine, wich ein Stück zurück und brüllte: »Melden Sie, daß wir vorausgegangen sind, um meinen Vater zu retten. Sie sollen uns folgen!«

Der Pilot zeigte ihm den aufgereckten Daumen und bedeutete ihm mit einem Winken, daß er sich von dem aufsteigenden Fahrzeug entfernen solle.

Gemeinsam sahen sie zu, wie der Hubschrauber in einem Strudel aus Wind, Asche und Rauch verschwand. Als er außer Sichtweite war, ließ Giancarlo Yana abrupt los, und sie sackte in die Knie. Beim Aufstehen rieb sie sich vorsichtig die Schulter.

Ohne mit der Wimper zu zucken, warf Torkel ihr einen der Rucksäcke zu.

»Sammeln Sie den Rest der Rationen ein, Maddock«, befahl er.

Sie hatte nichts dagegen. So bekam sie wenigstens Gelegenheit, selbst etwas zu essen. Sie hatte Verständnis für das Verhalten der Überlebenden, hoffte aber inständig, daß sie den Quatsch nicht glaubten, den Fiske ihnen hatte einreden wollen: daß sie »mit den Aufständischen unter einer Decke stecke« oder daß sie »diese ganzen unnatürlichen Phänomene bewirkt« habe. Das Problem war nur, daß diese armen Teufel hinreichend unter Schock standen, um jedes Wort zu glauben.

Yana hoffte, daß die Leute in Kilcoole alle wohlauf waren. Dann holte Giancarlo sie wieder in die Gegenwart zurück, indem er sie mit einem Stoß weitertrieb in Richtung Tal. Torkel hatte die Führung übernommen, dann folgte Sturauge, und Giancarlo ging hinter ihr. Sie hätte ihn zwar lieber woanders gesehen, aber im Augenblick war sie kaum dazu in der Lage, irgendwelche Forderungen zu stellen.

Obwohl sie immer noch festen Boden unter den Füßen hatten, fragte Yana sich, wie weit sie wohl bis zum Vulkan vorstoßen könnten. Sollte der Planet beschließen, seinen Vulkan erneut zu aktivieren, wären sie buchstäblich in der Schußlinie. Tatsächlich, dachte sie und lächelte bei sich selbst, ging der Planet derartig effizient darin vor, den »Feind« aufzureiben und in die Enge zu treiben, daß sie nichts dagegen hätte, vor einem derartig bewundernswerten Gegner die Waffen strecken zu müssen.

»Uns wird schon nichts passieren«, sagte Torkel, an niemanden im besonderen gewandt, während er voranstapfte. »Aber Paps sehr wohl, wenn wir ihn nicht bald erreichen.«

Seine Stimme klang immer noch angespannt vor Sorge, wenngleich sie keineswegs mehr so erfüllt von herzzerreißender Kindesliebe kündete wie noch bei dem Gespräch mit den Überlebenden. Yana fragte sich, weshalb er in Wirklichkeit ihrer aller Haut riskierte – doch die Antwort darauf war ziemlich offensichtlich: Torkel war ein recht guter Firmenspion und ein annehmbarer Verwaltungsmensch, aber kein kreativer Wissenschaftler wie sein Vater. Und ohne den alten Fiske würde er wahrscheinlich kaum das Sagen innerhalb der Firma behalten.

Yana dachte intensiv darüber nach, während sie gleichzeitig darauf achtete, wo sie den Fuß hinsetzte. Sie versuchte, im nach Schwefel stinkenden Rauch nicht zu husten. Sie hatte ihre Lungen schließlich nicht auskuriert, nur um sie wieder kaputtzumachen, indem sie diesen Dreck inhalierte. Sie riß einen Hemdzipfel ab und band ihn sich vor den Mund. Die anderen taten es ihr gleich, aber der Stoff war ein ziemlich armseliger Filter und bot keinen Vergleich zu den Schutzmasken, die die Firma ausgegeben hätte, wäre mit einem solchen Ereignis zu rechnen gewesen.

Sie kamen nur langsam voran. Die Sonne war überhaupt nicht auszumachen, und als Yana auf die Uhr sah, mußte sie erst die Asche vom Uhrglas reiben, um etwas erkennen zu können, doch selbst dann blieb das Zifferblatt schwarz und leer – offenbar war die Asche in den Mechanismus eingedrungen und hatte ihn blockiert. Glücklicherweise war der Kompaß besser versiegelt und daher zuverlässiger. Stundenlang bahnten sie sich ihren Weg durch das Labyrinth der Pfade, die immer wieder abrupt vor Gesteinsmassen endeten, so daß sie wieder umkehren und sich einen neuen Weg suchen mußten. Gelegentlich spie der Vulkan einen Stoß aus feurigroter und orangefarbener Materie hervor. Die Luft wurde auch immer stickiger. Alle schwitzten heftig, und die drei Männer hatten sich abgerissene Hemdzipfel zu Schweißbändern um Hals oder Stirn gebunden.

Als Yana sich zu fragen begann, ob die Absturzstelle vielleicht ein bloßer Mythos war, schrie Giancarlo plötzlich auf und fuchtelte. Vor ihnen war in der Asche eine unverwechselbare Dreiecksflosse auszumachen, die zu dem abgestürzten Shuttle gehören mußte. Sie rannten darauf zu.

Yana blickte Torkel an und bemerkte, wie sein Mund sich vor Schmerz verzerrte. Ganz gleich, welche persönlichen Motive er für diese Suche auch haben mochte, hing er doch ehrlich an seinem Vater.

Torkel raste im Kreis herum wie ein Verrückter, er versuchte, eine Möglichkeit zu finden, durch die erkalteten Lavamassen zu der Tragfläche zu kommen. Sie hatten jedoch kein Seil oder Kabel dabei, um die Tragfläche damit zu sichern und sie daran zu hindern, noch tiefer im Schlamm zu versinken, und zu viert hätten sie das Shuttlefahrzeug ohnehin nicht bergen können. Dann begriff Torkel offensichtlich, daß seine Aktivität nutzlos war, und so begann er den Boden nach Spuren abzusuchen, ob vielleicht jemand überlebt hatte.

Die Welt war völlig still bis auf das keuchende Atmen der Männer. Wann würde Torkel endlich seine sinnlose Suche abbrechen? Wenn es tatsächlich Überlebende gegeben haben sollte, hätten sie klug genug sein müssen, um sich so schnell wie möglich aus dieser Gegend zu entfernen. Vermutlich aber hatte niemand überlebt.

Yana spürte, wie der Boden unter ihren Füßen zu beben begann, und machte einen Schritt zurück.

Und plötzlich, ganz unerwartet, wurde sie von einer erstaunlichen Empfindung angerührt. Es war wie in der Höhle: beharrlich, beruhigend, willkommenheißend. Sie fuhr herum, auf alles gefaßt, doch es war nur ein riesiger Felsbrocken zu sehen. Er hatte die Gestalt eines riesigen Kreisels, dessen Spitze tief im Boden eingegraben war. Die Gesteinsmasse hatte den Strom aus Schlamm und Lava geteilt und eine breite, freie Stelle gesichert.

Yana warf einen besorgten Blick auf den Felsbrocken und fürchtete, er könnte umstürzen und sie dabei erschlagen, doch er rührte sich keinen Millimeter. War es das, was der Planet ihr hatte mitteilen wollen? Daß es an diesem Felsen sicher war? Dann stieß Sturauge einen Schrei aus, und als Yana herumfuhr, sah sie noch, wie die Tragflächenspitze endgültig in Asche und Lava versank. Torkel, der einige Schritte vor ihr stand, streckte die Arme aus, als wollte er die Tragfläche noch ergreifen. Nach einem neuerlichen Beben verlor Torkel das Gleichgewicht und stürzte zu Boden. Instinktiv sprang Yana vor und packte das flatternde Ende seines zerreißenden Hemds mit einer Hand. Ein zweiter, verzweifelter Satz, und sie hatte seinen Rucksackriemen ergriffen und riß Torkel in den Schutz des kreiselförmigen Felsens.

Die Erschütterungen kündigten einen weiteren Vulkanausbruch an. Und dann schossen mit einem Gebrüll, das jedes startende Raumschiff noch übertönt hätte, Staub und Gesteinsbrocken an ihnen vorbei. Yana schrie auf, als der Niederschlag ihren Ärmel entzündete. Sie löschte die Funken mit kräftigen Hieben und kauerte sich möglichst dicht an den schützenden Felsen. Neben ihr schrie Torkel auf, als er ebenfalls von prasselnder Glut getroffen wurde. Die heiße Asche durchdrang alles. Verzweifelt legte Yana ihren Rucksack ab und bedeckte den Kopf damit. Fest gegen den Felsen gepreßt, spürte sie, wie der Boden wieder bebte. Flüchtig dachte sie darüber nach, ob es wirklich klug war, sich ausgerechnet an einem Felsen festzuhalten, ganz gleich, was der Planet empfohlen hatte. Der riesige Stein könnte jeden Augenblick umstürzen und sie alle zermalmen. Doch es gab keine Alternative. Yana ließ den Rucksack noch ein Stück tiefer gleiten, um auch ihren Rücken vor der heißen, schmerzhaften Asche zu schützen.

Mit bis zum Zerreißen angespannten Nerven hielt sie durch. Sie hätte schon bei Seans Haus die Flucht ergreifen sollen, entschied sie. Das war ihr erster Fehler gewesen! Sie hätte eins der Lockenfelle oder das Funkgerät oder *irgend etwas* benutzen können, um ins Dorf zurückzukehren. Und ihr zweiter Fehler, dachte sie grimmig, war es gewesen, die Bergarbeiter nicht im Auge zu behalten und sich entwaffnen zu lassen. Wenn sie ihre Vorteile geschickter genutzt hätte, wäre sie wahrscheinlich schon längst wieder in der Sicherheit von Kilcoole, wo sie Freunde hatte und wo die Möglichkeit bestand, Sean zu finden.

Und dann verstummte wie durch ein Wunder mit einemmal das Getöse. Eine Windbö wehte die Asche und den Rauch davon, und leichter Regen setzte ein.

Vielleicht, dachte Yana mit einem Anflug von Hoffnung, würde es ja etwas heftiger regnen, dann würde der Schlamm sich so weit abkühlen, um von hier verschwinden zu können.

Als sie es schließlich wagte, sich vom Felsen zu lösen, stellte sie überhaupt erst fest, in welcher Verfassung sie war. Die Verbrennungen schmerzten, sie war mit Asche bedeckt, hier und da ein Blutfleck. Dann blickte sie zu Torkel hinüber, der ziemlich genau so aussah, wie sie sich selbst fühlte. Nur ... sie fuhr sich mit der Hand an den Kopf und stellte zu ihrer Erleichterung fest, daß sie noch mehr Haupthaar übrig hatte als er. Torkel hatte eine Menge davon eingebüßt, darunter auch seine Augenbrauen, und seine ganze rechte Seite sowie der größte Teil seines Hemds waren verbrannt.

Sein rechter Arm war eine aufgedunsene Masse aus winzigen Blasen. Ihre Rucksäcke schwelten und waren von Brandlöchern übersät. Als Yana die Überreste des Rucksacks in den Regen hinauslegte, um die letzten Funken zu ersticken, erblickte sie Giancarlo, der bewußtlos in der Asche lag. Offenbar hatte er auch versucht, den schützenden Stein zu erreichen. Von Sturauge war weit und breit nichts zu sehen.

Die Hubschrauber und Flugzeuge wurden durch herabrieselnde Asche am Boden festgehalten, die Schnokel konnten nicht auf abgetauten Flüssen fahren, die Raupenfahrzeuge waren zu langsam, und die Schlitten glitten nicht über den geborstenen Boden. Die Flüsse hatten ihren Lauf verändert, so daß das Reisen zu Wasser völlig unberechenbar geworden war und eher einem Ausflug ins Tollhaus glich.

Und so reiste die kleine Schar stämmiger Lockenfelle, jedes mit einem Reiter oder Lastpacken beladen, allein durch die riesige Leere des unbewohnten Nordwestgebiets von Petaybee in Richtung Packeis und offene See.

Das Lockenfell an der Spitze, Boru, trug Sinead, während das zweite, übrigens das größte und stämmigste der Tiere, Clodagh im Sattel hatte. Sie hatte sich in einen schweren Poncho gehüllt. Ihr folgte Bunny, dann Diego Metaxos, der sich immer noch sorgte, weil er seinen Vater in Aislings Obhut zurückgelassen hatte. Er war hin- und hergerissen gewesen zwischen der Ehre, sich der Rettungsmannschaft anschließen zu dürfen, und seiner Verantwortung seinem Vater gegenüber. Er hatte seinen Vater zuletzt gesehen, wie er zerstreut eine der vielen Katzen streichelte. Sowohl Clodagh als auch Aisling hatten das als sehr gutes Zeichen gewertet, und Diego geraten, der Natur ihren Lauf zu lassen. Der Junge konnte den Genesungsprozeß zwar nicht beschleunigen, er hatte Aisling aber immerhin das Versprechen abgerungen, seinen Vater so bald wie möglich zu den heißen Quellen zu bringen. Steve Margolies hatte darauf bestanden, als wissenschaftlicher Beobachter mitzukommen.

Er führte auch ihre einzige Konzession an die moderne Technik mit sich, ein Funkgerät, um damit Kontakt zu Adak in Kilcoole und zur Raumbasis zu halten.

Bunny war der Meinung, daß sich die Rettungsmannschaft aus dem denkbar ungeeignetsten Personal zusammensetzte, doch da in Kilcoole jeder alle Hände voll damit zu tun hatte, die Verletzten zu versorgen, waren diese fünf die einzigen gewesen, die zur Verfügung gestanden hatten. Wäre niemand mitgekommen, hätte Sinead sich auch allein auf den Weg gemacht, um Yana zu retten, wobei sie darauf hoffte, auch ihren Bruder ausfindig zu machen. Kaum hatte Bunny Clodagh erzählt, was Adak ihr über Yanas Schwierigkeiten und dem Shuttleabsturz berichtet hatte, als Sinead in die Hütte gestürzt war, um leise zu erklären, daß Yana in der Klemme stecke und sie ihr helfen müsse.

»Hat Sean nach dir geschickt?« hatte Clodagh mit ungewöhnlich stechendem Blick gefragt.

»Nicht nur Sean«, hatte Sinead geantwortet und sich den Rest ihrer Bemerkung verkniffen. Sie hatte sich in der Hütte umgesehen und die Anwesenden nach ihrer Tauglichkeit für ihr Vorhaben begutachtet. »Das ist es – Clodagh!«

Clodagh hatte einmal genickt und ihr Beil so hart niedersausen lassen, daß es federnd im Brett steckenblieb. »Ich komme mit!«

»Du?« Bunny traute ihren Augen nicht, aber Clodagh nahm schon die Schürze ab und schritt zu dem Stapel Parkas und Stiefeln an der Tür, um dort nach ihren eignen Ausrüstungsgegenständen zu suchen.

Ihre Erklärung hatte die anderen erstarren lassen. Niemand hätte Bunny daran gehindert, Clodagh zu folgen, obwohl ihr Beharren Steve erstaunte. Steve aber betonte noch einmal, wie wichtig es sei, daß er die Angelegenheit untersuchte. Als Diego zögerte, weil er zwar einerseits mitkommen wollte, andererseits aber seinen Vater nicht zurücklassen mochte, hatte Aisling sich erboten, sich um Francisco zu kümmern.

Auf dem Weg hinaus, wo sie sich aus der von Sinead zusammengetriebenen Herde der Lockenfelle aussuchen wollten, hatte ein weiterer Freiwilliger keinen Zweifel daran gelassen, daß er sich anschließen würde: Nanook. Ein flüchtiges Lächeln erhellte Sineadas besorgte Miene, und sie hatte mit knapper Dankesgeste die Hand auf den schwarzweißen Knopf der Tür gelegt.

Auch Dinah hatte sich zu ihnen gesellt und war dabei höchst drastisch vorgegangen. Als die Hündin sie aus dem Dorf reiten sah, hatte sie so herzzerreißend vor sich hin geheult, daß Herbi offensichtlich nachgegeben und Liam angewiesen haben mußte, sie loszulassen. Sie kam hinter Diego hergestürzt, als der Trupp in ein nordwestlich des Städchens gelegenes Tal einritt, und sie hielt sich während des ganzen Marsches neben seinem Reittier.

Nanook hatte sich das Recht herausgenommen, die Expedition anzuführen, und so raste er weit vor Sinead her, um ab und zu wieder zurückgetrappelt zu kommen, als hoffte er, ihre Geschwindigkeit damit zu steigern. Doch das Gehen war beschwerlich, und selbst die klugen Lockenfelle gerieten manchmal in abschmelzende Schneewehen.

Als der Boden am nächsten Tag wieder bebte, gebot Clodagh mit einem Handsignal Halt. Umständlich saß sie ab und ließ sich langsam auf den Boden nieder, wo sie sich flach auf den Bauch legte, die rechte Wange auf den schneebedeckten Boden gelegt. Es dauerte eine ganze Weile, bis sie sich wieder erhob, um sich das Gesicht reinzuwischen, bevor sie gen Westen zeigte: »Dort entlang.«

Clodagh verfügte auch über anderer Kommunikationsmittel, und Bunny sah fasziniert zu, wie sie sie verwendete. Sie sang. In monotonem Rhythmus sang sie zu den Vögeln, den Steinen und den Pflanzen:

Freunde, habt ihr unsere Freundin Yanaba gesehen?
Sie traf auf den Feind und kämpfte mit ihm.
Sorgt, daß sie nicht zu Schaden kommt.

Handelte es sich bei den Angesprochenen um einen Raben, flog er prompt davon; war es ein Landtier, machte es sich zielstrebig auf den Weg; war es ein Fluß, strömte er weiter wie bisher, doch Bunny hätte schwören können, daß die Wellen sich veränderten; und war es der Boden unter den Hufen der Pferde, nahm er die Gesänge einfach auf und lauschte. Clodagh lauschte ebenfalls, um danach ihre Marschrichtung um ein paar Kompaßgrade zu ändern. So ging es eine Weile weiter, bis sie etwas Neues zum Ansingen fand.

Auf diese Weise zogen sie zwei volle Tage, zwei Nächte und einen halben weiteren Tag dahin, trotz Margolies' Forderung nach einer Erklärung für diese närrische Form der Richtungsbestimmung. Sie schliefen so gut sie konnten in ihren improvisierten Sätteln und machten nur halt, um die Pferde zu füttern, sowie jeweils alle zwei Stunden für zehn Minuten, um die Rücken ihrer Reittiere zu entlasten.

Schon früh hatten die Retter sich den Mund mit Baumwolltüchern abdecken müssen, die sich schnell mit Staub und Asche füllten. Selbst die Nahrung, die sie während ihrer kurzen Haltepausen zu sich nahmen, schmeckte nach Asche. Bald brannten allen die Augen, bis sie rot und geschwollen waren. Wenn sie sich während eines Halts in sauberem Schnee eingraben konnten, badeten sie das Gesicht darin, um die Reizung zu lindern.

Alles war grau: der Himmel, der Boden, die Luft; Mensch und Tier bewegten sich wie große Ascheklumpen. Bunny war völlig ermüdet und bedeckt von Asche und Rauch, und nur ihr wunder Hintern erinnerte sie daran, daß sie sich nicht in einem Traum bewegte. Dann begann Nanook damit, immer wieder vor- und zurückzurennen, bis sie in Erwartung dessen, was er entdeckt hatte, ihr Tempo noch beschleunigten. Er führte sie an eine Stelle, wo sich im Schnee und in der Asche noch die schwachen Abdrücke menschlicher Füße fanden, die lange, flachen Markierungen von Hubschrauberkufen sowie ein Haufen weggeworfener Gegenstände. An der Wand einer Schlucht ragten Finger aus auskühlender Lava in die Tiefe.

Nanook sprang die kurze Strecke vom Rand der Schlucht in den Schlamm hinab, und Bunny stockte der Atem. Sie fürchtete, daß er sich verletzen könnte. Doch der Kater war alles andere als dumm, und nachdem er gelandet war, streckte er sich feierlich auf einer Oberfläche aus, die offensichtlich behaglich warm war. Dann begann Nanook seine schmutzigen Pfoten abzulecken, als wäre er wieder in Seans Labor.

»Darauf kann man sich verlassen, daß er die beste Lagerstätte findet«, meinte Clodagh belustigt.

Dinah ließ sich ebenfalls nieder, um ihre Pfoten zu lekken. Treu und pflichtergeben war sie neben Diegos Reittier einhergetrabt.

Sie nahmen den Pferden die Satteldecken und das Zaumzeug ab und fütterten sie. Dann verzehrten sie ihre Rationen, während sie die Schneeschuhe ablegten, von denen sie hofften, daß sie ihnen auf dem Schlamm und Schnee einen besseren Halt verleihen würden. Während sie ihr Gepäck ein letztes Mal überprüften, gab Steve Margolies ihre Position an Adak durch. Bunny hoffte nur, daß ihre Nachricht besser zu empfangen war als die Antworten, die sie erhielten. Sie vernahmen nur ein Zischen und Knistern, kaum lauter als der Wind, der unentwegt gen Osten blies.

»Ich hoffe, sie haben alles mitbekommen«, teilte Steve den anderen mit. »Ich habe die Antwort nicht richtig verstehen können, aber vor dem Hintergrund meiner Untersuchungen nehme ich an, daß sie das hier zum Sperrgebiet erklärt haben. Dann war da noch irgendein Gequassel darüber, daß niemand das Kommando innehätte, um Befehle zu geben.«

Clodagh schnaubte verächtlich und begann mit einem Stöhnen, sich einmal mehr flach auf dem Boden auszubreiten. Die anderen standen, wie es ihnen schien, lange

Zeit herum – jedenfalls hatten sich die Lockenfelle auf ihrer Suche nach Gras, das noch nicht von Schlamm und Asche bedeckt war, schon ein gutes Stück von ihnen entfernt, bevor Clodagh sich wieder rührte.

Sie stand auf, wischte sich die Asche aus Gesicht und Nacken, klopfte sie sich vorn aus der Kleidung und deutete: »Dort entlang.«

»Der Vulkan liegt aber da hinten«, protestierte Steve und zeigte in eine andere Richtung.

Clodagh schwenkte den Arm ein kleines Stück in Richtung Norden. »Der Vulkan liegt da.« Dann ließ sie ihre Schneeschuhe auf den Boden fallen und schlüpfte hinein. Sie nahm den Rucksack auf, wackelte so lange mit den Schultern, bis er sich gesetzt hatte, und ging in die gewiesene Richtung davon.

Bunny warf Diego einen Blick zu und zuckte mit den Schultern. Sinead gab dem verwunderten Steve mit einem Kopfrucken ein Zeichen, und kurz darauf folgte sie ihr alle ins Tal hinunter. Dinah blieb Diego immer dicht auf den Fersen. Mit wenigen Sätzen hatte Nanook die Menschen überholt. Clodagh achtete genau darauf, wo er die Pfoten hinsetzte. Trotz ihrer Körpermasse bewegte sie sich mit unerwartete Geschmeidigkeit, als sie der Spur des Katers folgte.

16.
KAPITEL

Yana und Torkel zerrten Giancarlo in den ungewissen Schutz des Felsens zurück, wo die drei dem heißen Schlamm als Geiseln ausgeliefert waren. Yana verband Giancarlos zerquetschten Arm und das Bein, doch die Hitze des Schlamms und der niederprasselnden Gesteine hatten die Wunden praktisch verätzt. Der Oberst würde von Glück sagen können, wenn er überhaupt lange genug überlebte, um sich eine Infektion zuzuziehen.

Torkel war in schlimmerer Verfassung als sie. Sein Gesicht war verschrammt und angeschwollen, wo es von Gestein getroffen worden war, bevor Yana ihn heruntergerissen hatte. Außerdem war er auch noch über alle Maßen niedergeschlagen.

Sie hatte ihn schmerzhaft anstoßen müssen, um ihn dazu zu bewegen, ihr mit Giancarlo zu helfen.

»Hören Sie, Torkel«, sagte sie in ihrem ermutigendstens Tonfall. »Sollte Ihr Vater den Absturz und den ersten Ausbruch überlebt haben, ist es sehr wahrscheinlich, daß er auch den zweiten überstanden hat. So oder so können wir jedenfalls nichts in der Sache unternehmen, wenn wir nicht *selbst* überleben. Also, dann essen Sie jetzt das hier.« Sie warf ihm ein ziemlich zerbeultes Rationspäckchen zu und war selbst überrascht, daß die Verpackung noch intakt war. Es kam ihr vor, als sei es Jahre her, seit sie es sich ins Hemd gestopft hatte.

Yana wußte selbst nicht genau, wann sie geschlafen hatte, doch irgendwann innerhalb dieser schier endlosen Zeit hatte sich die sengende Hitze des Schlamms abgekühlt. Torkel Fiske und sie legten den bewußtlosen Giancarlo zwischen sich und kauerten sich über ihn zusammen, um ihre Körperwärme mit ihm zu teilen. Im Schlaf träumte sie davon, wie sie Sean anstelle von Torkel umarmte, und Sean badete ihre Wunden mit Wasser aus den heißen Quellen und sagte zu ihr: »Ich bin hier, Yana. Vertraue mir. Nichts auf dieser Welt will dir Schaden zufügen. Lausche ihrer Stimme. Vergiß nicht ...«

Dieser und ähnliche Träume wiederholten sich, während sie schlief oder halb vor sich hindöste.

Und dann erwachte sie plötzlich aus dem Traum mit Sean, ohne zu wissen, wieso oder wann es geschehen war, und fühlte sich wieder warm. Sie roch frischere Luft und merkte, wie ihre Hand etwas Kühles, Hartes berührte; und als sich sich erhob, stellte sie fest, daß es der vormals kochendheiße Schlamm war.

Torkel schlief noch, und Giancarlo stöhnte fiebrig. Yana setzte sich auf und legte beide Handflächen auf den Boden. Das Gefühl war nicht unangenehm. Es war noch etwas Wärme da, ansonsten aber war das Erdreich hart. Sie stand auf und überprüfte weitere Stellen, preßte die Finger in die Asche. Die Schicht gab zwar mit einem leisen Zischen nach, doch schon drei bis vier Zentimeter unter der Kruste war alles fest.

Die Luft war tatsächlich sauberer. Hier in der Höhe konnte sie den Unterschied deutlich spüren. Ein kräftiger Wind trieb die Asche von ihnen fort hinüber nach Norden und Osten. Torkel setzte sich auf und blinzelte mit wimpernlosen Augen. Yana rieb sich vorsichtig die Arme und vermied es dabei, die Brandblasen zu berühren. Sie war froh über die freie Sicht, über die Möglichkeit, sich wieder in Marsch zu setzen, wenn sie doch nur wüßten, wohin sie gehen sollten. Dann öffnete sie das verbliebene Rationspäckchen, teilte es in zwei annähernd gleiche Hälften, um ihm schließlich die Wahl zu überlassen.

»Wir werden Giancarlo schleppen müssen«, sagte sie zu Torkel, nachdem sie ihre karge Mahlzeit beendet hatten.

»Der hält uns nur auf«, erwiderte Torkel.

»Wollen Sie ihn etwa hier liegenlassen?« fragte sie. Der Gedanke, unmittelbar für den Tod eines anderen verantwortlich sein zu sollen, behagte ihr nicht.

Andererseits: Sollte sie *doch* für einen Tod verantwortlich sein, hätte sie auch nicht allzuviel dagegen, wenn es sich dabei um Giancarlo handelte.

Torkel musterte den liegenden Oberst, dann beugte er sich achselzuckend zu ihm hinunter und zerrte ihn an den Armen hoch. Yana half ihm, den bewußtlosen Mann abzustützen.

»Dann sollten wir ihn besser irgendwo hinbringen, wo ein Hubschrauber landen kann«, schlug Yana vor.

Doch Torkel schüttelte stur den Kopf. »Mein Vater kann immer noch hier draußen sein.«

»Sie können doch später noch einmal wiederkommen«, beharrte sie.

In diesem Augenblick trug ihnen ein heftiger Windstoß einen Raben entgegen. Der Vogel schoß so tief herab, daß er mit den Flügel Yanas Haar streifte.

Zweifellos war sein Schrei nur ein ganz gewöhnliches heiseres Krächzen, doch für Yana schien er »'ana, 'ana,« zu sagen, vielleicht auch »Sean, Sean.« Dann flog er abrupt einen Bogen und kehrte auf demselben Weg zurück, den er gekommen war. Plötzlich erinnerte sie sich an Seans Traumbotschaft.

»Also gut, Sie haben gewonnen,« sagte sie zu Torkel. »Aber wir wechseln uns dabei ab, den Drecksack zu schleppen, und Sie haben die erste Schicht.«

Yana war erfreut, als sich schließlich herausstellte, daß der Rabe bei seinem Flug nach Westen die richtige Richtung eingeschlagen hatte. Trotzdem waren sie und Torkel völlig erschöpft davon, Giancarlos schweren Körper über den Boden zu zerren, als Yana das erste Glitzern offenen Gewässers erblickte. Erst jetzt wurde ihr klar, wie durstig sie eigentlich war. Als sie etwas nächer herangekommen war, stellte Yana fest, daß es sich bei dem Gewässer um einen kleinen Fluß handelte. Sie hatte erwartet, daß das Wasser milchig von Asche und Schlamm sein würde, tatsächlich war es aber so klar, daß sie sogar die Steine am Boden entdecken konnte. Irgendwie war dieser ganze Flecken dem Wüten des Vulkans entgangen. An der Stelle, wo der Strom im Hügel verschwand, konnte sie eine tiefe, höhlenähnliche Öffnung erkennen, in die ihr Rabenführer nun hineinschlüpfte, während sie ihm nachblickte.

Aus der Verwehung der Asche schloß Bunny, daß der Wind schon einige Zeit aus Westen geweht haben mußte, möglicherweise sogar die ganzen zweieinhalb Tage, die sie bisher gebraucht hatten. Nanook legte sich manchmal sogar schon auf den Boden, und wenn die Menschen darüberschritten, spürten sie nur eine ganz erträgliche Wärme durch die Stiefelsohlen. Auf jeden Fall war er nicht heiß genug, um ihren Schneeschuhen etwas anzuhaben.

Beharrlich marschierten sie von einer Seite auf den qualmenden Kegel zu. Der Rauch wurde vom Wind nach Osten vor ihnen weggetrieben. Aus dieser sicheren Entfernung sah der Vulkan überhaupt nicht so gefährlich aus, fand Bunny. Eigentlich war er nicht einmal sehr groß.

»Er muß nicht groß sein, um gefährlich zu werden«, bemerkte Steve, als sie ihre Beobachtung äußerte. »Ich bin zwar kein Experte in Sachen Vulkanismus, aber auf Welten mit beträchtlicher seismischer Aktivität kann ein Vulkan an einem Tag erscheinen und am nächsten schon wieder verschwunden sein. Und zwar nachdem er die ganze Landschaft mit Asche, Lava und Felsgestein verwandelt hat. Manche Vulkane entstehen auch bei einem einzigen Ausbruch und werden danach inaktiv.«

»Ist dieser hier jetzt inaktiv?« fragte Bunny mit nervösem Blick auf den Berg.

»Das hoffen wir«, erwiderte Steve mit einem Grinsen.

»Clodagh?« fragte Bunny nach.

Clodagh zuckte mit den Schultern und stapfte unermüdlich weiter.

Der Vulkan war schon beinahe hinter den Gebirgsausläufern verschwunden, als Nanook plötzlich schneller lief. Dann blieb er plötzlich vor einem schnell fließenden Bach stehen, um das klare Wasser zu saufen. Die anderen waren froh, seinem Beispiel folgen zu können.

Clodagh tat noch mehr, als nur zu trinken: Sie tauchte ihr ganzes Gesicht in den Strom. Das tat sie so lange, daß Bunny sich schon Sorgen zu machen begann, doch als sie schließlich ihren triefenden Kopf wieder hob, geschah es mit einem breiten Lächeln.

»Dort entlang«, sagte sie und wies nach Norden einen

Hügel hinauf, während sie sich das Gesicht abwischte, wobei dunkelgraue Flecken an Stirn und Wangen zurückblieben.

Die Kleidung aller Mitreisenden war von Asche verschmiert, was ihrer Haut einen gespenstischen Grauschleier verlieh.

»Mal sehen, ob ich eine Nachricht absetzen kann, Clodagh«, sagte Steve und fing an, seine Funkausrüstung abzuschnallen.

»Jetzt nicht«, sagte sie kopfschüttelnd und machte sich daran, dem Fluß zu folgen. Achselzuckend rückte Steve die Funkausrüstung wieder zurecht.

Der Strom verschwand in einer schmalen Öffnung am Fuß der ersten Klippenterrasse. Als Clodagh ihnen bedeutete, daß sie nun klettern mußten, legten sie die Schneeschuhe ab. Staunend sah Bunny mit an, wie sich Clodagh gelassen auf die Kletterpartie vorbereitete, indem sie ihre Röcke hoch genug krempelte, daß ihre stämmigen Beine in den bunten Wollhosen zu sehen waren. Gewiß, sie war zwar sehr langsam, kam aber unaufhaltsam voran. Nanook erreichte die Terrassendecke mit drei anmutigen Sprüngen. Dinah krabbelte dicht hinter ihm her. Glücklicherweise war es nicht allzu weit. Auf der zweiten Terrasse wandte Nanook sich nach rechts und führte sie um eine Böschung, huschte in ein Loch im Gestein und war plötzlich verschwunden. Erst da stöhnte Clodagh auf, denn es bedeutete, daß sie der Katze auf allen vieren würden folgen müssen.

Im Innern konnten sie sich wieder aufrichten. Clodagh machte eine Pause und lehnte sich dabei an die Wand, um etwas Luft zu schnappen. Bunny merkte, daß das Tempo der großen Frau doch etwas zusetzte. Schließlich fühlte Bunny selbst sich ja auch schon erschöpft, dabei war sie viel mehr Bewegung gewohnt als Clodagh.

»He, das ist ja genau wie der andere Ort«, sagte Diego und blickte sich um. Ein merkwürdiges Fluoreszieren erhellte die Höhle hinreichend, um Einzelheiten ausmachen zu können.

»Die letzte Analyse dieses Planeten hat eine ganze Reihe unterirdischer Systeme aufgezeigt«, sagte Steve, während er die Felswände untersuchte und dabei eine dünne Schicht abwischte, die er zwischen den Fingern zerrieb. »Die früheren Analysen haben zwar keine gezeigt, aber es würde immerhin die Bodeneinbrüche erklären. Oder nicht? Sehr ungewöhnlich. Ich wünschte, Frank wäre fit genug gewesen, um mit uns zu kommen. Er versteht mehr von solchen geologischen Anomalien als ich.« Steve ging ein Stück weiter, dann blieb er abrupt stehen, so daß Diegeo, der ihm folgte, hastig einen Schritt zur Seite machen mußte. »Vielleicht gab es aber auch einen Fehler im ursprünglichen Terranisierungsprozeß, der zu unvorhergesehenen, langfristigen Krustendefekten geführt hat. Zu schade, daß Dr. Fiske beim Shuttleabsturz ums Leben gekommen ist.«

»Das wissen wir nicht mit Sicherheit«, widersprach Bunny. »Wir wissen nur, daß Hauptmann Fiske versuchen wollte, seinen Vater zu *suchen*. Er könnte also noch am Leben sein.«

»Ist Fiskes Vater etwa dieses hohe Firmentier, das angeblich mehr über Petaybee weiß als jeder andere?« fragte Clodagh und blieb erneut stehen, um sich am Felsen abzustützen.

»Ja«, bestätigte Steve. »Er ist Dr. Whittaker Fiske, der Enkel von Dr. Sven Whittaker-Fiske, der den Whittaker-Effekt entwickelt hat, das Verfahren, das die Technik beschleunigter Terranisierung perfektionierte, mit der man Petaybee bewohnbar gemacht hat.« Als Clodagh Steve einen langen, nachdenklichen Blick zuwarf, korrigierte er sich. »Jedenfalls *dachte* er, er hätte ihn perfektioniert.«

»Weshalb hat er ihn eigentlich nicht den Fiske-Effekt genannt?« wollte Bunny wissen.

»Er hat ihn nach seiner Mutter benannt, Dr. Elsie Whittaker. Ich vermute, das hielt er angesichts der generativen Natur des Projekts für angebracht.«

Clodagh stemmte sich von der Wand ab und war im Begriff lozugehen, als sie plötzlich innehielt und die Hand hob. »Hört mal!«

Die Geräusche waren zwar gedämpft, aber ganz offensichtlich menschlicher Herkunft. Bunny und Sinead stürmten vor, Diego mit Dinah auf den Fersen direkt hinter ihnen. Die Stimmen waren plötzlich vor Erregung lauter geworden, und als Bunny um die nächste Biegung kam, blieb sie verblüfft stehen. Nanook hatte Yana gefunden und versuchte, sie von oben bis unten abzulecken!

»Yana! Du lebst ja noch!« rief Bunny, merkte aber schon beim nächsten Schritt, daß Yana nicht allein in der großen niedrigen Höhle war. Und dem Aussehen des Lagers zufolge, das sie hier aufgeschlagen hatten, hatten Yana und ihre Gefährten hier schon einige Tage zugebracht.

Ein stämmiger Mann in zerrissener Uniform und einem Kopfverband, der fast sein ganzes schwarzes Haar bedeckte, erhob sich von dem Feuer, an dem er damit beschäftigt gewesen war, einen Topf umzurühren. »Hauptmann John Greene vom Shuttle *Rotlachs*«, sagte er mit schiefem Lächeln. »Und wer sind Sie?«

»Buneka Rourke aus Kilcoole«, erwiderte Bunny verblüfft, aber höflich.

»Aus Kilcoole? Das hat uns gerade noch gefehlt!« knurrte eine zornige Stimme, und ein zerschundener, von Brandblasen übersäter, halbnackter, schmutziger Mann, der nur noch entfernte Ähnlichkeit mit dem einstmals so schmucken Torkel Fiske aufwies, erhob sich unter Schmerzen vom Boden. Schützend stellte er sich zwischen dem Rettungstrupp und einem älteren Mann auf, der seinen Arm in einem Verband vor der Brust trug.

Bevor Bunny oder Sinead auf Torkels feindselige Reaktion etwas erwidern konnten, stürmten Steve Margolies, Diego und die aufgeregt bellende Dinah in die Höhle, gefolgt von der gemächlicher dahinschreitenden Clodagh.

An den Mann hinter sich gewandt, sagte Torkel: »Ganz

ruhig bleiben, Paps. Ich kümmere mich darum. Das sind die Aufständischen, von denen ich dir erzählt habe. Die Maddock einer Gehirnwäsche unterzogen haben, damit sie sie unterstützt.«

»Unfug, Sohn«, sagte der ältere Mann und schritt sanft, aber bestimmt an seinem taumelnden Sohn vorbei. »Das da sind Steve Margolies und Frank Metaxos' Junge Diego. Die sind genausowenig Aufständische wie ich es bin.«

»Dr. Fiske!« rief Steve und lief auf den älteren Mann zu, um ihm erregt die Hand zu reichen. »Ich kann es gar nicht fassen, daß Sie wirklich überlebt haben.«

»Ich auch nicht«, erwiderte der ältere Fiske trocken.

»Dr. Fiske, in den vergangenen Tagen haben Diego und diese Leute mir wirklich die erstaunlichsten Entwicklungen gezeigt. Sie werden kaum glauben, was ich Ihnen unbedingt erzählen muß ...«

»Das Urteil darüber behalte ich mir lieber selbst vor«, sagte Dr. Fiske. »Hör auf, dich in Pose zu werfen, Sohn, und setz dich hin, bevor du noch umkippst.« Sanft drückte er Torkel wieder zu Boden. »und laß dich um Gottes willen von diesen Leuten säubern und verbinden. Tot nützt du mir überhaupt nichts. Du da, Diego, hilf mir mal, die Wunden meines Sohnes sauberzumachen, bevor sie sich noch entzünden. Ich habe nur noch eine brauchbare Hand. Und ich will mir von Dr. Margolies Bericht erstatten lassen.«

»Jawohl«, sagte Diego und übernahm die Wasserschale und das Tuch. Die Pflege seines Vaters hatte ihm einiges beigebracht, und so machte Diego sich sanft und gewissenhaft an die Arbeit, indem er Torkel an jenen Körperstellen wusch, die dieser nicht selbst erreichen konnte. Der Hauptmann beklagte sich matt bei jeder Berührung, als würde Diego ihm absichtlich mehr Schmerz zufügen als unbedingt nötig. Diegos Miene ließ keinen Zweifel daran, was er davon hielt: Der Hauptmann benahm sich wie eine große Memme.

Dr. Fiske nahm neben Torkel Platz, dann setzte auch Steve sich und begann mit einem Wortschwall von Erklärungen, wobei er ständig Fachausdrücke gebrauchte, die Bunny nicht einmal ansatzweise begriff.

Yana fing Clodaghs Blick ein und bedeutete der Heilerin eindringlich, zu ihr zu kommen, wobei sie auf die zu ihren Füßen liegende, zusammengekauerte Gestalt Giancarlos deutete.

Clodagh untersuchte kurz die schrecklichen Brandwunden des Obersten und schürzte angesichts der schweren Verletzungen die Lippen.

»Ich kann zwar etwas tun, um seinen Schmerz zu lindern, aber mehr auch nicht«, meinte sie kopfschüttelnd. »Vielleicht weiß die Intergal ja noch etwas.« Sie machte sich an die Arbeit, wozu sie verschiedene Salben und Säfte, Bandagen und Schienen aus ihrem Rucksack hervorholte.

Yana hätte nie geglaubt, daß sie für einen Mann wie Giancarlo einmal Mitleid empfinden könnte. So schlimm seine Schmerzen auch waren, hatte er doch keinen Ton von sich gegeben.

Yana selbst war so froh, Clodagh und die anderen aus Kilcoole wiederzusehen, daß sie beinahe geweint hätte. Zusammen mit Torkel hatten sie es einige Stunden zuvor in die Höhle geschafft, und sie war überaus erleichtert gewesen, als sie dort die Überlebenden des Shuttleunglücks vorfanden. Doch nachdem Torkel sich davon überzeugt hatte, daß sein Vater in Sicherheit war, hatte er angefangen, über Yanas angeblichen Verrat zu schimpfen und die Shuttlemannschaft zu ermahnen, alles, was sie zu ihnen sagen mochte, zu ignorieren, und ein wachsames Auge auf sie zu behalten. In Anbetracht der Tatsache, daß Yana ganz offensichtlich die meiste Arbeit geleistet hatte, sowohl Giancarlo wie auch Torkel gestützt hatte, als sie in die Höhle gewankt kamen, hatte die

Mannschaft seinem Toben nicht allzuviel Aufmerksamkeit gezollt. Trotzdem war die Atmosphäre aufs äußerste gespannt gewesen. Sogar die Höhle selbst schien den Atem anzuhalten und auf irgend etwas zu warten. War das die Ruhe vor dem Sturm? hatte Yana sich gefragt. Eine kurze Atempause, bevor der Berg wieder explodierte?

Nachdem Clodagh den bewußtlosen Giancarlo verarztet hatte, machte sie sich über Yana her und schnalzte mißbilligend mit der Zunge, als sie die Wunden sah, die Yanas linken Arm übersäten.

»Wann hast du zum letzten Mal gegessen, Mädchen?« wollte Clodagh wissen.

»Ich habe ein Stück von einem Rationsriegel zu mir genommen, bevor wir hier eintrafen«, antwortete Yana.

»Du siehst aus, als könntest du einen ganzen Elch verputzen und mindestens einen Monat lang durchschlafen. Als du nach Kilcoole kamst, warst du dürr wie ein Skelett, aber wir haben dich ordentlich aufgepäppelt. Jetzt siehst du wieder aus wie ein lahmes Reh nach einem harten Winter.«

Yana riß sich von Clodagh los. »Mir geht es gut. Hier sind eine Menge anderer Leute, die wirklich deine Hilfe brauchen könnten, Clodagh.« Mit einem Nicken wies sie hinter sich. »Die Überlebenden des Shuttles sind schon seit drei Tagen hier und hatten so gut wie nichts, um sich zu versorgen. Für Dr. Fiske konnten sie auch nicht mehr tun, als seinen Arm stillzulegen und seine Wunden abzuwaschen.«

»Ist das der Mann, der da drüben gerade mit Steve spricht?« fragte Clodagh. Als Yana nickte, meinte Clodagh trocken: »Der scheint mir aber in einer besseren Verfassung zu sein als Torkel.«

Sinead gesellte sich zu den beiden Frauen, ihre Miene war besorgt. »Hast du ihn gesehen?« fragte Yana sie. »Ich dachte, er wäre hier bei dir.«

»Falls du Sean meinen solltest, nein«, antwortete Yana

mit einem seltsamen Lächeln. »Aber ich sage euch beiden etwas. Wir haben sie nicht *gefunden*«, und sie wies auf die Unglücksopfer, »wir wurden zu ihnen *geführt*.«

Nun flackerte die Hoffnung wieder in Sineads Augen auf. »Ihr wurdet hierhergeführt?«

Yana nickte. »Und was das schönste ist – sie schwören, daß sie auch hierhergeführt wurden. Wenn ich mir überlege, wer diese Rettung bewerkstelligt haben könnte, fällt mir nur einer ein, und ich habe mich die ganze Zeit gefragt, Sinead, wie, zum Teufel, er das geschafft hat.«

Eindringlich musterte sie die Miene der anderen Frau. »Dr. Fiske hat Torkel erzählt, daß er glaubt, daß es ein unterirdisches Flußsystem gibt. Deshalb gab es auch so viele Bodeneinbrüche, als die Sprengsätze die unterirdischen Stützschichten schwächten. Sollte es ein solches Netzwerk geben, bei dem ein Fluß in den anderen strömt, dann könnte doch jemand, der sich auskennt, sich von einem Ende dieses Systems zum anderen bewegen, ohne dabei gesehen zu werden – nicht wahr?«

Sinead musterte Yana eine Weile stumm. »Wenn es ein solches Netzwerk geben sollte, wäre das wohl möglich. Ich gehe nicht viel nach unten. Ich ziehe den freien Horizont vor.« Dann entledigte sie sich ihres Rucksacks und fing an, etwas darin zu suchen. »Ich habe noch einen Satz Kleider zum Wechseln. Und ein paar Sachen, die Clodagh gebrauchen kann.«

»Hat sich niemand über diese Höhle hinausgetraut?« fragte Clodagh mit verhohlenem Drängen in der Stimme.

Yana schüttelte den Kopf. »Wir hatten schon genug zu tun, um nicht auch noch Erkundungsausflüge zu unternehmen!«

»Ist auch besser so«, meinte Clodagh mit einem zufriedenen Schnauben, dann fragte sie Yana, wer von den Verletzten am schlimmsten dran sei. Und während man sich in allen Einzelheiten die beiden Ereignisse erzählte, säuberte, nähte, salbte und lauschte sie.

Das Shuttlefahrzeug hatte zur Landung angesetzt, als der Vulkanausbruch es traf und es mit gewaltiger Wucht aus der Bahn stieß. Neun Passagiere hatten den Stoß nicht überlebt, doch die anderen, die von dem einfallsreichen jungen Piloten, Hauptmann Greene, schnell mobilisiert worden waren, hatten den Shuttle noch lebend verlassen können, bevor die Luftschleusen abgesoffen waren. Dann waren sie Richtung Westen geflohen, während der heiße Schlamm sie verfolgte. Sie hatten nur kurze Pause gemacht, um die Vorräte aufzuteilen und Brandwunden, Blasen und gebrochene Knochen zu versorgen, bevor sie in einem Gewaltmarsch den speienden Vulkan so weit zurückgelassen hatten, wie ihre Kräfte sie trugen. Der Wind wehte aus Osten – sie hatten also die einzige sichere Fluchtrichtung eingeschlagen. Und das war reiner Zufall gewesen, weil der Pilot nämlich geglaubt hatte, sie zu ihrem Ursprungsziel, der Zechenanlage, zu führen. Tatsächlich aber hatte er beim Absturz einen Schlag auf den Kopf bekommen und dadurch seinen Orientierungsinn verloren.

»Wirklich bemerkenswert, daß wir allesamt zu dieser Stelle geführt wurden«, meinte Steve Margolies. »Es scheint sich um den Eingang zu einem riesigen Höhlensystem zu handeln. Unsere beiden Gruppen hätten auch weitab voneinander enden können. Gibt es noch andere Eingänge zu dieser Höhle?« fragte er und sah dabei in den hinteren Teil der Felsengrotte zurück.

Greene zuckte mit den Schultern. »Könnte sein. Da wir direkt vor dem Eingang frisches Wasser zur Verfügung hatten, bestand keine Notwendigkeit, die Gegend zu erforschen.«

»Wir werden später noch einmal hierherkommen, diesmal mit richtiger Ausrüstung, und eine gründliche Untersuchung durchführen«, entschied Dr. Fiske im Befehlston.

»Inzwischen sollten wir wohl besser die Koordinaten durchgeben und zusehen, daß wir unsere Verletzten zur

Raumbasis schaffen. Ich glaube, daß es sich hier um einen der Orte handeln könnte, nach dem unsere Mannschaft seit Jahren gesucht haben. Dr. Margolies, ich gehe doch wohl richtig in der Annahme; daß Sie für die Möglichkeit einer Funkverbindung zur Basis gesorgt haben, bevor Sie losgingen?«

»Natürlich«, erwiderte Steve. Er sprang auf die Beine. »Wir werden allerdings dazu nach draußen gehen und uns in möglichst große Höhe begeben müssen, um das bestmögliche Signal ...« Er verstummte, als Torkel an seinem am Gürtel befestigten Funkgerät riß und sich matt erhob, wobei er sich auf Steve abstützte.

»Ich stelle hier die Verbindung her«, sagte Torkel barsch. Dann sah er das Stirnrunzeln seines Vaters und gewährte Margolies einen Anflug seines diplomatischen Lächelns. »Will sagen, ich werde schon mal Meldung machen, während Sie und mein Vater die Berichtaufnahme fortsetzen.«

Mit einem Kopfnicken wies Hauptmann Greene den am wenigsten verwundeten seiner Mannschaft, einen kleinwüchsigen Schwarzen an, Steve und Torkel dabei zu helfen, das Funkgerät von Stevens Gürtel zu lösen.

»Und während Sie Ihre Kieferlade üben, Dr. Fiske, kümmere ich mich mal um Ihren Arm«, sagte Clodagh zu dem Wissenschaftler. Sie kniete vor ihn nieder und begann damit, die Armbinde zu öffnen.

»Dama, ich habe jetzt schon so lange gewartet«, sagte Fiske mit großer Würde und verwahrte sich gegen ihre Behandlung. »Da kann ich bestimmt noch ... Aua! Wie haben Sie das denn gemacht?« Er musterte seinen frisch eingerenkten Arm und blickte schließlich Clodagh mit respektvoll geweiteten Augen an.

»Eine Fertigkeit, die ich mir angeeignet habe«, sagte sie. Dann tauchte sie ein Stück der Binde in einen Topf mit ihrer Salbe und verband damit geschickt den Bruch. Als sie fertig war und sich die Hände abgespült hatte, war der Verband bereits hart geworden. »Das ist etwas bequemer, bis Sie wieder zurück sind.«

»Aber dieser Verband ... Ich kann es nicht fassen«, stammelte Fiske und tippte prüfend gegen die Schale.

Sanft aber entschieden nahm sie wieder seinen Arm, legte ihn erneut in die Schlinge und band ihn vor seiner Brust fest. Dann widmete sie sich dem blutgetränkten Verband an seiner Wade.

»Das muß genäht werden«, entschied sie nach einem kurzen Blick.

»Die Wunde ist gereinigt und verbunden worden«, sagte Fiske gereizt und hielt beim Anblick seines klaffenden Fleisches kurz die Luft an.

»Gute Arbeit«, stimmte Clodagh zu und gab eine Handvoll feuchter Salbe auf die Wunde.

Fiske hörte auf zu zischen und blickte überrascht hin. »Das hat ja gar nicht weh getan!«

»Medizin muß nicht unbedingt weh tun oder schlecht schmecken, um wirksam zu sein. Möchte mal wissen, wer diesen blöden, alten Aberglauben in die Welt gesetzt hat«, sagte sie mit der ganzen Verachtung der erfahrenen Praktikerin. Aus einem anderen Päckchen holte sie eine bereits eingefädelte Nadel und machte sich daran, die Wunde mit sauberen Stichen zu vernähen.

Trotz seines anfänglichen Widerwillens war Fiske immer mehr von ihren schnellen Bewegungen fasziniert. »Wo haben Sie Ihre Ausbildung genossen?« fragte er anerkennend.

»Wenn man auf Petaybee lebt, lernt man eine Menge nützlicher Dinge«, sagte sie gelassen und band den letzten Stich ab. »Vielleicht nicht unbedingt dasselbe, was Ihre Mediziner verwenden würden, aber es funktioniert. Und mehr verlangen wir doch von der Medizin gar nicht, nicht wahr?« fügte sie hinzu. »Noch irgend etwas?«

Er hatte noch eine weniger ernste Schnittwunde etwas tiefer am Bein, die sie mit zwei sauberen Stichen vernähte. Dann trug sie eine aromatische Feuchtkompresse auf das geschwollene, wunde Fleisch seines Fußknöchels auf.

Während Torkel und das Mannschaftsmitglied einen Hubschrauber anforderten und Clodagh sich mit Dr. Fiske zu schaffen machte, half Yana Bunny dabei, etwas von den Vorräten der Rettungsmannschaft aufzuwärmen. Nach einer Weile hatten sie einen nahrhaften Fleischeintopf mit Wasser rehydriert und in einem seines Futters entledigten Fliegerhelm zum Kochen gebracht. Clodagh beendete ihre Behandlung Whittaker Fiskes. Yana bot dem alten Mann etwas von dem Eintopf an, und er dankte ihr ohne die geringste Spur einer Unfreundlichkeit, wie sie sein Sohn an den Tag legte.

Yana hatte auch für Clodagh eine Portion fertig gemacht und drückte sie der Heilerin mit einem festen Blick in die Hand, der keinen Zweifel darüber aufkommen ließ, was geschehen würde, wenn Clodagh nicht sofort essen würde.

»Liegt das nur daran, daß ich sehr hungrig bin und die Energieriegel satt habe, oder schmeckt das wirklich so gut?« fragte Whittaker Fiske freundlich.

»Der Hunger ist immer eine gute Soße«, meinte Clodagh. »Hier ist noch etwas Würze, das verleiht dem Ganzen den letzten Pfiff.« Sie holte ein Kräuterfläschchen aus ihrem geräumigen Medizinbeutel und streute etwas Pulver in seine Schale, dann in ihre eigene, um es schließlich auch Yana anzubieten.

Yana nahm neben ihr Platz und grinste. »Clodagh ist viel zu bescheiden, Dr. Fiske. Das Essen schmeckt auf Petaybee deshalb im allgemeinen besser, weil das meiste davon frisch ist! Selbst das gefrorene Zeug.«

»Ich hätte eigentlich geglaubt, daß die Wachstumsperiode dafür ein wenig zu kurz ist«, warf Whittakter Fiske nachdenklich kauend ein.

»Ja«, bestätigte Clodagh. »Aber während der Wachstumsperiode haben wir auch mehr Tageslicht als sonst, deshalb wächst alles sehr schnell. Und die Fische und Tiere, die wir essen, wachsen das ganze Jahr über.«

»Vielleicht haben *Sie* ja reichlich Zugang zu den hydroponischen Gartenanlagen auf den Raumstationen, Dr. Fiske«, ergänzte Yana, »aber mir persönlich schmeckt alles, was nicht gefriergetrocknet und über mehrere Schiffsjahre in einem Vorratschrank gelagert wurde, regelrecht himmlisch.«

Sie waren gerade mit dem Essen fertig, als Torkel und das Mannschaftsmitglied in die Höhle zurückkehrten, wobei Torkel inzwischen einen etwas zuversichtlicheren Schritt an den Tag legte.

»Also gut, Leute, packen Sie schon einmal zusammen, was Sie mitnehmen wollen«, fing er an.

»Dafür brauche ich mindestens einen Möbelwagen«, brummte einer der Überlebenden.

»Ein Jumbohubschrauber mit medizinischem Personal ist bereits unterwegs«, fuhr Torkel fort und runzelte die Stirn, als er versuchte, den Witzbold auszumachen. Dann sah er Yana neben seinem Vater sitzen. »Maddock, Sie dürfen sich als unter Arrest stehend betrachten.«

Yana musterte in fragend.

»Ach, komm schon, Torkel«, sagte sein Vater mit deutlicher Verärgerung in der Stimme. »Du wirst doch wohl nicht im Ernst behaupten wollen, daß diese Leute und schon gar nicht Majorin Maddock für die geologischen Launen Petaybees verantwortlich sind! Ich sage es dir ganz offen, deine Anschuldigungen entbehren jeder wissenschaftlichen Grundlage.«

»Du kümmerst dich am besten um den Planeten, und ich kümmere mich um die Ermittlungen. Maddock hat sich gegen die Firma gestellt und unterstützt aktiv die ...«

»Deren Hauptquartier, wie du sagst, in Kilcoole liegen soll?« fragte Fiske in mildem Tonfall und blickte dabei an seinem vcor ihm stehenden Sohn auf. »Derselben Stadt, die diese äußerst effiziente, wenngleich vielleicht unorthodoxe«, er lächelte Clodagh an, »Rettungsexpedition auf die Beine gestellt hat? Das fällt mir wirklich schwer zu glauben.«

Clodagh lachte, und Torkel ließ sich mit einem tiefen, angewiderten Seufzen neben seinem Vater nieder.

»Du wolltest doch, daß ich der Angelegenheit mit den verschollenen Mannschaften auf den Grund gehe ...« sagte Torkel mit übertriebener Geduld und einer heiseren, müden Stimme, »... und auch den biologischen Anomalien auf diesem Planeten. Hast du die große Katze gesehen, die mit diesen Leuten gekommen ist und die sich gerade draußen vor der Höhle auf dem Felsvorsprung sonnt? Und dort mit Sicherheit zugleich Wache hält? Diese Katze gehört auch zu diesen Anomalien. Das ist eins von Shongilis kleinen Haustierchen, und ich bin sicher, daß sich dieses Spezies nicht in deinen Dateien findet. Majorin Yanaba Maddock hat schon kurz nach ihrer Ankunft mit Shongili zu fraternisieren begonnen, und ich glaube, daß er sie beeinflußt und zu seiner Komplizin gemacht hat. Shongili habe ich zwar noch nicht, aber dafür Maddock, und wenn ich sie in Gewahrsam nehme, bekomme ich auch noch Shongili zu packen.«

Fiske hob die Hand, um Torkel Schweigen zu gebieten, doch der blickte Yana offen in die Augen.

»Sind Sie schuldig im Sinne der Anklage, Yanaba Maddock?«

»Ich, mein Herr? O nein, mein Herr«, erwiderte Yana mit ironischem Lächeln. »Das Problem liegt darin, daß Ihr Sohn nicht gern hören wollte, was ich zu berichten hatte.«

»Es ist dies weder die Zeit noch der Ort, um die Situation zu analysieren«, fuhr Torkel leise in einem angespannten Ton fort.

»Die Angelegenheit ist nicht das, was sie zu sein scheint!«

»Dem stimme ich gern zu«, sagte Yana betont.

»Wenn man Leben erschafft, paßt es manchmal nicht in die Form, die man dafür vorgesehen hat«, warf Clodagh mit einem rätselhaften Lächeln an Whittaker Fiske gewandt ein.

»Was soll denn das heißen?« fragte Dr. Fiske stirnrunzelnd.

»Das werden Sie schon bald begreifen.« Sie stand auf und beendete damit das Thema. »Komm, Yana, wir müssen noch mit Sinead sprechen. Sie sollte, vielleicht zusammen mit Bunny, die Lockenfelle zurückführen. Jetzt, da der Vulkan fertig ist, werden sie hier nicht mehr allzuviel zum Grasen finden.«

»Der Vulkan hat seine Tätigkeit eingestellt? Woher wollen Sie das wissen?« Fiske versuchte ebenfalls aufzustehen, doch das lange Sitzen hatten ihn steif gemacht.

»Die ist genauso schlimm wie der ganze Rest, Paps«, sagte Torkel und schien recht zufrieden darüber zu sein, daß Clodagh mit ihrer Bemerkung ihr eigenes Urteil gefällt hatte.

»Schlimm?« rief Whittaker Fiske. »Das hat doch nichts mit schlimm zu tun, mein Sohn! Margolies, auf ein Wort!« Er humpelte zu Steve hinüber, der gerade mit Diego dabei war, einige der Verwundeten transportfertig zu machen.

Yana hielt sich dicht an Clodagh. Hauptmann Greene schnappte sich Torkel, um eine geordnete Überstellung der Überlebenden aus ihrer Höhlenzuflucht zur nächstmöglichen Hubschrauberlandestelle zu organisieren. Als die Hubschrauber eintrafen, setzte emsige Aktivität ein. Yana bemerkte, daß Clodagh sich in ein Gespräch mit Sinead, Greene und Bunny vertieft hatte, dachte sich jedoch nichts dabei. Sie sorgte nur dafür, daß sie Torkel aus dem Weg ging, was dadurch erleichtert wurde, daß Greene den erschöpften Mann an Bord des Hubschraubers bugsierte und darauf bestand, ihm einen vorläufigen Lagebericht vorzutragen.

»Ich habe meinen Medizinbeutel in der Höhle liegen lassen«, sagte Clodagh, als die letzten Leute darauf warteten, in die Luftfahrzeuge gebracht zu werden.

»Sicher«, meinte Yana und kehrte zum Höhleneingang zurück. Doch im Innern fand sie Sinead vor, die offensichtlich damit beschäftigt war, die letzten Überreste einzusammeln. Sinead lächelte sie merkwürdig an, dann vernahm Yana Stimmen im Gang.

»Es ist etwas, das Sie sich jetzt anschauen sollten, Dr. Fiske«, sagte Clodagh, als sie die Höhle betrat, begleitet von dem neben ihr her hinkenden Wissenschaftler, »damit Sie anfangen zu begreifen, was sich unter der Oberfläche von Petaybee verbirgt, die Sie und ihre Leute ihm verliehen haben.«

»Unter der ... wovon reden Sie da nur, gute Frau?« Fiske, der es mittlerweile eilig hatte, zur Raumbasis zurückzukehren, wurde ungeduldig. »Werden wir dadurch etwa den Hubschrauber verpassen?«

»Der wird schon warten«, meinte Clodagh unbekümmert, und da begriff Yana, daß die große Frau tatsächlich in einer Mission unterwegs war, bei der es um etwas sehr viel Wichtigeres ging, als nur um die Suche und Bergung der Überlebenden.

17. KAPITEL

Während sie Clodagh und Fiske folgte, hörte Yana, wie der Hubschrauber abhob. Sie blieb stehen und lauschte so lange, bis das Geräusch kaum noch vernehmbar war, dann drehte sie sich wieder um, um Clodagh nachzugehen. Als sie sich in Bewegung setzte, merkte sie, daß sich die Atmosphäre in der Höhle auf subtile Weise verändert und entkrampft hatte: Die ganze Höhle strahlte ein Gefühl der Erleichterung aus – als würde sie endlich wieder ausatmen, nachdem sie bei ihrer aller Eintreffen die Luft angehalten hatte.

Zur gleichen Zeit vernahm Yana ein planschendes Geräusch und fuhr herum. Doch sie konnte nichts erkennen und kam zu dem Schluß, daß das Geräusch von außen gekommen sein mußte. So ging sie ein Stück zurück und folgte dem kleinen Strom, der durch die Höhle floß, um durch die schmale, dunkle Öffnung zu spähen.

Draußen erhob sich gerade etwas aus dem Bach. Glitzernde Wassertropfen verteilten sich sprühend um einen länglichen silberbraunen Leib, der sich energisch schüttelte, als er aus dem Wasser kam. Fasziniert sah Yana dem Tröpfchenflug zu, der einen feingeschnittenen Kopf mit flach am Schädel anliegenden Ohren und strahlenden Augen freigab, die den Höhleneingang abzusuchen schienen. Dann hatte sich die Feuchtigkeit verflüchtigt und der Kopf schien sich ... ja, irgendwie aufzuplustern, fand sie ... und der Körper streckte sich, wurde zu dem Leib eines Manns – eines Manns, der einen feinen, seidigen Haarpelz zu tragen schien. Vielleicht war es aber auch ein grauer Taucheranzug. Doch als er näher auf sie zukam, sah sie in freudiger Überraschung, daß es sich bei dem Mann um Sean handelte, der nichts am Leib trug außer Vulkanasche, die er anscheinend in dem Bach abzuwaschen versucht hatte, bevor er die Höhle betrat.

»Gehst du immer in dieser Kluft auf Reisen?« rief sie. Sie traute dem nicht, was sie *glaubte*, gesehen zu haben, und hoffte, daß er es ihr entweder möglichst bald erklären oder sie eine Gelegenheit finden möge, ihn auf subtile Art danach zu fragen.

Er ginste. »Nicht immer, aber es ist ganz schön praktisch, wenn man weiß, wie.« Er blickte an sich herab. »Kann allerdings ein bißchen zugig werden, wenn ich nicht mehr in meinem Element bin.«

Die Höhle war übersät mit Uniformteilen, die von den Überlebenden des Absturzes als entbehrlich liegengelassen worden waren. Sean stöberte darin herum, bis er schließlich einen durchlöcherten Fliegeranzug gefunden hatte.

»Asche als Tarnung und Schwimmen als Transportmittel? Raffiniert von dir«, sagte sie und riskierte eine wilde Vermutung.

»Mehr oder weniger«, erwiderte er und kam ganz nahe auf sie zu, um ihr die Hände auf die Schultern zu legen.

Sie war noch nicht ganz bereit, sich von seiner Berührung ablenken zu lassen, noch immer war sie etwas verstört und fasziniert davon, wie er aufgetaucht war. »Weißt du ... ich habe über diesen Raben nachgedacht, der uns hierher leitete ... Bei dem habe ich irgendwie *dich* gespürt. Du besitzt nicht zufälligerweise einen schwarzen Taucheranzug und einen Drachengleiter, oder?« fragte sie und hob die Augenbrauen zu dem förmlichen Befehl, er solle sich ihr endlich anvertrauen.

Sean blieb weiterhin amüsiert und gab sich rätselhaft. »Und kleinmachen soll ich mich wohl auch können? Du liebe Güte, nein, *das* könnte ich wirklich nicht. Ich habe nichts für Flügel übrig. Ich habe eine eindeutige Affinität für Wasser. Allerdings habe ich auch hochgestellte Freunde.«

Yana beschloß, dem Rätsel später auf den Grund zu gehen und sich fürs erste auf drängendere Probleme zu konzentrieren. So legte sie ihm die Hand auf den Arm und sagte: »Sean, ich sollte dir wohl besser mitteilen, was hier vorgefallen ist. Torkel Fiske will mich dafür vor das Kriegsgericht stellen, daß ich Petaybee zu verteidigen versucht habe, und Clodagh hat Torkels Vater in die Höhle geführt ...«

»Ich weiß, Yana. Und ich werde dir alles erklären, sobald wir Zeit dafür haben. Aber im Augenblick sollten wir besser Dr. Fiske und Clodagh helfen.«

Seine Hand stellte einen beruhigenden, warmen Punkt in ihrer Rückenmitte her, als er sie zu dem Gang hinüberführte.

Plötzlich bemerkte Yana, daß das Hubschraubergeräusch, das schon fast verschwunden war, als sie Sean entdeckte, wieder lauter geworden war. Instinktiv machte sie längere Schritte. Auch Sean vernahm es und glich sein Tempo dem ihren an, bis sie beide ein gutes Stück in den Gang eingedrungen waren.

Das Fluoreszieren hellte alles auf, und Yana hörte, wie Clodagh ein Stück weiter vorn beruhigend sagte:

»... jemand, der gern Ihre Bekanntschaft machen würde, Dr. Fiske.«

Der Hubschrauberlärm wurde immer lauter, dann schwoll er wieder ab, doch nun hörte Yana schnelle Schritte, die hinter ihnen auf das Höhleninnere zuhielten.

»Kommen Sie mit erhobenen Händen heraus, Shongili, Maddock! Ich habe gesehen, wie sie sich getroffen haben!« brüllte Torkel. »Und ich kann Ihnen nur wünschen, daß mein Vater unversehrt ist, sonst ...«

»Bist du dabei?« fragte Sean Yana schnell. Sie nickte, und sofort preßten sie sich einander gegenüber an die Wände des Durchgangs, während Torkel in ihren Hinterhalt stürmte. Yana entwaffnete ihn mühelos und nahm sein Handgelenk in den Drehgriff, während Sean auf der anderen Seite etwas tat, in dessen Folge Torkel stumm zusammensackte. In der Außenhöhle hinter ihnen waren weitere Schritte zu vernehmen, doch Sean ignorierte sie, während er Torkel mit sich zerrte. Yana trat vor, um ihm zu helfen, und so lenkten sie ihn gemeinsam durch den Gang in die innere Höhle, wo Clodagh, Bunny, Sinead, Nanook und Dinah um Dr. Fiske standen.

Die Rinnsale an den Höhlenwänden und den Außenkanten des Bodens ließen bereits einen warmen Nebel aufsteigen. Er duftete nach Erde, Ozon, pflanzlichem Leben und wies einen leisen Hauch vom Duft exotischer Blumen auf. Der Nebel tröpfelte über den Boden, umschlang die Knie der Menschen in der Höhle und riß sie sanft nach unten.

Das Fluoreszieren an den Höhlenwänden tanzte im Schattenspiel, als würde es von einem flackernden Lagerfeuer beleuchtet; die Wände selbst schienen zu pulsieren. Der Nebel verdichtete sich und stieg um sie herum in die Höhe, verschleierte ihre Gesichter: schwerer, warmer, duftender Nebel; die destillierte Essenz der Höhlen, des Erdreichs, des Wassers, der Luft, die mit jedem Atemzug in ihre Leiber eindrang.

Yana hörte ein kurzes Scharren hinter sich, und der veränderte Luftdruck verriet ihr, daß noch andere den Höhlenraum betreten hatten. Sie blieb stumm, und als Yana sich dazu überwinden konnte, über die Schulter nach ihnen zu sehen, stellte sie fest, daß die Nachzügler ebenfalls von dem Nebel umhüllt waren.

Jedes Geräusch wurde verstärkt, das Tröpfeln des Wassers prasselte wie Regen auf raschelndem Laub, ein gewisperter Akzent des gemächlichen Pochens, das die Höhle durchhallte.

Plötzlich begann Torkel sich in Yanas Händen zu winden, und sie spürte, wie er erwachte.

»Nein!« schrie er. »Nein, aufhören! So führt man Gehirnwäschen durch. Paps, hör nicht zu!«

Dr. Fiskes Stimme klang gedämpft und abgelenkt, als er antwortete: »Mir geht's gut. Benimm dich nicht wie ein Vollidiot.«

Und Clodagh murmelte ermunternd: »Euch beiden geht es gut, einfach nur gut.«

Hinter Yanas Rücken legten sich weitere Hände auf Torkel – doch zur Beruhigung und nicht, um ihn zu fesseln.

»Wehren Sie sich nicht, Hauptmann«, flüsterte Diegos Stimme. »Bitte wehren Sie sich nicht. Hören Sie nur zu. Es will Ihnen nichts tun, es möchte nur, daß Sie zuhören.«

»Ich bin da, Hauptmann Fiske«, flüsterte Steve Margolies in einem weniger fürsorglichen Ton. »Ich bin Wissenschaftler, und Ihr Vater ist es auch. Wenn das hier alles nur Augenwischerei sein sollte, werden wir das schon feststellen. Bei uns sind Sie in Sicherheit. Greene und der andere Pilot sind auch zu uns gestoßen.«

»Sie sind in Sicherheit, und es geht Ihnen hier gut, weil Petaybee den Söhnen jener, die den Planeten erstmals zum Leben erweckten, viel zu sagen hat«, verkündete Clodagh.

Torkel fing wieder an sich zu wehren, und plötzlich vibrierte die ganze Höhle von einem pochenden Zittern, das immer und immer wieder den Takt wiederholte, den es aus ihrer Atmung abgeleitet hatte. Die Wände waberten von Bildern, und einmal mehr spürte Yana den Stoß des Erstkontaktes und fühlte, wie er in einer Blütenpracht aus reiner Freude in ihrem Nervensystem explodierte, und sie erfuhr eine gewaltigere Vereinigung, als sie sie jemals erlebt hatte. Ein Teil von ihr hörte Torkel keuchen, als auch er davon durchflutet wurde, und dann wurden auch die anderen davon erfaßt. Jetzt war der Kontakt zu ihnen hergestellt, berührten sie einander; warme Haut oder warme Höhle, warmer Nebel oder warmer Atem, alle vermengten sich im schweren Schlag des großen Planetenherzens.

Im Innern des kalten Höhlenbodens spürten sie den Panzer aus Eis und Gestein, der dieses Herz einst gefangengehalten hatte. Dann durchfuhr sie ein Schock, immer und immer wieder, der größte Orgasmus der Welt, der gewaltige Orgasmus *dieser* Welt. Sie war so erfüllt von Leben und Freude, daß ihr Körper nicht alles zu fassen vermochte, und so wuchsen ihrer Haut wunderschöne Dinge, ihrem Haar, ihren Augen und ihrem Mund und ihren Ohren und ihrer Nase, ihren Fingern und ihren Zehen, gebaren mit jeder Sekunde Tausende neuer Schönheiten, blühende Dinge und pelzige Dinge, geflügelte Dinge und gehufte Dinge, weiche dichte schleichende Moose und hochaufragende Bäume mit wogenden, duftenden Laubdächern. Und es bedurfte nicht mehr als der Laune eines Versuchs, und sie konnte durch jedes dieser Dinge sprechen und singen, handeln und tanzen, lieben und lachen und leben. Sogar das Sterben war eine Art von Leben, und auch das spürte sie, mit Bedauern zwar, doch ohne Trauer.

Liebliche Dinge jagten Schauer über ihre Haut, liebkosten ihre Oberflächen, brachten ihren Körperöffnungen warme Freuden, tauchten und schwammen durch ihr Blut, nährten sie. Und alles war gut, und alles war eins, und sie war des Lebens froh.

Und dann kam ein kleiner Schmerz – erst war es nur ein ganz winziger, in der Nähe ihres Herzens. Zunächst machte er ihr nur gelegentlich zu schaffen. Doch dann wurde es schlimmer, als einige der Dinge, die aus ihr hervorwuchsen, entfernt wurden, obwohl sie auch dies zunächst noch ertrug. Doch mit der Zeit wurde es immer schlimmer und schlimmer, und dann durchstachen sie spitzere, tiefergehende Schmerzen, als hätte plötzlich jemand ein Messer in sie hineingestoßen. Sie übergab sich und schrie und versuchte zu weinen, durch die Dinge, die auf ihr wuchsen, und einige vernahmen es und weinten für sie, und andere wurden von der Gewalt ihrer Schreie versengt. Keuchend erwartete sie das Abklingen des Schmerzes, und das kam irgendwann auch – bis zum nächstenmal.

Dann intensivierte sich der erste Schmerz; ein Schmerz ganz ähnlich der Erschütterung jener ekstatischen Entfesselung, die sie von ihrem Eis und ihrem Gestein befreit hatte – vertiefte sich, durchfuhr sie, bis sie es nicht mehr ertrug. Und schließlich, endlich, brach sie ihr eigenes Geschwür auf, indem sie jeden Nerv entzündete, bis das betroffene Gebiet explodierte und sie schließlich blutend, aber erleichtert, dalag. Die Dinge, die ihre Oberfläche gespeist hatten, stürzten sich auf sie und auf diese Stelle, um sie zu trösten, und sie verspürte den Trost, das Einssein, die Erleichterung, ihren Schmerz durch jene freisetzen zu lassen, die sie als erste freigesetzt hatten.

Langsam gingen die Bilder des in ihrer linken Brust ausbrechenden Vulkans in das Bild des aus ihren Hautporen hervorströmenden Schmerzen über. Und dieses Bild wiederum löste sich in einem anderen auf, in dem sie Petaybees Schmerz von innen heraus annahm und ihn durch sich selbst freisetzte, bis sie erschöpft am Boden lag, der schluchzende Torkel Fiske neben ihr, Diego, Sean und Steve Margolies auf der anderen Seite.

Dann hatte sich der Nebel aufgelöst, und Dr. Fiske setzte sich auf, blickte die leuchtenden Wände an. Tränen strömten seine Wangen herab, sein verletzter Arm lag unbeholfen auf Clodaghs Rücken, der andere war um Bunny geschlungen.

Vorsichtig erhoben sie sich und verließen die Höhel. O'Shay und Greene, die als letzte gekommen waren, bestiegen als erste den wartenden Hubschrauber. Yana stemmte sich an Bord und zwängte sich neben Giancarlos Trage, wo Nanook ausgestreckt neben dem Oberst lag, schnurrte und tat, was sonst seinen Geschwistern vorbehalten blieb. Dann zwängte sich Sean noch auf der anderen Seite neben sie, und so verbrachten sie den Flug in Schweigen.

»Was da terranisiert wurde, Dr. Fiske, war ein bewußtes, empfindungsfähiges Wesen, das nur zufälligerweise auch ein Planet war«, erklärte Sean, als sie wieder gemütlich in Clodaghs Haus beisammensaßen.

»Wissenschaftlich betrachtet fällt es mir sehr schwer, so etwas zu glauben«, erwiderte Dr. Fiske, der so aufrecht, wie er nur konnte, auf Clodaghs Bett saß.

Clodagh war zwischenzeitlich damti beschäftigt, eine weitere Portion Heilmittel gegen die Schürf- und Brandwunden Torkels und Yanas anzurühren. Giancarlo war in das Lazarett auf der Raumbasis eingeliefert worden. O'Shay war danach wieder gestartet, hatte es versäumt, dem Empfangsoffizier davon Mitteilung zu machen, daß er noch einige andere Passagiere an Bord hatte, Passagiere, die versuchten, eine Menge neuer Informationen zu verdauen. Er war mit dem Hubschrauber in Kilcoole gelandet und hatte jene aussteigen lassen, die Petaybees Offenbahrungen miterlebt hatten.

Torkel hatte am längsten gebraucht, um sich von dem Erlebnis zu erholen, und war danach äußerst ruhig und nachdenklich geblieben. Allerdings hatte er ebenso ruhig und nachdenklich Steve Margolies' Funkgerät benutzt, um bei dem in Kilcoole stationierten Soldatenkontingent einen bewaffneten Wachtrupp anzufordern, der Clodaghs Haus umstellen sollte.

Er war verwirrt, dachte Yana, und das konnte sie ihm kaum verübeln. Sie war selbst ein wenig durcheinander, zugleich aber war ihr die Natur der Verbindung zwischen diesem Planeten und seinem Volk sehr viel klarer geworden. Schließlich hatte sie auf unmittelbarer, mikrokosmischer Ebene alles miterlebt, was auch der Planet erfahren hatte.

»Wissenschaftlich betrachtet gibt es wahrscheinlich auch keine Erklärung dafür«, stimmte Sean Whittaker Fiske in aller Ruhe zu. »Und ich selbst habe den größten Teil meiner Kindheit und mein gesamtes Erwachsenenleben damit zugebracht, die entsprechenden Wissenschaften daraufhin zu untersuchen ... doch mit geringem Erfolg und nur sehr spärlichen, wissenschaftlich akzeptablen Antworten auf meine Fragen. Ich weiß nur, daß Petaybee für uns arbeitet und für sich selbst, und dies in einer einzigeartigen Symbiose.«

»Ja, eine Art Symbiose könnte es wohl sein«, meinte Whittaker Fiske nickend, während er zerstreut eine marmeladenfarbene Katze streichelte. »Eine höchst bemerkenswerte Symbiose. Ganz eindeutig einzigartig. Dennoch würde ich noch sehr gern weitere Einzelheiten erfahren. Wußte ihr Großvater um die Gefühlsfähigkeit und die Reaktion dieses Planeten? Hat er untersucht, ob seine Empfindungsfähigkeit während des Terranisierungsprozesses oder erst danach entstand? Wie haben Sie sie bemerkt, und vor allem, welches Protokoll gilt nun? Ich glaube kaum, daß die Intergal in irgendeinem der von ihr erforschten Systeme jemals auf ein derartiges Phänomen gestoßen ist. Ich verstehe jetzt, oder glaube es zumindest, weshalb unsere völlig unvorbereiteten und rein naturwissenschaftlich orientierten Mannschaften psychologisch nicht mit ihrer ... soll ich es paranormalen

Einweihung in Petaybees Intelligenz nennen? ... zurechtkommen konnten. Der arme Francisco Metaxos ist ein guter Naturwissenschaftler, aber er war doch immer extrem rationalistisch ausgerichtet.«

»Es geht ihm übrigens besser, Whit«, teilte Clodagh dem Mann mit. »Von Minute zu Minute. Und ich glaube, inzwischen ist er auch aufnahmebereiter geworden.«

Seit den Ereignissen in der Höhle hatte sich zwischen Clodagh und Whittaker eine seltsame, liebevolle gegenseitige Sympathie entwickelt. Dr. Fiske hatte den ganzen Weg bis zum Hubschrauber Clodaghs Hand gehalten. Das Paar hatte nebeneinander Platz genommen und aus den Sichtscheiben geschaut, um dann und wann sehnsüchtige Blicke auszutauschen. Yana hätte nur zu gern mit Sean ganz ähnliche Blicke ausgetauscht – allerdings nicht vor einer ganzen Menschenmenge.

»Aisling wird Frank herbringen«, fuhr Clodagh fort, »sobald sie damit fertig sind, die Lockenfelle zu füttern und zu striegeln. Besteht die Möglichkeit, Oberst Giancarlo ebenfalls nach Kilcoole zu verbringen, wenn sich sein Gesundheitszustand stabilisiert hat? So negativ, wie er eingestellt ist, hätte er die Höhle in seinem geschwächten Zustand nicht überstanden, aber wenn man ihn ein wenig aufpäppelt und ihn nach und nach mit Petaybee vertraut macht, könnte es sogar sein, daß er das eine oder andere begreift.«

Whittaker nickte, Yana aber fand, daß Clodagh uncharakteristisch und unrealistisch barmherzig gegenüber Giancarlo war – und viel zu hoffnungsvoll, was seine Anpassungsfähigkeit betraf. Der Mann war schließlich ebenso starr und unflexibel wie die Dienstvorschriften der Firma.

»Ich will Ihnen sagen, was ich weiß, Dr. Fiske«, fuhr Sean fort, und beugte sich vor, um die Ellenbogen auf die Knie zu stemmen. »Und was ich über Petaybee in Erfahrung bringen konnte. Zunächst einmal möchte ich feststellen, daß wir nie versucht haben, irgend jemanden absichtlich im dunkeln zu halten, was diese Sache angeht, aber Sie können sich vorstellen, daß es nicht ganz einfach ist, sie jemandem so zu erklären, daß er uns auch glaubt. Wir wissen nur eins: Nachdem der Terranisierungsprozeß ihres Urgroßvaters beendet und der Planet reif zur Besiedlung war, haben die Spezialisten der Intergal eine entsprechende ökologische Mixtur bestimmt.«

Sean hatte sich den Rest der Asche vom Leib gewaschen und trug nun eine Hose und einen grauen, grobgestrickten Pullover, den er sich von Sinead ausgeliehen hatte. Mit seinen Silberaugen und dem silbrigen Haar erinnerte er Yana an den Anblick, den er ihr am Ufer des kleinen Bachs geboten hatte, als sie ihn mit einer Robbe verwechselte. Sanft fuhr sie mit dem Finger seinen Arm vom Ellenbogen bis zum Handgelenk entlang, worauf er ihre Hand ergriff und sie drückte, während er seine Erläuterungen fortsetzte. »Als Biogenetiker der Intergal erhielt mein Großvater den Auftrag, die erforderlichen biologischen Manipulationen durchzuführen, um Tiere an das strenge Klima dieses Planeten anzupassen, damit sie seinen Bewohnern dort nützliche Dienste leisten konnten, wo Maschinen und Technik versagten. Das tat er auch und versorgte uns mit einer Öko-Kette, die Pflanzen, Bäume, Getreide und verschiedenste Nutztiere umfaßte, beispielsweise die Schlittenhunde, die Lockenfelle, Elche, Rotwild sowie die anderen Fleisch- und Fellieferanten, Vögel, Insekten – alle überlebensfähig auf diesem kalten, schneebedeckten Planeten.

Wir alle hier, die Vegetation ebenso wie wir bewegliche Kreaturen, unterlagen den Einflüssen seiner Arbeit.«

»Aber er ist sehr viel weiter gegangen, als er es hätte tun dürfen«, warf Torkel ein. Es klang weniger vorwurfsvoll als bestürzt.

»Nicht absichtlich. Er war, wie Sie ja auch, ein Wissenschaftler, und er hatte nicht damit gerechnet, daß der Planet selbst tatsächlich auch ein Faktor in seiner Gleichung werden könnte. Nachdem der Planet erst einmal erweckt worden war, entwickelte er seine eigenen Pläne und griff in den Ablauf der Anpassungen ein – indem er nämlich Großvaters Manipulationen gelegentlich optimierte, wo er dies für erforderlich hielt. Jene von uns, die ihr ganzes Leben auf Petaybee zugebracht haben, beispielsweise Lavelle, sind von diesen Veränderungen stärker bestroffen als sie jungen Leute, die sich zum Dienst auf anderen Planeten melden. Ich selbst habe Petaybee nie verlassen. Und ich weiß auch, daß ich das niemals werde tun können.« Er lächelte voller Charme. »Ich möchte Petaybee aber auch gar nicht verlassen. Er hat mich zu einem Teil von sich gemacht, so wie er ein Teil von mir ist.«

Torkel schüttelte den Kopf. »Das genügt mir nicht, Shogili. Was ist mit uns dort drin *passiert*? Das war doch keine Gehirnwäsche – jedenfalls nicht so, wie ich sie kenne«, fügte er verwundert hinzu.

»Der Planet hat Ihnen mitgeteilt, wie er das empfindet, was Sie ihm angetan haben«, erklärte Sean.

Torkel wand sich und schnitt Grimassen, er schien immer noch nicht dazu in der Lage zu sein, diese Erklärung hinzunehmen. »Na ja, ich verstehe nicht, wie Sie den Planeten dazu gebracht haben, zu tun, was er die vergangen Tage getan hat. Vulkane entstehen zu lassen, Erdbeben, die Flüsse sechs Wochen vor der Zeit abzutauen ...«

Sean zuckte mit den Schultern. »Ich habe ihn zu überhaupt nichts bewegt, Fiske. Er hat seine eigene Verteidigungsstrategie verfolgt. Ich habe lediglich dafür gesorgt, daß seine Mitteilung auch an den Mann gebracht wurde.«

»Eine, die Sie allein interpretieren können?«

Sean schüttelte den Kopf. »Wir beide haben in der Höhle dieselbe Erfahrung gemacht, Fiske. Sie können sie ebensogut interpretieren, wie ich es kann, sofern Sie nur aufhören, Ihr Erlebnis zu verleugnen. Sie können doch nicht leugnen, was Ihnen persönlich widerfahren ist, oder? Wenn Sie es tatsächlich so umfassend abgelehnt hätten, wie Sie gerade vorgeben, wären Sie jetzt in derselben Verfassung wie Frank Metaxos. Alles, was ich getan habe – was alle von uns getan haben –, war, Sie möglichst vor Ihrer eigenen sturen Idiotie zu bewahren und die richtigen Leute zur richtigen Zeit am richtigen Ort zusammenzuführen, damit Petaybee seine Botschaft selbst übermitteln konnte. Und das hat er in der Höhle getan.«

»Und wie verstehen Sie denn diese Botschaft genau, die wir beide empfangen haben?« fragte Whittaker Fiske. Seine Miene kündete eher von lebhafter Neugier als von ablehnender Herausforderung.

»Die Botschaft, daß es sich bei Petaybee um ein bewußtes, empfindungsfähiges Lebewesen handelt, Dr. Fiske«, antwortete Sean gelassen. »Dieses Wesen wünscht nicht, daß man seine Haut mit Sprengladungen öffnet, sich in sein Fleisch hineinbohrt und es abtransportiert, seine Substanz vermindert, seine Kinder jagt, bedrängt oder gegen ihren Willen umsiedelt. Es ist froh, erweckt worden zu sein, und es ist mehr als bereit, sich selbst mitzuteilen. Und das schließt, wie ich hinzufügen darf, einige sehr wertvolle Prozesse ein, von denen Sie und Ihre Vorgesetzten profitieren könnten und von denen Sie überhaupt nicht geahnt haben, daß sie auf diesem Planeten existieren.«

»Beispielsweise Clodaghs Heilmittel«, warf Yana ein. »Ich denke mir, daß die Firma doch eine Menge Verwendung für eine Hustenmedizin hätte, die sogar Lungen auszukurieren vermag, die derart schlimm verwüstet waren wie meine.«

Torkel sah sie überrascht an, dann wandte er sich nachdenklich ab, während sein Vater weise nickte.

»Ganz zu schweigen von diesem Knochenzeug«, fügte Dr. Fiske hinzu und fuhr sich mit den Fingern über seinen Verband. »Einfache Dinge mit einer Vielfalt von Anwendungsmöglichkeiten und ohne Nebenwirkungen. Fahren Sie fort, Shongili.«

»Ganz besonders setzt Petaybee der vermehrte Verkehr auf der Raumbasis zu. Der Planet war in der Lage, den Abschnitt unterhalb der Raumbasis abzupuffern, um ein gewisses Minimum an Kommen und Gehen zu gewährleisten, doch inzwischen hat das Verkehrsaufkommen die Sicherheitsgrenze überschritten und muß eingestellt werden. Petaybee wünscht nicht, die Massen zu ernähren und zu versorgen, die sich mittlerweile auf der Raumbasis drängen, da diese seinen Ressourcen zur Last fallen würden, vor allem in dieser Jahreszeit vor der Wachstumsperiode.«

»Allerdings hat er sich gefreut, einige von uns wiederzusehen, die als Kinder fortgegangen sind und nun auf Besuch zurückkehrten«, warf John Greene ein. Zusammen mit O'Shay hatte er eine ganze Casserole verputzt, die Aisling mitgebracht hatte. »Ich bin in der Höhle richtig willkommengeheißen worden. Hätte nicht gedacht, daß er sich überhaupt noch an mich erinnert.«

»Sie und O'Shay werden ohnehin noch eine Menge Dinge erklären müssen, Hauptmann«, versetzte Torkel. »Zum Beispiel, weshalb Sie nicht alle festgenommen haben, als Sie sahen, daß sie in der Höhle festgehalten wurden.«

O'Shay zuckte mit den Achseln. »Herr Hauptmann, wir sind eben Einheimische, wie man so sagt. Wir sind nicht so dumm, uns einzumischen, wenn hier gerade ein Latchkay beginnt.«

»Sie sind Einheimische?« Torkel starrte sie an. »Kein Wunder, daß ich nicht die Unterstützung bekommen habe, die ich brauchte.« Dann fuhr er mit erneutem Aufflackern seines alten Zorns zu Sean herum. »Haben Sie das auch eingefädelt, Shongili?«

Achselzuckend erwiderte Sean: »Sie trauen mir mehr zu, als ich verdient habe. Die Anwesenheit der Hauptleute Greene und O'Shay war nur ein glücklicher Zufall, Fiske. Da Ihnen kein Schaden widerfahren ist, wüßte ich nicht, was das mit dem beteiligtem Personal zu tun haben soll.«

»Ihnen traue ich alles zu, Shongili«, versetzte Torkel. Dann trat er zur Tür, öffnete sie und bedeutetee einem der Posten einzutreten. »Ich will eins von den Funkgeräten haben, mit denen wir Verbindung zum Hauptquartier herstellen. Bringen Sie es her, aber schnell. Wir wollen doch mal ein paar Dinge überprüfen, was die Disposition der an diesem Projekt beteiligten Petaybeeaner angeht.«

Der Posten salutierte, und Yana meinte, ein leises Lächeln zu bemerkten, das um seine Mundwinkel spielte. Sie dachte darüber nach und hatte plötzlich eine Ahnung, was Torkel über die Disposition und Zusammensetzung der Intergal-Truppen herausbekommen würde, die gegenwärtig Dienst auf Petaybee taten. Sie bemerkte auch, daß Steve Margolie sehr nachdenklich aussah: Immer wieder schweifte sein Blick von Torkel zu Sean und zu Dr. Fiske, doch behielt er seine Sorgen noch für sich.

»Sie haben von diesen Anpassungen gesprochen, mein Sohn«, sagte Dr. Fiske, an Sean gewandt, und es war offensichtlich, daß er sich wieder wichtigeren Dingen widmen wollte. »Woraus bestehen die im einzelnen?«

»Die allerwichtigste Anpassung«, sagte Sean, und seine Stimme wurde von jener Art Erregtheit erfüllt, wie sie die beiden Wissenschaftler von allen Anwesenden wohl am besten nachempfinden und begreifen konnten, »ist die Art und Weise, wie Petaybee – und nicht ich oder mein Großvater – das Wahrnehmungsvermögen einiger der intelligenteren Spezies weit über ihre frühere Kapazität hinaus gesteigert hat.«

»So wie die Miezekatzen, die gerade Frank umgeben?« fragte Steve Margolies.

»Ja, und auch wie das folgende Beispiel«, sagte Sean, hob die Hand und schloß die Augen. Kurz darauf ertönte ein Scharren am Fenster und ein Winseln an der Tür. Einer der Posten öffnete die Tür, um Dinah einzulassen, die einen matt lächelnden Francisco hereinführte, gefolgt von Aisling. Clodagh öffnete das Fenster, um Nanook hereinzulassen, der mit einer einzigen fließenden Bewegung vom Sims sprang und in aller Gelassenheit zu Whittaker Fiske hinüberstolzierte, um dem Mann eine Pfote auf den unversehrten Arm zu legen und ganz deutlich »Miau« zu sagen.

»Du meine Güte!« Dr. Fiske wich ein Stück zurück und starrte die Katze an. »Haben Sie den Kater aufgefordert, herzukommen und das zu tun?«

Sean nickte, während Nanook kurz schnurrte, zu Torkel hinübermarschierte und den Vorgang wiederholte.

Torkel wollte Nanook erst beiseite schieben, doch dann hielt er inne und warf Sean einen verwunderten Blick zu. »Sie sagt mir, daß Giancarlo sich gut erholt, und zwar dank ihrer Fürsorge.«

»Seiner«, berichtigte Sean. »Nanook ist männlich. Und er mag es, wenn man ihm die Ohren krault. Die meisten Katzen hier besitzen die Fähigkeit, ein aufgewühltes oder krankes Gemüt zu beruhigen. Sie überbringen Nachrichten, führen Menschen durch gefährliches Gelände und gehen auch auf die Jagd, wenn es erforderlich ist.«

Dinah wartete mit heraushängender Zunge ab, bis Metaxos sicher zwischen Diego und Steve verstaut war, dann trappelte sie zu Fiske hinüber. Dort winselte sie erst ein wenig, bevor sie die Nase gegen seinen Arm drückte und dort einen Augenblick liegen ließ.

»Sprechende Katzen und Hunde?« fragte Dr. Fiske mit vor Erstaunen aufgerissenen Augen.

»Genaugenommen handelt es sich um Telepathie«, sagte Sean. »Als Leithund hatte Dinah keine Schwierigkeiten, Meldungen über die Geländebeschaffenheit zu machen und sich ihren Weg durch Ödland zu bahnen. Die stärkste Verbindung hatte sie zu Lavelle, der Frau, die starb, nachdem Hauptmann Fiske und Oberst Giancarlo sie von Petaybee entfernen ließen. Nanook hat auch eine starke Verbindung zu mir, aber im Grunde ist er ein gesellschaftlich recht umgängliches Wesen.«

»Und Clodaghs Katzen ...«, begann Yana, aber Clodagh schoß ihr einen Blick zu, der sie verstummen ließ. Man brauchte diesen Außenweltlern schließlich nicht alles zu erzählen. Nicht mehr als erforderlich war, um sie zu überzeugen. Und so schwieg Yana über die Lockenfellhengste mit ihrem Einhorn, über intelligente Robben und abgerichtete Raben. Sean ließ die Hand in ihren Nakken sinken und streichelte ihn sanft, während er die Reaktion der Fiskes und Margolies' beobachtete.

»Telepathische Schlittenhunde und Katzen ...«, meinte Dr. Fiske kopfschüttelnd.

»Ihr Großvater muß ja ziemlich beschäftigt gewesen sein«, schnaubte Torkel. Da vergrub Nanook seine Krallen ganz sanft in Torkels Bein. »Aua!«

»Mein Großvater hat mehrere Arten großer Katzen und Hunde entwickelt, die für dieses eisige Klima geeignet waren, aber wie ich schon sagte, im Laufe der Jahre hat Petaybee sein Werk um ein Vielfaches optimiert. Wenn man Petaybee die Gelegenheit dazu gibt, optimiert er alles, worum man ihn bittet. Ist das nicht sehr viel besser, als den Planeten um bloßer Mineralien und Erze willen auseinenaderzusprengen, die die Firma doch sicher auch auf unbelebten Asteroiden und Planeten schürfen kann?«

Dr. Fiske seufzte. »Tja, jetzt kommen wir wohl endlich zum Kern dieser Angelegenheit. Wenn ich alles richtig verstanden habe, ist Petaybee zwar äußerst dankbar dafür, am Leben zu sein, aber nicht dankbar genug, um unsere Erschließungspläne über sich ergehen zu lassen, wie? Sind die Mannschaften deshalb verschollen oder umgekommen?«

Frank Metaxos räusperte sich und sagte mit leiser Stimme: »Das ist nicht absichtlich geschehen, Whit. Ich ... bin ausgeklinkt, wie Diego sagen würde, nach diesem Schneesturm und dem intensiven geistigen Input, der darauf folgte. Ich begreife jetzt, daß das, was ich in der Höhle erlebt habe, ebendiese Erklärung war. Und – so unglaublich das auch klingt – sogar eine Art von Abbitte. Vielleicht könnte Petaybee ja sein Klima doch ein wenig an jene unter uns anpassen, die solche Extrembedingungen nicht gewöhnt sind.«

»Tatsächlich gibt sich Petaybee schon extrem gastfreundlich, wenn man nur bereit ist, diese Gastfreundschaft auch als solche hinzunehmen«, erklärte ihm Clodagh. Und an Dr. Fiske gewandt, fügte sie hinzu: »Petaybee bietet Ihnen freiwillig sehr viel mehr an, als Sie ihm mit Gewalt entreißen könnten. Das Ganze muß doch nicht unbedingt ein Konflikt sein.«

»Das stimmt«, warf Yana ein, beugte sich vor und sprach mit ihrer ganzen Überzeugungskraft: »Die Firma hat nur versucht, ausgerechnet die falschen Dinge zu weit zu treiben. Dieser Planet bietet die absolut einmalige Gelegenheit, sein Innenleben zu studieren – vorausgesetzt, man findet äußerst engagierte Leute, die dieser Herausforderung gewachsen sind. Und das ist doch wohl die Ressource, die die Firma am meisteen entwickeln sollte – die Leute.«

»Ich nehme an, wir könnten Wissenschaftler herunterschicken, die Sie in den entsprechenden Prozeduren unterweisen«, meinte Dr. Fiske nachdenklich.

»Schicken Sie sie nur«, erwiderte Clodagh. »Dann werden wir denen schon die entsprechenden Prozeduren beibringen. Aber Sie werden schon sehen, es wird funktionieren.«

»Wir schicken auch Ausrüstung – Kommunikationsgerät, Computerverbindungen.«

»Ein paar vielleicht«, räumte Clodagh ein, »aber nicht zu viele. Viel zu laut. Das würde Petaybee nicht gefallen. Schicken Sie doch einfach nur ein paar Leute, denen die Kälte nichts ausmacht und die uns Lesen und Schreiben beibringen können. Das ist sehr viel leiser.«

In diesem Augenblick kehrte der Posten mit dem von

Torkel angeforderten Funkgerät zurück. Torkel nahm die Ausrüstung in Empfang und stellte sie auf seinen Knie ab.

»So, dann wollen wir doch mal sehen, was hier vorgeht«, sagte er, »Computer, ich will Daten über O'Shay ...«

»Richard Arnalu, Herr Hauptmann«, ergänzte O'Shay hilfsbereit.

»Und Greene ...«

»John Kevin Intiak Greene der Dritte, Herr Hauptmann«, teilte Greene ihm mit. »Die Mitglieder meiner Mannschaft waren Unteroffizierin Winona Sorenson, verstorben; Stabsfeldwebel Ingunuk J. Keekaghan, verstorben; Oberleutnant Michael Huyukchuk, im Einsatz verwundet ...«

»Einen Moment mal«, warf Torkel ein. »Diese Namen klingen aber alle ziemlich petaybeeanisch.«

O'Shay zuckte mit den Achseln. »Das sind sie auch – diese Leute wurden entweder auf Petaybee geboren oder stammen von Petaybeeanern ab. Ich glaube, das gilt auch für den größten Teil der Ersatzmannschaften, die mit mir zusammen hierher gebracht wurden. Und für die Überlebenden, die wir in der Nähe des Vulkans geborgen haben.«

»Computer, Zugang zur Personalliste der auf dem Planeten Petaybee verschickten Truppen, Kodename Operation Säuberung. Indizierung nach Ursprungsplaneten oder Herkunft sowie statistische Daten der Gesamtzusammensetzung.«

Nachdem er eine Weile hastig die auf dem Bildschirm erscheinenden Daten gemustert hatte, blickte Torkel argwöhnisch zu Sean auf. »Das darf doch nicht wahr sein! Es sei denn, Ihr Planet kann durch Fernsteuerung auch noch Truppenbewegungen kontrollieren.«

»Wieso? Was meint er denn?«

»Achtundachtzig Prozent der im Zuge von Operation Säuberung hierher verbrachten Truppen sind petaybeeanischer Herkunft.«

Sean stieß einen leisen Pfiff aus. »Das stelle man sich mal vor! Ich habe gar nicht gewußt, daß wir so viele Leute weggeschickt haben. Du, Clodagh?«

»Ich ganz bestimmt nicht.«

»Computer, Audioausgabe aktivieren. Erklärung, wieso ein solch hoher Prozentsatz der der Operation Säuberung zugeteilten Mannschaft einheimischer Herkunft ist.«

»Dieses System hat die physischen und psychologischen Anforderungen an einen Bodendienst auf Planeten arktischen Typs indiziert. Das dafür ausgewählte Personal war am besten für umfassenden Dienst auf einem solchen Planeten geeignet.«

»Torkel«, sagte Yana und beugte sich ein Stück zur Seite, um den Bildschirm zu beobachten, »da wir schon gerade beim Thema *Quantität* der betroffenen Truppen aus Petaybee sind, warum überprüfen Sie nicht gleich auch noch die Statistik, was die Leistungen der Mannschaften petaybeeanischer Herkunft im Vergleich zum Gesamtkops betrifft?«

»Computer?« fragte Torkel und gab die Datenanforderung ein.

»Personal aus Petaybee erzielt durchschnittlich fünfundsiebzig Prozent mehr Belobigungen, sechzig Prozent mehr Zusatzprämien und achtundneunzig Prozent mehr Auszeichnungen als Truppen anderer Herkunft. Doch werden sie zehnmal langsamer befördert als anderes Personal, und nur einundzwanzig Prozent der Petaybeeaner werden zu Offizieren mit Portefeuille ernannt.«

Yana sah Torkel mit hochgezogenen Augenbrauen an und gestattete sich ein leises Lächeln. »Sehen Sie? Diese Leute sind durchaus von Nutzen für die Firma, und ganz bestimmt sind sie es wert, daß man sie fördert.«

Auch Torkel hob eine Augenbraue und sah sie an. »Solange sie niemals von dem Planeten verbracht werden, um zu leisten, *wozu* sie überhaupt gefördert wurden?«

Sean unterbrach die beiden. »Viele von unseren Leuten sind sehr glücklich damit, der Firma zu dienen und etwas vom Universum zu sehen. Man muß sie nur früh genug rekrutieren.«

»Und ich denke mir, wenn die Firma mit Petaybeeanern zusammen entsprechende Forschung betriebe, ließen sich durchaus Mittel entwickeln, um die Inkompatibilität der petaybeeanischen Anpassungsmerkmale mit der Raumfahrt zu kompensieren«, ergänzte Yana. »Und genau *das* habe ich Ihnen gleich zu Anfang zu erklären versucht.«

Mit einem Schnappen unterbrach Torkel die Funkverbindung, und Sean grinste breit.

»Ist schon in Ordnung, Sohn«, sagte Dr. Fiske zu Torkel.

Doch Torkel schüttelte beunruhigt den Kopf. »Es ist nicht in Ordnung, Paps. Wir befinden uns in einer unerträglichen Lage, wir sind völlig im Nachteil. Sie sind nicht nur in der Überzahl, sie sind nicht nur die besten Soldaten der Firma, sondern durch ihre Anwesenheit ist auch ihre Loyalität kompromittiert. Somit sind wir einzig und allein ihrer Barmherzigkeit ausgeliefert.«

»Zum Glück für Sie, Hauptmann«, meinte Clodagh und reichte ihm einen Becher mit einem heißen Getränk und einen Brocken Brot, »sind wir hier in der Gegend außerordentlich barmherzig. Streuen Sie davon etwas auf ihr Brot. Sie werden sehen, wie gut das schmeckt.« Sie reichte ihm ein Glas mit Kräutern, und Torkel streute tatsächlich etwas davon auf sein Brot.

Dr. Fiske lächelte seinen Sohn an, als eine der marmeladenfarbenen Katzen Torkel auf den Schoß sprang und zu schnurren begann. Torkel versteifte sich einen Augenblick, schwankte zwischen Ablehnung und Akzeptanz. Er trank etwas und nahm einen Bissen von dem Brot. Nach einigen weiteren Schlucken und Bissen seufzte er resigniert. Er entspannte sich schließlich und lehnte sich in seinen Stuhl zurück, der Katze ganz und gar ausgeliefert.

»Hör mal«, wandte sich O'Shay zaghaft an Clodagh, »wenn so viele Petaybeeaner ins heimische Nest zurückgekehrt sind, meinst du nicht, daß wir das mit einem Latchkay feiern könnten?«

»Ganz genau«, stimmte ihm Aisling glücklich zu.

»Also das«, sagte Sean, »ist wirklich eine der besten Ideen, die ich seit Tagen zu hören bekommen habe. Das würde zweifellos eine Menge Vorbehalte auflösen und auch einige der Fragen beantworten, an die Sie noch gar nicht gedacht haben, Dr. Fiske, Steve.«

»Nun«, sagte Yana und erhob sich, »da sich die Konfusion inzwischen zu einem bloßen Chaos abgekühlt hat, hätte ich nichts gegen ein ordentliches Bad und frische Kleider.« Mit schiefem Blick musterte sie den durchlöcherten Rest ihres Hemdes.

»Ich fühle mich auch nicht so sauber, wie ich es eigentlich gern wäre«, warf Sean ein. Er stand ebenfalls auf, nahm Yana beim Arm und führte sie zur Tür hinüber. Dort blieb er noch einmal stehen. »Sie haben doch wohl nichts dagegen, die Wachposten jetzt zurückzuschicken, oder, Hauptmann Fiske?«

»Ich mache das schon«, erbot sich Whittaker Fiske und ließ seinen Worten sofort Taten folgen.

Yana konnte es kaum fassen, welche Erleichterung sie durchflutete, als sie zusammen mit Sean in die frische Luft hinaustrat. Die Wachen hatten sich aufgelöst wie Schnee an einem heißen Tag. Yana atmete ein, sie rechnete fast damit, daß die Anstrengungen der vergangenen Tage wieder einen Hustenanfall auslösen würden.

»Diese Beschwerden wirst du nie wieder haben«, sagte Sean, während er mit ihr auf den Weg zuhielt, der zu den heißen Quellen führte.

»Moment mal, ich brauche noch etwas zum Anziehen«, erwiderte sie und zerrte ihn beinahe in Richtung ihres Hauses.

»An den Quellen liegt immer irgend etwas herum«, erwiderte er und zog sie wieder an seine Seite. Er grinste dabei mit einer Jungenhaftigkeit, die sie überraschte.

Lachend ließ sie sich festhalten. »Ist es verkehrt von mir, wenn ich mir einen Teil von Petaybee vom Leib waschen will?« fragte sie, beschwingt vor Erleichterung und von seiner Anwesenheit.

»Petaybee wirst du dir niemals vollständig abwaschen können, Yanaba Maddock. Jetzt nicht mehr! Du hängst nun bei uns fest, meine Liebe.« Dann warf er den Kopf zurück und stieß einen seltsamen Ruf aus.

Plötzlich kamen zwei Lockenfelle aus einem nahe gelegenen Waldstück hervor und trabten auf sie zu.

»Einheimische Transportmittel«, sagte Sean. Als die Pferde neben ihnen stehenblieben, hob er Yana auf eins der Tiere, bevor er auf den Rücken des anderen sprang.

»Du hast einfach nach ihnen gerufen, und sie sind gekommen?« fragte Yana und schäumte schier über vor Lachen, während sie die Finger fest in der Mähne verkrallte. Sie verstand zwar nicht viel vom Reiten, empfand aber keine Furcht.

»Na klar«, sagte Sean lächelnd. »Dann los!«

Zu ihrer Überraschung und Freude empfand Yana den wiegenden Schritt des Lockenfells als äußerst behaglich, und das Fell fühlte sich auf ihrer nackten Haut sehr weich an. Sie bemühte sich darum, lieber zu ignorieren, wie schnell die Landschaft an ihnen vorbeischoß, als sie den Waldweg zu den heißen Quellen entlangjagten.

Binnen weniger Augenblicke waren sie am Ziel und glitten von ihren Reittieren, die daraufhin ebenso freundlich fortschlenderten, wie sie gekommen waren. Sean entkleidete sich und baute sich vor ihr auf: geschmeidig, von leicht silbriger Hautfarbe. Er wartete, bis sie ihre Fetzen abgelegt hatte. Dann streckte sie die Arme nach ihm aus.

Mit einem Leuchten in seinen Silberaugen, das ihr den Atem verschlug, nahm er sie in seine Arme und drückte ihren Kopf so fest an seine Brust, daß sie seinen Herzschlag vernehmen konnte.

»Du hast gehört, was Petaybee zu sagen hatte. Dann

hör dir jetzt auch noch an, was ich dir zu sagen habe, Yanaba Maddock.« Er drückte ihren Kopf ein Stück zurück, damit sie ihn ansehen konnte. »Du bist Tapferkeit, du bist Schönheit, du bist Ehre, du bist stark und gütig. Auch wirst du geliebt. Nicht nur von mir allein.« Er beugte sich vor, küßte ihr eines Auge, dann ihr anderes und schließlich ihre Stirn. »Petaybee hat dich geheilt, weil er deiner bedurfte. Auch ich bedarf deiner und des Kindes, das du für uns beide austrägst.« Dann berührte er ihre Brust, doch sanft, wie zur Segnung.

»Kind?« Sie versuchte sich loszureißen, entsetzt und von Schmerz und Enttäuschung erfüllt. Wenn er eine Mutter für seine Kinder haben wollte, müßte er sich schon jemand anders suchen, ihr selbst war der Gedanke daran unerträglich. »Sean, das liegt schon alles hinter mir. Es mag vielleicht deiner Aufmerksamkeit entgangen sein, aber Stabsoffizierin der Firma wird man erst in den mittleren Jahren. Mein Körper ist einfach nicht ...«

»Nun, meine Liebe, da wir schon gerade darüber sprechen, was Körper sind und was nicht, denke ich, daß du doch das eine oder andere über meinen erfahren solltest. Es ist soviel passiert, da wollte ich dich nicht mit allem auf einmal überfallen, aber beim letztenmal in der Höhle, als wir alle mit Petaybee vereint waren, da wußte ich ...«

»Was wußtest du? Sean? Sean!«

Doch er war schon ins Wasser gesprungen, und als es über seine Haut spritzte, verschwand die graubraune Aschenfarbe nicht etwa, sondern vertiefte sich noch, ließ seine Haut verschwimmen, daß Yana das Gefühl hatte, ihn nur noch durch einen Nebel zu sehen. Sean rollte sich zusammen, er tauchte unter, und als er wieder hervorkam, bedeckte sein silberbraunes Haar nicht nur die Kopfhaut sondern sein ganzes Gesicht – und seine Gestalt hatte sich auch verändert!

Bevor sie etwas erwidern konnte, kletterte die Robbe, die Sean war, ans Ufer, bespritzte sie verspielt mit dem Wasser auf ihrem glatten Fell und entfaltete sich einmal mehr zu ihrem Liebhaber.

Yana wich unwillkürlich einen Schritt zurück, dann trat sie erneut auf ihn zu. »Was ... war das gerade?«

»Mein Großvater ist tatsächlich, wie Torkel vermutete, ein wenig zu weit gegangen. Genaugenommen sogar viel zu weit. In seinen persönlichen Tagebüchern gibt es einige besondere Aufzeichnungen, die ich an einem sicheren Ort versteckt halte. Er war fasziniert von den indianischen und keltischen Erzählungen von Menschen, die ihre Gestalt verwandeln konnten, um sich selbst zu schützen und sich an ihre Umgebung anzupassen. Natürlich waren das Zaubermärchen, doch er bestand stets darauf, darin nur eine extreme Form der Anpassung zu sehen. Natürlich war es ihm nicht gestattet, mit Menschen zu experimentieren – und er wußte damals auch noch nicht, daß der Planet bereits dabei war, an uns fundamentale Anpassungen vorzunehmen. Aber *an sich selbst* hat er doch ein paar Manipulationen ausprobiert, die er mir mit seinen Chromosomen vererbt hat, so daß ich mich zumindest ... um einiges dramatischer anpassen kann als andere auf dem Planeten. Ich ›passe mich an‹ oder, wie es meistens geschieht, verwandle mich gelegentlich in das Wassertier, das für dieses Klima am geeignetsten ist. Ich bin das, was man in der alten Volksüberlieferung einen Silie nennt – an Land ein Mensch, im Meer eine Robbe, oder, in meinem Fall, überhaupt im Wasser.«

»Und deine Schwester?« fragte Yana. »Verwandelt die sich auch? Ich habe mich schon gefragt, weshalb sie mir fast den Kopf abgerissen hat, als ich von Robbenjagd sprach.«

Er schüttelte den Kopf. »Nicht daß ich wüßte, und ich glaube, sie hätte es mir sonst erzählt. Sie ist die einzige, die mitangesehen hat, wie ich mich verwandle, bis auf dich, obwohl Clodagh auch davon weiß. Wie du gesehen hast, kann die Robbengestalt sehr nützlich sein, wenn es erforderlich ist, sich in dem unterirdischen Flußsystem zu bewegen.« Er sah sie mit einem halb verunsicherten, halb spitzbübischen Lächeln an. »Clodagh und Sineas scheinen auch der Auffassung zu sein, daß mich das zu einem der vielseitigeren Individuen auf diesem Planeten macht. Aber die Frau, deren Meinung zu diesem Thema mir am allerwichtigsten ist, bist du, und – ich war mir nicht sicher, wie du das aufnehmen würdest, deshalb habe ich auch gezögert, dich zu lieben, als wir das erste Mal hierherkamen, obwohl es mich sehr danach verlangte. Ich wollte dir eigentlich alles erzählen, bevor wir uns nach dem Latchkay liebten, aber ...«

Sie legte ihm die Hand an die Wange, und er ergriff sie und hielt sie fest, als hätte sie ihm ein Rettungsseil zugeworfen. Er tat einen weiteren tiefen Atemzug. Offensichtlich erfüllte ihn das Eingeständnis dieses Geheimnisses mit größerer Angst als alle Gefahren, denen sie gemeinsam getrotzt hatten.

»Ich ... hoffe ... daß du nach allem, was du gesehen hast, jetzt auch begreifst, daß es meine Doppelnatur ist, die mir eine ganz besondere Verbindung zu Petaybee beschert hat. Und daß ich deswegen spürte, als wir alle mit dem Planeten verbunden waren, daß eine weitere Person in unserer Verbindung anwesend ist, nämlich das Kind, das du trägst. Unser Kind.«

»Aber ich *kann* doch gar kein Kind bekommen«, wandte sie ein und versuchte immer noch, seine erstaunliche Offenbarung zu verdauen. Ihr schwindelte von all den Veränderungen, und so lehnte sie sich gegen seinen wasserglatten Körper, ihre Wange an seiner Schulter war feucht. »Ich *kann* nicht.«

»Du kannst, und du bekommst auch unser Kind«, sagte Sean mit einer derart eindringlich, sanften Stimme, daß sie förmlich dahinschmolz. »Petaybee hat auch diesen Teil von dir geheilt, weil unsere Kinder ihm noch näher stehen werden als die meisten. Der Planet will deine Kinder – und meine.« Er drehte sie in seinen Armen, und wieder sah sie die Sorge, nein, die Furcht seine Silberaugen umwölken. »Oder willst du meins nicht?«

Yana schluckte. »Ich denke ...«, fing sie zaghaft an. Dann räusperte sie sich, damit sie überhaupt etwas hervorbringen konnte. »Ich denke, als erstes brauche ich mal ein Bad. Und danach möchte ich alles, was du auch möchtest!«

»Dann hast du nichts dagegen?«

»Schwanger zu sein? Nein, ich habe nur geglaubt, daß ich nie Gelegenheit dazu bekommen würde.«

Jetzt wirkte er erleichtert. »Dann *willst* du das Baby? Du hast nichts dagegen, daß ich mich manchmal ... in eine Robbe verwandle?«

Sie musterte sein Gesicht, es war so stark und voller Intelligenz und Humor. Sie dachte an ihre Liebe und an seine Stärke und Güte bei allem, was sie gemeinsam durchgemacht hatten. Langsam schüttelte sie den Kopf, selbst überrascht von der Feststellung, daß sie angesichts all dessen – angesichts ihrer Liebe – so verdammt wenig Befürchtungen und noch viel weniger Zweifel hegte. Sie legte die Arme auf seine Schultern, sah ihn mit einem rätselhaften leisen Lächeln ins Gesicht und zuckte wie beiläufig mit den Schultern.

»Ein Robbe? Ein Mann? Was soll's«, sagte sie. »Niemand ist vollkommen.«

ENDE

Band 24 191

Robert A. Heinlein

Der Mond ist eine herbe Geliebte

Für die ersten Raumfahrer war sie das Ziel ihrer größten Sehnsüchte, doch nun ist Luna ein Hort der Alpträume geworden. Die Menschen haben den Mond in eine riesige Strafkolonie verwandelt. Niemand, der hierher verbannt wurde, hat die Chance, auf die Erde zurückzukehren. Das System ist allen verhaßt, doch keiner lehnt sich gegen die grausamen Unterdrücker auf – bis Mike, der gigantische Computer, für die Loonies Partei ergreift. Und plötzlich scheint alles möglich zu sein – selbst die Revolution auf dem Mond.

Ein Klassiker! Einer der fünf besten SF-Romane aller Zeiten.

BASTEI LÜBBE

Sie erhalten diesen Band im Buchhandel, bei Ihrem Zeitschriftenhändler sowie im Bahnhofsbuchhandel.